＊この図書は、日韓文化交流基金の助成を得て刊行されました。

目次

図版出典一覧

カバー：申潤福「美人図」澗松美術館所蔵

第　一　章：チャンスン　崔俊植『韓国人はなぜ枠を拒むのか？』(組合共同体ソナム、2002年)

第　二　章：一然『三国遺事』(1280年)

第　三　章：河回・閣氏面　森田拾史郎写真集『韓国の仮面』(JICC 出版局、1988年)

第　四　章：『興夫伝』(博文書館、1917年)

第　五　章：「銅鏡」 写真提供：『中央日報・中央フォト』

第　六　章：李海朝『九疑山』(新舊書林、1912年)

第　七　章：「枕」 写真提供：伝統刺繍家・劉喜順

第　八　章：「布袋図」辛基秀所蔵　『大系　朝鮮通信使第二巻』(明石書店、1996年)

第　九　章：「白磁」韓国国立博物館所蔵

第　十　章：「洛山寺図」清見寺所蔵　『大系　朝鮮通信使第七巻』(明石書店、1994年)

第 十一 章：「馬牌」『パスカル世界大百科辞典』(東西文化社、2004年)

第 十二 章：申潤福「酒肆挙盃」澗松美術館所蔵

第 十三 章：「喪輿」 写真提供：朴鍾潤

第 十四 章：『周易』「64卦の方円図」 呉桂錫『呉桂錫の「韓国の美」特講』(ソル出版社、2003年)

第 十五 章：「寒渓嶺」 写真提供：韓国国立公園管理公団

第 十六 章：「楊州別山台劇」 大韓民国文化公報部『韓国の民俗文化財・芸能と工芸編』(岩崎美術社、1989年)

第 十七 章：「常平通宝」『韓国文化象徴辞典２』(斗山東亜、1996年)

第 十八 章：「永川・鄭在水氏家屋」 大韓民国文花公報部『韓国の民俗文化財・民家編』(岩崎美術社、1989年)

第 十九 章：「処容舞」 大韓民国文化公報部 『韓国の民族文化財・芸能と工芸編』(岩崎美術社、1989年)

第 二十 章：李在寛「午睡図」湖巌美術館所蔵

第二十一章：「鵲虎図」湖巌美術館所蔵

第二十二章：「絵文字」 林斗彬『韓国の民画Ⅲ（魚・絵文字)』(瑞文堂、1995年)

第一章　奇形の誕生─グロテスクの系譜

「長丞（チャンスン）」と呼ばれる木の像

＊

村の守護神として村の入り口に立つ木の像の、あの険しく奇怪な顔や統一新羅時代の鬼瓦の、あの凄みのある顔は、われわれにぞっとするような恐怖と、圧倒されるようなある種の力に対する畏敬の念を抱かせる。（2ページ）

グロテスクは虚無主義者の芸術形態ではなく、道徳主義者のそれであり、腐敗ではなく塩だ。それは不愉快ではあるが、必要なものだ。 —ティレンマート—

一・グロテスクの図像学

韓国の伝統的な民衆芸術と文学は、本質的に笑いの諧謔性やグロテスクな現象と密接な関係を持つ、特殊な美学の世界である。村の守護神として村の入り口に立つ木の像《チャンスン》の、あの険しく奇怪な顔や統一新羅時代の鬼瓦の、あの凄みのある顔は、われわれにぞっとするような恐怖と、圧倒されるようなある種の力に対する畏敬の念を抱かせる。祝宴の時や大晦日に宮中で行われた悪鬼を追い払う舞踊「処容舞」の際に用いられる処容の面もそうだ。あのただならぬ雰囲気の、奇怪で荒々しい容貌には、邪気と悪霊を退治するための呪術的な力がこめられているのである。

われわれの伝統文化と暮らしの中ではこのように悪霊を払い、共同体である村や家を災いから守るために、奇怪な姿をした力の形象化が必要とされた。それは、悪霊よりもっと凄い怪物を作ることによって悪霊を追い払おうとする、呪術の一つの造形的な結果であろう。

かと思えば、仮面劇が行われる広場《マダン》という演戯空間で出会うさまざまな仮面とその動作には喜劇的な快感はもちろんのこと、日常生活と正常な規範から逸脱した自由と風刺と笑いのための変形《デフォルメ》現象が見られる。それらはみな図像学においては正常の対極にあるものだ。通常の状態をひっくり返したり、歪めることによって日常生活の一切の秩序が笑いの中に吸収される。また彼らがやり取りする台詞《セリフ》は標準語ではなく、下品であけすけな辱説《ヨクソル》〔悪態語・以下、〔　〕内は訳注〕だ。民衆の祭である仮面劇は、このように社会的なタブーから逸脱した、下品でエロチックなものである。これこそまさに生活と芸術におけるグロテスク現象だ。元来が絵画用語である「グロテスク」とは変な形、すなわち美学的な像の変形・格下げを意味し、それは日常の世界の逆転である。グロテスク現象は恐怖心を誘うと同時に喜劇的でもあるという両面性を持っている。だから木の像や仮面は異常な姿や力によって人々に恐怖心を起こさせる反面、邪悪な力が及ぶのを防ぎ、笑いを誘って緊張をほぐし、暮らしを活性化させるのだ。だから力と娯楽はグロテスクを生み出す母胎と言える。

このようにわれわれの庶民・民衆文化の現場は本質的にグロテスクだ。朝鮮の定型詩である時調《シジョ》や仮面劇には笑いによって成り立つ、また別の人生と世界があり、正統とされる文化における一切の特権・規範・権威が逆転する。ミハイル・バフチーンが『ラブレーとその世界』で述べているように、不平等を神聖化する正統文化が面目を失うと、笑いに満ちた民衆独自の文化が形成されることになる。ことにパンソリ系小説〔パンソリは物語に節をつけて詠う伝統芸能。パンソリ系小説はパンソリを小説にしたもの〕の登場など、現実の不正・腐敗が明るみになった英正祖時代〔朝鮮王朝第二十一代王英祖と第二十二代王正祖。ともに文芸復興の王として知られる〕の文学の世界のムードがそうだった。このように考えると、われわれの基層文学や生活美学が、その文学的な性格においていわゆる「グロテスク・リアリズム」を特質とすることが分かる。

二．「一つ目小僧」の誕生と仮面劇の演戯空間

奇怪な容貌を持つ人間の誕生に関する話として、韓国には「一つ目小僧」という民話がある。『世界の民譚―韓国版』（アルブレッド・フーベ訳・一九七九年）によると、ヨーロッパにまで知られたこの話は、韓国人が持つ想像力の所産であり、主人公は典型的なグロテスクな人物である。人間の肉体の変形に注目したこの物語は未完成なもの、奇怪なものに対する韓国人の感性や受容の態度を少なからず示している。

昔、あるところに二人の息子を持つ夫婦がいた。上の息子は五体満足だったが、下の息子は誰が見ても気絶するほど奇怪な姿で生まれてきた。脚は二本あったが、腕、目、耳がそれぞれ一つしかなかったのだ。このため村の人たちは彼を「一つ目小僧」と呼んだ。

彼は病気もせず、すくすく育った。父親は彼を見るたびに、こんな息子を持ったことを恥じ、いっそ大きくならないうちに死んでほしいと願っていた。だが母親はそんな息子でも彼がすくすく育つことを幸いだと思い、上の息子よりも彼を愛していた。

彼は成長するにつれて力が強くなり、力比べでは誰にも負けなかった。村人で彼を知らない者は誰一人いなかった。村人は彼の両親を「一つ目小僧のお父さん」「一つ目小僧のお母さん」と呼び、彼の兄を「一つ目小僧のお兄さん」と呼んだ。だが上の息子は自分がそんなふうに呼ばれるのを嫌がり、弟がどこか遠くへ行くか、死んでしまうことを願っていた。彼が成長し、力が強くなればなるほど、兄は弟を憎むようになっていった。

そんなある日のこと、彼は裏山に登って兎《ウサギ》をつかまえようとしていた。兎が大きな岩の間に隠れると、力持ちの彼はその岩をごろっと転がした。岩は山の麓まで転がり落ち、麓の家をつぶしてしまった。大変な騒ぎになり、家の主人は彼の仕業であると知って弁償を求めた。このことで父親が村人に非難されると、上の息子は弟が家族に恥をかかせたと言って、彼を裏山の大木に吊るしてしまった。

ところがしばらくして、母親が家で働いていると、後ろでドシンという大きな音がした。振り向くと、彼が大木を背負って立っていた。母親がわけを訊ねると、彼はこの木で亭《あずまや》を造ろうと思って引っこ抜いてきた、と答えた。彼はそれほどの怪力の持ち主だった。

やがて彼は青年になった。だが嫁をめとろうにも相手がいなかった。彼は向かいの村の富裕な名家であるオボクの妹をさらってきて、妻にしようと考えた。その噂が村中に広まったので、数日の間オボクの家の門番は見張りに立っていた。だが門番が疲れて寝込んだ隙に、彼は門番の髷を敷居に引っかけて家に忍びこんだ。下男には釜の蓋をかぶせ、主である父親の髭には硫黄を塗り、母親の腰をロープで砧《きぬた》〔布に艶を出すために使う台〕に縛りつけ、眠っている娘を抱きかかえて彼は家を出た。娘を布団で包んで連れ帰った彼は、自分の部屋に娘を下ろすと優しくこう言った。

「本当は輿に乗せて連れてきたかったのですがそうできず、腕に抱いてきてしまい申し訳ない。わたしがあなたの夫となるにふさわしい人間かどうか、答えてほしい」。

この言葉を聞いた娘は彼の姿こそ奇怪だが、その豪胆さと心根の優しさに嫌だと言うことはできなかった。娘が承諾したことを知った彼は庭に下り、くるっと一回宙返りをした。すると、あっという間に彼は普通の人間になっていた。村中の人々が祝宴をする中で彼と娘は式を挙げ、二人は仲むつまじく幸せに暮らした。

春の祭りの行事だったことは間違いなく、支配階層の必要から発展したというよりは農民や市に集まる商人のために行われたもので、彼ら自身も参加したのである。

そのため、仮面劇に登場する老僧や両班《ヤンバン》〔朝鮮時代の支配階層である貴族〕の権威は完膚なきまでに失墜させられている。老僧は斑点とこぶのついた奇怪な仮面をかぶり、その行為は破戒と偽善そのものとして描かれる。老僧は俗人を代表する酔発から侮辱され、女の争奪戦にも敗れる。そして権威の代表のような両班もここではさんざんである。梅毒でただれたり、片方の目が見えない、滑稽な仮面をつけた両班は下男のマルトゥクに愚弄され、馬鹿にされる。ここで見過ごしてはならないのは、すべての登場人物が同等に扱われていること、特権階級である両班と僧侶もここでは形無しだということだ。これは状況や言語のグロテスク現象であり、だからこそ劇的かつ文学的なのである。

三．グロテスクの機能と効力

以上のような観像学的な、また言語的な現象からわれわれはグロテスクの性格や機能についていくつかの手がかりを得ることができる。

まず第一にグロテスクの本質は価値の逆転にあるので、世界を逆立ちして見るように正常なもの・高尚とされているものを突然引っくり返して見せるのがグロテスクの世界である。だからグロテスクの理論化に真摯な努力を惜しまなかったウォルフガン・カイザーは、『絵画と詩におけるグロテスク』（一九五七）でグロテスクを「疎外された世界」と名づけた。つまり現実世界が突然凄まじい力によって疎外・歪曲されたのがグロテスクの世界だ、ということだ。日常生活の秩序を根底から否定するこの世界は、われわれに恐怖を抱かせる。木の像や統一新羅時代の鬼瓦がわれわれを驚愕させるのはそのためだ。カイザーはそのようにグロテスクを恐怖の世界と位置づけたが、バフチーンはむしろ恐怖からの解放に伴う歓びに注目した。これは二人の見解の相違である。

いずれにせよわれわれは、普段の生活で正常とされている価値基準に必ずしも満足しているわけではない。われわれが慣れ親しんでいる世界とは対照的な、現実から隔絶・疎外された世界に対する憧れにも似た感覚を実は密かに持っているのである。われわれの変身願望も、「一つ目小僧」の話に出てくる奇形の人物像もグロテスク意識の反映と言える。グロテスクとはつまるところ歪曲・格下げという手法で正常な状態を変形し、当たり前とされている秩序を逆転させることによって存在の根幹を脅かす芸術形態である。だからグロテスクな表現は、合理的で体系的な思考に対するもっとも明快な反駁の機能を持つ。

一方、われわれの伝統的な民俗劇は、日常の生活空間で形成された正統文化とは隔絶された第二の世界だ。バフチーンが指摘したように、祝祭的な演戯空間では日常の世界の一切の権威や規範が停止状態に置かれるか、失墜する。そして庶民や賤民・馬鹿・白痴・不具といった人々が保護を受ける。これは驚愕と恐怖を伴う反面、痛快なことでもある。

第二にグロテスクはダイナミックな力の表出や変容・再生へとつながる。「一つ目小僧」は肉体的には正常ではないがとてつもない怪力の持ち主だ。だから大木をひっこ抜いたり岩を転がしたり、門番や下男を出しぬくこともできる。そして彼は宙返りをすることによって正常な人間として再生した。仮面劇に登場する酔発もそうだ。柳の枝を持ち、鈴をぶら下げて登場する酔発は、力に満ち溢れた若き英雄だ。老僧を打ち負かして女を奪い、妊娠させる彼は生殖力の象徴であり、生産的な下層の身体原理を体現している。死と新たな生命の誕生が交差するグロテスクな仮面劇の世界はバフチーンが指摘したように、確かに生を回復させる力を持っている。

第三にグロテスクな表現は不条理を嘲弄する、一種の遊戯だ。だからグロテスクの戯画的な周辺部分から笑いが生まれる。「一つ目小僧」の奇怪な容貌と行動は人々を驚かせ、怖がらせもするが笑わせもする。魚を追い、女を弄ぶ老僧の破戒行為は笑いを誘う。メレディスは「笑いとは量を控えて飲む酒のようなもので、われわれの生活に何ら害はない」と指摘したが、笑いはわれわれのストレスを解消し、なおかつ不条理や矛盾に対する批判力を持っている。

『三国遺事』〔高麗時代に僧の一然（一二〇六～八九）が執筆した歴史・説話書〕には西洋のミダス王〔ギリシャ・ローマ神話に出てくる王〕の話と同じ、ロバのように大きな耳を持つ景文王の話が出てくる。占い師の予言に耳を傾けて王になった彼の寝所には、夜になると無数の蛇が集まってくる。女官たちは驚いて蛇を追い出そうとするが、王は蛇がいないと落ち着いて眠れないから追い出すな、と言った。王が眠りにつく時にはいつも蛇が王の胸の上に舌を乗せていた。

ところが王位につくと突然彼の耳は伸びはじめ、まるでロバの耳のようになった。王妃や女官たちすらそれを知らず、ただ一人、王の帽子を作る職人だけが秘密を知っていた。だが彼は、終生このことを口外しなかった。彼は死ぬ前に竹藪に入ってゆき、「王様の耳はロバの耳！」と叫んだ。それ以来、風が吹くと竹が「王様の耳はロバの耳！」とささやくので王はこれを嫌がり、竹を切って山茱萸《わかはじかみ》を植えたところ、今度は風が吹くと「王様の耳は長い！」と言うようになった、という話である。

この話は、秘密を知るとどうしてもしゃべりたくなるという人間の習性を表わしている。だが人間の耳がロバの耳になったり、人間と蛇が共に暮らすなどというグロテスクなイメージを通して王を風刺した話だと解釈できないこともない。この話では蛇は妖婦と同一視されている。あるいは蛇は周期的に脱皮することから、奸臣を意味するのかも知れない。そして王がロバの耳を持つというストーリーは、周囲の者の甘言に耳を傾け、惑わされる王の愚かさを風刺したものと解釈することができる。ここでは人間を動物化するというグロテスクな手法によって風刺の効果を高めている。

第四にグロテスクとは世界の悪魔・悪霊を追放する試みである。つまり、この世の中心や背後にいる恐ろしい、黒い力を追い払おうとするのだ。悪霊的な人間とは疫病神や病魔のようなものだ。新羅時代の郷歌《ヒャンガ》〔日本の万葉仮名に似た吏読文字で綴った歌。民間に普及した。六世紀頃の発生とされる〕である「処容歌」を継承して作られた高麗の「処容歌」に描かれている処容の仮面はグロテスクそのものだが、熱病神を追い払う恐るべき威力を持つと信じられていた。

ああ翁よ　処容の翁よ
花挿して頭に満ち傾けるに
ああ長命長寿に在せ広き額に
山象の如　長き眉毛に
愛人相見ゆるに円き瞳に
風入りて庭に盈《み》つ　丸き耳に

紅桃花ごと　紅の貌に
五香を嗅ぎ給へ　開けたる鼻にて
ああ千金を喰《は》み給へ　広き口にて
白玉琉璃の如き　白き皓歯
……（中略）……
この様　処容の翁に見つからば
熱病神の（は）膾のかでにぞならむ
千金を与えん　処容翁
七宝を与えん　処容翁
千金　七宝も不要なり
熱病神を祓い給へ
山よ　丘よ　千里の外に
処容翁を避けて逃げん
ああ　熱病大神の発願なるぞ

印南高一訳

このように処容の仮面は熱病神を退治する機能と効用を持つと信じられている。熱病神とは病魔だが、それだけでなく生を不自然にする一切のもの、すなわち人間や社会の不正や恐怖、非合理的で破壊的なあらゆるものを含む。批判や再生が必要な状況になると常にグロテスクが誕生するのである。

四、「グロテスク・リアリズム」と民衆文学

恐怖という側面を強調したカイザーとは異なり、ミハイル・バフチーンが命名した「グロテスク・リアリズム」あるいは「グロテスク・イメージ」とは、中世の民衆文化によって作られ、文芸復興期の文学において絶頂を極めたイメージの体系である。人間の肉体を肯定し、あらゆる価値を格下げすることを特徴とする特殊概念と言える。だから笑いや諧謔と関係が深い。言いかえれば、民衆が参加するカーニバルや祭の特性である。民衆文化は一切の権威あるものを醜い、汚れたものに引きずり下ろす。その逆転とパロディの中で抽象的なもの、正統とされたものは物質的で身体的なものへと変容する。そこから排泄や妊娠・再生が始まる。その場合、頭のような肉体の上部ではなく、下部が肯定される。

　われわれはよく韓国文学の特質は笑いと諧謔だと言う。これは必ずしも韓国文学だけに限ったことではないにせよ、韓国文学が明らかに諧謔性を持っていることは否定できない。英正祖時代以降、韓国文学から諧謔と笑いが消えたことはなかった。これは言いかえれば、韓国文学は文学的なグロテスク現象が顕著だということだ。これは定型時調よりも自由な形式の辞説《サソル》時調やパンソリ系小説、そして仮面劇などにはっきりと表れている。これらはみな官僚や両班たちの正統文化の枠から外れた庶民文化が作り出したグロテスクな文学だ。ここでは一切の権威がことごとく否定される。両班と僧侶に代表される権威の対象が猥褻で野卑な言葉によって戯画化され、肉化され、物質化される。

坊主は尼の髪の毛を手にぐるんぐるんと巻き　尼は坊主のざんばら髷を引っつかみ
向かい合って　組んずほぐれず　つるんでいると　めくらの野次馬が　見物しにきて
どこかでつんぼの唖《おし》が　こっちが悪い　あっちが正しいと　言い合い　大騒ぎ

これは平時調〔三章、約四十字から成る時調。時調の基本型〕の厳格な詩法をこわした朝鮮時代中期以降の辞説時調である。仮面劇同様、僧侶の威信が笑いものにされ、エロチックな領域にまで引きずり下ろされている。標準語で書かれる平時調とは異なり、ここでは「坊主」「尼」といった卑語が使われている。髪を剃っているはずの尼僧が坊主にぐるぐる巻きにされるほど髪が長いとか、坊主が尼につかまれるほど長い髷を結っているというのは僧侶の威信の否定を示す。そして「つるむ」という言葉で性行為を暗示しているのは、ストイックであるべき特権階層を下層階層に引きずり下ろすグロテスク・イメージの典型と言える。さらにこの詩ではめくらが「見物し」、唖が「言い合う」といったパロディといえる歪曲化までされている。笑いを誘うこのような表現は、同時代の高尚な文学とは著しい相違を見せている。

既に指摘したことだが、仮面劇の世界でも卑語の使用や特権階層の権威の否定によって価値が逆転し、これまでタブー視されていた肉体、それも下部が肯定的に受け入れられている。僧侶と両班から正統性を剥ぎ取り、笑いの中に落としこむ民俗劇では僧侶は肉体を持ったグロテスクな存在である。老僧は女を一目見て夢中になり、女の歓心を買おうと靴売りから靴を買い、女と一緒に踊りを踊る。そのような老僧の姿は靴売りには次のように映る。

やあ、これは何でしょう。やあ、あれは何でしょう。
あれっ、ありゃあ何だ。ああ、あの獣みたいなもの、どっかで見たぞ。頭蓋骨は凶家のがらくたのようだし、目は牛舎を引く牛の目のようだし、口は丘に寝そべる乞食のようだ。一体何の獣か、見てみよう。（老僧が靴売りに手招きをする）ああ、そうか、やっと分かったぞ。よくよく見ると松笠をかぶって百八数珠を首にかけ、黒い袈裟を着ているから、たぶん山寺の坊主だろう。おい、お前、山寺の坊主なのか。

肉体的・物質的原理が肯定されるという点では春・生殖・再生の象徴である酔発の場合も同じだ。老僧から女を奪った酔発は次のように言う。

さあ皆さん、温井《オンジョン》して下さい。ここに温井湯《タン》が湧いています（と言いながら「まずわしが入りましょう」と言って女の××を開けて入ってゆく）。ああ、熱い、熱いっ。一回、二回、三、四、五、六、七、八、九、十回、南無観世音菩薩（と言うと、腰につけていた子供を女のスカートの中に差し入れて）ああ、熱いっ（と言いながら出てゆく）。

ここで「温井湯」とは言うまでもなく女陰を指す。女陰は排泄・性交・妊娠・誕生と関連のある肉体の下部だが大地のように孕み、命を生み出す場所である。だからグロテスク・リアリズムは破壊的で否定的なだけでなく再生という性格も併せ持つ。そしてエロチックだ。バタイユはこのようなエロチシズムを「日常的な生の境界を越えようとする欲望」と規定した。

作家が一人で創作する小説とは異なり、パンソリ系小説はそのジャンル論において喜劇的なグロテスクの修辞学と密接な関係がある。普通の小説が上層的で正統とされるのに対してパンソリ系小説は言葉や表現が下層志向で、パロディや喜劇的・躍動的な要素を基盤にしているからだ。なかでも『卞《ビョン》ガンセ伝』は肉体の下部を極端に誇張しており、『薔花紅蓮伝』の継母、許氏の描写は誇張され、戯画化されている。

一方、両班である朴趾源《バクジウォン》（一七三七～一八〇五）が書いた漢文小説『虎叱』は、温厚な学者である北郭先生と貞淑な女性、東里子の威信を容赦なく否定している。名高い学者である北郭先生はこっそり若い寡婦の東里子を誘惑するが、姓が違う（つまり父親が違う）五人の息子たちにばれてしまい、追いかけられて肥溜めに落ち、虎に叱られる羽目になる。人糞や肥溜めといった下層的な身体イメージを出したことは、彼の文学的美学がグロテスク・リアリズムと結びつくことを示す重要な根拠と言える。糞は排泄行為によって土に落ちる。だが土と混ざり、生殖と豊穣のための肥やしとなる。このことはグロテスク・リアリズムが正統文化の破壊であると同時に生産的な再生力を持つことを確信させる。朴趾源が『穢徳先生伝』の中で、糞の除去をする主人公、嚴行首の行為を礼賛しているのも決して偶然ではない。

韓国の古典文学におけるグロテスク現象は人物をはなはだしい誇張の手法で戯画化する点、俗悪な卑語を使う点、そして権威・威信の否定・格下げなどに顕著に表れている。

五．観像学と言語のグロテスク

現代においてもグロテスクは依然として芸術と文学の特殊美学として存在している。世界に邪悪と不正が存在し、人間が遊戯性や変形の衝動、再生への望みを放棄しない限り、グロテスクの表現様式は消滅しない。現代の芸術がグロテスク表現を持っているのもそのためだ。だから現代小説や絵画、彫刻の世界にもグロテスクな像があふれている。カフカのグロテスクは冷たいグロテスクだ。抽象画を見ると分かるように、超現実主義の絵画は合理主義的な世界観を破壊している。

　近代に入って受容された写実主義《リアリズム》文学観は、韓国の現代文学におけるグロテスク現象を衰退させる契機になりえた。ところが現代文学においても依然として人物の性格類型の設定や性格描写、すなわち観像学においてはグロテスク・イメージを用いているのが紛れもない事実だ。

玄鎭健《ヒョンジンゴン》（一九〇〇～四三）の「B舎監とラブレター」（一九二五）は、アイロニーの窓を通して見た人間の二面性を戯画化して描いている。厳格な仮面の陰に隠れた人間の本性を赤裸々に描いたこの作品は、B舎監の醜悪さを提示するために「カビの生えたイシモチ」とか「ヤギの糞」といったイメージを援用している。そこにさらに状況の反転が加わる。このような古典的な手法は、朱耀燮《チュヨソプ》（一九〇二～七二）の「醜物」（一九三六）の主人公、オンニョンの描写へと続いてゆく。

> オンニョンはあまりにも醜かった。突き出た額は餅をつけるほど広く、その下に突き出た目は金魚の目玉を連想させた。両目の間に埋もれた鼻はほとんどないようなもので、いわゆる「のっぺり面」である。ところがその鼻が口の真上でふくれ上がり、ぺたんとした団子鼻になる。上唇はいわゆる三口で左がつぶれており、下の歯が出っ歯なので口を閉じることもできない有り様だった。

このようにオンニョンは韓国の現代文学史におけるもっとも代表的な醜女《しこめ》だ。これは『薔花紅蓮伝』の継母、許氏の描写と同じ、誇張による戯画化である。これらはみな人物の提示におけるグロテスク現象と言える。

羅稲香《ナドヒャン》（一九〇二〜二七）の「唖《おし》の三龍」（一九二五）も、三龍の描写の手法において前者と何ら変わりがない。羅稲香は三龍の奇怪な姿を描写するために「チビ」「いが栗」「ヒキガエル」などの表現を援用し、さらに「ずんぐりむっくり」「図体」「どたま」などの俗語を駆使することによって、唖であばたの三龍をまさに怪物のように描いている。だが、そのグロテスク化の意図は前者とは異なる。前者が喜劇的な戯画化を意図しているのに対し、後者は奇怪な容貌を持つ人間の魂の美しさを表現しようとするロマンチックなアイロニーに重点が置かれている。同じアイロニーでも前者は破壊的・風刺的であり、後者は生産的だ。作者はここでグロテスクの奥深さを、その対極にある崇高さとの対比において表わそうとしている。ここで崇高さを象徴しているのは、まさに「天使」のような主人の家の娘、阿氏だ。美と醜、主人と下男という断絶は三龍の自己犠牲の死によって解消されることになる。

一九三〇年代の李箱《イサン》（一九一〇〜三七）と金裕貞《キムユジョン》（一九〇八〜三七）の作品にも、グロテスク・イメージの描写が少なからず見られる。李箱の場合は数字を引っくり返すなど、病理性と異常性を基にした数理的・図面的な詩だ。このような手法によって、彼は時代と人間に対する恐怖を喚起した。また、時には人間を蜂・豚・クモなどの動物にたとえることもあった。そのような李箱に対し、金裕貞は俗語と滑稽味のある文体を駆使して民衆文化の諧謔性を継承した。

「現代の金笠《キムサッカ》」といわれる宋稶《ソンウク》（一九二五〜八〇）は、言語のグロテスクを代表する詩人だ。彼は意表をついた言葉を駆使することによって、平凡な日常生活に目を奪われているわれわれに衝撃を与える。彼の詩「何如之郷」（一九六一）は風刺詩の面目躍如たるものがある。

路地に影射し　孤独が梅毒のように咲く
くねくねと　曲がりくねった裏路地
清渓の川辺あたりの酌婦を　抱え込むように
痴情にまみれた政治
常識は病み
借金まみれの　女郎屋の親父
現金が実現する　現実の前に
たどりついた崖縁《がけっぷち》

ここでは同音異義語の言葉遊びによって、この国の社会や政治の腐敗が風刺の刃でばっさりと切られている。金芝河《キムジハ》（一九四一〜）の「五賊」（一九七〇）「蜚語」（一九七二）「糞の海」（一九七二）などの一連の詩もグロテスク・リアリズムと深い関係を持っている。そのほか現代文学の作家では、現実認識に幻想の歪曲性を加味した趙世熙《チョセヒ》（一九四二〜）がいる。彼の『こびとが打ち上げた小さなボール』（一九七六）には、グロテスクの美的原理が少なからず作用している。そして正統文化の枠の外にあって、肉体や特殊美学に関心を持つ社会性の強い新進詩人たちの作品にグロテスク・イメージが見られることもまた事実だ。

グロテスクは世界の悪魔的な様相を鎮《しず》め、再生力をもたらす諧謔的な美学の独特の視点だ。そのため芸術や文学におけるグロテスク現象は、どのような形であれ常に美学的必要性によって存在することになる。

第二章　タブーと障壁の時間帯

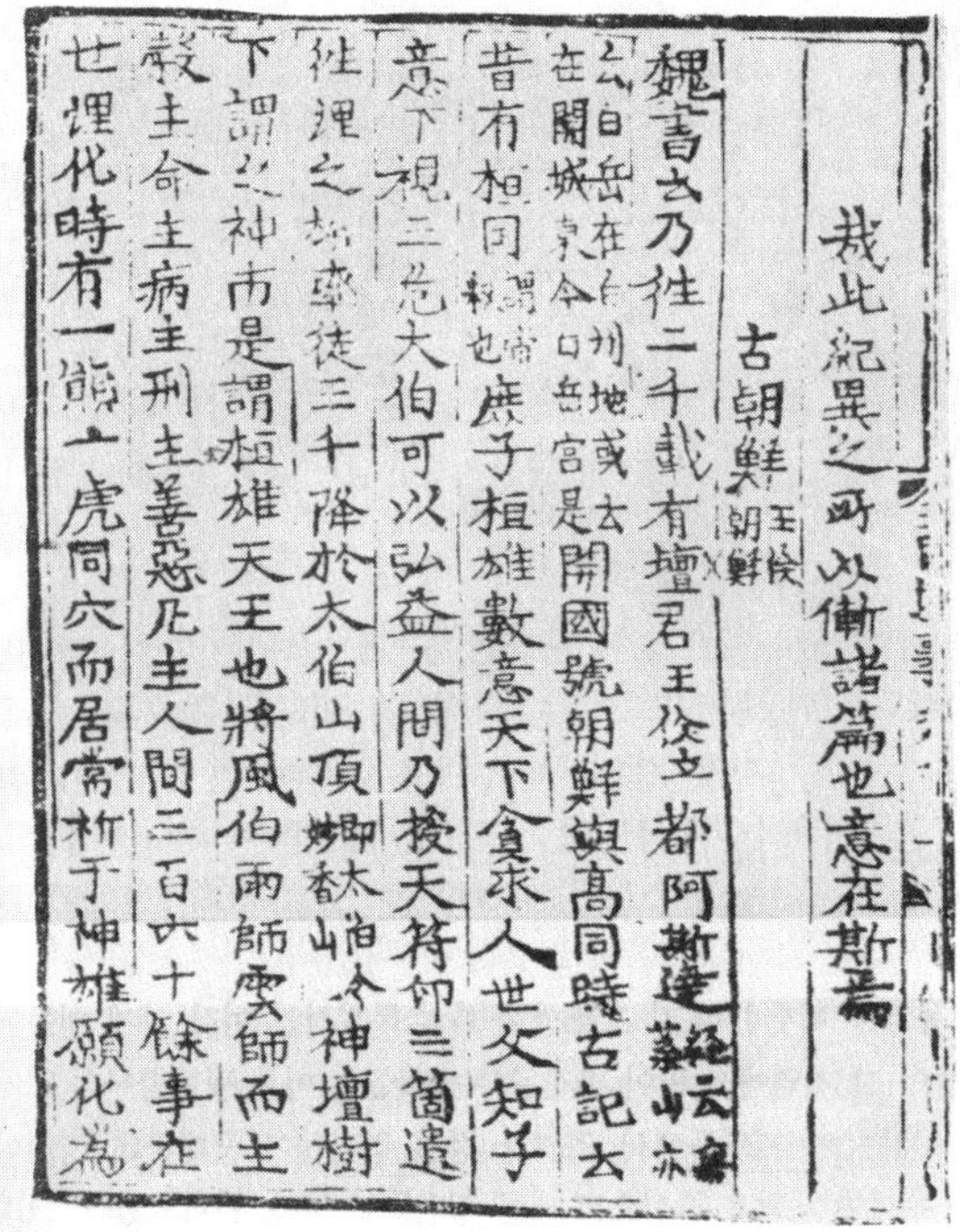
載此紀異之所以漆諸篇也意在斯焉

古朝鮮 王儉朝鮮

魏書云乃往二千載有壇君王儉立都阿斯達 經云無葉山亦云白岳在白州地或云在開城東今白岳宮是 開國號朝鮮與高同時古記云

昔有桓因 謂帝釋也 庶子桓雄數意天下貪求人世父知子意下視三危太伯可以弘益人間乃授天符印三箇遣往理之雄率徒三千降於太伯山頂 即太伯今妙香山 神壇樹下謂之神市是謂桓雄天王也將風伯雨師雲師而主穀主命主病主刑主善惡凡主人間三百六十餘事在世理化時有一熊一虎同穴而居常祈于神雄願化爲

檀君神話に初めて触れた記述のある『三国遺事』

＊

檀君神話をその源とする民譚の障壁時間は、つまり制限時間の垣根だ。この時間の垣根の中でなされる行為は最後の審判の日、二つに分かれる。つまりタブーを守ればそれ相応の果報に恵まれ、タブーを破ればそれに対する罰を受ける。熊の行動様式は前者であり、虎の行動様式は後者である。（33ページ）

一．檀君神話と時間のタブー

檀君《タングン》〔名は王倹。朝鮮の始祖神とされる〕神話は韓国の建国神話として天地の融合・神格的な存在の誕生・通過儀礼・変身・トーテミズム・原初的婚姻・隆盛のための分裂など、さまざまな面において重要なヒントとなる要素を持っている。だがより細かく見ると、物語の中の時間論的なタブーの側面に深い意味があることが分かる。『三国遺事』はこの神話について次のように記している。

時に一頭の熊と一頭の虎とが同じ穴に住んでいて、いつも神雄（桓雄）に祈っていうには、「願わくは化して人間になりとうございます」。そこで、あるとき神雄は霊妙な艾《よもぎ》ひとにぎりと、蒜《にんにく》二十個を与えて「お前たちがこれを食べて百日間日光を見なければ、すぐに人間になるだろう」といった。熊と虎がこれをもらって食べ、物忌みすること三七日（二十一日）目に、熊は変じて女の身となったが、虎は物忌みができなくて人間になれなかった。熊女は彼女と結婚してくれるものがいなかったので、いつも神（檀）樹の下で、みごもりますようにと祈った。桓雄がしばらく身を変えて（人間となって）結婚し、子を生んだ。名前を檀君王倹といった。　金思燁訳

原初的な夫婦の誕生を記すこの文章には、信仰や薬の文化史はもちろんのこと、民譚など民間に伝わる変身と通過儀礼への序章というべき扉が開かれている。それだけでなく「百日」や「三七日（二十一日）」な

どといった暦の根拠となる時間の単位が表れている。とりわけ重要な意味を持つのは洞窟という閉鎖空間と、百日にしろ二十一日にしろ、ある時間帯が何らかの課題を与えるための条件として機能しているという点だ。同じ洞窟に住む熊と虎が人間に変身するためには、少なくとも百日か二十一日という試練の時間が必要であり、彼らはその間ニンニクとヨモギを食べ、「日光を見ずに」「物忌みの」生活をしなければならない。その時間内に課題を必ず遂行せねばならず、万一その時間内に課題を遂行できなかったり守るべき戒律を守らなければ、恐るべき結果が待っている。つまりこれは時限爆弾が装填されているようなものであり、活動を一時停止する「モラトリアム」の時間なのだ。そして洞窟は神話学的に見れば母胎のような暗黒の世界、すなわち子宮に当たる。

ところで、熊はこの指定されたタブーの時間を守ることによって人間になることができたが、虎はこの暗黒と苦痛と禁欲の時間に耐えられず、人間になることができなかった。われわれはここに「熊の時間」と「虎の時間」という二つの時間の対立を見ると同時に、人間心理に内在するタブーや時間的戒律に対する衝動や葛藤の原型を見ることができる。つまり熊と虎の相反する行動から、タブーには守ることもできるが破ることもできるという両面性があり、それは「分裂の構造」だということが分かる。

またタブーというものは往々にして時間的な制約を受け、そこに相反する行為が生じると何かが生まれるということが暗示されてもいる。熊の時間が戒律とタブーに対する忍従と自己確信の時間だとすれば、虎の時間はその逆である。虎は拒否と謀反の傾向を持っているからだ。これはまた韓国人の、粘り強いがせっかちだという相反する民族性の象徴でもある。

こうして見ると檀君神話は時間のタブーを守るべきか、破るべきかという人間の相反する行動様式の実態を暗示していると言えるだろう。これは禁断の木の実を食べてしまったエデンの原罪に比べるとはるかに融通性を持っていることが分かる。なぜなら熊と虎のそれぞれの行為が共存できているからである。またエデンの神話は木の実を食べた罪から始まったが、「韓国人の原初的な場」である神市〔帝釈天の子の桓雄天王が太白山の神檀樹の下に開いたといわれる都市〕の歴史は食べなかった罪から始まっている。タブーを破ったことに関しても、エデンの場合は蛇という他者にそそのかされたためだが、檀君神話の場合は虎が自分の意思で行動したという点に特徴がある。

二．基層文学の二つの障壁時間

檀君神話に出てくる障壁時間は、変身するための一定期間の謹慎であり、忍苦の時間である。このタブーの時間の後には戒律を守ったか、叛いたかに対する審判が待っている。熊と虎の運命はまさにここにおいて分かれることになる。つまり檀君神話における熊と虎の物語は分裂の構造になっているのだ。桓因〔帝釈天〕と桓雄の分裂、熊と虎の分裂……。これは、あらゆる創造と隆盛はまさに分離であり、分裂であるということを意味している。これは混沌の殻を破って出てきた中国のアダムである巨人、盤古の誕生の物語と一脈通じるものがあるが、また異なる点もある。

農耕民族であるわれわれ韓国人にとって夜は行動を慎む時間だ。日光がささない洞窟の中もやはり夜と同じ状態だろう。夜は人間不在の時間であり、幽冥界の鬼神や疫病神やお化けが跋扈する死と恐怖と夢幻の時間だ。だからわれわれには夜中に靴を外に置いておいたり、夜、洗濯物を外に出しっぱなしにするのをひどく嫌う習俗がある。そういうことをすると悪いことが起きると信じているのだ。夜道ではよく鬼神やお化けに出くわすと信じられている。また祖先の祭祀をする際は必ず一番鶏が鳴く前か、寺の明け方の鐘が鳴る前にしなければいけないと言われている。つまり一番鶏や鐘の音は鬼神やお化けが支配する夜が終わり、これからは人間の時間だと告げているのである。

また、これは韓国だけの現象ではないが、韓国人には人間の吉凶禍福は時間と密接な関係があるという意識が強い。人間の運命は四柱〔生まれた年・月・日・時の四つの干支〕によって決定されるという意識は、とりわけ結婚に影響を与えている。結婚や家の普請、引越しなどの際に吉日を選ぶ慣習は今でもわれわれの生活に深く根を下ろしている。このことはつまり、われわれの意識や生活習慣の中に、守るべき時間のタブーが存在することを意味している。

タブーの時間、あるいはある行為が禁止されたり遂行されるべき時間のことを、ヒードンは「障壁時間」と呼んだ。たとえば西洋の童話にはルンペルスティルツキンの水車小屋の娘が明け方までに麦わらをすべて黄金の糸に変えなければ死んでしまうとか、シンデレラが魔女の魔術がとける夜中の十二時には家の中にいなければならない、などといった物語がある。成俔《ソンヒョン》（一四三九～一五〇四）の『慵斎叢話』によると、高麗の武将である姜邯賛は老僧に化けた虎を追放する際にも五日間の猶予を与えている。障壁時間には行為や言語を禁止する場合と、課題を遂行せねばならない場合がある。希望する状態になるように積極的に働きかける場合と不浄な事態を避ける場合であり、前者が能動的だとすれば後者は否定的なタブーと言えるだろう。

この二つの障壁時間は、どこの国でも民譚のような基層文学にもっとも顕著に表れている。その基盤の上に『淑英娘子伝』『彰善感義録』『烏有蘭伝』などの障壁時間を扱った韓国小説が形成されている。『淑英娘子伝』では、仙君と淑英が三年の障壁時間をついに守ることができず、タブーを犯してしまう。韓国の民譚に出てくる障壁時間と関連のある行動パターンは、「熊型」と「虎型」に大別される。前者が戒律とタブーの時間を守り、耐えることによって与えられた課題を克服し、幸福になる成就・上昇型パターンであるのに対し、後者は耐えきれずに逸脱して不幸になる挫折・下降型アンチ・ヒーローのパターンだ。前者の行為が戒律とタブーに対する確信と遂行が前提となっているのに対し、後者の行為は懐疑と神聖なものを犯す意図が前提となっている。だから障壁時間は毒にも薬にもなるという二面性を持っているのである。

1. 熊型の障壁時間

地母神と連結した月の動物である熊は、光の射さない洞窟の中でニンニクとヨモギを食べながら辛い障壁時間を乗り越え、ついに熊女となって人間の母となることができた。このように、決められた時間内に課題を解決することによって成功する韓国型民譚の典型として、われわれにもっともなじみ深いのは朝鮮時代の古典小説『コンジュイパッチュイ』だ。シンデレラ説話を基にしたこの物語には、主人公である豆鼠《コンジュイ》が継母から与えられた課題が次から次へと出てくる。それらはみな現実にはほとんど解決不可能な難題ばかりだ。継母は豆鼠に四つの課題を与える。最初は木の鎌で一日に何段歩もの石だらけの畑の草取りをするというもので、二番目は底の抜けた甕に水を満たすというもの。三番目は半日の間に六十尺もの機を織る。四番目は三石の殻のついたヒエを精白することだった。それらをすべて解決してようやく実家の宴に行くことが許されるのだ。

課題はどれも難題ばかりだ。時間と課題の分量が到底合わないだけでなく、最初から実現不可能なものばかりだからだ。これらの難題の前になす術もなかった豆鼠だが、結果的には決められた時間内に課題を一つ残らず解決することができた。黒牛、お化け、天上の織り姫、雀たちが助けてくれたからである。黒牛は持ってきた鎌で石だらけの畑の草取りをしてくれたし、お化けの助けで甕の底の穴をふさぎ、水を満たすこともできた。織り姫は豆鼠の代わりに機を織ってくれ、雀たちが飛んできて三石のヒエをついて精白してくれた。このように民譚や童話の主人公たちは不運ではあるが、心根が優しいために苦境に陥っても必ず協力者が現れて助けてくれる。これが物語のお決まりのパターンである。中国のシンデレラ物語でも、主人公は死んだ実母が姿を変えた黄色い牝牛の助けで部屋一杯の麻を整頓し、一石の豆とゴマを選り分けるという課題を解決することができた。

これと同じパターンで夢解きに関する次のような話がある。ある国に王がいた。彼はある日、夢を見た。屏風に描かれた花が落ち、川の水が干上がって底が見えるという夢だった。王はこの夢が吉兆なのか不吉なのか分からず、大臣たちに七日の猶予を与え、その間に必ず夢を解くようにと指示した。ある元老は一日、二日……六日と日が経つにつれて焦りと心配で食べ物も喉を通らなくなった。最後の日になっても解くことができず、もう死ぬしかないという状況に陥った。その時、元老の賢い嫁が、それは皇后の受胎を告げる夢です、と言った。果たして皇后は王子を懐妊していることが分かり、元老は勲章を受けた。このように最後の審判の日、つまり期限ぎりぎりになってようやく課題が解けるというのは説話構成の一つの要件である。自己犠牲の尊さをテーマにした朝鮮時代の小説『沈清伝』の最後の場面の盲人たちの宴もそのパターンである。

一方、地名の由来に関する説話「広浦伝説」や「長者の池伝説」「陥地伝説」などは、世界の再編と関連のある洪水伝説と共に、タブーや障壁時間と関わりがある。異変を見過ごすと石像や化石になるという悲劇的な結末が提示されてもいるが、異変の到来時刻を予言する言葉を信じ、その時間を守れば罰を免れる場合も少なくない。これらは韓国版「ノアの箱舟」であり、聖なる時間を警戒し、畏《おそ》れる物語だ。

このように障壁時間が設定され、それを守り、克服する物語は事件解決の完結性を表す小説の原型である。いわゆる「古典小説」と呼ばれる朝鮮時代の小説は大部分がこのタイプに属する。このような小説の主人公は、性の如何にかかわらずみな熊女の末裔である。なぜなら苦痛に耐えて課題を遂行し、苦労が報われるという因果応報的成功を成し遂げているからだ。彼らは前進するプロットの主人公たちと言える。そういえば悪大官の側女になることを拒否して貞節を守り抜いた春香〔朝鮮時代の小説『春香伝』の主人公〕も熊女型タイプと言えるだろう。小説論においてこのタイプは改良と成就のプロットの原型である。

2. 虎型の障壁時間

一方、韓国の民譚の主人公には戒律やタブーを破り、逸脱する虎の遺伝子を持つ者も少なくない。彼らは神聖なものに叛いたり、決められた時間内に遂行すべきことを果たせず、不幸に陥る。彼らは秘密を知りたいという衝動に勝てない。あるいは懐疑や油断など、自らの弱点によって不幸を招いてしまう。この虎型の時間帯には運命の下降が待ちかまえており、誘惑の磁場が埋まっている。「パンドラの箱」の神話はその代表的な例だ。これに当たる韓国の民譚に「仙女と木こり」や「浴身禁忌説話」などがある。天上と地上（人間界）、水中（地下）の三つの世界を叙事的な宇宙としたこれらの物語は、みな虎の末裔たちの物語だ。

昔、ある独り者の木こりがいた。彼は山に薪を取りに入り、狩人に追われたノロジカを薪の荷の中にかくまってやった。そのお礼にとノロジカに教えられた通り、彼は八人の仙女が天から下りてきて水浴びをする金剛山の仙女湯へ行き、そこで一人の仙女の衣を隠してしまう。他の仙女たちはみな天へ上っていったが衣を奪われた仙女だけは天に上ることができず、結局木こりの女房になった。ところが木こりはノロジカから、息子が三人生まれるまでは絶対に衣を仙女に返してはいけないと言われていたにもかかわらず、二人の子供が二人生まれたのでついうっかり衣を返してしまった。仙女はその衣を身につけるやいなや、二人の子供を両脇に抱え、虹をつたって天に上っていってしまった。

遅ればせながら自分の失敗に気づいた木こりは再びノロジカを訪ね、仙女と子供たちを探し出す方法を教えてくれと頼んだ。するとノロジカは、もう仙女たちは仙女湯へ下りてくることはできず、つるべで地上の水を汲んで水浴びをしているので、そのつるべに乗りなさい、と教えてくれた。木こりは教えられた通りにして天に上り、恋しい女房や子供たちと再会した。しばらくして地上にいる母に会うために玉皇上帝〔道教の神。天上にいて万物を主宰するとされる〕から天馬を借りて地上に下りた木こりは、老いた母に勧められて小豆粥を食べているうちに、うっかり馬の背に粥をこぼしてしまった。驚いた馬が飛び跳ねたので、彼は落馬してしまった。一度地上に戻ったばかりに再び天に上れなくなった彼は毎日空を見上げて泣いていたが、やがて死んで雄鶏になった。

これはわれわれには非常になじみ深い話だ。いわゆる「白鳥の乙女（swan maiden）」〔魔法によって白鳥になったり人間になったりすることのできた古代伝説の少女〕の類型であるこの物語は隣国、中国や日本の民譚にも「夕鶴」や「羽衣伝説」として存在し、異類婚の類型としても理解できる。ここで注目すべきなのは、男が女の弱みを最大限に活用するという男女の結合の原型ともいえるパターンだ。女が男の面前で衣を奪われ、裸身になるというのは女にとって最大の弱みである。この弱みを最大限に活用する、つまり仙女の衣を隠すことによって、木こりは仙女を女房にすることができた。それなら、このようにして成就した出会いが破局を迎えたのはなぜだろうか。それは木こりが「子供が三人生まれるまで」という期限、すなわち障壁時間を守ることができず、衣を返してしまったからである。これは数値が示されていないとはいえ、明らかに時間の障壁である。だが子供が二人生まれ、約束を忘れたか、あるいは油断した木こりは不幸にも女房に衣を返してしまった。つまり期限を守れなかったために破綻を避けることができなかったのである。時間の異常体験を描いた「浦島太郎」や「雪女」などの日本の民譚も、タブーを破ったり約束をたがえることの悲劇を一筋の煙や溶ける雪のイメージで表現している。

一方「浴身禁忌説話」として知られる「魚女」の物語も似たパターンではあるが、タブーを破る理由が好奇心からの覗き見である点が異なっている。

昔、あるところに一人の貧しい漁師が住んでいた。彼はある日大きな鯉を一匹釣り上げ、殺さずに甕に放して育てていた。ところが食事時になると、なぜかいつも膳の支度が整えられている。不思議に思った漁師は、それが甕の中の鯉が女になってやったことだと知った。漁師は頃合を見計らって女の手首をつかみ、女房になってくれと懇願した。だが女は自分は龍王の娘であり、あと三日だけ待ってくれれば人間になれるから三日間待ってくれ、と言った。果たして三日後に人間になった鯉女と漁師は結婚し、彼らは幸せに暮らしていた。だが鯉女は毎月一、二度決まって沐浴をした。そして漁師に、三年の間は自分が浴室に入っている時、決して覗かないでくれ、もし覗いたら必ず不幸なことが起きるだろうと言った。こうして二年が過ぎ、もうすぐ三年になろうというある日、我慢できなくなった漁師は外からこっそり浴室を覗いた。彼はそこで、鯉に戻った女房が泳いでいるのを見てしまった。夫に覗かれたことを知った妻は外に出てきて、「あと一日、約束を守ってくださったなら永遠に人間でいられたのに……」と言うと鯉に戻り、夫が止めるのも聞かずに海の底の龍宮へ戻っていってしまった。

これは「禁室」内での水浴の場面を覗いてはいけないという浴身のタブーと、秘密を知りたいという欲求によるタブー破りとを描いた物語だ。このような話は中国の『捜神記』や『太平広記』、そして『高麗史』の「作帝健と龍女」の物語などにもしばしば見られる。

「私が龍宮に戻る時には絶対に私のやることを見てはなりません。もしこの約束を破ると、私は永遠に帰ってこられなくなります」。

しかし、作帝健は妻との約束を破り、ある日、妻が幼い娘と井戸に入ってゆくのをこっそり見てしまった。ところが幼い娘をつれて井戸に入った妻は突然黄色い龍に変身し、五色の雲を起こしたのだ。夫に変身するところを見られた妻は、井戸から戻ってきて「夫婦の間でもっとも大切なことは、信義を守ることです。でもあなた様が約束を破ったので、私はあなたと一緒に暮らすことはできません」と言って、幼い娘とともに再び龍の姿になり、井戸に飛び込んだ。妻は龍宮へ行き、永遠に帰って来なかった。

孫鎮泰《ソンチンテ》の『朝鮮民族説話の研究』に収録されている「螺中美婦説話」のテーマも同じだ。中国の『捜神記』に出てくる「白水素女」や「貝中美婦」「田螺美女」、日本の「夕鶴」などに似たこの話は、「魚女」の話と大同小異だ。ただこの話では鯉が亀か田螺（あるいはサザエ）になり、タブーの条件が明確に示されていない。これは話を伝えた者が意図的に変えたか、過ちによるものだろう。タブーが課せられた時間、辛抱できなかった漁師はその罰として美女略奪、すなわち妻を役人に奪われ—このような略奪のモチーフは「水路夫人説話」や「都彌説話」に出てくる—結局、恨みを抱いた一羽の青い鳥となってしまう。

以上の三つの物語は動物の人間への変身と関連があるという点において、檀君神話に非常に近い。ただ虎が自分でタブーを破ったのに対して、鯉・龍・田螺の場合は他者である夫が約束を破ったことによる不幸である点が異なる。ともかくこれらの話はいずれも、あまりにも人間的な好奇心と衝動によって障壁時間を耐えることができず、人間としての幸福を逃がしてしまうというものだ。

その他にも似たような民譚はたくさんある。「夕鶴」同様決められた時間、謹慎できなかったために龍になって昇天するはずが、しそこねた大蛇とか、石になった人間の話、変身と雲隠れがつきものの鬼神・妖怪の話などはみなそうだ。

これらの話の中にはタブーの内容がいよいよ最後の場面になって覆る場合もあるにはあるが、そこにもやはり時間が関わってくる。韓国の民譚における障壁時間はおおむね三日・三七日（二十一日）・三ヶ月と十日・三年・九年などがもっとも多く、時には正午が障壁時間になることもある。このように虎型の障壁時間におけるタブーとは、人間的な忍耐と衝動と弱点の限界線だ。このような虎型タイプは反逆・裏切り・失敗のプロットの原型となる。

三．障壁時間の小説的構築

文化の形態は受容性と継承性の両面を持っている。絶え間なく外来文化を受け入れる反面、既に蓄積されたものを記憶し、それを発展的に受け継ぎもする。文化の一部である文学もまた例外ではない。外来文学を受け入れることによって変革を試みる一方、伝統を受け継ぎ、発展させようともする。ことに民族の想像力の結晶ともいえる基層文学は、意識的にであれ無意識的にであれ過去の文学を受け継ぎ、その影響を受けるものだ。韓国の小説はその構造において古典小説は熊型を、現代小説は虎型を受け継いでいる。これは物語の結末に顕著に表れている。

1．時間の二つの因果律

檀君神話をその源とする民譚の障壁時間は、つまり制限時間の垣根だ。この時間の垣根の中でなされる行為は最後の審判の日、二つに分かれる。つまりタブーを守ればそれ相応の果報に恵まれ、タブーを破ればそれに対する罰を受ける。熊の行動様式は前者であり、虎の行動様式は後者である。また前者は前進のプロットであり、後者は退行のプロットだ。

韓国の古典小説『春香伝』は、主人公の春香がまさに死なんとする最後の場面で救済者が現れるという点で障壁時間と密接な関係がある。春香は投獄され、拷問されるという試練と苦痛に耐え抜き、貞節を守り通した。これは洞窟の中の熊女の苦痛に相当する。もし春香が洞窟の外の欲望の対象に飛びつくような虎の末裔であったなら、彼女はいつでも悪大官、卞学徒の寝室か宴会の席にはべることができたはずである。だが彼女は最後までそれを拒み、貞節を守ろうとした。そのことに対する果報が烈女〔国から顕彰されるほどの貞女〕の地位だった。一方、卞学徒は虎の後裔だ。彼は地方長官の地位にありながら善政を施すどころか、欲望の対象に向かって垣根の外に飛び出してゆく人間だ。その結果、彼は罷免という罰を受けることになる。

クロード・ブレモンドの童話のように、功労→果報、過失→懲罰という形が成り立つ韓国の古典小説は熊型の人物を主人公にすることによって楽観性を持つことになる。韓国の近代以前の小説の構成は改良と成就・果報の前進タイプだ。たとえ物語の前半や中盤に主人公が苦痛を受ける場面があったとしても、その苦痛に耐えることによって、主人公はより良い生を獲得する。開化期の新小説や李光洙《イグァンス》（一八九二〜一九五〇）の小説の構成もこのような形態から大きく外れてはいない。

だが「挫折と失敗の論理」をより重視する現代小説では状況はがらりと変わる。言いかえれば、主人公は熊型から虎型へと変わる。反逆と裏切りによって挫折・失敗という結果に至る傾向が顕著になる。これは、自我が社会的な力に抑圧される現実に対する悲観的な見方が強くなるからだ。

金東仁《キムトンイン》（一九〇〇〜五一）の「甘藷」（一九二五）はその一つの例だ。これは福女という一人の女性の不幸な一生を描くと同時に、彼女の道徳的な転落と破滅の過程を描いた作品だ。最初は「道徳というものに対する天性の素質」を持っていた純真な彼女が貧しい生活を重ねてゆくうちに売春や泥棒といった社会的なタブーを犯し、そのために死ぬことになる。

彼女はそれまで他の男と関係するなどということは考えてみたこともなかった。そんなことは人間のすることではない、獣のすることだとばかり思っていた。そんなことをしたら、その場で死んでしまうかもしれないと思っていた。

けれども、こんな不思議なことがまたとあろうか。人間である自分もそんなことをしたところをみると、決して人間としてできないことではなかったのだ。

（中略）

王書房が忙しくてこられないことがあると、福女の方から王書房の家をたずねることもあった。

長璋吉訳

このように禁断の垣根を越えることによって彼女は今まで知らなかった世界へ入ることができた。だが結果的にはその罰として、身の破滅を招くことになる。このように現代小説は、最終的に幸福な結末に導く古典小説とは異なり、悲劇的な運命に陥る虎型の主人公を描くことが多い。このように人生を悲劇的なものと認識する現代小説は、タブーの侵犯とその結果としての悲劇性を主調としている。

2．転倒する因果論と時間に閉じ込められた生

現代小説では往々にして時間の逆進現象が見られる。つまり、過去から現在へと話が進むのではなく、順序が逆になる。その極端な例が「意識の流れ」だ。殺人と推測の詩学といえる推理小説もまた時間的な構造が逆転している。つまり推理小説では、事件とその原因を提示する前に、既に出ている結果について読者が疑問を持つように仕向ける。結果は明らかなのだが原因と犯罪の主体が分からず、その原因を突きとめてゆ

くのが推理小説の醍醐味だ。このように原因と結果が密接に関係しているという点において、推理小説もやはり障壁時間と関連がある。李文烈《イムンヨル》（一九四八〜）の『ひとの子』（一九七九）は推理小説ではないが、そのような推理性を十分に活用した作品だ。

その他にも、例えば崔曙海《チェソヘ》（一九〇一〜三二）の一連の作品も時間と関係があるし、廉想渉《ヨムサンソプ》（一八九七〜一九六三）の『二つの破産』（一九四九）では貧しく、無力な人々が借りた金の返済期限を守れず、ますます不幸になってゆく。債務、つまり借金は未来を拘束し、時間を限定する手段なのだ。『ボヴァリー夫人』では、エマはレリシーに二十四時間以内に八千フランを返さなければならない。返せなければ彼女がシャルルについた嘘がすべてばれてしまう。いずれにせよ、このような債務者は資本主義社会の犠牲者と言える。そして今日、時計が支配する管理社会の典型である出勤時間を守れないためにクビになったり、昇進の機会を逸する人が少なくない。今は解除されたが、かっての夜間通行禁止時間も韓国の現代史や小説における重要なモチーフとなる障壁時間だ。

時間が人間を支配する現代社会は、そのすべてが障壁時間となんら変わりないと言える。人間はこの時間の罠にかかって熊となるか、虎となるか、二つの可能性を持っている。それは今日でもなんら変わりない。法律も時にはタブーの障壁となる。熊になる時には希望と確信を持って服従する側に立ち、虎になる時には懐疑を持って反逆する側に立つ。だから人間の叙事詩である小説においては、この二つの行為が常に交差することになる。文学という言語空間はこのモラトリアムの限界を守りもすれば破りもする、人間たちの世界として存続しているのである。

檀君神話は、人間の行動は意志と悲劇性の両面を持っているということを示唆する韓国の原初的な作品であり、改良と成就、あるいは反逆と失敗という二つの構造の原型である。これは現代小説に現れる人間像にも少なからぬ影響を与えている。また檀君神話は、韓国人の粘り強いが、反面せっかちだという民族性の断面を暗示する根拠となってもいる。

追記：この稿を改めている時に「タブー」を扱った黄順元《ファンスンウォン》（一九一五〜二〇〇〇）の小説「地鳴り」（一九八五）が発表されたが（『世界の文学』一九八五年秋号）、この作品を扱えなかったことが残念である。

第三章　変身の論理

河回地方・閣氏（処女）の仮面

＊

仮面を「偽りの顔」と呼ぶように、仮面は変装の機能を持っている。それほど仮面は人間の変身願望と関わりが深い。演劇の扮装具として使われる時、仮面を使う者は自分本来の姿から逸脱し、獣や鳥類の身体性を獲得する。（55ページ）

一・変身願望

人間はもともと変身願望を持っている。それは変身することによって閉塞した現実の生を越えることが可能だと信じているからだ。だから変身願望は文学の歴史の中で幾度も繰り返されてきた。処容は仮面をつけて踊ることによって自我を超えようとした。李清俊《イチョンジュン》(一九三九〜)の小説「仮面の夢」(一九六〇)は変身への幻想をモチーフとし、身分や職業による生活の規格化・画一化からの脱却を試みた物語だ。変身とは「自己の他者化」、つまり人間が自分と獣を同一視する想像力から生まれた発想だ。バシュラールは「想像力の第一の機能は獣の形態を創りだすことだ」と指摘した。だから自らの帰属性を失った人間の苦悩を描いたカフカの『変身』のクレゴルは眠るカブト虫になり、イオは幼い牝牛になった。また若き日のゲーテはオビッドの「メタモルフィシス」から多大な影響を受けた。

韓国の檀君神話には、変身に関する二つの興味深い話が出てくる。熊女の変身と桓雄の変身だ。熊女の場合は、洞窟の中で苦しい孵化の期間を耐えることによって、一人の女性となる。ここでは人間と動物のトーテミズム的連続性が成立している。一方、神格的な存在であった桓雄は妊娠を望む熊女と交わるために、一時的に人間の男性となる。だから檀君神話はある意味では人間を中心軸にした二つの変身物語と言えるだろう。神と獣がそれぞれ人間に変身するのだ。だから人間は、宇宙的世界像において三界の中心に位置しているのだ。

この二つの変身譚や民譚からわれわれは、変身が持つ非常に韓国的な性格と意味を理解することができる。

まず第一に変身とは現実的な生の超越であり、一種の変形の過程だということだ。そして変身にはそれ相応の苦痛が伴う。熊女は人間になるために虎との競争やタブー、暗い洞窟生活などの苦痛を経験せねばならなかった。それに耐えることによってようやく人間になれたのだ。

人類学の観点から見ると、説話的変身には往々にして罪や魔法による神聖な世界からの疎外や追放、流刑地での贖罪の苦行がともなう。追放された者はその苦行に耐えて初めて失った神性を回復し、人間や神に戻ることができる。このことから変身とはもともと進化論的な二元性を前提としていることが分かる。これがメルヘンや説話文学の一つの世界像だ。

一方、変身が持つ戦闘的性格は朱蒙〔高句麗の始祖王〕神話での河伯と解慕漱の変身譚に表れている。また新羅の脱解王と駕洛国の首露王が鷹と鷲へ、さらに雀とハヤブサへ変身した話が『駕洛国記』に出てくる〔駕洛国は伽倻国の別称〕。『西遊記』の孫悟空もまた変身譚の東洋的な一つの原型だ。

河伯が庭の池に飛び込んで鯉になり、波に乗って戯れていると解慕漱は川獺《かわうそ》になって襲ってきた。河伯が鹿になると解慕漱は山犬になって鹿を追った。また河伯が雉になると解慕漱は鷹になって襲ってきた。とうとうここに至ってようやく河伯は解慕漱が天帝の子であることを認め、礼を尽くして娘と婚姻させた。

脱解王が化けて鷹になると、首露王は化けて鷲になった。今度は脱解王が雀に化けると首露王はハヤブサに化けたが、いずれも瞬く間の出来事だった。しばらくして脱解王がもとの姿に戻ると、首露王ももとの姿に戻った。

このような変身譚は物語の展開を早め、緊張感を増すという作用がある。

第二に、韓国の変身譚はギリシャ神話など西欧のものとは異なり、鬼神や獣、動物など人間以外のものが人間に姿を変える。ギリシャ神話では、人間が天体や植物、動物、鉱物はもちろんのこと、気体にまで姿を変える。もちろん東洋にもそのような例がないわけではない。その一つの例が新羅の朴提上夫人が石になった話だ。だが多くの場合、動物が人間に姿を変えている。これはおそらく『捜神記』など、漢魏六朝時代の一連の志怪小説の影響によるものだろう。

第三に、変身には持続的なものと暫定的なものとがある。熊女の場合は前者であり、桓雄の場合は後者に当てはまる。変身状態が暫定的で変わりやすいものの場合は、雲隠れの術や一時的変装のための仮面術としての意味を持つ。

第四に人間に変身した場合、男性よりも女性になることが圧倒的に多い。これを変身の女性化現象と呼ぶ。とりわけ女性が蛇と同一視されるのは、蛇の周期的脱皮と関連がある。

第五に変身の方法だが、これは薬物や草木の服用・魔法・追放・疎外・沐浴・脱皮・脱衣・宙返り・人肉を食べる・吸血・消滅などがある。また変身状態からの回復は他者によってなされる場合もあれば、自力でなしとげる場合もある。概して変身は結婚と密接な関係がある。

変身譚においては天上界と人間界が共存関係にある。いずれにせよ、檀君神話が部分的とはいえ変身譚であるという事実は、変身現象と韓国文学が深い関係を持つことを示している。

二．変身の肖像

神話学の理論家であるノースロップ・フライは『世俗経典』（一九七六）の中で文学の叙事傾向を四つに分類している。第一がより高い世界からの下降、第二がより低い世界への下降、第三がより低い世界からの上昇、第四がより高い世界への上昇、である。これは叙事的な想像の世界には大きく分けて下降と上昇の二つの型が存在することを示唆している。彼の『スピリッツ・ムンディ』（一九七六）では世界像を下降の側面と上昇の側面に分けている。変身の類型もこれとなんら変わりはない。檀君神話の熊と虎の変身が暗示しているように、韓国文学において変身は上昇・前進型と下降・退行型に二分される。前者がより高い状態へ完全に変化するのに対して、後者は変化が暫定的であったり、変化の過程で再び低い状態に戻ってしまう。この点では下降の象徴が変身であり、上昇の変身は逆の現象だとするフライの分類の仕方とはやや見解を異にしている。

1．上昇・前進型変身

熊女の変身同様、民譚にも一匹の大蛇が龍になって昇天するために一定期間、謹慎するというものがある。変身とは苦痛を伴うものなのだ。もしそれができなければ、大蛇は永遠に呪われた流刑の沼から抜け出すことはできなくなる。

無益な対立による精神的荒廃を描いた金《キム》東《トン》里《リ》（一九一三〜九五）の『黄土記』（一九三九）に「双龍説」とい

う地名縁起説話が出てくる。ここでは呪いをかけられた二匹の龍が飛翔を成就できず、血みどろの争いを繰り広げる様が描かれている。

天に昇ろうとしていた一対の黄龍がいたが、天に昇るまさにその前夜、彼らは共に夜を過ごした。怒った上帝は彼らの如意珠を取り上げてしまった。如意珠を取られた彼らは悲しみに耐えられず、互いの頭に噛みつき、噛みちぎった。すると、その血で黄土の谷ができた。

二匹の龍は結局宿命の呪縛から逃れることができない。このように運命を強調する伝説は、一種の退行型変身の例といえる。

一方、韓国の「蛇旦那」という民譚は脱皮の苦痛に耐えることによって昇天できた青大将の話で、上昇・前進型変身の一つの原型だ。

昔あるところに、年老いた木こりがいた。ある日彼は山へ薪を取りに行った。木があまりなく、あちらこちらさ迷い歩いているうちに落ち葉がうずたかく積もっているところがあった。落ち葉をかき集めていると、中に五色の模様がきらきら光る一匹の青大将がいた。木こりは青大将を家へ持ちかえり、薪入れの中で育てた。ある日その青大将が木こりに、前の家の金持ちの娘を嫁にほしいと言った。この噂を聞いた金持ちの家では、娘を急いで他家へ嫁にやろうとした。

だが娘は良縁をみな断わり、あえて青大将と結婚しようとした。仕方なく両親もこれを了承した。結婚式の日、娘の家では長い竿を両家の間の塀に立てかけ、青大将はそれを伝って娘の家に入り、初夜を過ごすことになった。部屋に入ってきた青大将は娘に、この家の庭には三年ねかせた醬油と小麦粉の甕があるか、と訊ねた。娘があると答えると、青大将はすぐさま庭に出て、醬油の甕の中で体を洗い、小麦粉の甕の中で一回転してから部屋に戻ると、蛇の殻を脱いで人間に変身した。新郎は新婦に「私は天の国の玉皇上帝の息子だが罪を犯し、青大将になって人間の世界で暮らすという罰を受けたのだ。だがもうその罪も償ったので、天の国に一緒に行こう」と言った。そして稲妻をとどろかせて昇天し、天の国で二人は幸せに暮らした。

これは獣になった男と人間の女の結合、すなわち異類婚の物語だ。このように獣と人間が結婚するというのは民譚の普遍的なパターンである。結婚は変身状態からの救出のきっかけとなる。だがより重要なことは、変身にまつわる東洋的な想像力がここに表れているという点だ。それは、変身が神性に対する罪の結果であり、回復の過程は予め準備されているということ、そしてその過程にはそれを妨害しようとするタブーや苦痛が必ず伴うということだ。「蛇旦那」に出てくる長い竿は非常に重要な意味を持っている。つまり、竿は現実世界と非現実世界との境界を意味すると同時に、変身の世界を通る関門なのだ。醬油と小麦粉も同様に苦痛を象徴し、贖罪を意味する。醬油での沐浴は大変な苦痛を伴うが、一種の洗礼ともいえる通過儀式だ。そして小麦粉はもとの状態に戻るための扮装の意味を持っている。

このようにして見ると、韓国の古典小説がほとんどハッピーエンドに終わるのは、基層文化に表れているこのような変身の発展的過程と決して無関係ではない。

例えば『春香伝』の主人公、春香は引退した芸妓《キーセン》の娘に過ぎないが、それが物語の最後には貞烈夫人に変身を遂げる。これは上昇・前進型変身の極致だ。だが春香がこのような変身を遂げたのは決して偶然ではない。季節ごとの試練に耐える農耕文化の生活様式のように、監獄に入れられ、鞭で打たれるという試練に耐えた強固な意志があったからこそだ。それがなかったら、変身は永遠に不可能だったかも知れない。

一方、前述したように変身は一種の罰でもある。これはヨーロッパの民譚におけるほとんどの変身が魔術や呪術の結果であるのと似ている。「蛇旦那」のように、変身の前後には常に苦痛と、呪いや罰が存在する。変身と罪と罰は相互因果関係にある。中国の説話「蝸牛《かたつむり》美人」もやはりこのパターンだ。これはある意味では東洋的な失楽園の状態、つまり罪を犯して楽園を追放された話であり、また自己変革の物語と言えるだろう。

元来は天女だった「蝸牛美人」は天の国で罪を犯し、玉皇上帝の怒りを買う。その罰として天女は一匹の蝸牛となり、地上に追放される。地上とはつまり流刑の失楽園なのだ。だが人間や、もとの状態に戻ることのできる「インキュベーター（孵卵器）」でもある。

ともかく地上に追放された天女は罰を受ける期間、殻を脱いで徐々に美女に変身するが、その最中に男と出会い、夫婦の縁を結ぶ。だがタブーを守りきれず、二人の関係は「蛇旦那」の場合とは異なり、結局破綻してしまう。

このように罪→追放→変身→回帰（あるいは挫折）と続く物語は、小説として発展する潜在力を持っている。金萬重《キムマンジュン》（一六三七〜九二）の小説『九雲夢』はこれらの物語を発展させ、血肉化したものだ。下降、上昇のテーマが交差する『九雲夢』は、韓国版『ファウスト』と言える。

南岳衡山という山の奥に入り、六観大師の門下で十年余り修行した性真は龍王のところへ使いに行くが、龍王の勧めで酒を飲み、戻る途中、石橋の上で八人の仙女と出会い、からかわれる。それがきっかけでこれまで眠っていた欲望と衝動に火がついた彼はついに五戒を破り、その罰として人間世界に追放され、楊少游という男に生まれ変わる。生まれ変わりとは、すなわち変身だ。楊少游はやはり人間世界に追放されてきた八人の仙女と再会し、人間が享受している富と栄華をことごとく味わう。だが晩年になり、彼は世の無常をも悟る。いったん悟ると、華やかな現世も単なる苦しい流刑の地でしかなかった。彼は悟りを得たことで、ようやくもとの世界に戻ることができる。

このように基層文学は文学を形成する元素であり、種のようなものだ。ともかく上昇・前進型変身とはより良い、より高い状態への変身であり、人間→獣→人間へと仮面を変えることでもある。

2. 下降・退行型変身

下降・退行型変身とは変身状態が一時的か、あるいは変身を成就できず、途中でもとの状態に戻るものだ。言いかえれば転落の構造であり、正体がばれて獣→人間→獣と変身することになる。『三国遺事』に出てくる「金現感虎」はその良い例だ。

新羅には毎年二月になると、八日から十五日まで、都の男女が興輪寺の塔の周りを回る「福会」という風習があった。新羅第三十八代元聖王の時、金現という花郎《ファラン》（新羅の貴族の子弟で構成された組織。彼らは心身を鍛え、戦時には戦士団として活躍した）がおり、夜中に一人で「福会」をしていた。すると一人の乙女が彼の後について回り、二人はすぐに親しくなって情を通じた。彼女が帰ろうとするので金現はついて行こうとした。彼女は断わったが金現はついて行った。西山の麓に一軒の藁葺屋根の家があり、彼女はそこへ入っていった。老婆が彼女に「誰だ、ついて来たのは？」と訊ねると、彼女は事情を話した。彼女は金現に「明日、私が町へ出て人々を傷つけても、誰も私を捕まえることはできないでしょう。王様はきっと私を捕まえた者には高い地位を与えるとおっしゃるはずです。あなたは怖れずに私を追ってきなさい。私は北林の中で待っています」。こうして二人は別れた。

果たして翌日、虎が町にやって来て暴れまわったが、誰も虎を捕まえられなかった。王は、虎を捕えた者には二級の官位をやるというおふれを出した。金現が宮廷へ行き、私が捕えてみせますと言うと、王は官位を与えて激励した。金現が刀を持って北林へ入ってゆくと、虎は娘の姿になって待っていた。彼女は笑いながら昨夜言ったことを忘れないで、と言うと、彼の刀を抜き取って自分の首を切り落とし、再び虎になった。

愛と献身の意味を描いたこの話で注意せねばならないのは、虎が乙女に一時的に変身し、またもとの姿に戻ったという点だ。これは明らかに退行であり、下降の変身構造だ。これに似た話は、例えば人を化かすという九尾狐〔尾が九本あるという老狐〕が出てくる怪談などである。狐や蛇などは人間と結合し、生の交換作用を行なう動物とされている。これは仏教的な因果論によるものか、あるいは人間の嫉妬や怨念が古代のアニミズムや妖術を基にして構造化した結果だろう。

崔致遠《チェチウォン》（八五七〜？）は、『古意』の中で変身と仮面の欺瞞性について、次のような風刺的な詩を詠んでいる。

狐が　美人に化け
山猫がまた　学者面《づら》

誰ぞ知る　獣の群れ
人間の仮面をかぶり　世間を欺く

英語で変身に当たる言葉は「lycanthropy」だ。これはギリシャ語で狼という言葉と人間という言葉の複合語だそうだ。つまり人間が動物になったり、動物が人間になったりする形態の変化を意味する。韓国文化や文学においても、変身とは人間が獣や人間以外のものに変化する場合が少なくない。『洪吉童伝』（朝鮮時代、ハングルで書かれた最初の小説。許筠著）で主人公、吉童がかかしになったり、『三説記』で金持ちが蛇になったりするのがその例だ。だが実際は、獣が人間になる場合の方がはるかに多い。

中国や韓国の説話の中心をなすのは狐と蛇だ。中国の蒲松齢（一六四〇〜一七一五）の『聊斎志異』や『太平廣記』には狐と白蛇の伝説が多数収録されている。それらによると、墓の近くにいる狐は人間に害をなす力を持った妖怪であり、妖婦の象徴だという。狐は五十年生きると女に化け、百年生きると百里先のことでも透視できる美女になり、千年生きると天に昇って天の狐になるという。また狐は、尻尾を九回地面に打ちつけて火を起こす能力を持っているといわれている。蛇や青大将もまた人間に化ける能力を持っており、女に化けて油断している男を惑わすと信じられている。『三国遺事』の「居陀知の話」と『高麗史』の「作帝建の話」には狐の変身譚がある。

昔、三人の息子を持つある夫婦がいた。彼らは「息子らは取られてもかまわないですからぜひ娘を授けてください」と山の神にお願いし、ついに可愛い娘を授かった。だが娘は大きくなるにつれて時々おかしな行動をするようになった。夜になると墓場に行き、棺の中の死体の経帷子を脱がして家の床下に積み上げるのだ。それを見た長男が母にそのことを言うと、母は大事な妹を陥れるようなことを言うとは、と怒って長男を家から追い出してしまった。

だがその後、飼っている家畜たちがなぜか次々と倒れていった。次男が調べてみると、妹が牛舎に入って牛の肛門に指を突っ込み、牛の肝を取り出して食べているのだ。母にそのことを言うとやはり次男も、そして三男も家から追い出された。三人は道が三本に分れる岐路に立ち、再会の日時を決めて別れた。

歳月が流れ、まず長男が家に戻ると、両親は既に妹に食われ、いなかった。雑草だらけの家の中から出てきた妹が嬉しそうに兄を迎えた。そして「どうぞ家に入ってください。ご馳走しますから」と言うと、兄を紐で縛り上げた。殺されると思った兄は紐を戸の取っ手に縛りつけ、一目散に逃げ出した。獲物を逃がしたことに気づいた妹は狐に変身して追いかけてきた。しばらく逃げると山の神が現れた。そして一頭の馬と三つの瓶をくれて「万一の時はこれを一つずつ投げなさい」と言って消えた。

馬の尻尾が妹に捕まりそうになったので兄は青い瓶を投げつけた。すると辺り一面海になった。黒い瓶を投げると自分の姿を消すことができた。それでもなお妹は追ってきた。最後の赤い瓶を投げると、とうとう妹は狐になり、炎に包まれて死んでいった。兄弟は約束通りに再会し、幸せに暮らした。

昔、あるところに書堂《ソダン》〔漢文などを教えた塾〕があった。ある日土砂降りの雨が降り、川の水が増水した。川向こうの村から来ていた少年は、家に帰れなくなったのでその日は書堂に泊まることにした。

雨は止む気配もなく、少年は寝ることもできずひたすら本を読んでいた。すると、夜中に戸がすうっと開き、血のついた風呂敷を被った何者かが入ってきていきなり血を吐いた。肝の据わった少年は、恐怖におののきながらも静かに血のついた本の頁をめくり、ひたすら本を読み続けた。しばらく経つと、再び戸が開いてまた何者かが血を吐いた。しかし、少年は気絶せず、耐えていた。本が残り一頁になった時また戸が開いて再び何者かが血を吐こうとしたその瞬間、夜明けを告げる一番鶏が鳴いた。何者かは「悔しいっ」と言いながら出ていった。その言葉を聞くと、少年は今度こそ気絶してしまった。

朝になると村人が集まってきた。彼らは少年を起こして事情を聞き、村中を探しだした。最後の一軒が残ったが、そこには嫁いできたばかりのきれいな娘がいるだけなので調べないことにした。だが調べるべきだと一人が主張するので調べてみると、なんとその家の簞笥《たんす》の奥から血のついた服が出てきた。するとそこにいた娘が突然飛び上がり、くるっと一回転して三本の尻尾を持つ狐になった。そして「あの子さえ食ってしまえばずっと人間でいられたのに……」と悔しそうに言って逃げ出そうとした。村人たちは狐を棒で殴って捕まえた。以後、この村にはそんなことは二度と起こらなかったという。

この二つは狐が美女に化けた伝承説話で、ぞっとするような血の匂いのする怪談だ。その他の口碑文学や伝説の中にも青大将や蛇が人間に化けて男を惑わせ、死に追いやる甘美なエロチシズムが表現されている。それらの狐や青大将は自分の望みをかなえたり、怨念を晴らすために一時的に男を誘惑する女になるのだ。それは妖術によるものである。

これらの変身は時間的には真夜中に、空間的には草深い山奥か人里離れた一軒家で行なわれる。また発展的な変身とは違って罪は増大し、欺瞞・復讐が繰り広げられる。正体は必ず露見し、仏面獣心という言葉通り内面は獣で外見だけは人間、つまり彼らは悪魔学の吸血鬼なのである。

変身は本来の姿を隠したり、変装・仮装した姿を持つという点で仮面の論理や機能に等しい。仮面のイメージは恐怖や攻撃の表現でもあるが、偽りや欺瞞という側面も持つ。だから仮面は下降型変身の一面を持っている。

三．変身の現代化現象

変身は動物と人間のトーテミズム的な神話的発想と仏教の輪廻思想を基にした相互交換関係といえる。現代ではこのような関係はないが、変身をめぐる進化説と退化説は現代文学に受け継がれ、再構成されている。言いかえれば現代人の意識の中にも古代の神話やそのイメージが依然として生きているのだ。人間の状況を動物のそれと同一視するイメージ、風刺のための戯画化、流刑地のような現実からの飛翔願望、仮面の価値の認知など、みなそうである。『変身』の作者であるカフカが人間の状況を示すために動物の話を利用したり、ロレンスの世界像に動物の比喩や象徴が利用されているのは決して驚くべきことではない。現代において変身の思想は一種の超越の思想であり、自由の思想なのだ。

1．「翼」と「金翅鳥」の変身

李箱《イサン》（一九一〇〜三七）の小説「翼」（一九三六）は題名に既に暗示されているように、飛翔によって現実からの脱出を計画するという変身願望を投影した作品だ。そういう意味でこの作品には追放者のモチーフや夢幻と現実、また神話と現実が共存している。

この時ポーと正午のサイレンが鳴った。人びとはみな両手足をのばして鶏のようにはばたいているように見え、ありとあらゆるガラスと鋼鉄と大理石と紙幣とインクがぐつぐつとたぎりたち、騒ぎたてるかと思われる刹那、それこそまさに絢爛をきわめた正午だ。

私は急に腋の下がむずがゆくなった。あは、それは私の人工の翼が生えていた跡だ。今ではなくなったこの翼、頭の中では希望と野心の抹消されたページが、ディクショナリーがめくられるようにちらついた。

私は歩みをとめ、そして一度まあこんなふうに叫んでみたかった。

翼よ、今一度、生えよ、

飛ぼう。飛ぼう。もう一度だけ飛んでみよう。

もう一度だけ飛んでみようじゃないか。

長璋吉訳

正午という時間を軸にし、虚空に向かって飛ぼうとする衝動は明らかに一つの変身願望だ。自らの存在を鳥に見立てているからだ。翼を持っているのは人間ではなく鳥だ。だがここで李箱は、明らかに翼がないにもかかわらず鳥になるか、あるいはせめて蠟か彫り物で細工したイカルスの人工の翼だけでもつけて飛んでみようとする。さらに人間もかつては人工の翼を持っていたと信じている。彼は明らかに迷宮のような現実から脱出するために発展的変身の経験を記憶し、それを再構成している。いや、むしろ翼のない今の状態を呪われた下降的変身の状況と見なし、本来の翼の生えた姿に戻ろうとしているのかも知れない。ここでは「生えていた」と「今ではなくなった」という言葉の時間的対比に留意する必要がある。

この変身のイメージの原型が何であるかを突きとめるのは容易なことではない。到底不可能な課題かも知れない。だが鳥になって飛ぶこと、羽衣を身にまとい、虹に乗って昇天する仙女や龍になることなど、罰や呪いの殻を脱ぎ捨て、もとの世界に回帰する一連の基層文学が経験の原型となって作品に投影されているのは間違いない。

翼は超越と飛翔、あるいは自由と脱出の象徴だ。この作品における翼も現実の閉塞状態から脱出したいという渇望そのものだ。だから「飛ぼう」というのは、クモの巣にかかったようにがんじがらめになり、抜け出すことのできない現実、妻にじわじわと苦しめられ、剝製になってゆくような現実から解き放たれようとする変身願望であり、脱出願望なのだ。

李文烈《イムンヨル》（一九四八〜）の小説「金翅鳥」（一九八二）は、李箱の「翼」のイメージに似た金翅鳥という想像上の鳥をテーマに、芸術的な美の極致をめざす一人の書家の苦悩と執念の一生を描いた、一種の芸術家小説だ。金翅鳥とはつまり迦樓羅のことで、仏教でいう二十八部衆だ。密教図像学では金翅鳥は鳥の王とされる怪鳥である。

古竹《コジュク》の金翅鳥はそのような書画論の海から生まれ、美的完成に向かって飛び立つ観念の鳥だった。死を考える齢《とし》になった古竹がこれまでじっと心の中で暖めていた願いの一つは、自分の筆の先から飛翔する金翅鳥を見ることだった。そのことで自分の一生を賭けた美の追求も無駄にならず、苦しかった人生も報われると彼は信じていた。だが……彼は結局、金翅鳥を見ることはできなかった。彼がその場にがくっと崩れ落ちたのは単に気力を喪《うしな》ったためだけではなかった。

主人公、古竹の芸術家としての一生は金翅鳥への変身願望で貫かれている。それは芸術家として完璧な美の追求であると同時に人生の完成と昇華への意志でもある。芸術家として人生を燃焼させることを金翅鳥のイメージに重ねて見る、このような現象は明らかに芸術的変身といえる。だが古竹は死の瞬間に、そのような境地で書けた作品はこれまでただの一篇もなかったことを思い、自分がこれまで芸術の名の下に驕りたかぶり、世間を欺いてきたことを悟る。そして彼は、自分の作品をことごとく燃やしてしまう。

だがその時、古竹は見た。炎の中から飛び立つ一羽の巨大な金翅鳥を。金色に光り輝く翼と、その力強い飛翔を。

虚偽と欺瞞を燃やすという徹底した自己否定によってのみ芸術の完成は可能だという逆説を訴えかけているこの作品は、その根底に変身が持つ超越と脱出の思想がある。

2. 仮面の二重性と処世術

退行型変身の現代的性格は仮面の処世術、すなわち仮面の生態だ。仮面は変化を愉しみ、均等と画一を拒否する。そして自分と似ることを拒否する。この点において仮面は変身と関係がある。仮面を「偽りの顔」と呼ぶように、仮面は変装の機能を持っている。それほど仮面は人間の変身願望と関わりが深い。演劇の扮装具として使われる時、仮面を使う者は自分本来の姿から逸脱し、獣や鳥類の身体性を獲得する。だが仮面は自分の正体を隠しているので、仮面には秘密と欺瞞が潜んでいる。言いかえれば仮面を使うことによって人間は羞恥や道徳的タブーを破ることができ、攻撃や恐怖から自分を守ることができる。だから仮面には人間の二重性が潜んでおり、人格の崩壊が内在している。

小説にはこのような人間の表と裏の矛盾を解剖学的に暴露しようとする傾向がある。崔致遠の『古意』や、偽善の仮面を徹底的に暴く朴趾源《パクジウォン》（一七三七〜一八〇五）の『虎叱』を初めとして、現代の作家たちに至るまで、仮面に対する小説的考察は数多く行なわれてきた。仮面を暴くには自我の二重性と他者の二重性がともに問題になるが、崔仁勳《チェインフン》（一九三六〜）の「仮面考」（一九六〇）や李清俊の「仮面の夢」（一九七五）は前者に当たる。

鏡の奥には追われる者の焦燥感を隠そうと平静を装ったエセ聖者の仮面があった。創造主の域に近づいた者だけが持つ勝ち誇ったような眼や創造主を冒瀆するような唇の線—仮面のデッサンはどの線を取っても弱々しく、落ち着きがなかった。形だけを模倣した拙《つたな》い筆致の肖像画だった。あの仮面を血が流れるように引き剝がしたら……。

「仮面考」

しかし鏡を見るたびに髭はますます堅くなって濃い陰ができ、顔がしきりと後ろへ引っ込もうとするのは一体どうしたことか。（中略）だが自分の顔を覆っていた仮面を剝がしたと思ったその瞬間、仮面はもう後ろに下がっており、その仮面をもう一度剝がそうとすると、また後ろへ下がるのだった。

「仮面の夢」

「仮面考」と「仮面の夢」はそれぞれ違うやり方で仮面のモチーフを利用している。「仮面考」は意識の仮面を脱ぐ話であり、「仮面の夢」は仮面をつける話である。「仮面考」は風刺的な作品だが、他者の仮面ではなく自我の欺瞞的仮面を脱ぐ話であり、同時に人間の完全性に対する問いかけがなされている。

「仮面の夢」は「仮面考」とは異なり、仮面をつける話だ。若く、将来を嘱望されている裁判官である主人公のミョンシクは昼間は判事として働き、家に帰るとかつらと髭で変装して休息し、夜は外出するという奇癖の持ち主だ。彼はそうすることによって仕事の疲れを癒し、妻のチョンに対して力も湧いてくるのだ。彼は昼間の自分の素顔を仮面のようだと感じ、変装した姿に対してはまったく違和感を覚えないばかりか、むしろ変装した時、自分の苦悩ともっとも正直に向き合える。だが彼は仮面をつけた時でさえ不安を感じるようになり、ついに月夜の晩、屋上から投身自殺してしまう。作品ではミョンシクの死について意外なほど具体的な理由や説明をしていない。だがいくつかの暗示によって、なぜ彼が仮面をつけなければならなかったのか、またなぜ死なねばならなかったのか、が分かる。それは仕事と自己との分離、つまり社会的な仮面と自我との乖離のためだろう。

一方、仮面は巧妙に世渡りする人々の保身の手段となる。だから文学は偽善と虚偽を装う人間の仮面を剥ぎ、解剖する。全光鏞《チョンクァンヨン》（一九三一〜一九八八）の小説「カピタン李」（「カピタン」は英語の「キャプテン」にあたるロシア語）（一九六二）がその典型だ。この作品の主人公の医師、李仁国は特異な人物だ。自分を変えることによって環境の変化に適応する人間の典型だ。彼はカメレオンのような保身の名手である。彼にとっての保身術とは、まず何よりも生活の安全のために新しい外国語を身につけることだ。彼は季節の移り変わりに応じて服を着替えるように、時代の変化に応じて違う外国語を駆使することで危機をやすやすと乗り越え、栄達を手に入れようとする。日本の植民地時代は日本語を話すことで彼はそれなりの便利な生活を享受していた。

北朝鮮にいた彼は日本が戦争に負け、ソ連軍が進駐してくると親日派だったことを隠し、処断を免れるためにいち早くロシア語を使って危機を逃れたばかりか、息子をロシアに留学させた。そして三十八度線を越えて南へやって来た彼は、今度は英語を話すようになる。このように彼は韓国の現代史の変化とその時その時、この地を牛耳った外国人に合わせて要領よく世渡りをし、変身を繰り返す。彼はここでは風刺の対象として描かれている。

また彼は常に権力に寄生することによって安逸を得ようとする典型的な利己主義者だ。医師であるにもかかわらず、彼は一度として仁術を施したことがない。彼にとっての医術とは常に権力に媚び、利益を得る手段に過ぎない。彼は外国語を駆使することが保身術となった時代の流れが生み出した一つの人間のタイプだ。これは変身という保身術の経験が原型となり、文学に発展した例だ。

その他にも言語や動物的なイメージによる変身の原型が現代文学に受け継がれた例がある。例えばよくわれわれは気まぐれな女性のことを「狐のようだ」とか「メグ〔千歳の狐が化けてなるという想像上の獣〕のようだ」などと言って女性と狐を同一視する。李人稙《イインジク》（一八六二〜一九一六）の『鬼の声』（一九〇六）や『雉岳山』（一九〇八）などにはこのイメージが少なからず表れている。黄順元《ファンスンウォン》（一九一五〜二〇〇〇）は『日月』（一九六四）の中で、言葉を間違えて伝達した罪で牛になった牛公太子の変身譚（中国の話）を主要モチーフにして、白丁《ペクチョン》〔獣の屠殺を生業とした者〕とその子孫の精神世界を描いた。

変身の文学化現象は、それが退化説であれ進化説であれ、現代文学においても現実脱出や超越の象徴として、あるいは人間解剖の糸口として大きな役割を果たしていることは確かである。

第四章　韓国文学と悪の思想

『興夫伝』表紙（博文書館、1917年）

＊

悪の存在を独自なものとして描いていない韓国文学においては、極めつけの悪人や悪魔などはめったに登場しない。だが儒教的な観点から見て悪人に分類される人物は多い。韓国小説に登場する代表的な男性の悪人は『興夫とノルブ』のノルブ、『趙雄伝』の李トゥビョン、『玉丹春伝』の金ジニなどである。（70ページ）

人間はその本性において悪だ。　―カント―
人之性悪　其善者偽也　―旬子―

一．善悪の弁証法

あらゆる創造にはもともと肯定的な面と否定的な面とが含まれている。一日が昼と夜という対照的な時間に分かれるように、人間の本性や生の様相も本来善と悪という二元性を持っている。だから人間は「ジキルとハイド」のように、天使と悪魔の二つの顔を使い分けて生きてゆく。

創世記と韓国の檀君神話はともに、人類の歴史が善と悪の対照から始まり、悪の起源は人類の起源同様、非常に古いという事実を示している。エデンの園の歴史には最初の人間であるアダムが神の意志に叛き、禁断の木の実を摘んで食べたことによって善と悪を知るという、堕落と罪が記されている。また創世記はカインの殺人を記すことによって、人間による人間の殺害という悪を記録してもいる。韓国の檀君神話では、善と悪が人間の生の対立的な二つの様相であることを暗示している。

（桓雄は）風伯・雨師・雲師らをしたがえて、穀・命・病・刑・善・悪をつかさどり、あらゆる人間の三百六十余のことがらを治め、教化した。

金思燁訳

ここでは善と悪は、あらゆる生の本質的二元性の一つだということが暗示されている。だが檀君神話は悪の本性について、キリスト教の善悪観のような明確な説明はしていない。ただ善と同じように、悪も人間と歴史と社会を律する価値の一つの要素だと認めているに過ぎない。ともかく善と悪が創造の本質であることは確かだ。

われわれはよく韓国の古典小説の特徴は「勧善懲悪」だと言う。つまり善行を勧め、悪行をいましめるということだ。この言葉は『春秋左氏伝』の中の「懲悪而勧善・非聖人・誰能修之」から来ており、儒教の教育理念であり、韓国人にとっては行動の歯止めとなるモラルである。確かに韓国の古典小説には朱子学の道徳観を強調する傾向が強い。その背景には倫理的理想と生に対する楽観主義がある。

だが実は、問題はここから始まるのだ。それは善と悪の二元性を認める根拠として、まず善とは何か、悪とは何かを明らかにする作業が必要だからだ。とりわけ善と対比される悪とは何なのか。また文学において悪はどのような意味を持っており、韓国文学における悪の思想とはどのようなものなのか。このような論議と解明がなされて初めて、韓国文学の精神史的特性と人間発見の道程が明らかになるだろう。

そのような究明作業の一環として、ここでは古典的な人性論の悪、悪としての文学、そして現代的な組織の悪の三つの側面から文学における悪の思想を探ってみたい。

二、物語の二元的世界観

伝承説話は叙事的経験の原型であると同時に、その物語を伝える集団や民族が持っている善悪観や人間の運命に対する自覚と想像力の産物だ。だから物語はその集団の文化的基層としての意味を持っている。ところで説話の構造原理には善と悪という相反する価値観が内在している（善の原理と悪の原理が対立している）。ヨハネス・クラインは「民譚は二つの世界によって成り立っている」と指摘したが、金持ち―貧乏人、強者―弱者、貪欲―清廉、醜―美、愚鈍―聡明、怠慢―勤勉といった類型化された対立があり、それは究極的には善―悪に収斂する。そして両者はそれぞれの原理にしたがって動き、それが物語の流れになる。そして果報―罰を受けることによって対立構造は解消し、物語の幕が降りる。このように善と悪は表裏一体の関係にある。だから悪の登場しない物語は面白くないのだ。

善悪に関連のある韓国の典型的な昔話といえば『興夫《フンブ》とノルブ』『こぶじいさん』『しゃべる石亀』、そして「コンジュイパッチュイ」だろう。

1.『興夫伝』の善悪観

『興夫伝』は伝承説話『興夫とノルブ』を小説にしたものである。韓国には「大豆を植えた場所には大豆が生え、小豆を植えた場所には小豆が生える」という諺があるが、『興夫伝』にはそのような因果応報の善悪観が描かれている。この物語には対照的な二つの瓢箪が登場する。一つは「報恩の瓢箪」であり、もう一つは「復讐の瓢箪」だ。前者は興夫が植えたものであり、後者はノルブが植えたものだ。言いかえれば前者は善行の果報であり、後者は悪行の報いだ。恩を忘れない鳥、燕からまったく正反対の瓢箪をもらった興夫とノルブの物語は、おそらく東アジア文化の普遍性の上に韓国人が考える善悪観が投影されたものだろう。

日本と韓国は同じ東アジア文化圏にあり、「感恩報謝」の考え方も似ている。だが悪の質に対する認識は非常に異なっている。『興夫伝』と同じタイプの日本の物語といえば『舌切り雀』だ。

昔、貪欲で残忍な一人の女が住んでいた。彼女は、彼女の糊を食べてしまった雀に罰を与えようと雀の舌を切ってしまった。隣に住む親切で優しい女性がかわいそうな雀を介抱し、逃がしてやった。しばらくしてその親切な女性は夫と共に竹藪の中にある雀の家を訪ねていった。雀たちはこの老夫婦を歓迎し、もてなした。おいしい料理と酒をご馳走し、有名な雀踊りまで披露した。二人が帰る時、雀たちは大きな箱と小さな箱をくれた。だが彼らは「私たちはもう齢《とし》でこんな大きな箱は持って帰れないから、小さな箱で十分だよ」と言った。家に帰って箱を開けてみると、素晴らしい宝が次から次へと出てきて、二人はたちまち大金持ちになった。

雀の舌を切った貪欲な女は隣の家の幸運を妬み、夫と共に雀の家を探して訪ねていった。雀たちはやはり同じように二人をもてなし、二人は大きな箱をもらって帰った。大きな箱の方が小さなものより宝物がたくさん入っているだろうと考えたからだった。家に帰って箱を開けると、なんと宝石どころかお化けや鬼神が飛び出してきて、貪欲な夫婦を飲み込んでしまった。

日本の『舌切り雀』と韓国の『興夫伝』を比較してみると、因果応報の善悪観はまったく同じだ。だがいくら雀が糊をとったからとはいえ、舌を切るのはあまりにも残忍だし、応報の象徴である器も日本の場合は人工的な「箱」、韓国の場合は生産的な「種―瓢簞」だ。また「雀」は渡り鳥ではないが「燕」は渡り鳥だし、怪我をした個所も日本の場合は「舌」、韓国は「脚」である。だがそのような違いがあるにもかかわらず、二つの物語には善悪の価値観に対する均質性が見られる。

善－興　夫	悪－ノルブ	
弱　者	強　者	因
貧　乏	富	
慈悲＝憐憫	残忍＝無慈悲	
無欲＝謙遜	貪　欲	
美	醜	
友愛的	絶対的	
富　　上昇的	貧乏　下降的	果
慶事　　果報	災難　　懲罰	

この表で分かるように、『興夫伝』の善の系列が貧乏・無欲・友愛・慈悲・弱さなどによって成立しているのに対し、悪の系列は富裕・貪欲・敵対・残忍・強暴などによって成立している。善人になるためにはまず貧乏でなければならず、無欲な弱者にならねばならない。また人間を愛することはもちろんのこと、自然界のどんなちっぽけなものに対しても憐れみの情を持たなければならない。一方、悪の本性は富に対する貪欲と高圧的な態度、残虐性などであり、これが悪行を生む土壌だ。だから興夫の瓢箪とノルブの瓢箪は二人の境遇を逆転させたのだ。

二つの瓢箪が、植える時はただの瓢箪だったのに、摘んで割ってみると片方からは宝物、片方からはお化けが出てきたのも因果応報の原理で理解することができる。『興夫伝』の因果論的善悪観と『しゃべる石亀』『こぶじいさん』の話は構造的に同じだ。これらの物語における燕・石亀・お化けは判官、つまり裁判官なのだ。

2.『コンジュイパッチュイ』―韓国版シンデレラ

『コンジュイパッチュイ』は韓国版「シンデレラ」だ。中東に起源を持つシンデレラの物語は、マリアン・コックスによれば三百四十五もの異種があるという。韓国の『コンジュイパッチュイ』はそのうちの一つであり、男性的な貪欲ではなく、女性的な貪欲と悪に焦点が当てられている。前述した「大豆《コン》を植えた場所には大豆が生え、小豆《パッ》を植えた場所には小豆が生える」という農耕社会の善悪観に基づく諺を物語にしたものである。

二人の女性が主人公になる物語というのは、往々にして家庭が舞台になる。そして二人は葛藤の末、互いを家庭生活から除外しようとする。この物語の場合、葛藤とは強欲な継母やその子供と、彼らに虐待される先妻の娘との間に生じる緊張感である。二人の女性に対するイメージは天使的なものと悪魔的なものとに分かれる。このような状況の中で継母は悪の象徴であり、父親は無力な傍観者に過ぎない。

男性の欲望が社会的な名誉や富に向けられるのに対し、女性の欲望は主に裕福で身分の高い男性との愛と結婚へと向けられる。だから結婚をめぐる競争が必然的に生じる。結婚をめぐる話なので対《つい》になる「靴」が出てくるわけだが、この場合の靴は、女性がそれをなくすことによって男性とめぐり合う、媒介の役割を果たすと同時に女性の性を象徴してもいる。ともかく継母と小豆鼠《パッチュイ》は結婚相手を略奪するために豆鼠《コンジュイ》に対してありとあらゆる罠をかけ、虐待し、難題をふっかける。中国のシンデレラ物語で出てくる難題は卵の上を歩く、刃のはしごを歩く、煮えたぎった油の釜に飛び込む、などである。だが最後には善が勝ち、悪は敗退するのが物語の持つ世界像だ。『薔花紅蓮伝』も同じ系譜の作品である。

3．物語における悪の認識

韓国人の善悪に対する認識は因果応報、つまり他人に善行を施せば必ず慶事が訪れ、悪いことをすれば必ずその報いが返ってくる、というものだ。「人を泣かせば自分は血の涙を流すことになる（人を呪わば穴二つ）」ということが強調される。儒学においては悪は独自の存在ではなく、あくまでも善の欠如であり、悪自体に積極的な価値や存在原理は与えられていない。悪は善の否定であり有害なものとしてのみ認識され、道徳的なレベルにおいても善を決して破壊できないものとされている。

だが物語や小説の世界では悪は大切な存在だ。なぜなら悪は善の道徳的課題を実現してくれる否定的価値であり、人間の心の奥底に潜む悪の存在を理解することによって善の偽善性と人間の懊悩の真の姿を描く根拠になるからである。悪はもっとも人間的な現象の一つだ。善が人間性の一部であるように、悪もまた人間性の別の一部である。文学が悪に特別な関心を寄せるのは人間を解明するためであり、実際、悪は物語を成立させる重要な要素だ。

三．人間性の性悪説

儒学と仏教が韓国の精神史に与えた影響は極めて大きい。韓国人の善悪の観念や価値観の形成にも多大な影響を与えている。人間の本性は道徳的に見て善なのか、悪なのか、という孟子の性善説と荀子の性悪説は韓国人の人間というものに対する認識に少なからぬ影響を与えている。

まず孟子だが、孟子は人間の本性はもともと善だと主張する。いわゆる性善論だ。

人にはみな他人の不幸を見過ごせない気持ち（不忍人之心）がある。昔の聖王にはこの気持ちがあったので残忍な政治が行なわれることはなかった。統治者が「不忍人之心」で政治を行なえば、掌の中で国を思うがままに動かすように、たやすく国を統治できるはずだ。

ではなぜ、人にはみな他人の不幸を見過ごせない気持ちがあると分かるのか。人にはみな同情心（測隠之心）がある。それがなければ人ではない。また自分の悪行を恥じ、他人の不正を憎む心（羞悪之心）がなければ人ではない。譲る心（辞譲之心）がなければ人ではないし、正しいか間違っているかを問う心（是非之心）がなければ人ではない。そして同情心は仁の始まりであり、他人の不正を憎む心は義の始まりだ。譲る心は礼の始まりであり、是か非かを問う心は智の始まりだ。人がこの四端を持っているのは、身体に四肢があるようにごく自然なことだ。

これが孟子が人間の本性は善であるとする論証だ。つまり人間にはもともと他人の苦境を見ると哀れに思い、同情する心や他人の不正を恥ずかしく思い、憎む心、分別などがあり、それがすなわち仁・義・礼・智の徳をもたらすというのだ。李彦迪《イオンジョク》（一四九一〜一五五三）や徐敬徳《ソキョントク》（一四八九〜一五四六）、李退渓《イテゲ》（一五〇一〜七〇）らの論はこの性善論と同じ系統のものだ。

これに対して荀子は『性悪篇』の中で「人間の性は悪であり、善なるものは偽りだ（人之性悪　其善者偽也）」と、性悪説を主張した。人間の本性を道徳的な本能に基づくものとした孟子の主観主義に対して、荀子は人間の本性は自然や生理的本能に基づくものだとする客観主義を標榜している。

　眼が色を好み、耳が音を好み、口が味を好み、心が利を好むのは人の情性によるものなので、自然に生じるものだ。

荀子は人間の悪を「情性」と関連づけている。「情性」とは生まれつき持っているさまざまな欲望である。例えば人間は「利」を好み、心地よい「声」や「色」を好むので、これに従えばいきおい争いが生じ、淫乱になるというのだ。これが彼の性悪論の論拠だ。つまり人間は生まれつき欲望を持った存在なので、その欲望を満たすために争うことは避けられない。だからこそ後天的な学習や修養によって社会の混乱を防ぐ必要がある、というのが彼の思想の特色だ。だから彼の『性悪篇』は悪を擁護するものではなく、ある意味では後天的な教育の必要性を主張する教育論だと言えるだろう。李退渓は人の本性には「天の理―人の欲、公―私、義―利」の二つの層があるので「天の理、公に従うか、あるいは人の欲、私《し》に従うかによって善になるか、悪になるかが決まる」と言い、「私《し》は人間の心のシミであり、心を盗む盗賊であり、諸悪の根源だ」と言った。こうして見てみると両者の主張は対立しているのではなく、通じ合うものがあるし、互いに補い合うものである。

「廃悪修繕」の行為を重視する仏教も欲望を持つ人間が我執や利己的な欲求にのみ引きずられれば悪行をなすばかりでなく、断ち切ることのできない輪廻の鎖から抜け出られなくなる、としている。釈尊の『無我論』によれば、人間が実在のない自我に立ち、五蘊（色・受・想・行・識）の加工的な世界ばかり追求すれば、人間は「無明」の世界に落ちてしまう。「無明」とは真理に対する無知であり、真如の実像を正しく認識できない状態だが、この「無明」という考え方こそ仏教的な善悪観の一つなのだ。また仏教は「五戒」に示されているように殺生・盗み・邪淫・妄言・飲酒を悪と規定し、業報の罪悪感を強調してもいる。このような思想の影響や物語の構成要素が溶け合って、われわれの善悪に対する考え方の基礎が作られたのである。

一方、人間の社会で刑罰や拷問の制度が早くから発達していたことは、悪の本性に深く関わる事実だ。例えば中国の「五刑」(死刑・宮刑―男根切除あるいは女陰閉鎖・脚切断・鼻切断・黥刑―刺青)やヨーロッパの断頭台は、人間性の悪に対する制度的な例証と言える。暴君、殷の紂王が行なった脯肉や炮烙(油を塗った銅柱を炭火の上にかけ、その上を罪人にはだしで渡らせる)などは人間の残虐性を示す悪刑だ。このように刑罰史に見られる人間の姿は、善よりもはるかに悪に近いものがある。

四．朝鮮時代の小説の悪

朝鮮時代の小説はみな一様に善悪と「正邪是非」の価値観による倫理的叙事の世界だ。朝鮮時代の小説は登場人物が生まれる際の胎夢の解明から幸福な晩年に至るまで、ほとんど一代記の形で綴られ、そこで起こるさまざまな出来事は善と悪との戦いという形で描かれる。善人の受難、悪人の悪行が延々と続くのだが、最後は常に善人の勝利と復権で終わる。

だが、男と女では悪の形態も違う。陰陽の原理は悪をすらも男と女に分けたのだ。すなわち女性の悪は主に家庭や家族関係に収斂し、男性の悪は垣根を越えて拡散する傾向がある。要するに、悪は欲望に比例するのだ。

1. 悪の男性化現象

悪の存在を独自なものとして描いていない韓国文学においては、極めつけの悪人や悪魔などはめったに登場しない。だが儒教的な観点から見て悪人に分類される人物は多い。韓国小説に登場する代表的な男性の悪人は『興夫とノルブ』のノルブ、『趙雄伝』の李トゥビョン、『玉丹春伝』の金ジニなどであり、悪役としては『洪吉童伝』の特才、『謝氏南征記』のトンチョンなどがいる。

ノルブは極悪人ではない。暴君の代表といわれる中国の夏の国の桀や殷の紂王に比べればむしろ善人に近いぐらいだ。だが彼は人間の悪い性質、すなわち悪性を持つ代表的な人間だ。

心の重さは人より軽いが、ばかによくある無類の酒好きで、飲めば酔い、酔えば必ず周囲の人をののしり、だれかれの差なくけんかをふっかけたものだから、村の人から爪はじきされ、毛虫のようにきらわれたのはまだしも、葬いの家で酒をくらい、歌舞放歌の乱暴狼藉、水を運ぶべきはずの手に扇をたずさえて火事場に走る意地悪さであり、信心の篤い家での無事出産と聞けば、もれなく尋ねて犬殺しする性の悪さであった。が、これなどはそれでもましな方であった。市場に行けばゆすりたかりはもちろんのこと、泣く子の口にくそを食わせ、弱い者とみたらなんの理由もないのに頬を張り飛ばすのを当り前のように思っていたし、借り倒しの借金代わりに女をかすめ、それもならない老人だったら、えりくびつかんで投げるのも平気でやる非道ぶりであったし、よりによって妊婦の腹をけったり、井戸のそばにうずくまって麗々しく糞をするかと思えば、刈り入れ時の田にいっぱい水を満たして稲を水浸しにしたり、炊き立ての飯に灰かぶりさせてうれしがる世にも稀な極道者であった。

この男のむちゃぶりをもう少し数えてみよう。ようやく実り出した稲の穂を抜き取って捨てたり、あぜに穴をあけてせっかくためた人の田水を干あがらせるかと思えば、畑では、ようやく目につきだしたかぼちゃを捜して棒でつつき荒すという、全く鼻持ちのならない性悪さであったし、せむし男を真すぐにしてやると、うつ向けに寝かせて背中を踏み台にするかとみれば、今度は全く両足の利かない居ざりのあごを力いっぱい拳で突きあげる残忍さであった。尻を出して大便している者を見かけたら、むりやり頭をおさえて、べたりと糞の上に平たく坐らせ、割れ物の荷物を支えている杖だと見れば、べろりと舌なめずりしながら、支え杖を足で払う意地悪さぐらいは日常茶飯事であった。また家の安泰をねがって祖先の墓を移す者があれば、すきをねらっては、その骸骨を盗み隠し、泣き面して立ち往生している墓場の縁者を見て、手を打って喜ぶあくどさであり、夫婦の共寝と目当てたら、その外で一晩中の嫌がらせも辞さない、風変わりなやつでもあった。

洪相圭訳

これがノルブという一人の人間の悪性のカタログだ。このようなノルブの性質は生来のものとして描写されているが、このことは悪が本性になり得ることを暗示している。これらの悪行はすべて社会的なタブーや規範を破っているからだ。いささか誇張されているとはいえ、他人に対してこれぐらい攻撃的な悪さができるとすれば、ノルブは間違いなく悪を体現していると言えるだろう。しかも彼は強欲で、他人に対しては吝《りん》嗇《しょく》といえるほどのケチだ。そのような点から見てノルブは儒教的な徳目がまったくそなわっていない人間だ。それでも彼は積極的に悪を実践する、徹底した悪人ではない。

一方、英雄小説と呼ばれる『趙雄伝』に登場する李トゥビョンは『劉忠烈伝』の鄭ハンダム、崔イルギと同じ奸雄であり、国政を乱す奸臣だ。彼は皇帝が死ぬと権力欲からクーデターを起こし、皇太子を追い出して王位を奪ったばかりでなく、忠臣をことごとく殺し、その一族を滅亡させた。このように王位継承をめぐる忠臣と奸臣との対立を描いた、いわゆる「英雄小説」にはたいてい趙雄のような忠臣と李トゥビョンのような悪人の両極端な人物が登場する。王位の正当な継承者は苦難に遭うが、最後にはやはり追放されたりして受難の過程を経た忠臣の助けによって再び王権を奪い返す。これが英雄小説に見られる歴史の帰結だ。このように歴史を道徳的に見る世界観においては、悪は必ず滅びる。『玉丹春伝』に出てくる金ジニは友達を裏切り、水葬しようとする。まさに獣のような心を持った冷血人間だ。

その他にも『洪吉童伝』に出てくる特才や『謝氏南征記』に出てくるトンチョンのような人物は陰謀や計略の首謀者ではないにしても、首謀者の手下として働くずるい悪党だ。彼らは自分たちの財産や権力欲のためにありとあらゆる残虐な犯罪を犯す。だから善の完成は悪の関与なくしては不可能なほどであり、小説はある意味では性悪説の宝庫と言える。

2. 悪の女性化現象

儒教的な道徳原理が支配する韓国文化圏において、悪の女性化現象のもっとも具体的な例がいわゆる「七去之悪」、つまり舅・姑に仕えない、子を産めない、淫行、嫉妬、悪病、おしゃべり、盗癖の七つの悪だ。これらのうちのどれか一つでも該当するものがあれば、そんな妻はいつでも離婚できるというのが韓国の伝統的な慣習だ。

韓国文学における最初の毒婦は喬彩蘭と許氏夫人だ。彼女たちは悪女を代表する存在だ。彼女たちの側には「臘梅」や「十娘」のようなずるい子分がいる。韓国文学という花畑に咲いた絢爛たる「悪の華」である彼女たちは、ある時は妾であり、継母であり、またその下女として互いに協力し合って家庭の中に悪を培養する。

喬彩蘭は、金萬重《キムマンジュン》（一六三七〜九二）が財産とエロスをめぐる人間の欲望の正体を描いた『謝氏南征記』に登場する女性で、韓国文学史における悪女の代表だ。彼女は『金瓶梅』の潘金蓮に匹敵する悪女だ。潘金蓮は性欲と金銭欲から夫の武大を殺した淫らな女だ。金萬重がこの小説を書いたのは仁顯皇后を追い出して張禧嬪を宮廷に入れた粛宗（朝鮮王朝第十九代王）の気持ちを変えさせようとしたためという説もあるが、彼女は間違いなく韓国文学において「七去之悪」も顔負けの悪の頂点に立つ女だ。妾という低い身分にありながら正室の座を奪うために陰謀をめぐらすだけでなく実の子をも殺し、不倫もためらわない。さらに財産を奪うために夫をも排除し、愛情を独占するために正室、謝氏夫人を追放する、悪賢く老獪な悪の代理人だ。彼女は男性遍歴を重ねた挙句、娼婦にまで落ちる。自らの欲望のままに生きた女性の人生の結末がどうなるかは自明の理だ。彼女は死という罰を免れることはできない。

許氏夫人は『薔花紅蓮伝』に出てくる継母だ。彼女は韓国文学が作り出した醜女《しこめ》の代表と言える。彼女は喬彩蘭のようにさまざまな悪を実践するわけではないが、不倫の罪をでっち上げて薔花を死に追いやろうとする悪の化身だ。喬彩蘭や許氏夫人のような女は家族や家庭を破滅させようとする。また『謝氏南征記』の「臘梅」や「十娘」のような若い下女たちは、喬彩蘭の手足となって働き、喬彩蘭に入れ知恵をする悪行の同伴者だ。家庭の現実を描いた朝鮮時代の文学の中の女性たちは、善と悪の両極端に分かれて登場する。

五．悪としての文学

現代小説は古典文学のようにはっきりとした善悪観を表現していないのが特色だ。現代小説では伝統的な善悪の図式化は姿を消す。善人に最後には訪れるはずの慶事や果報は訪れず、善人は最後まで苦しみ、挫折し、時には死んでしまうのが現代小説の悲劇的な現実認識だ。

だとすれば、現代文学は善悪の観念を捨ててしまったのだろうか。いや、決してそうではない。文学における悪の概念が変わり、悪の現代性が新たに追求されているのだ。弱まったのは古典的な道徳観だけであり、作品自体の倫理性が排除されているわけではない。ドストエフスキーは『罪と罰』『白痴』『悪霊』などの作品で殺人行為を描くことによって人間の悪と現代における善悪の問題を鋭く提起している。

1．悪の礼賛と金東仁

ジョルジュ・バタイユは『文学と悪』やその他の著作の中で独特の悪の解釈を試みている。彼によれば、文学とはすなわち悪だ。文学とは日常的な存在の限界から抜け出ようとする情熱の表現なので法や制約の外に出ようとする悪と似ている、というのだ。例えばエミリ・ブロンテの『嵐が丘』に見られるブロンテの想像力や夢は、まさに善に対する悪の反逆だ、というのだ。ここでいう悪とは現実世界の道徳的な悪を意味するのではなく、善と現実の否定作用としての悪だ。このようなバタイユの解釈によると文学は法の枠の外にあり、秩序に挑戦することによって破壊をもたらす。法を破るのが悪であり、そうすることによって悪は自主権を持つ。このような悪の形象が芸術の世界でクローズアップされたのが、いわゆる芸術至上主義や唯美主義の美学だ。

韓国の現代作家の中で善を破壊し、悪を美として描いたのは金東仁《キムトンイン》（一九〇〇〜五一）だ。彼の文学は間違いなく悪性を持っている。

従来の勧善懲悪も李光洙《イグアンス》の勧善懲悪も五十歩百歩だ。古い習慣や風俗の不備な点を読者に示すのは良いが、改善方法を指示するのは小説の堕落を意味する。小説は人生の絵画であって、その分を超えて社会教化の機関（直接的意味での）になってはならないし、またなることはできない。

……（中略）……

李光洙の中には相反する二つの欲求が闘いを繰り広げている。「美」に憧れる気持ちと「善」を追おうとする気持ちだ。二つの相反する欲求の葛藤！　李光洙にある悪魔的な美への欲求と、意識的に（というよりも無理に）かき立てている善への憧れ、われわれは彼のすべての作品にその葛藤を見ることができる。彼は悪魔の家来だ。彼は美の憧憬者《しょうけいしゃ》だ。だが彼は自分の本質である美への憧れを隠し、そこに善のメッキをしようとする。

……（中略）……

私が求めるものは美だけだ。美は美だ。美の反対もまた美だ。愛も美だが憎しみもまた美だ。善も美であると同時に悪もまた美だ。もしそのような広い意味での美の法則に反するものがあるとすれば、そんなものは何の価値もない。このような悪魔的な思想が芽生え始めている。

「韓国近代小説考」

これらは彼の厳しい先輩でありライバルであった李光洙《イグァンス》（一八九二～一九五〇）に対する批判であり、同時に自己弁護だ。彼は人間と社会を善美の境地へ導こうとする李光洙を拒否し、悪の図像学を提示した。彼はこれまでの勧善懲悪の観念から脱皮し、「甘藷」（一九二五）に見られるように人間を赤裸々に描こうとした作家だ。それがもっとも具体的に表れているのが「狂画師」（一九三五）であり「狂炎ソナタ」（一九三〇）だ。

この二つの作品はいずれも狂人、あるいは芸術的偏執狂の人物を描いたもので、悪の深淵に美を透写した作品だ。画家の率居と作曲家の白性洙は美人画の製作のために、あるいは作曲のために殺人、放火、屍姦といった悪魔的な暴力行為をためらうことなく行なう。このような行為は明らかに理性や規範の対極にある。このように美が悪魔的戦慄と共生している点が金東仁の作品の唯美的なところだ。

だが唯美主義は悪としての文学の極端な形であり、文学がめざす悪とは、本来は善の否定による創造作用、つまり反逆性だ。既存の秩序や規範から見れば、それから外れた創造もまた悪に見えるものだ。そのような悪の否定作用なくしては文学の再生や創造を成し遂げることはできない。破壊と否定による創造をめざした文学の悪は、むしろ礼讃されてしかるべきだろう。

2．現代と組織の悪

現代では一人の人間の持つ悪性も問題だが、もっと重要なのは制度的構造や組織の悪だ。個人の善悪よりも社会の善悪がより問題になるのが現代社会だ。人間がそれぞれ一人の個人として存在するのではなく階級や社会、そして国家に編入され、消滅する現代においてもっとも怖いのは集団の悪や社会の悪だ。もちろん集団それ自体が悪というわけではないが、組織の本質の中には犯罪や悪の毒性が内在しているものだ。

韓国の現代文学は、そのような集団の悪の影響を古典文学よりもはるかに深刻に受けている。国家主権を喪失した日本の植民地時代の文学は日本の国家的悪性と密接に関係している。日本の国家悪は尹東柱《ユントンジュ》（一九一七〜四五）や李陸史《イユクサ》（一九〇四〜四四）のような韓国の詩人を獄死させ、韓国文学を検閲の刃で傷つけた。そして一九四五年八月十五日の植民地からの解放以来今日まで、四十年間の韓国文学は異なるイデオロギーの衝突が引き起こす歴史の悪と、同族同士が殺し合う戦争という悪に対する認識と想像力をその基盤としている。朝鮮戦争（一九五〇年〜五三年）以後の一連の戦争文学、河瑾燦《ハクンチャン》（一九二二〜）の『受難二代』（一九五七）、鮮于煇《ソンウヒ》（一九二二〜八六）の『火花』（一九五七）、崔仁勳《チェインフン》（一九三六〜）の『広場』（一九六〇）や南北分断の現実を描いた金源一《キムウォンイル》（一九四二〜）の『暗闇の魂』（一九七三）、趙廷來《チョジョンレ》（一九四二〜）の『流刑の地』（一九八一）、李文烈《イムンヨル》（一九四八〜）の『英雄時代』（一九八四）、林哲佑《イムチョルウ》（一九五四〜）の『父の地』（一九八四）、金周榮《キムジュヨン》（一九三九〜）の『雷鳴』（一九八五）などはみな戦争悪の深淵を追求した文学だ。

組織悪の破壊性と残忍性はわれわれが生活する組織や集団のどこにでも潜んでいる。会社や工場に、教会や政治権力に、そして行政にもある。組織悪は自己を絶対化しようとせず、その権威や排他性を理性で相対化することによって食い止めることもできるものだが、現代の文学はいつの間にかそのような悪の性格とそれによる犠牲を受容しつつある。

こうして見ると文学とは、現実世界に対して悪としての否定作用をする反面、人間愛をもって人間と現実世界に存在する悪を絶えず監視し、警戒する人文精神そのものなのである。

第五章　鏡の想像力――文学における鏡の歴史と意味

高麗時代の墳墓から発見された「銅鏡」

＊

鏡の神秘性に対する認識は韓国の現代文学の中で今でも生きている。韓国の現代小説には比喩的な意味で二つの鏡がある。反映の鏡と呪術の鏡だ。前者はガラスの鏡であり、後者は銅鏡だ。ガラスの鏡としての小説は現実の社会を映し、銅鏡としての小説は過去の精神世界を映す。（92ページ）

一・鏡の現象学

つきせぬ心の名残りを
遠のいた若さへとどめて
いまは立ち帰り　ひっそりと鏡の前に立つ
わが姉によく似た花よ

金素雲訳

徐廷柱《ソジョンジュ》（一九一五〜二〇〇〇）の「菊の傍《かたわら》で」（一九四八）という詩の一節だ。これは過去と現在を対比させることで、その間の女性の運命の変遷を暗示している。若き日の外界に対する関心、旅立ち、中年になっての帰郷、そして自己を透視する目が交差することによって夢と現実が食い違った女性の生の起伏が表現されている。だが何よりも重要なのは、女性の前に彼女を映し出す鏡が置かれていることだ。つまり、鏡によって自分の現実を直視し、確認する女性のイメージが菊になぞらえられている。女性の傍らに鏡があるのはごく普通のことだ。女性の一生は根源的に鏡に始まり、鏡に終わるからだ。

洋の東西を問わず女性にとって鏡とは自己認識の手段であり、夢の密室のようなものだ。女性特有の高慢さもコンプレックスも、まさにこの鏡という密室から生まれる。だから女性の夢と日常生活と鏡とは密接に結びついているだけでなく、女性が登場する芸術には決まって鏡が出てくるものだ。例えばフォンテンブローの「化粧台のビーナス」、バン・アイクの「ジョヴァンニ・アロノルフィーニの結婚」、グスタフ・クルべの「Jの肖像」などの絵画の世界がそうである。ベルサイユ宮殿の贅の限りを尽くした「鏡の間」や晩年のエリザベス女王一世の浴室などは、鏡と女性との切っても切れない関係を表わしている。だから日本には「刀が武士の魂であるように、鏡は女の魂だ」という諺があるようだ。

だが鏡は決して女性だけの物ではない。男性にとっても事情は同じだ。毎朝洗面台の鏡の前でもう一人の自分と対面することによって自己を確認し、分身を見るという体験をすることになる。また出勤や退勤の際には車のミラーを見ながら車の波をくぐり抜け、俳優はメーキャップ室の鏡の前で自分本来の顔を消し、変貌を遂げる。また現代人はいくつもの鏡を通してさまざまに分裂した自己を見てもいる。そして韓国の巫女である巫堂《ムーダン》は人間と神との間を取り結ぶ神器、あるいは守り神である青銅製の鏡を持ち、鏡の霊力を信じている。

鏡は人間によって作られたもっとも神秘的な発明だ。鏡と人間との密接さは文学世界や文化現象と深い関連があるために、鏡は想像力や比喩を盛る器として愛用されてきたのだ。

二．鏡の文化史

1．影と無影塔伝説

鏡の歴史は実に長い。それは博物館に陳列されている青く錆びた槍や銅鏡を見れば分かる。青銅器文明の代表的な遺物と評価されている槍や刀や銅鏡は、われわれ人間の原初的な生活の様子を暗示している。槍や刀は生きるための労働や攻撃、防御の際に使う男性的な道具だが、鏡は身を飾るための女性的な道具だ。だから人間の生活史とは、まさに労働と装飾から始まったのだ。

鏡の歴史は銅鏡から始まる。人間の顔や事物を映し出す文明の利器として、最初に発明されたのが銅鏡だからだ。だが銅鏡が発明される前にも既に鏡はあった。古代人にとっては澄んだ水面が鏡の代わりだったのだ。それが水鏡だ。

ギリシャ神話に出てくる美しい牧童「ナルシソス」は「エコー」の求愛を拒絶し、湖面に映った自分の姿に魅了された。彼が水を見て異界を発見し、水を自分を映し出す媒体としたことはよく知られている事実だ。水面に映る影に関するこのような話は韓国にもある。民間信仰における像・鏡・影に対する想像力を統合した、無影塔の建造に関する伝説である。

無影塔の影にまつわる石工、阿斯達《アサダル》と妻の阿斯女《アサニョ》の悲しい愛の物語は、水鏡が持つ神秘的で超自然的な能力と関わりがある。影池の水面がたとえ鏡であったとしても、無影塔は影池に映るほどすぐ側にあったわけではない。にもかかわらず無影塔の影が影池に映るはずだという信念は、鏡が持つ呪術的な力を信じなければ到底生まれてくるものではない。だからこの話にはフレイザーが指摘したように、鏡には魂が宿るという古代の呪力信仰が内在している。

新羅第三十五代景徳王の時のことだ。百済の石工、阿斯達は仏国寺の多宝塔を完成させた後、釈迦塔を造る仕事に心血を注いでいた。妻の阿斯女は夫の帰りを待っていたが、待ちかねて遂に徐羅伐《ソラボル》（今の慶州）の仏国寺を訪ねていった。だが寺の住職に引き止められ、夫に会うのを諦めた彼女は住職に言われるままに影池へ向かった。そして塔が完成し、その影が影池に映る日をひたすら待っていた。ある日の夜、明るい月の光に照らされて水面に映る塔の姿を見た瞬間、彼女は塔を抱こうとして深い水の底に沈んでしまった。それは釈迦塔ではなく、多宝塔の影だったのだ。釈迦塔が遂に完成した日、妻を探して影池へ行った阿斯達は、水面に妻の顔が映っているのを見た。妻の顔を抱こうとして阿斯達もまた水の底へ沈んでしまった。釈迦塔の影は結局影池には映らなかったことから、後世の人々は釈迦塔を無影塔と呼ぶようになった。

この話を玄鎮健《ヒョンジンゴン》（一九〇〇〜四三）が『無影塔』（一九三九）という小説にしたことはよく知られている。この話の背景には言うまでもなく古代の水占いが深く関わっている。水占いとは水に映る影が未来を予言したり、何らかの情報を与えるという原始的な信仰だ。鏡のような水面をじっと凝視すると遠く離れていたり、隠れていて見えないもの、あるいは吉凶の兆しが水面に映ると言って、古代の人々は水の霊力を信じた。住職も阿斯女も阿斯達も、みなこの水占いを信じていた。このような水鏡の呪術的な力を背景にした郷歌《ヒャンガ》が「讃耆婆郎歌」だ。

仰ぎ見れば空高くあらわれたあの月は、
白雲を逐いて移ろい行くにはあらじ。
水青き川の流れに耆郎の姿ぞ有れ。
イロッ川べに郎よ宿したる心の際を慕いまつる。
ああ、柏の枝高くして霜をも知らぬ花主かな。

金思燁訳

ここでは死んだ耆郎がまるで生きているように描かれているが、これは澄んだ川面に月が映るように、耆郎の姿が川面に幻想的に映し出されて初めて可能になる。死んだ耆郎が詩人の幻覚によって水面に甦ったのだ。この水占いはやがて鏡占い《ケトップ・トゥロマンシイ》（catoptromancy）に取って替わることになる。金萬重《キムマンジュン》（一六三七〜九二）の『九雲夢』ではナルシソスのように、仙女が水面に映る自分の姿に恋をするという場面が登場する。水の反射現象が自己陶酔をもたらすということがここで確認できる。

こうした中にあっては、いかな仙女とはいえ、やはり心が浮わつかざるをえなかった。橋のもたれに腰かけて流れを見おろせば、まるで新しい鏡にでも見入っているような鮮やかさで、自分たちの青い眉と、きれいに装ったあでやかな姿が水の面《も》に浮いていた。

しばらくの間は、水の上にえがかれた自分たちの姿に見とれて現《うつつ》を抜かしていた仙女たちは、誰が音頭を取るともなく調子を合わせて春の唄を口ずさんでいた。小さい声であったが、よく透き通る澄んだ声色であった。こうして、小さな胸の中に閉ざされていた春の憂いを解きあいながら、一刻一刻を楽しんでいた八仙女たちは、だれひとりとして、はや、山の端に沈みかけていた夕陽の足取りを気にかけている者はいなかった。

洪相圭訳

南岳の八人の仙女が澄んだ川面に映った自分たちの姿にうっとりする場面だ。水はこのように鏡の機能を果たすと同時に、自分の姿に見とれるという人間の感傷やナルシシズムをもたらす物と考えられてきた。

2．銅鏡とガラスの鏡

銅鏡は中国で古くから使われてきた。秦や漢の時代に既に鏡の歴史は始まっていたのだ。だから鏡の意義や起源をたどろうと思えば資料は豊富にある。銅鏡に関する記述は『周礼』に始まり、『後漢書』の「朱穆伝」には周の武王の「以鏡自照者　見形容、以人自照者　見吉兆（鏡に自分を照らして見る者は自分の姿を見、他者に自分を照らして見る者は吉兆を見る）」という鏡銘が載っているし、『史記』の「蔡澤伝」には「吾聞之　鑑於水者　見面之容　鑑於人者　知吉凶（聞くところによると水をうかがう者はその顔を見、人をうかがう者は吉凶を知る）」という記述がある。その他にも『春秋左氏伝』の「荘公条」や「荘子則陽篇」「応帝王篇」「西景雑記」「淮南子」「修務訓」などに鏡の起源や製作方法が伝えられている。

　これらの文献に出てくる「鑑鏡」というのがつまり銅鏡のことだ。銅鏡は基本的に円形で、片面がぴかぴかに磨かれているので物体を映すことができ、裏面の真ん中にはつまみがついていて、さまざまな模様が刻まれている。だから銅鏡が鏡の役割を果たすためには絶えず磨かなければならない。

中国の銅鏡はその模様の形によって四神鏡・盤龍鏡・獣形鏡・神人画像鏡・神獣鏡・精白鏡・花乳鏡・長宜子孫鏡・夔鳳鏡・位至三公鏡・四乳花文鏡・葡萄鏡の十二種類に大別される。

　これらの鏡は古代中国人にとっては単に顔を見る道具ではなく、悪霊を防ぐ霊力を持つ物と考えられていた。だから軍人が戦場に赴く時にお守りとして身につけたり、「照妖鏡」や「護心鏡」という言葉があるように、嫁に行く時に鏡を持っていけば不幸や災難を免れると言われ、死者を埋葬する時もその胸に鏡を入れてやったりした。さらに鏡は未来の吉凶も予言すると考えられていた。「業鏡」は善人が見れば自分の善行が見えるが、罪人が見れば自分が獣になる運命が見えると言われていた。また鏡は道徳的な比喩に使われもした。だから唐の皇帝の李世民は次のような銘を鏡に刻んだのだ。「以銅為鑑　可整衣冠　以古為鑑　可知興替（銅鏡を見て衣冠を整え、古《いにしえ》を見て興亡を知る）」。

　中国の銅鏡がいつ韓国に入ってきたのかははっきりしない。だが紀元前一世紀にシベリア西部の墓から中国の鏡が出土したこと、蒙古やシベリアでは鏡が巫堂の装具だったこと、『三国遺事』巻二に次のような話が見られることを考えると、銅鏡はかなり前に入って来ていたものと思われる。

新羅の第四十二代興徳王は宝暦二年の丙午に即位した。即位してまもなくのこと、唐に使臣に行っていた者がつがいのオウムを持って帰ってきた。だがいくらも経たないうちに雌の方が死んでしまった。雄がひどく悲しむので、王は鏡を雄の前に立てかけてやった。最初はてっきり雌がいるのだと思って鏡を追いかけていた雄は、やがてそれが自分の姿だと分かり、遂に悲嘆のあまり死んでしまった。

この話では鏡の霊力よりその反射性に主眼が置かれている。だがこの鏡が銅鏡なのかガラスの鏡なのかはまったく分からない。しかしガラスの製造技術が一四世紀のベネチアで開発され、東洋に伝わったことを考えると、この鏡が銅鏡の一種であることは間違いない。

高麗時代に入ると銅鏡は盛んに造られるようになり、普及した。このことは発掘された多くの高麗の銅鏡が立証している。李奎報《イギュボ》（一一六八～一二四一）の『鏡説』はそのような鏡の普及を背景に書かれたものだ。

「鏡というのは顔を映す道具か、あるいは君子がその澄んだ美しさを愛《め》でるものだとばかり思っていたのですが今、あなたの鏡はまるで霧がかかったように曇っていて、垢もついています。それでもあなたはいつも顔を映してじっと見ている。一体なぜですか」。

するとは居士はこう答えた。

「顔のきれいな人は澄んだ鏡を好むのでしょうが、醜い者は澄んだ鏡を嫌うはずです。世の中には美しい人は少なく、醜い者は多い。もし醜い者がぴかぴかに磨かれた鏡に映った自分の顔を見たら、必ずや鏡を割ってしまうでしょう。割られるぐらいならむしろ曇ったままにしておいたほうがいいのです。埃がついているのは表面だけで、奥はきれいなままなのですから。きれいな人に会ってから鏡を磨いても遅くはありません。昔の人は鏡の澄んだ美しさに夢中でしたが、私はむしろ曇った鏡に愛着を感じるのです。それがなぜ不思議なのですか」。

この場合の鏡は、その実用性よりも比喩的な意味に主眼が置かれている。つまり鏡を磨くということは自分を磨く、自己修練を意味すると考えられていたのである。徐敬徳《ソキョントク》（一四八九～一五四六）も「持敬観理」の中で、ある事物を認識するには雑念を捨ててそれに専念しなければならず、認識できたあかつきには過去にとらわれることなく、澄んだ鏡のように恬淡とした心境になると言った。

ガラスの鏡ができたのは一五世紀後半から一六世紀初めだとされている。ベネチアでのガラス製造技術の発展により、平らなガラスの裏面を水銀箔で覆うことによってようやく今日の鏡が発明されたのである。ガラスの鏡の登場によって、鏡は生活の中で、また人間の心理の中でより一層重要なものとなっていった。それは、ガラスは対象物を鮮明に、正確に映すだけでなくこれまで見えなかった後ろまで見ることができ、事物と自分を重ねて見ることも、事物を引っくり返して逆さまの世界を見ることもできるからである。

このように人間が鏡の神秘と魔力に魅せられ、また鏡が生活に密着したものとなるにつれて、何かの象徴や認識の比喩として鏡が用いられることがますます増えていった。

三、鏡の比喩体系と心象風景

ならば鏡はわれわれにとってどのような象徴や比喩の意味を持っているのだろうか。言いかえれば鏡がわれわれに受け入れられる意味とは果たして何なのか。

まず第一に鏡は芸術の現実反映論と人間の自己検証の比喩にされる。スタンダールは小説『赤と黒』の中で、小説とは街角を鏡で映すようなものだと指摘した。韓国の新小説（鎖国が解かれ、外国からの文物が入り始めた一九世紀末から二〇世紀初めの開化期に登場した新しい形態の文学）作家である李海朝《イヘジョ》（一八六九〜一九二七）も小説を「憑空捉影」と説明したことがあったが、リアリズム文学論では今日でも鏡を現実を反映するもっとも具体的な比喩としている。確かにエイブラムスが『鏡とランプ』でロマン主義時代の表現論として鏡をランプのイメージでとらえたこともあり、現実反映論的な文学観はルカーチの美学まで続くことになる。

一方、鏡は反射媒体なので自己検証や省察の文学には鏡のイメージは欠かせない。とりわけ自画像のような詩においては。鏡を通して自己を確認するだけでなく、分身体験や自我の二元性をも知ることができるからである。

第二に鏡は現実世界の模写というよりは超自然的な魔法の世界の象徴とされる。だから中国や韓国の文学や民間信仰では鏡（銅鏡）は非常に重要な部分を演出する。古代、中国や韓国では鏡はその所有者を悪霊から守り、未来を見せてくれるものと信じられていた。エリアーデは著書『シャーマニズム』（一九五一）の中で次のように述べている。

北満州のツングース族にとって銅鏡は重要な意味を持っている。その起源は中国―満州に始まるが、鏡の持つ呪術的な意味は部族によってさまざまである。鏡にはシャーマンが集中できるように手助けしたり、あるいはシャーマンに霊魂を見せたり、人々の願い事を反映させたりする力があると言われている。ディオスゼキは満州・ツングース語で鏡を指す〝panaput〟という言葉は霊魂・精霊を意味する〝pana〟、より正確には「霊魂―影」から来ていると言う。ここでは鏡とは「霊魂―影」を盛る器〝ptu〟であり、鏡を覗き込むことによってシャーマンは死者の魂を見ることができるのである。

この場合、鏡はまさに神の代理人であり魂の透写体だ。だから鏡は驚異と畏怖の対象だ。唐代初期の『古鏡記』という小説には六朝以来の鏡に対する呪術崇拝が描かれているという。トムソンの『モチーフ・インデックス』によると、鏡は透視・変容・祈り・成就・返答などの機能を持つことになっているが、これらはみな鏡の霊力に対する古代人の想像力の結果だ。韓国の無影塔の話や巫堂が持つ青銅製の鏡、明図《ミョンド》もやはりそのような性質を持っている。無影塔伝説に出てくる水鏡は、時間や空間を超越して情報をもたらすと考えられており、巫堂の守り神である明図に映る世界はその巫堂が信じる霊的な世界だろう。明図は金東里《キムトンリ》（一九一三～九五）の『乙火』（一九七八）で文学的に形象化されている。

韓国の民間信仰では死者の姿は鏡に映らない、という。これは死者には影がないという話と通じるものがある。つまり鏡に映る影というのは魂を可視化したものなのだろう。ともかく鏡は事物や人間の位置を逆さまにするだけでなく、人間の背後にあるもの、未来までも透視してしまうので、人間の鏡に対する心理にも熱狂と恐怖が入り混じることになる。

第三に鏡は人間の心・歴史・倫理の比喩とされる。「明鏡」「明鏡台」「明鏡止水」などはいずれも一点の曇りもない澄んだ鏡と静かな水、ということで清らかな心境を意味している。昔の人々は磨きぬかれた鏡を見て邪念のない、美しい心を持とうとしたのだ。それは鏡が自分自身を見る手段、つまり自己認識の道具だからだ。六朝の慧能大師は「明鏡本清浄　何処染塵埃」と詠んだ。また仏教には「業鏡」や「浄玻璃鏡」という言葉がある。これは人が死んで四週間後に見る鏡、あるいは地獄の鏡といわれ、前を歩く死者の生前の善行や悪行がそのまま映し出されるという。

「業鏡」のような発想は鏡の透明性と磨く行為から複合的に出てきたものだろう。李奎報の汚れた鏡の話や李殷相《イウンサン》（一九〇三〜八二）の「金剛に生きる」という時調《シジョ》の一節、「生前の　汚れたる心　明鏡の如く　磨きたく」も同じ発想で、心を鏡と同一視している。キリスト教の神学でも人間の魂は神の真実を映す鏡であり、また聖書は神の真実を反映する鏡とされている。コリント伝書一三―一二、ヤコブ書一―二三から二四には鏡の比喩が登場する。

一方、歴史や倫理の分野では「亀鑑」という言葉がよく使われる。これはお手本にすべき人物や事件のことを言う。「亀鑑になる」と言えば、後進が当然見習うべき歴史的・倫理的行為を指す。否定的な意味で使う場合は「鑑戒」と言う。

第四に鏡は愛の象徴であり、女性の生の象徴だ。鏡が愛と密接な関係があることは「破鏡」という言葉が示している。「破鏡」とは壊れるはずのない愛が壊れた状態を指す。『三国史記』（一一四五年に書かれた朝鮮最古の歴史書。金富軾著）の「薛氏伝」にはカシルと薛女の美しい愛の話が記されている。二人は別れる時に鏡を二つに割り、それぞれが持っていて、再会した時にそれを合わせた、というのだ。これは鏡を愛と同一視する韓国の典型的な物語だ。だから鏡が割れると、それは決別か、悪霊を防ぐ霊験が衰えたことを意味する。ナポレオンが、ジョゼフィーヌの肖像が描かれた鏡が割れた時、ひどくうろたえたという逸話がある。結局特使が彼女の無事を知らせたのだが、このことは西洋でも鏡が割れることは不吉であり、不幸を意味したことを示している。また獄中の春香（『春香伝』の主人公）が鏡の割れる夢を見て、不安がる場面も同じ脈絡で理解することができる。

鏡は本質的に女性の道具だ。女性の文化と生活はそれほど鏡と深く関わっている。だから西欧では傷のない鏡が処女性の比喩として用いられる。「白雪姫」でも継母が鏡に、白雪姫と自分とどちらが美しいか、と訊く。その問いに鏡は答える。だがそれは西欧だけのことではなく、人間の普遍的な現象だ。歴史が始まった時から、どの地域においても鏡は女性と同質化しており、女性が鏡を持ち歩く限り、鏡と女性の関係は決して壊れることはないだろう。

第五に鏡は自己認識や自己分析の手段であることはもちろんだが、現代の心の病の兆候の象徴にもなっている。とりわけ精神病理学において鏡はこだま、影などと共に精神分裂現象のイメージで認識されている。また自我が二元性を持つことから、反対の感情や虚像の対象として理解されてもいる。ブリスによれば、鏡は西欧でも反射・現象世界における対象の出没・知恵・情感・愛・自我・霊魂・処女性・模範・芸術・二元性・魅惑・子供・生などの象徴だそうだ。

四．現代文学と鏡

1．反映論と呪術の文芸学

鏡の神秘性に対する認識は韓国の現代文学の中で今でも生きている。韓国の現代小説には比喩的な意味で二つの鏡がある。反映の鏡と呪術の鏡だ。前者はガラスの鏡であり、後者は銅鏡だ。ガラスの鏡としての小説は現実の社会を映し、銅鏡としての小説は過去の精神世界を映す。

まず反映の鏡だが、これは小説とは鏡のように社会の現実や時代をありのままに描くものだという、いわゆる反映論である。反映論は、小説をガラスの鏡にたとえたスタンダールのリアリズム小説論から始まった。韓国でも李海朝の「憑空捉影」論以来、伝統的な教訓主義的文学観が色あせ、現実反映論が台頭してきた。一九二〇年代以降のリアリズム文学は端的に言えば鏡の文学だ。

一方呪術の鏡は、金東里の文学世界に代表される。彼の長編『乙火』にはシャーマンが使う明図が次のように描かれている。

石函の蓋は糊付けをしてとじたものか、なかなかとれなかった。小刀の先で何度も引っかいたり刺したりして、やっと蓋を開けてみると、その中には、また白い髪で包んだものが入っていた。玉仙は震える手で、その紙を開いてみると、その中には丸い鉄銅の鏡一つと、玉で作った指輪一揃いと鈴一つが入っていた。……（中略）……鏡を取り出して自分の顔を映してみた。長い間拭いてなかったので垢がつき、錆びたせいか、鏡に映った顔は彼女自身ではなかった。両眼がへっこみ、頰骨が出っ張り、髪の毛が雀の巣のようにかき乱れた、ある年寄りの女であった。

林英樹訳

主人公である巫堂の乙火に神が乗り移りトランス状態に入る過程で、乙火が明図を地面から掘り出す場面である。このような巫堂の神器としての鏡の話は、彼の『曼字銅鏡』（一九七九）という作品にも出てくる。変化の衝撃の前に終焉を迎える神の世界を描いたこの作品の中で、曼字銅鏡は主人公の巫堂、ヨンダルレの分身であり、同時にシャーマニズムの世界そのものである。

このように韓国のシャーマニズムにおいて欠かせない装具である明図は前面が多少出っ張っていて、裏には日・月・星などと「日月大明斗」といった銘が刻まれている。明図には人間の影と魂を同一視する古代人の意識が反映されている。明図のような鏡は過去と現在、未来の出来事を告げる時間的・空間的透視力を持っているので、巫堂の代理人のような重要な装具なのだ。だから作家は現実を描く際にも現実そのものよりもこれまでに存在していた原型的経験や宇宙観、世界観を基盤にしている。金東里はまさにそのような作家だ。

2．李箱の鏡と尹東柱の鏡

現代詩人の中で李箱《イサン》（一九一〇～三七）や尹東柱《ユントンジュ》（一九一七～四五）ほど鏡という対象を重視した詩人はいないだろう。彼らは鏡を自己検証や省察の対象としたので、彼らの詩は自画像的性格を帯びている。

李箱の詩「鏡」（一九三四）「明鏡」（一九三六）「詩　第十五号」（一九三四）はいずれも鏡の詩で、鏡に対して彼が脅迫観念を持っていたことを表している。

鏡の中には音がありません
あそこまで静かな世界はどこにもないでしょう

鏡の中でも私には耳があります
私の話を聞くことができない哀れな耳が二つあります

鏡の中の私は左利きです
私の握手を受けることができない――握手を知らない左利きなのです

鏡のせいで私は鏡の中の私に触れることができませんが
もし鏡がなかったら私はどうやって鏡の中の私に会うことができたでしょう

私はいま鏡を持っていませんが鏡の中には鏡の中の私がいます
よく分かりませんが寂しい事業に没頭しますから

鏡の中の私は本当の私とは反対ですが
でも結構似ています

私は鏡の中の私を心配し診察することができないのがとても残念です

「鏡」という詩の全文だ。ここで作者は反射媒体である鏡を通して自我の二重性を解剖するように分析している。

鏡は鏡の外にある人間や物体を映し出す機能を持つ。だから人間は鏡を通して自分の存在を客観的に見ることができるし、自我や世界の二重性をも体験することができる。この二重性とは、外界の実像である「鏡の外の自分」と内面を映した虚像である「鏡の中の自分」、そして「鏡の外の世界」と「鏡の中の世界」が共存し、また対立する現象だ。

「鏡」はそのような二重性、つまり一人の人間が持つ二つの人格の断絶と異質性、互いの位置の逆転、互いに相手の世界へ入ってゆけない状態を詠んでいる。この詩は現代人の自我の分裂を描いたもので、韓国の詩には珍しい自意識の文学を代表するものと言えるだろう。

ここに一頁《ページ》の─鏡がある
忘れられた季節では
きれいに結い上げた髪が滝のように落ちてくる
……（中略）……
まさかそんなはずが？　さあ、では触診でも……
と手を伸ばすと

指紋と指紋を
さえぎる
ぞっとするような遮断しかない

「明鏡」

私は鏡のない部屋にいる。鏡の中の私はやはり外出中だ。私はいま鏡の中の私が怖くて震えている。鏡の中の私がどこかで私をどうにかしようと陰謀を企てているからだ。

私は鏡のある部屋にそっと入ってゆく。私を鏡の中から解放してやろうと思って。けれどもそれと同時に鏡の中の私が沈鬱な顔で必ず入ってくるのだ。鏡の中の私は私にすまないという仕草をする。私が彼のために牢屋にいるように彼も私のために牢屋の中で震えている。

「詩　第十五号」

「明鏡」と「詩　第十五号」の一部だ。「明鏡」では鏡の中の世界へ入ってゆけない「遮断」が描かれているのに対し、「詩　第十五号」ではまず鏡に対する恐怖が露わにされる。いずれの作品でも、李箱の鏡の詩には自我の二重性に対する強迫観念が見られる。李箱の鏡には精神分裂のイメージがある。つまり李箱の鏡は自己分裂型の鏡なのだ。

尹東柱の場合は李箱とはまったく違う。尹東柱の場合は自分を映す対象である鏡が銅鏡や水（井戸）であり、また鏡を東洋的な自己修練の象徴と受けとめている。つまり分裂ではなく、自己統合の鏡なのだ。

緑青《ろくしょう》のついた銅の鏡のなかに

おれの顔が遺されているのは
或る王朝の遺物ゆえ
こうも面目がないのか

おれは懺悔の文を一行にちぢめよう
——満二四年一ヶ月を
なんの悦びを希い生きてきたのか

明日か明後日《あさって》　その悦びの日に
おれは　また一行の懺悔録を書かねばならぬ。
——あの時　あの若いころ
なぜあのような恥ずかしい告白をしたのか

夜ごと　おれの鏡を
手のひら　足のうらで　磨いてみよう

すると或る隕石のもとへ独り歩みゆく
悲しい人の後ろ姿が
鏡の中に現われてくる。

伊吹郷訳

尹東柱の「懺悔録」（一九四二）という詩の全文だ。銅鏡を自己省察の媒体と見ているこの詩の根底には東洋の思想、なかでも孟子の自己修養の考え方があることを見逃すことはできない。銅鏡はもともと修練の媒体とされてきた。ここでは青く錆びた鏡の中に残っている汚らわしい顔→懺悔→鏡を磨く、という段階を経て恥辱にまみれたこれまでの生を清め、明るく正しく生きようという覚悟が表れている。銅鏡と自我を同一視し、そこに分裂や対立が見られないのが尹東柱の鏡に対する詩的図像学だ。最後の連の「悲しい人の後ろ姿」とは何を指すのだろうか。これは他者ではなく、彼の「自画像」（一九三九）という詩の中に出てくる客体化した自我で、井戸の中の「男」とも一致する。尹東柱はこのように井戸と銅鏡に映る影に自己省察と修練を求めた詩人だ。

3. 呉貞姫と銅鏡

呉貞姫《オジョンヒ》（一九四六〜）の小説『銅鏡』（一九八二）は、ある意味では文字通り鏡の小説だ。これほど鏡のイメージが凝縮された作品も珍しいだろう。彼女の作品世界は常にイメージの組み合わせによって成り立っているのだが、幼い時の輝くような日々と老人の孤独を対比させながら、ありふれた日常生活を描いたこの作品が感動を呼ぶのはガラスの鏡と銅鏡、そして入れ歯の対比が作り出す光のイメージのためだ。ここでは幼年時代が万華鏡にたとえられている反面、死や死の記憶は銅鏡に結びつけられている。つまりガラスの鏡と銅鏡の想像力が統合された作品と言える。

　彼は子供の目になって目に映るすべてのものを見ようと万華鏡を手にした。……（中略）……何でも見られるんだって。彼は子供の言い方を真似てつぶやきながら、急いで万華鏡を回した。

それは土偶や銅鏡など、死者を埋葬する際の副葬品を陳列した部屋だった。土の中で千年もの歳月を生き、今は錆も落ちてすっかりきれいになった銅鏡を見ていると、彼は自分がずっと前に死んだ古人《いにしえびと》のような気がしてきた。……（中略）……息子を埋葬した時、彼は自分が葬ったのは春の日差しにいち早く腐敗しはじめた遺体ではなく、一個の鏡だったのだと思った。

昨日、涙に濡れた妻の小さい顔や目もと、口もとの窪みがきらきらと光っていた。それはもしかしたら暗い土の中に埋められた鏡の光が反射したのかも知れない、と思った。

『銅鏡』の中の鏡に関する文章だ。隣の子供がいたずらをする。その鏡のまぶしさから若くして死んだ息子の思い出が鮮やかに甦る。ガラスの鏡と銅鏡の光の反射によって忘却の闇に包まれていた時間と意識が透視され、入れ歯に象徴される今の現実が照らし出される。光と鏡を利用して断ち切られていた時間をつないでいるのがこの作品の特徴だ。

五．鏡と女性文学

鏡は女性にとって永遠の携帯品だ。女性は人生の多くの時間を鏡の前で過ごす。だからこそ女性はひょっとしたら割ることのできない鏡の中に永遠に閉じ込められた存在なのかも知れない。それほど鏡と女性は密接な関係にあるので、鏡はよく女性そのものにたとえられる。

鏡は物や人物をその中に映し出すところにその存在価値がある。同様に女性の、いわゆる女らしさ《フェミニティ》は対象に感情を込めるところにある。だから女性文学は、自分と自分の存在理由を映し出してくれる対象である夫や子供に対する感情を盛る器のようなものだ。だから女性文学とは女性の夢の自画像であり、男性や子供の肖像が映し出される鏡のようなものだと言える。

鏡はまた女性や女性文学にとって愛の象徴であると同時に孤独の象徴でもある。実像と映し出された像が向き合うとき、鏡は初めて機能を発揮する。そして鏡によって愛の相対的状態を見ることができるからこそ鏡は恋人たちの愛の証《あかし》になってきたのだ。鏡は再会を誓う物だからこそ別れる時に二つに割り、再会したらまた合わせる。鏡に映し出された自分の姿に孤独を見ることもあるので、鏡は孤独の象徴でもある。また鏡に装飾の機能が欠かせないのと同じように、女性文学では男性文学よりも装飾的要素がはるかに重視されてきた。

ともあれ鏡ができたことによって人間は自分を映すもう一つの世界があることを知り、鏡で自己省察や自己確認をするようになり比喩や象徴、そして自己分裂の媒体として鏡を愛用するようになったのだ。

第六章　なぞなぞの詩学

『九疑山』表紙（新舊書林、1912年）

＊

李海朝の新小説『九疑山』は、韓国近代文学史における最初の推理小説だ。頭のない死体が見つかるという猟奇的殺人事件が起こり、その被害者の解明と犯人の追跡を扱ったこの作品は、読者の興味をそそるなぞなぞ的小説だ。（116ページ）

一・なぞなぞ──連想と言語の迷路

一人の人間が成長する上で昔話やなぞなぞは最初の教科書のようなものである。幼い頃祖母や母から聞いた昔話は再び戻れない幼い日の思い出を甦らせてくれるだけでなく、人間の夢や愛、美しく善なるものに対する感動、さらには人生哲学までも教えてくれる無形の教科書だ。子供の才覚や知恵を試し、開発するなぞなぞも同じである。隠されたものを探り出し、秘密の知識を発見するなぞなぞは事物観を確立するためのまたとない教科書だろう。

なぞなぞは物語とは違って答が要求されるので、子供たちは最初はとまどう。だが謎解きの面白さが次第に分かってくると、子供たちはそこに、ある種の知恵や比喩、象徴への探検があることを発見する。一度聞けば即座に覚えられるなぞなぞを通して、子供たちは事物と世界につながる道を見出す。だからなぞなぞは子供たちの共同体における重要な遊びなのだ。

なぞなぞを作ったり解いたりするのは人間の普遍的な営みの一つだ。人間の知りたいという衝動こそが問いかけの前提になっているからだ。だがなぞなぞはその謎解きの過程において常に連想と隠喩、逆説などが使われ、答は意外性に満ちている。しかも誤った答に導く罠や迷路が潜んでいるのがなぞなぞの特質である。

文化記号論的側面から見ればなぞなぞは詩の源であり、小説、とりわけ推理小説の故郷としての意味を持っている。詩が隠喩によって成り立つように、なぞなぞも本質的に隠喩なのである。つまり詩となぞなぞは同種の心象《イメージ》を持っている。また秘密の結び目を解いてゆく謎解きは、推理小説の迷路脱出の詩学に通じるものがある。

二．なぞなぞの機能

1．なぞなぞとは何か

『三国遺事』巻四によれば、新羅の高僧だった元暁はしゃれたなぞなぞの考案者だった。彼は女体に近づきたいという破戒衝動を「柄のない斧をくっつけるのは誰か？　天を支える柱は私が折るなずなのに（誰許没柯斧　我斫支天柱）」というなぞなぞで世に問うた。ここで「柄のない斧をくっつける」というのは男女の性交の隠喩だ。これを解いたのが他でもない、朝鮮王朝第三代王の太宗だった。「大師はおそらく高貴な家の娘を娶り、よい息子を得たいのでしょう」というのが彼の答だった。この話の続きはよく知られている、瑤石王女と薛聡の物語である。

満州語の暦書である『八歳児』や『小児論』『朴通事諺解』などの昔の文献には、なぞなぞに関する具体的な資料がかなりの数、載っている。

1

皇帝がまたお訊きになる。

「天に耳はあるか？」

八歳児が答える。

「鶴という動物が鳴いた時、上帝は『なんと珍しい声じゃ』とおっしゃって大層喜ばれました。

天に耳がなければどうやってお聞きになったのでしょうか」

皇帝がまたお訊きになる。

「天に口はあるか？」

八歳児が答える。

「昔、ある人が天に登ろうと石段を積み上げて登り始めましたが、石が崩れて潰され、死んでしまいました。天に口がなければどうやってお笑いになったのでしょうか」

2
A　ある人には妻がなく
またある女には夫がなく
またある人には名前がなく
またある城には館員がなく
またある車には紐がなく
またある水には魚がなく
またある火には煙がなく
またある牛には仔牛がなく
またある馬には仔馬がなく
またある駱駝には仔がない
これは何か、分かるか？

B　仏には妻がなく
仙女には夫がなく

3

赤ん坊には名前がなく
空《から》の城には館員がなく
駕籠には紐がなく
井戸には魚がなく
蛍火には煙がなく
土の牛には仔牛がなく
木馬には仔馬がなく
空の駱駝には仔がありません

私がなぞなぞを言うから、よくお聞き
お前が言ったら私が聞くから
長男は山で太鼓を叩き
次男は行ったり来たりし
三男は分けようとし
四男は一箇所に集めようとするものは？
知っているよ
長男は梭《ひ》
次男はアイロン
三男はハサミ
四男は針と糸だ

1はなぞというよりは、なぞなぞができた当時の状況を知る上で興味深い。なぞなぞは元来は神のお告げや予言といった神聖なものだったと言われている。天の身体の比喩であるこの問答は、宇宙の成り立ちの謎を解くという意味を持っている。

2は連続構造になっており、逆説的な問答の典型的な例だ。Aは『小児論』に収録されている、ある金持ちの問いであり、Bはそれに対する八歳児の才知に満ちた答だ。1に比べるとずっとなぞなぞらしくなっている。

3は『朴通事諺解』に収録されているもので、やはり連続的で多発的な問答の例だ。

このようななぞなぞの発生状況やその内容から見て、すべてのなぞなぞは概ね次のような特性を持つ。

第一になぞなぞは元来神と関わりのあるものだったが、俗化するにつれて言葉遊びとしての性格を持つようになった。だからなぞなぞが行われる際には、まず驚きや面白さ、楽しさなどが重要となる。なぞなぞは子供志向の文化現象と言える。

下から食べて上から吐くものは？	鉋《かんな》
ご飯《パプ》はご飯でも食べられないご飯は？	おがくず《トプパプ》
夜は海になり、昼は岩になるものは？	布団
垣根の下で帽子をかぶっているものは？	しいたけ
木の上に立って見る文字は？	親
鶏に餌をやる老人は何歳？	81（9×9）（餌をやる時クークーと言って鶏を呼ぶから）

第二になぞなぞは教育的機能を持つ。なぞなぞは生活の中のさまざまな現象を観察し、それを基に作られているため、子供の知能を開発する手段となる。つまり、ものを考える訓練になり、事物に対する判断力や理解力を養う。

第三になぞなぞは本質的に隠喩を含む。問いと答のイメージが比喩的で、比較や等価を尊重しているからだ。これがなぞなぞを詩的にする要素である。

水に入る柳の葉は？　魚
あちらこちらの山に手紙を出すのは？　木の葉（葛の葉）
垣根の下で青い服を着て子供をおぶっているのは？　トウモロコシ
池の中で蛇が花をくわえているのは？　灯盞
手がなくても木を揺り動かすものは？　風

第四になぞなぞは問いと答の二元構造になっているので、必ず解かれねばならない。それがなぞなぞの宿命だ。問いが錠のようなものだとすれば、答は鍵のようなものだ。

第五に、口伝えで受け継がれる単純構造のなぞなぞは、諺とともにそれを作り出した集団の思考方法、価値観、諧謔、連想、想像力の集合体としての文化的価値を持つ。

2．詩の源泉としてのなぞなぞ

なぞなぞは本質的に隠喩を含むと指摘したが、まさにこの隠喩こそがなぞなぞを詩の源としたのだ。エルリ・マランダによればこのような「比喩的なぞなぞ」は「逆説的なぞなぞ」とは異なり、セットになっている。

問い	答
水晶の皿に金は？	星
垣根の下で灯りをともすのは？	ホオズキ
泉の中で蛇が花をくわえているのは？	灯盞
垣根の下でとぐろを巻くのは？	蛇
赤い袋に黄色いお金が入っているのは？	唐辛子
髪を振り乱して天に昇っていくのは？	煙

これらはみな単純構造のなぞなぞで、問いは答となる対象の描写になっており、相手を混乱させる形になっている。なぞなぞはすべてこのように問いと答がセットになっている。問いと答を並べて見ると両者を等価化する類似性に気づくが、これは確かに詩的表現に見られるものである。詩の神髄とされるユニークな隠喩的表現がここで発揮されているからである。

走りながら飛びかかってくるもの
脚もないのに百里をゆくもの（脚はなくても天下を往来するもの）
目には見えなくても世界中を飛び回っているもの
手がなくても木を揺り動かすもの
切っても切ってもまた集まってくるもの
姿形のない動物

これらは「風」の比喩的な描写であり、同時に韓国人が持っている風のイメージの総体である。詩人が書く風のイメージと、このような集団意識によって作られたイメージが果たしてどれほど隔たっているだろうか。

なぞなぞは問答形式であるとはいえ、先行するのは常に問いである。ホイジンガの『ホモ・ルーデンス』によれば、このような問いの修辞法は宗教詩歌である「リグ・ヴェーダ」などに使われている。このことは詩歌がなぞなぞ的要素を持っているという、もう一つの発見につながる。

三．なぞなぞの詩的現象

なぞなぞが詩と関係があるのは、なぞなぞの隠喩と詩の隠喩が一致しているからだ。つまりなぞなぞの考案者の視点と詩人の視点は事物の発見過程において同じだということだ。

藁葺き屋根の上に　白い服を着た娘　たおやかにはにかんで　黄昏のなかで笑う…

李熙昇《イヒスン》（一八九六〜一九八九）の「夕顔の花」（一九四七）という詩の一節だ。藁葺き屋根の上の白い服を着た娘→夕顔の花、というこの詩の隠喩は、詩的であると同時になぞなぞ的である。詩の中では明らかにされない「夕顔の花」が「白い服を着た娘」というイメージと「屋根の上」という場所を示すことによって明らかになってゆくところがなぞなぞ的だからだ。いわゆる詩の用語である「異化」はなぞなぞの「転移」と相関関係にある。

尹善道《ユンソンド》（一五八七〜一六七一）の「五友歌」という時調《シジョ》は、その詩的意匠や着想がなぞなぞの比喩とよく似ている。詩的比喩のイメージがもともとなぞなぞのイメージと同じであることを暗示した作品である。

雲の色よしといえども　黒ずむことのしきりなり
風の音清しといえど　止《や》むことの沢山《さわ》にあり
さても　水のみぞ　清くして止むことのなき
「水」

花はなど　咲きて散り
草はいかで　青きより黄と化す
さても岩のみか　変わらざるその姿
「岩」

木にもあらず　草にてもあらず

直《す》ぐなるは誰《た》がなせし　内に蔵《かく》せるものもなく
かくて　なお四時に青きを　我は賞《め》ずなり　　「竹」

宙天の月小なれど　萬物に光被して
汝《なれ》のみぞ　夜のともしび
言《こと》なくも　心通うは　わが友ゆえか　　「月」

「水」「岩」「竹」「月」などの事物とそのイメージを結合させたこの詩は、暗示と隠喩によって対象を浮かび上がらせているという点でなぞなぞの発生過程とまったく同じである。なぞなぞが世界の秘密を解いてゆくように、詩人とは世界と事物の隠された秩序に新たな解釈を加える人間なのだろう。

韓龍雲《ハンヨンウン》（一八七九～一九四四）の詩「分かりませぬ」（一九二六）は、説疑法を主軸とした作品だ。宇宙の森羅万象はことごとく「目に見えないが絶対的《ニム》な存在である何者か」に還元されることを表したこの詩の語法は、なぞなぞの問いかけそのものである。

風のない空から　垂直の波紋を描いては静かに舞ひ散る桐の葉―、あれは誰の跫《あしおと》でせう。
花もない大木の　苔古りた肌のあたりに　仄《ほの》かにこもるえいはれぬ香り―、あれは誰の息吹でせう。
金素雲訳

前半はずっとこのような問いかけに終始するこの詩は「リグ・ヴェーダ」の語法がなぞなぞ的問いかけによって成立している現象とさほど遠くないところにいる。韓龍雲の抒情詩は宗教的詩歌の世俗化、あるいは文学化現象として理解できる可能性がある。彼の詩集『ニムの沈黙』(一九二六)が終始一貫、沈黙している「ニム」への問いかけと「ニム」の告白で構成されているのは決して偶然ではない。

四．なぞなぞ物語—推理小説の原型

1．「短剣を得る」と「琴入れの箱を射る」のなぞなぞ

「推理」とは与えられた結論によって与えられていない、隠れた原因を探し出す判断の過程を意味する。だから推理小説とは、殺人(犯罪)→手がかり→演繹(帰納)推理→追跡→犯人逮捕、というかくれんぼのような過程を経る、殺人と追跡の詩学としての文学だ。だから推理小説はその源流になぞなぞの発想があることは明らかだ。混乱状態から解答を探すという点において、なぞなぞと推理小説は同じだからだ。

なぞなぞ的な発見の過程を扱った韓国の昔話に、高句麗の第二代瑠璃王の「短剣を得る」と新羅の「琴入れの箱を射る」がある。これらは共に謎解きを要する物語だ。

「短剣を得る」は王家の家系図で親子関係の証拠とされる短剣の探索と謎解きの物語だ。

お前のお父さんはね、母さんに「もしお前が男の子を産んだら、わしの遺物を『七つの角がある石の上、松の下(七稜石上松下)』に隠しておいたとその子に言ってくれ。それを探し出して持ってきたら、

わしの息子と認めよう」とおっしゃったんだよ。

瑠璃はこれを聞くとすぐさま谷に行って探したが、見つけられずに帰ってきた。ある日の朝、家にいると、柱の礎石の間で何か音がするような気がした。そこで行ってみると、礎石には七つの角があった。そこで柱の下をくまなく探し、ついに折れた剣を見つけ出した。


これは『三国史記』「高句麗本紀」の記述だ。瑠璃が父の朱蒙〔高句麗の始祖王〕の遺物である短剣を探し出して太子になるために、まず解かねばならない課題だ。短剣が「七つの角がある石の上、松の下」にある、というのがまさになぞなぞだ。瑠璃はこの難題を柱の礎石から聞こえてきた音をヒントに、ついに「柱の下」にある、と解くことができた。そして嫡子として認められ、太子としても認められたのだ。

『三国遺事』に記されている「琴入れの箱を射る」は暗号のようななぞなぞを解くことによって、姦通―新羅の話には姦通が出てくることが少なくない―がからむ謀反を事前に防ぐ物語だ。


第二十一代、毗処《ビチ》王即位十年戊辰（四八八年）に、（王が）天泉亭にお出ましになったとき、烏と鼠がやってきて鳴いた。（そのとき）鼠が人の言葉で、「この烏が飛んでゆくところをさがしてみなさい」というのであった。王が騎士に命じて（その烏を）追わせた。南の僻村に至ると、二頭の豚が闘っていた。そこに止まってそれを見ているうちに、うっかり烏の行方を見失ってしまい、道でうろついていた。

その時、池の中から一人の老人が出てきて、手紙を捧げた。表に「これを開いてみたら二人が死に、開いてみなかったら一人が死ぬだろう」と書いてあった。騎士はもどってきて、王にさしあげた。王が（それを見て）「二人が死ぬなら、むしろ開けて見ずに、一人が死んだほうがましだ」といった。日官

（気象を司る役人）が、「二人というのは庶民のことであり、一人というのは王のことであります」といったので、王ももっともだと思い、封を開けて見たところ、「琴匣（琴を入れておく箱）を射なさい」と書いてあった。王が宮中に入り琴匣を見つけて射ると、中に、内殿で焚修（香を焚いて道を修める）する坊主が、妃と密通していた。二人はついに誅せられた。

金思燁訳

これは、民俗学者たちが「首のかかったなぞなぞ」と言う類《たぐい》の物語だ。もし謎が解けなければ首が吹っ飛ぶという意味だ。池に現れた老人が出したなぞなぞを王が誤って解釈していたら、王は間違いなく命を失っていただろう。だが日官の正しい解釈が王の命を救ったのだ。この物語から正月十五日を「烏忌日」として、おこわを食べて動物たちに感謝する風習が生まれたと言われている。

2．なぞなぞと「公案小説」

『殺人の詩学』（一九八三）という推理小説論を著したグレン・モストは、『ヒポクラテスの微笑』の中で推理小説の性格について次のように述べている。

本当のミステリーとは序盤の犯罪や結末の解決にあるのではなく、それを解決してゆく探偵の姿勢にある。犯罪は非常に奇妙なものか、あるいは単純に見えるので、探偵は常にとまどう。そして小説はそのとまどいに対する解答の不在から始まり、さまざまな紆余曲折を経て最後に真実に辿り着く。……（中略）……犯罪のミステリーは本質的にそれが解けるまでは曖昧ななぞなぞである。……

ここで暗示されているのは、推理小説は本質的になぞなぞの要素を持っているということだ。なぞなぞが推理小説に発展する岐路に位置する代表的な物語は、疑獄説話である「山上三屍与銭説話」と一種の「公案小説」である『薔花紅蓮伝』だ。前者はなぞなぞであり、後者はそれを文学的に受容したものだ。知的成熟度と機智が試されるなぞなぞが犯罪と結びついたのが「山上三屍与銭説話」である。

山の上に三人の死体があり、その傍らには数千両と空《から》の酒瓶が一本あった。これは何を意味しているか、またこの事件をどう処理したらいいか？

この問いに対するもっとも妥当な推理は次のようなものだ。―三人は盗賊だった。彼らは数千両を盗み、それを分けるために山に上った。金を分ける前に一人が酒を買いに村へ下りていった。山を下りながら、彼は二人を殺して金を一人占めしようと企んでいた。ところが山に残った二人も下山した男を殺し、金を二人で山分けしようと約束していた。下山した男は戻るやいなや二人に殺され、二人は彼が持ってきた毒入りの酒を飲んで死んだ―犯罪捜査と法医学書である『無冤録』の内容をなぞなぞ化した話である。

一方「公案小説」とは法廷や裁判を扱った小説のことをいう。中国の『宋史』に包拯という裁判官の話がある。『龍図公案』『包公案』『龍公案』などは理想的な裁判官とされる包公、つまり包拯の論理的推理、審問方法などが収録されている裁判文書だが、それを小説化したものが公案小説である。公案小説には犯罪をめぐるなぞなぞのようなミステリーの要素があるので、推理小説の東洋的原型は考案小説だと言える。

韓国の古典文学の中で公案小説的性格を持った代表的な作品は『薔花紅蓮伝』だ。これは意地悪な継母が登場する、広い意味での家庭小説だが、後半では殺人事件が起こり、犯人を追跡する裁判小説の要素も持っている。継母の策略によって無実の罪を着せられ、殺された薔花と紅蓮姉妹の霊魂が赴任してきた役人、鄭ドンホの前に現れる。包公のような存在である鄭ドンホは姉妹の訴えを聞き、継母の偽証を見破る。そして継母を罰して二人の仇を討ってやる。

もちろん『薔花紅蓮伝』は霊魂が登場するなど、非論理的なレベルから脱しきれていないが、犯罪の謎を追及し、犯人を処断するという点では公案小説と言えるし、推理小説の初歩のレベルに達していることは確かだ。この公案小説の流れは開化期に至るまで続いた。

一九〇六年五月に『皇城新聞』に連載された「神断公案」はタイトルの通り、裁判権を持った地方官僚たちの判例集という性格を持っている。この作品の成立過程を明らかにする上では中国の公案小説の「三侠五義」の思想や、清代の「施公案」「彭公案」などとの関係を検討する必要がある。だが韓国の開化期の公案小説は、推理性よりも社会的犯罪性の要素がより強いと言えるだろう。

3．最初の推理小説―『九疑山』

李海朝《イヘジョ》（一八六九～一九二七）の新小説『九疑山』（一九一二）は、韓国近代文学史における最初の推理小説だ。頭のない死体が見つかるという猟奇的殺人事件が起こり、その被害者の解明と犯人の追跡を扱ったこの作品は、読者の興味をそそるなぞなぞ的小説だ。

ソウルのパク洞《ドン》〔パク町〕に住む徐判書の息子、オボキが結婚した翌朝、新婚夫婦の部屋から頭のない男性の死体が発見された。死体に顔がないという点がまさになぞなぞ的だ。だが発見された場所が夫婦の部屋で、死体が男性だったため、顔がないにもかかわらず誰もが被害者は新郎であり、犯人は新婦の金エジュンに違いないと考えた。そして彼女は毒婦であり、犯人だとされた。殺人の嫌疑をかけられた彼女はその汚名を晴らし、真犯人に復讐するため、男装して犯人探しに乗り出す。彼女は韓国文学に現れた最初の女探偵となったわけだ。

証拠をつかむために彼女は婚家に潜入する。婚家の庭の古木の中をのぞいたりしているうちに彼女は、下男のチルソンが家にいないことを知る。そしてチルソンの母親を誘導訊問して確かな証拠をつかみ、新郎の継母である李ドンチプとチルソンが共謀していたことを突きとめる。

だが物語はこれで終わったわけではない。主犯は逮捕されたが共犯者のチルソンは相変わらず行方不明であり、首なし死体が果たして新郎なのかという、もう一つのなぞなぞも残っている。この謎は結局最後に解ける。李ドンチプにそそのかされてチルソンが犯行に向かう途中で出会った男女を殺し、男の死体をオボキに見せかけて部屋に置いたことが判明するのだ。オボキは生きており、最後に妻と再会する。このように見てみると『九疑山』は迷路を経て解決に至るという、推理小説の要件をほぼ備えていることが分かる。

アガサ・クリスティは推理小説について次のように述べている。

探偵小説はチェスの小説だ。これもやはり道徳性を持った物語だ。老人たちの道徳的な話同様、悪を追い払い、善をもたらすものだ。

何はともあれ、推理小説は謎解きを基軸とした文学だ。だが小説のなぞなぞ的要素は何も推理小説に限られるわけではない。ある意味では小説そのものが人生のなぞなぞを解く文学様式だと言えるだろう。

五．誤解の小説論

なぞなぞの解答者はとかく間違った答へと向かいがちである。それは、なぞなぞの問いがわざと解答者の想像力を狂わせ、間違えさせるように罠を仕掛けているからである。なぞなぞにはみなそのような罠があるので、いくつもの答が考えられるが、その誤解こそがなぞなぞの醍醐味と言える。

そのような誤解や錯覚は人生の中にもある。人間が事の真実や真相を突き止められず、誤解や錯覚によって葛藤する現象は、謎解きの迷路と似ている。韓国文学において人生の誤解や錯覚を小説化したものは、金《キム》東仁《トンイン》（一九〇〇～五一）の「船歌《ペタラギ》」（一九二一）と朱耀燮《チュヨソプ》（一九〇二～七二）の「アネモネのマダム」（一九三六）だ。

「船歌」は完璧な「枠小説」で、至高の芸術は最大の苦痛を伴うという金東仁の芸術観が込められている。この作品には、妻と弟の仲を誤解した兄と弟との葛藤が描かれている。「デカメロン」を分析したシグレの『構造と時間』（一九七九）の三角形の〈H－W－L〉図式をこの物語に適用すると、次のようになる。

左の図は兄（H）が妻（W）と弟（L）の仲を誤解した関係図だ。ある日兄が家に帰ると、妻は弟と二人きりでいて、しかも妻の服装は乱れていた。妻は鼠を追いかけていただけだと弁明するが、兄には単なる言い訳にしか聞こえない。兄は二人が恋に落ち、自分を裏切ったのだと思い込む。貞節を疑われた妻は自殺し、弟は行方不明になる。しかし二人に裏切られたと思っている兄は、それも当然のこととして受け止める。右は真相の図式だ。妻は実は夫を愛しており、弟とは何の関係もなかった。真相は妻の言う通り、一匹の鼠が

H W L F－B－D－B W R Fi H L

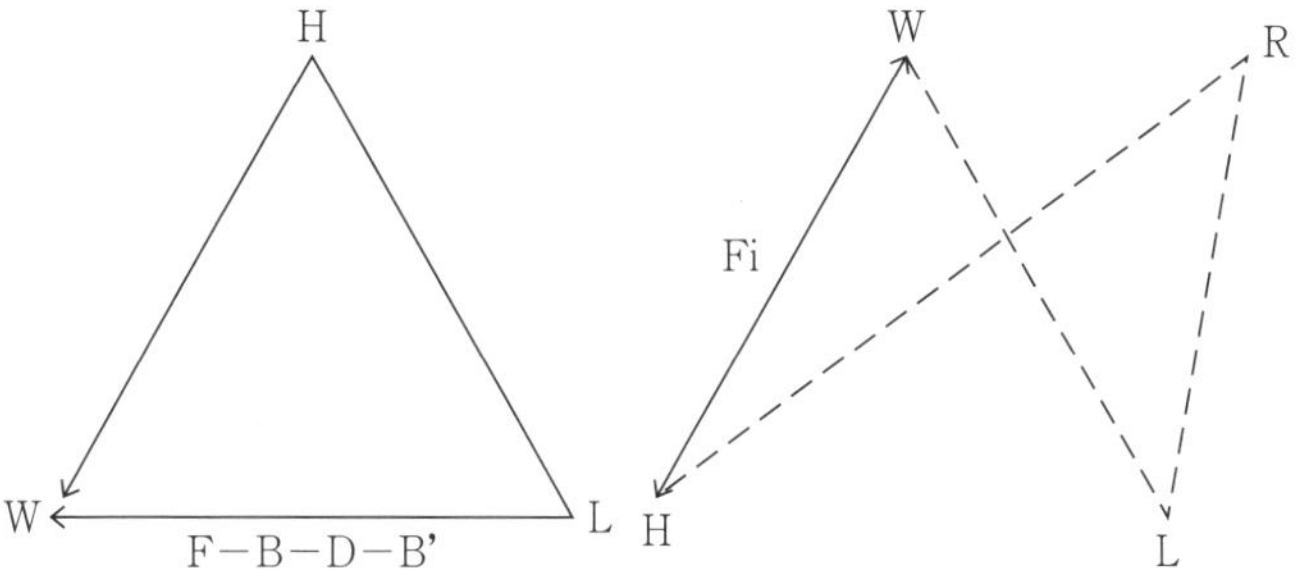

H（兄），W（妻），L（弟），F（恋に落ちる）

B（裏切り），D（発見），B'（裏切りの結果），Fi（貞節），R（鼠）

引き起こした騒動に過ぎず、まさに「泰山鳴動鼠一匹」だったのだ。兄はやがて自分の誤解だったことに気づき、激しく後悔する。そして弟を探して果てしのない流浪の旅に出る。兄が歌う船歌の調べは、悔恨の苦しみが昇華した芸術の域に達していた。

「アネモネのマダム」は愛の誤解を描いた作品だ。喫茶店「アネモネ」のマダムであるヨンスクは、毎日やって来てはシューベルトの「未完成交響曲」をリクエストする青白い顔の大学生の視線が気になる。彼が自分を愛しているのだと誤解した彼女は、ひどく動揺する。彼女は服装やイヤリングに気を遣うようになり、自分に注がれる若者の情熱的な視線と微笑を見て、切ない想いに浸る。だがある瞬間、彼は自分ではなく教授夫人を愛していることを彼女は知ってしまう。彼の熱い視線は彼女ではなく、彼女の後ろの壁にかかっている教授夫人に似たモナリザの肖像に向けられたものだったのだ。これは、人間の潜在意識が引き起こす誤解や錯覚を愛を求める心理として形象化した作品である。

生身の人間同様、小説の中の人物もこのように誤解や錯覚のためにしばしば傷つく。あたかもなぞなぞの答を間違えると罰を受けるかのように……。

第七章　夢、その生の代数学——文学における夢

刺繍を施した枕

＊

枕は夢の世界への出入り口であり、夢をたばねる道具だ。だから中国の唐代に沈既済によって書かれた『枕中記』という小説の中で、主人公の盧生が使う「呂翁枕」という枕は両側に穴が開いている。枕は現実の世界から夢幻の世界へ入ることも、出ることもできる通路だということだ。枕は人を夢へ導く道なのだ。（124ページ）

夢は第二の生だ。　—ジェラール・ドゥ・ネルバル—
人生は一場の春の夢。

一・枕と夢の詠歌

1．枕の詩人、金素月

われわれ韓国人がもっとも情緒的に共感できる詩人である金素月《キムソウォル》（一九〇二〜三四）は、ある意味では「枕の詩人」であり「夢の詩人」だ。彼ほど詩の世界で枕と夢を愛した詩人も珍しいからだ。彼の詩における枕は、もっとも近しい関係といえる「わたし」と「あなた」の距離を示す物質的な根拠であり、喜びと悲しみとが交差する対象でもある。

あなたを想うと今でも　雨の日の砂浜　涙に濡れた枕よ
夢は果てしなく　残るのはあなたを忘れた寂しさ
「あなたに」

落ち葉が歌い　砂浜に花が咲く
わが枕に幸よあれ　あなたにゆだねるその瞬間
「眠り」

花茣蓙の上　燭台の陰には　七十年の苦も楽も　すべてをこめた腕枕
「腕枕の歌」

月の刺繍のあの枕　どこへ行ったのやら
窓にはぼうっと　月の光　「鴛鴦枕《オシドリ》」

ひとつ枕で共寝して　ひとつ釜でご飯を食べた　そんなあなたに
この想いを　伝えようかと思うけれど……　「生と死と金」

わたしの枕　涙でしとどに濡れる　あのひとは去ってゆき
窓には星がひとつ　そっとのぞいている　「夢みた昔」

天人にも愛の涙　それが雲となり
寂しい夢の　枕を濡らす　「暁」

このように金素月の詩には枕が頻繁に登場する。だがより重要なことは、その枕が「あなた」と「わたし」の愛の巣であると同時に、そこから疎外された寂しさのもっとも具体的な証《あかし》であり、夢の世界に通じる回路になっているという点だ。だから金素月の詩は、枕に凝縮された愛憎の詩学だと言っても過言ではないだろう。

2．枕の美学と象徴

枕は布団同様寝具であり、夢の道具でもある。直立歩行をする人間にとって、枕が睡眠中に果たす生理学的効果はよく分からない。だが枕の機能は快適な眠りをもたらすことだ。また「鴛鴦枕」「枕の下の仕事」などという言葉に暗示されるように、枕は男女の愛が結合する場所だ。だからわれわれ韓国人の枕に対する態度も決して尋常とは言えないことは確かだ。大人の枕の詰め物には蕎麦殻を使い、子供の物には粟を使う。新婚夫婦は細長い「鴛鴦枕」を共に使い、夏は涼しい木枕を使う。枕の材料は驚くほど実用的で合理的に選ばれている。

また枕は嫁入り道具に欠かせないので、枕の両端の丸い部分には美しい刺繍が施される。刺繍の模様は主に十長生〔不老長寿を象徴する十種—太陽・山・水・石・雲・松・不老草・亀・鶴・鹿〕か、鴛鴦・鳳凰・虎・コウモリ・梅・牡丹など動物や花鳥が美しい色調で描かれ、それを七宝や「亞」の字がぐるっと取り囲んでいる。あるいは絵柄の代わりに「寿」「福」「富」「貴」「康」「寧」などの字を円の中心に置くこともある。それらの模様はわれわれ人間が人生において望む夢の目録であり、代数学そのものなのだ。

夢にても　君に会わんと　枕せば
頼りなき　壁の燈《ともしび》　鴛鴦《おしどり》の衾《ふすま》冷く
番《つがい》なき　雁の声《ね》に　眠る能わず
李鼎輔

枕は夢の世界への出入り口であり、夢をたばねる道具だ。だから中国の唐代に沈既済によって書かれた『枕中記』という小説の中で、主人公の盧生が使う「呂翁枕」という枕は両側に穴が開いている。枕は現実の世界から夢幻の世界へ入ることも、出ることもできる通路だということだ。枕は人を夢へ導く道なのだ。

人間は常に夢を見ながら生きている。いや、人生そのものが夢に過ぎない。荘周は自分が蝶になった夢を見てからは夢と現実の区別がつかなくなったと言ったが、夢は人生におけるもう一つの楽しい世界だ。だから東洋人、ことに中国人は昔から夢を神聖視し、夢を六つ（正夢・霊夢・思夢・苺夢・喜夢・寤夢）に分類して吉凶の判断材料にしていた。『周礼』の「春官」によれば、夢を占う役所もあったそうだ。古代の西欧でも夢は神との交信の場所と考えられていた。

ならば、夢について韓国人はどのような精神文化を持っているのだろうか。それを韓国文学を通して探ってみるのもあながち無駄なことではないだろう。それは韓国人が求める第二の生をたどる道だからだ。

二．夢の風俗誌

1．生活と夢・夢の売買

フロイトは『夢の解釈』の中で、夢の源を外的（客観的）感覚刺激・内的（主観的）感覚刺激・内的身体刺激・精神的刺激の四つに分類している。一方、許浚《ホジュン》（一五四六～一六一六）は『東医宝鑑』（一六一〇）の中で、夢の内容を次のように内臓や肉体的刺激と結びつけて説明している。

肝気虚則夢見菌香生草
実則夢伏樹下不敢起
心気虚則夢救大陽物

実則夢燔灼
脾気虚則夢飲食不足
実則夢築垣蓋屋
肺気虚則夢見白物見人斬血藉
実則夢見兵戦
賢気虚則夢見舟船溺人
実則夢伏水中若有畏恐

韓国人には夢を信じ、尊重する風俗がある。これは夢が幸・不幸の前兆だという古代人の考え方によるものである。このような考え方は現代人の思考の中にも依然としてあり、今でも龍の夢や豚の夢、火事の夢を見ると縁起がいいと言って喜び、家族の運勢や商売の繁盛を夢で占おうとする。また現代の女性たちまでもが相変わらず妊娠すると、胎児が男か女かを胎夢で知り、「いい夢を見なさいよ」という言葉は祝福の挨拶となっている。夢はこのように期待や願望、あるいは不安の映像となってわれわれの生活を支配している。だから縁起のいい夢は昔から売買の対象ともなってきた。

夢の売買という韓国的な奇習の源流は『三国遺事』巻一「太宗春秋公」に載っている。太宗は新羅第二十九代王で、六五四年に即位したが、これは即位前の話である。

新羅の武将であった金庾信《キムユシン》（五九五〜六七三）には宝熙と文熙という二人の妹がいたが、ある日宝熙が奇妙な夢を見た。西岳へ登っておしっこをすると、それが海になって都中水浸しになったというのだ。翌朝宝熙が文熙にその話をすると、文熙はその夢を買いたい、と言った。そこで宝熙は絹のチマと引き換えにその夢を文熙に売った。

その十日後、その日は正月の十五日だったので金庾信は後の太宗、春秋公と共に自分の家の前で蹴鞠をしていた。金庾信はわざと春秋公の上衣の結び紐を踏んで結び目を裂いてしまった。金庾信は春秋公に自分の家で縫うように勧め、家に入るとまず宝熙に縫わせようとした。宝熙が辞退したので文熙に縫わせることにし、それがきっかけとなって春秋公と文熙は恋仲となり、文熙は妊娠した。

金庾信は妊娠したことで妹を激しく叱り、文熙を焼き殺すという噂を国中に流した。ある日、善徳女王〔新羅第二十七代王〕が南山に登った。金庾信はその時を見計らって庭で焚き火をし、わざと煙を上げた。王はそれを見ていぶかり、家臣に理由を訊ねた。家臣は金庾信が妹を焼き殺そうとしているのだと答えた。その時、側にいた春秋公の顔色が変わったので王は事情を察し、春秋公と文熙の婚礼を上げさせ、こうして文熙は王妃になった。

この話からは政略結婚を成功させるための金庾信の深謀遠慮の一面がうかがえると同時に、夢を信じ、夢を売買する古代人の意識を知ることができる。金庾信は夢に予知能力があることを知る卓越した人物だった。

2.『三国遺事』と夢の意味論

一二八五年に高麗の僧侶、一然《イリョン》が執筆した『三国遺事』は、夢を記録したという意味でも画期的なものだ。『三国遺事』には約二十八の夢の話が収録されている。それらはほとんどが神仏の加護や神託の予言、予兆といった性格を持つ。夢の特徴は次のようなものである。

第一に夢は現実界の事件の前兆であり、序曲である。胎夢には主に熊・流星・星・玉などが現われ、預言者として天帝や僧侶、仙女などが現れる。彼らは運命の吉凶を告げ、不幸な事態を打開する方法をも教えてくれる。そして夢を見た当事者はみなそれを信じ、予言は見事に当たる。

第二に、夢はその内容が映像的で分かりやすい場合もあるが、間接的で分かりづらいものもある。だから目が覚めてからもそれを記憶し、占い師に解いてもらわなければならない。アラブには「解かない夢は開けない手紙と同じだ」という諺がある。だが夢の解釈は常に当たるとは限らないし、良い結果が出るとは限らない。だから夢は畏敬と恐怖の対象でもある。

第三に夢は現実の時間と空間を超越した異界であり、われわれは夢を見ることによって異界を旅し、また戻ってくることができる。夢の内容は現実では果たせない願望や潜在意識、束縛からの解放などである。現実から逃れ、夢幻の世界をめざすという点において夢は本質的にロマンチックな属性を持つ。

だが夢は必ず覚める。月窓居士が『述夢瑣言』で「夢の中にあるのは無常だ（在夢者可謂無常）」と指摘しているように、覚めてからの夢は無常感の比喩として語られる。だから仏教でははかなさの六つの比喩の中に夢を入れ、煩悩からの解脱を説いている。

第四に、夢は地名や塔、寺社の造営に関する縁起説話において重要な役割を果たす。また夢は生者と死者の霊魂との対話という現実では不可能なことを可能にし、遠く離れている者との再会の場所でもある。

スーザン・ランガは『象徴の哲学』の中で「原始的思考は夢の水準からさほど遠く隔たってはいない」と指摘している。確かに昔の人々は夢を神仏の意志や神託として理解しようとしていたようだ。それほど夢は尊敬と恐怖の対象だった。だから夢の中で願望が実現することを切望し、悪夢から逃れようとした。枕の両側に美しい刺繍を施す習慣は単に美的な問題ではなく、夢の持つ意味から吟味すべき問題だろう。

3．異界へ渡る橋としての夢

『三国遺事』に収録されている調信の話は時間の伸縮、夢を通した異界への越境と現実への復帰など、夢と覚醒というテーマを扱った物語の原型である。だから夢の超時間性、超空間性、超論理性が共に作用しており、人間の妄執、迷い、離別などが夢幻の世界を舞台に繰り広げられる。

新羅時代のこと、世逵寺の荘舎（農場）が溟州ネイ郡にあった。調信という僧侶がその荘舎の管理人として赴任してきた。調信は太守〔地方長官〕、金昕公の娘を見て好きになり、忘れられなくなった。彼は何度も洛山寺の観音菩薩を訪ね、彼女との縁結びを祈願した。だが数年後、彼女はよその土地へ嫁いでしまった。調信は再び菩薩のもとへ行き、なぜ願いをかなえてくれなかったのか、と泣きながら訴えた。彼は日が暮れるまで一人で泣き続け、そのまま寝入ってしまった。

すると突然、彼女が静かに戸を開けて入ってきて、笑いながら言った。

「私は前から上人《しょうにん》のお顔を存じており、ひそかに慕っていて、すこしの間も忘れたことはございませんでした。（しかし）父母のいいつけに迫られて、無理やりによその人に従いました。いま（上人と）同穴の友（夫婦）になろうと思いましてやって来ました」といった。　金思燁訳

調信は飛び上がらんばかりに喜び、彼女と共に故郷へ帰った。二人は四十年連れ添い、五人の子供をもう

けた。

だが暮らしは苦しくなる一方で、家とは名ばかりのあばら家に住み、粥すら満足に食べられなかった。遂に調信は家族をつれてさすらいの旅に出ることにした。十年間あちらこちらを放浪し、乞食をしてようやく食いつないだ。服はぼろぼろになり、体を覆うのがやっとという有様だった。溟州の蟹県嶺の峠を越えたところで一番上の子が飢え死にした。二人は慟哭しながら遺体を道端に埋めた。残りの四人の子供をつれて羽曲県へ行き、道端に萱葺きの家を建てて住んだ。二人は老いている上に病にかかり、もう乞食もできないので、十歳の女の子が乞食をして歩いた。だがその子も犬に噛まれ、床についてしまった。すると妻が涙を流しながらこう言った。

「私がはじめ郎君に会ったときは、顔も美しく年も若く、着物もたくさんあってきれいであったし、おいしい食べものもあなたと分けて食べ、数尺の暖い着物もあなたと分けて着ました。嫁にきてから五十年になるあいだ、情誼も比べものがなく、恩愛も深く、(これこそ)厚い因縁だというべきでありました。しかし近ごろは、衰病がますますつのり、飢寒も日ましにおしよせてきています。人びとは傍舎(貸し間)や一瓶の醬油すら恵んでくれず、大勢の人たちの嘲笑は、身にこたえること山のように重く、子供たちの飢寒をいやすすべもございません。夫婦間の楽しみを味わうひまなどありましょうか。(少年期の)紅顔とか巧笑といったものは、しょせん草の上の露のようなものであり、芝蘭にたとうべき夫婦の百年の佳約も、いわば風に吹かれる柳の花のようなものであります。あなたは(結局)私がいるために煩《わざわ》いを受け、私はあなたのために心配ばかりしています。昔の喜びを今にして思いおこしてみますと、(それらは)みなとりもなおさず、(現在の)憂いの発端を作ったようなものであります。あなたよ！　私よ！　いったいどうしてこのような有様になってしまったのでしょうか。（たとえば）大勢の鳥が一ヵ所に集まって餓死するよりか、むしろ連れをなくした鸞鳥が鏡に向かって連れを呼ぶ哀れさの方が、むしろましであります。逆境に会えば捨て、順境のときはいっしょになるというようなことは、人情上、堪えられないことではありますが、しかし行止（出所進退）は人の意のままになるものではなく、離合も運命の定めであります。お願いですから私の言葉に従って別れましょう」。　金思燁訳

調信はこれを聞いて非常に喜び、四人の子供を二人ずつに分けて別れようとすると、妻は「私は故郷に行きますからあなたは南の方へ行ってください！」と言った。握り合った手を放し、歩き出そうとして調信ははっと目が覚めた。

夜は更けて、部屋の中にはろうそくの火が揺れていた。翌朝鏡を見ると、髪の毛も髭も真っ白になっていた。調信は茫然自失し、人生に対する一切の意欲を失った。欲望は氷が溶けるように消えていた。調信は恥ずかしそうに観音菩薩を拝み、涙を流した。

彼が蟹県へ行き、夢の中で死んだ子供を埋めた場所を掘ってみると、石の弥勒菩薩像が出てきた。彼はそれをきれいに洗って近くの寺へ奉納し、都へ戻って管理人を辞めた。そして私財を傾けて浄土寺を建て、善行につとめた。彼の最後は不明である。

これは李光洙《イグァンス》（一八九二〜一九五〇）の『夢』（一九三九）という作品の素材になった話であり、夢の他界行、つまり夢の中で現実には果たせなかった出会いや願望を達成する物語であると同時に、現実の栄華も結局は虚しいものだという仏教の遁世思想を説いた物語である。

夢の枠の中にもう一つの話を入れる「夢字類額縁型」のこの物語は、修行僧の意識の中にある世俗的な欲望の根っこを掘り起こすことによって、信仰と欲望の狭間で葛藤する人間の姿を描いている。現世を超越し、仏の存在を信じる仏教的な現世観に基づいており、現世とは無常なもので病気・老い・別れ、そして貧困・死といった苦難の連続であると認識している。この点において夢は二つの意味を持つ。つまり夢とは欲望を映す鏡であると同時に、覚めた後の虚しさによって解脱の鏡にもなるのである。

中国の瞿佑が書いた『剪燈新話』の「滑塘寄遇記」と同じ系統である金時習《キムシスプ》（一四三五～九三）の「南閻浮洲記」も、彼の「龍宮赴宴録」と共に夢による異界への越境と帰還をモチーフとした物語だ。これらの作品の中で夢は異界へ渡る橋の役割を果たしている。現実を額縁の枠とし、その中に夢を入れるという形式は調信の話と同じだ。だが修行僧の悩みを描いた調信の話とは異なり、金時習の作品は霊魂が冥界を巡礼する話だ。

また調信の場合、眠っているわずかの間に五十年もの時間が流れ、白髪になってしまったのに対し、金時習の場合は現実と夢の時間の間にさほどの違いはない。このような夢の中の時間の拡張は日本の民話「浦島太郎」にも見られる。恩返しと異類との婚姻をモチーフにしたこの話の中で、現世での三年は龍宮での三百年に拡張されている。

浦島太郎はある日釣りをしていて亀を捕まえるが、逃がしてやる。そのお礼に亀は浦島太郎を龍宮へ連れてゆく。浦島太郎は龍宮の乙姫と結婚し、お土産に玉手箱をもらって帰ってくる。絶対に開けてはいけないと言われていたにもかかわらず、浦島太郎は箱を開けてしまう。すると煙が上がり、彼は白髪の老人になって死んでしまう。この話は時間の伸縮を扱っているという点では韓国や中国の話と似ているが、そこに夢が介在していないという点が特徴である。

またこれらの話に共通して見られる「人生は一場の夢だ」という思想の源は仏教の遁世思想、老荘の無為遁世思想、そして道教の神仙思想が複合したものと思われる。

三．夢と幻想の小説論

われわれ韓国人は夢の価値にとりわけ重きを置くので、民話や説話の中でもやはり夢を神聖視している。韓国の古典小説において夢は重要な役割を担っている。古典小説では登場人物の出自が問題とされるので、子供の誕生の際に見る夢、いわゆる胎夢の話が必ず出てくることになる。

そして夢は主人公に迫る運命を予言し、困難の打開策を告げるだけでなく、物語の展開や転換のきっかけとなる。フロイトやユングが夢を「願望充足の前奏曲」「褒賞的機能」と見たように夢は願望の象徴であり、現実と欲望の世界を行ったり来たりする窓として利用される。そして夢の解釈をめぐる意見の相違は緊張を生み出す。朝鮮時代の小説において夢はつまるところフィクションを作り出すための装置だったと言えるだろう。

1．胎夢としての受胎告知

朝鮮時代の小説の主人公はみな困難の中から生まれる。神話の中の英雄たちが殻を破って出てくるように、誕生の際の儀式ともいえる困難を経なければ物語の主人公にはなれない。子供に恵まれない夫婦が一所懸命祈願し、それに対する「ご褒美」として母親が胎夢を見て妊娠を知らされ、ようやく子供が生まれるのである。だから名前も夢にちなんだものが多い。

許筠《ホギュン》（一五六九～一六一八）が書いた『洪吉童伝』の主人公、洪吉童は父親が龍の夢を見て生まれた。『劉忠烈伝』の劉忠烈は、母親が必死に祈願した結果、夢の中で青龍に乗った仙官（仙境の役人）に会い、懐妊して産んだ子供だ。『春香伝』の春香の場合は、母親の月梅が智異山の般若峰に祭壇を設けて祈った。すると鶴に乗った仙女が夢に現われ、懐妊して産んだ娘ということになっている。『淑香伝』の淑香もそうだし、『梁山泊伝』の梁山泊もそうだ。このように胎夢のモチーフはほとんどすべての小説に見られる。

胎夢には仙官・仙女・仙童・道師など超人的な存在が現われ、非凡な人間の誕生を告げる。それらの人間の誕生は神仙の世界から人間の世界へ「降りてくる」のだと説明される。ここには天界で罪を負い、追放された者が人間として生まれるという古代人の宇宙観の影響が見られる。また龍や鶴は胎夢を象徴しており、仙人と人間、天と地が垂直に結ばれることによって生まれてくる人物の非凡さを暗示している。

2．脱出と打開としての夢

朝鮮時代の小説の中の夢は、主人公が危機から脱出したり状況を打開することを告げる神秘的な力を持っている。これはもちろん、夢の予知能力に対する信仰によるものだ。主人公が窮地に陥ると彼の夢の中に霊的な存在が現われ、打開策を授けてくれるのである。

『趙雄伝』では、夢は主人公が危機を脱出する前兆であると同時に、物語が転換する分岐点や結び目のような役割を果たしている。趙雄が逆臣、李トゥビョンの魔の手にかかった時、絶体絶命の危機から彼を救ったのは母親の夢に現われた父親だった。母親と息子が再会できたのもやはり夢のお蔭だった。趙雄が逆転勝利をつかめたのも夢の中に現れた老人の啓示を彼が信じたからだった。『謝氏南征記』の謝氏もやはり悲劇的な状況の中で、娥皇女英の見た夢によって死を思いとどまり、再起の時を待つことになる。ここでは悪人が見る夢は、やはり悪夢だという著者の認識がうかがえる。

こうして見ると、夢は小説の中で危機や転機を結ぶ役割をしており、未来を予め知る手段でもある。善と悪の位置関係は夢を境に逆転する。

3．夢の解釈

夢は往々にして専門的な解釈が必要で、それがいわゆる夢占いである。それは夢が暗示的、象徴的で分かりづらかった場合、吉と凶の正反対の解釈があり得るからである。後漢の王符が書いた『潜夫論』や明の陣士元の『夢占逸旨』は、有名な中国の夢占いの本である。

『夢占逸旨』の「感変」四の「何渭比象」では、夢が何を意味しているか、次のように解釈している。「比象」とは象徴のことである。

将位官則　夢棺　　棺→官位
将得銭則　夢穢　　汚物・糞→金
将貴顕則　夢登高　　高いところに登る→高貴
将雨則　夢魚　　魚→雨

将食則　夢呼犬　　　　犬を呼ぶ→飯・食
将遭喪禍則　夢衣白　　白い衣服→葬式
将沐恩寵則　夢衣錦　　絹の衣服→恩寵・恵み
謀為不遂則　夢荊棘泥塗　いばら・泥→計画しても果たせない
此比象之夢　其類可推也

夢占いの話は『春香伝』にも出てくる。

かくのごとく、ときどき夢を見まするが、一日《ひとひ》は、獄窓の外の杏《あんず》の花落ちて見え、鏡が真中より破れて見え、門の上に幽霊立って見えますれば、これは正しく死の前兆と、愁い悶えて夜を明かすに、……

許南麒訳

花が落ち、鏡が割れ、幽霊が門の上に立つ夢を見た春香は、それが死を意味すると思った。だが盲目の易者に訊くと、それは明るい未来を意味する典型的な吉夢だと言われる。夢の解釈にはこのように吉と凶の両面性がある。

その夢が万両の夢じゃ。花が落ちるは、すなわち実が成ることであり、鏡が破れるは、すなわち声が有ることであって、実が成るから花が落ち、ソウルから便りがあるから鏡が破れるのじゃ。門の上に幽霊かかるは、万人が仰ぎ見ることであり、海涸れるは、龍顔を見《まみ》ゆることであり、山崩れるは、地が平らになることであって、これ以上いい夢が、またとあろうか。輦《てぐるま》に乗る夢じゃよ。心配しなさるな、遠くはないのじゃ。

許南麒訳

一方『雄雉伝』では、豆一石を手に入れた雄キジが夢を見て吉夢だと思い込むが、雌キジはそれが悪い夢で、死の前兆だと考える。このような解釈の相違は物語に劇的な緊張感を生み出す。また夢は人間の願望や潜在意識の表われだと言われるが、古典小説の中では夢は人間の意識とは無関係な、非論理的なものと認識されている。

4. 異界への出入り口としての夢

小説『九雲夢』は夢―遍歴―覚醒・帰還の三段階を経る調信の話をもっとも巧みに形象化した作品だ。夢と現実が交差する構造は、中国の『枕中記』『南柯太守伝』『三夢記』『離魂記』などとよく似ている。主人公である僧侶、性眞は仏教の戒律でタブーとされる酒と女を近づけた罪で仙界を追放され、楊少遊という名前で人間界に生まれ変わる。彼は現世で栄華を極めるが、ある時その虚しさに目覚め、自分の原点である世界へ戻ってゆく。このような内容が夢の枠の中で展開する、つまりは夢の小説である。

『枕中記』の盧生という農民の青年、『南柯太守伝』の淳于棼、『九雲夢』の楊少遊はみなタイプが似ている。彼らは名士で皇族や貴族の娘を娶り、土地や財産を持ち、一族の繁栄を願っている。しかし最後にはそれらの欲望を超越する。夢の世界で得た栄華が結局は虚しいものだと悟るからである。ここでは、欲望は人間と世界を崩壊させるものと認識されている。

『九雲夢』にはまた上下二つの世界が対比的に描かれている。これは中世の宇宙観の断面図とも言えるもので、上の世界は理性的な精神世界を、下は現実的・物質的な欲望の世界を象徴している。仏教的な世界観では前者を「常界」、後者を「無常界」と言う。また楊少遊と因縁を結ぶ八人の仙女は儒教的な徳目を体現してもいるが、人間的な欲望の多様性を象徴する存在でもある。

『雲英伝』もやはり夢を通して異界に入り、夢が覚めると同時に現実に戻るという小説だ。夢の枠の中に悲恋話をはめ込んでいる点ではこれまでの作品とよく似ているが、酒を飲んで夢見心地になるという設定が異なっている。

四．現代文学の中の夢

現代においては夢の神秘性が失われつつあるので、現代人は夢の力を以前ほど信じようとはしない。夢を心理学的に解釈する時代になったからだ。だが文学の世界では夢は完全に姿を消してしまったわけではない。浪漫主義文学は現実と対極にある夢の世界に陶酔する、夢の錬金術としての文学だ。そして超現実主義《シュールリアリズム》文学は夢の実験としての文学だ。

1．浪漫主義と夢の聖域

どこの国でも浪漫主義文学は夢を強調する。ノヴァーリスの『青い花』は夢と童話的幻想で編まれた作品だ。二十歳の主人公、ハインリッヒは泉のほとりに青い花が咲いている夢を見る。近寄って見ると、花の中に一人の少女の顔が浮かぶ。その花は彼の脳裏に焼きついてしまう。この作品では夢の話が物語の中心をなしている。

マドンナ　夜の授けし夢　われらがあざなふ夢　人の世の生《いのち》の夢のいづれ醒《さ》めざる、
おゝ　嬰児《みどりご》の胸のごと歳月《としつき》知らぬわが寝室《ふしど》に　よきひとよ　いまぞ来よ　終りなき國に。

金素雲訳

詩人、李相和《イサンファ》（一九〇一〜四三）の「わが寝室」（一九二三）の一部だ。彼が浪漫主義文学を標榜する雑誌『白潮』の同人だった頃の作品だ。これは彼の「奪われた野にも春は来るのか」（一九二六）のような社会感覚の強い作品とは異なり、現実とは違う、夢幻の世界への憧れを詠ったものだ。浪漫主義とは大まかに言って自由の謳歌・感情の解放・伝統の破壊・無限と絶対への憧憬・自己陶酔・現実逃避・感傷的・情緒と空想過多を特色とする文学思潮だ。だが国によってそれぞれ特色があり、必ずしも一致してはいない。ドナルド・キーンは日本文学について著した『西への夜明け』（一九八四）で日本の浪漫主義について次のように説明している。

日本の浪漫的な文学は西欧文学の影響を直接的に受けているので、それ以前の浪漫的な文学とは区別されている。人間の感情の情緒的な側面を強調するだけでなく、個人や自由の重要性もテーマとなっている。日本の浪漫的な文学の根っこは過去の日本文化にあるが、しかし西欧の文学、とりわけキリスト教思想を称賛するという現象が顕著である。

彼らは身体的情熱に対比する愛を描写した日本最初の作家というわけではない。だが欲望を超越した「プラトニック・ラブ」に対する崇拝は決して日本の伝統ではないだろう。

人間の感情の情緒的な側面を強調したり、個人や自由の重要性を基盤にしているという点は、韓国文学の場合と非常によく似ている。韓国における浪漫主義文学は儒教道徳からの解放や個性・自我を追求する点に特色がある。だが「プラトニック・ラブ」に対する崇拝に関しては、事情が違う。「わが寝室」にはエロスと永遠を志向する霊魂が共存しているし、キリスト教思想は内在していない。

詩人の告白のようなこの詩は、「寝室」と表現されるどこかへ共に行くことを「マドンナ」に必死で訴えかける。現実を否定し、「寝室」という未知の空間へ行こうと誘う。この場合の「寝室」とは夢幻の世界を意味しているのだろう。夢幻の世界は浪漫主義者たちの聖域だ。李相和が「もっとも美しく、永遠なるものはただ夢の中にあるだけ」と言ったように、夢は永遠と美が溶け合った世界で、そこへ辿り着く道は死しかない。羅稲香《ナドヒャン》（一九〇二～二七）の小説「唖《おし》の三龍」（一九二五）でも、主人公は死によって現実の制約や苦悩からようやく解放される。だから浪漫派の小説では夢を、無常を感じる対象としては見ていない。

2．悪夢と幻想の文学

現代小説は悪夢や幻想と密接な関係にある。現代小説は人間の潜在意識にある恐怖や不安を、悪夢を描くことによって浮き彫りにする。そして幻想を通して日常生活の困難や葛藤の解消を図ろうとする。

悪夢を通して主人公の不安や緊張を描いているのが廉想渉《ヨムサンソプ》（一八九七～一九六三）の「標本室の青蛙」（一九二一）だ。この作品では主人公、金チャンオクの狂気が現実からの逃避であることが暗示されている。

「どんな夢？」

Ｈが追いかけてきて訊いた。

「……死んだ夢……死んじまえば……良かったんだ……」

私はぼんやりと前を向いたままどんな夢だったかを思い出してみたが、こう一言つぶやくと、巻き煙草を取り出して口にくわえた。

「自殺？」

Ｈは笑いながら私を見た。

「……美人の手で……俺みたいな奴に自殺する勇気があると思ってるのか？　ハハハ」

「誰だい、美人て？　まあ美人になら何度殺されたっていいけどな……へへへ」

「まったくだ……しかし苦痛も恐怖もなくて死ぬ経験だけして、それでもまだ生きていられたら痛快だろうなあ……首を締められる時の、あの快感といったら！　あれは他のどんな刺激でも絶対得られないぜ」

私は形容しがたい不快な気分に襲われ、口をつぐんで上ってきた道をゆっくり下りて行ったがＨの質問がわずらわしく、喫茶店の前まで行き、夢の話を聞かせてやった。

……よくは覚えていないけど……きっと餅を搗くのに慣れてなかったせいかも知れないけど……とにかく粉で真っ白になった手で板の間をうろうろしてて、そろそろ死ぬ時だな、って感じで持っていた手拭いを首に巻きながら、窓をぴったり閉めた部屋の前の床に横たわったんだ。そうしたら白い、骨だらけの手が頭の後ろの方からそうっと伸びてきて、手拭いの両端を持って、そろそろと左右に締めてゆくんだ……。

不安な心理状態が投影された悪夢には、死へのマゾヒスト的願望すら潜んでいる。このように現代小説における悪夢はしばしば現代人の脅迫観念や社会的病理の象徴として使われる。金東里《キムトンリ》（一九一三〜九五）の『乙火』（一九七八）でも、乙火の不安な心理状態や事件の結末を投影した悪夢の場面が出てくる。

幻覚や幻想も悪夢同様、現代小説と密接な関係を持っている。崔曙海《チェソヘ》（一九〇一〜三二）の一連の小説に見られる被害妄想や攻撃性には常に幻覚が関わっている。趙世熙《チョセヒ》（一九四二〜）の連作『こびとが打ち上げた小さなボール』（一九七六）は題名に暗示されているように、幻想を通して人間を矮小化する現実を描いている。彼の作品は幻想という、現実世界をひっくり返した世界を描くことによってリアリズム小説の詩学を壊しただけでなく、逃避願望に対する一つの新たなビジョンを提示した。そのほか黄順元《ファンスンウォン》（一九一五〜二〇〇〇）の『カインの後裔』（一九五四）などにも夢が登場しており、夢のモチーフとしての比重は決して軽いものではない。

このように現代文学においても夢や幻想の果たす役割は重要だ。それは人間が夢を見る存在であり、夢がもう一つの人生に他ならないからであろう。

第八章　表現の場としての身体——文学と身体の遠近法

金明國作「布袋図」

＊

達磨像や神仙図を見れば分かるように、理想的とされる男性像は胸に比べて腹が出ている上、へそがむき出しになっているのが普通だ。このように韓国の芸術作品で人物の腹が強調されているのは、韓国語の感情表現が体内感覚と密接に結びついていることと深い関係がある。（149ページ）

宇宙には一つの寺院がある。それは人間の身体に他ならない。
―V・フェルナンデス―

一・自我意識の身体的受容

メルロー・ポンティの『知覚の現象学』によれば、人間の身体《からだ》はまさに根源的な存在様式だ。つまり人間の身体は決して単なる物や道具ではなく、人間の自我が宿る場所なのだ。言いかえれば自我は身体の中にあり、また身体そのものである。ポンティの見解によると、われわれの身体はまさに自覚するという行為の主体ということになる。

確かに自我の意識は身体を認識することから始まる。「名前」によって「自分」を意識するよりも前に、われわれは具体的に目に見える身体によって「自分」を意識する。つまり外界に対する自覚は身体を媒介として成立するだけでなく、感情表現もまた身体の生理現象や状態と分かちがたく結びついている。

韓国の芸術はイタリアやギリシャ、インドなどのように人間の身体や裸身を芸術や宗教のレベルにまで昇華させることはできなかったが、自我を身体的な実存意識でとらえることに韓国人は敏感だった。韓国人にとって身体とは自我を意識する根幹であり、そこから世界の中に自分が存在しているという認識が生まれる。だから韓国の詩歌の抒情的主体は、自我と身体を完全に同一視している。つまり詩歌の一人称代名詞は身体と相互関係にある。

我はひとりなり　誰とともに帰らんや
この身を遺しおきて　四十八大願を成就し給えんや
うき世にうまれ　われひとりゆく
落つべきこの身、君をばおきて他の山へ行かむや

「黄鳥歌」
「願往生歌」
「動動」
「履霜曲」

以上、金思燁訳

我の生まれしは　君に嫁ぐがため
一生の縁なり　天は知らざらんや
わが身は死して　何になり変わらん
わが身は死すとも　百たび死すとも
我が身を切り苛み　小川の水に浮かすべし
わが身は死にて　ほととぎすの霊になり

鄭撤「思美人曲」
成三問「刑場詠」
鄭夢周「丹心歌」
鄭撤
作者未詳

以上、瀬尾文子訳

このように韓国詩の中では自我と身体は決して別々のものとはされていない。「我」と「この身」を同一のものと認識することによって「この身」は生命の宿るところであり、自我が血肉化した主体そのものだと認識されるようになったのだろう。

二．表現と身体感覚

1．感覚語と身体性

韓国語の特徴は、また美しさは、驚くほど感覚語が多い点にあるとよく指摘される。それは事実だ。外の文化の影響を受けにくい純粋名詞が少ないのに対し、感覚的な形容詞や副詞は韓国語に非常に豊富にある。これは韓国語の表現が身体感覚から生じた表現と密接な関係にあることを暗示している。

例えば「青い」という形容詞一つにしても、光の加減や色感の微妙な違いを表す実にさまざまな言葉がある。

プルダ《青い》・パラッタ《非常に青い》・セパラッタ《真っ青だ》・シポロッタ《真っ青だ》・ポロッタ《やや濃い青》・プルスルムハダ《やや青い》・プルキリハダ《青みがかっている》・プルチュクチュクハダ《青黒い》・パルスルムハダ《薄く青みがかっている》・プルディンディンハダ《薄汚く青白い》

色彩を表す他の形容詞もほとんどがそうである。「暖かい」という言葉にしても、その暖かさの程度を表すさまざまな表現がある。視覚や触感の微妙な違いまでを言葉に表現しようとするのである。

韓国語がこのようにとりわけ感覚を表現することに鋭敏だということは、韓国人は感覚を認識する能力が優れているという証拠になるだろう。確かにわれわれの表現は観念的というよりは、体の各器官の感覚と密接に結びついている。感覚語とは、つまるところ身体の言語だ。目が見、耳が聞き、鼻が嗅ぎ、舌が味わい、手や肌が触れる感覚世界と密着した言葉だからだ。だから韓国人の「知覚の現象学」において体の各器官は、外界と接する知覚の原点であると同時に、表現の源となっているのだ。

土に長い長いくちづけを　ああぞくっとする
蓬の葉をずきずきっと噛んで　歯が白くなる
獣のように甘い笑い声　泣き声のように甘い笑い声

つんとする珈琲の香り　両手で受けとめて
夜の闇のようにしいんとした真昼　わたしは追いかける
二人の身体は　燃え上がる
熱く　熱く……

徐廷柱の詩より

これらの詩のイメージは五官の感覚で作られている。前者は聴覚、後者は嗅覚が介在しているが、主な知覚は味覚や触覚といった経験に基づいた直接的・生理的なものである。要するに外界の刺激を受信するのはわれわれの身体なのだ。顔の表情がもっとも具体的な言葉であるように、身体は感情表現の根本的な媒体なのである。

2．尺度としての身体

これは何も韓国人に限ったことではないが、人間の身体は方向を決める中心軸であり、計算の尺度でもある。つまり、身体は物差しの役割をするのだ。上下・前後・左右などの方位、距離はすべて中心である「わたし」の身体を基準に測られる。だからわれわれは「頭の上」とは言うが「頭の下」とは言わないし、「足の下」とは言うが「足の上」とは言わない。同様に「目の前」とは言うが「目の後ろ」とは言わないし、「背後」とは言うが「背前」とは言わないのだ。

数・量・高さ・長さの測定も身体と分かちがたく結びついている。数は指を折って数える。手に一杯、握れるだけ握った分量を「ひと握り」と言い、口に含めるだけ含んだ水の分量を「ひと口」と言った。高さや長さも成人の平均的な身長である「尋」を単位として「ひと尋」「ふた尋」という具合に測った。水深も「尋」を単位にして測っていた。長さは両手や指を広げた幅を単位として測りもした。「ひと息つく」という表現があるように、時間の長さもひと呼吸分の長さの「息」で測った。人間の身体はこのように、あらゆるものを測る物差しや器の役割を果たしていたのである。また人間の身体の各部位を山などにたとえる「地形学的解剖」があるように、人間の身体は大きくは宇宙・組織・国家体制に、小さくは建築構造の比喩ともされる。

3.「腸《エ》が焼《タ》ける《ダ》」の体内感覚

レオナルド・ダ・ヴィンチは「ビクトルビウス的人間」または「人体のプロポーション」の中で、人間の体型は両腕と両脚を広げて作った正方形や円の中にすっぽりとおさまるのが理想だとしている。そして人体を四等分し、胸が広く、厚いのが理想的な男性の体型だとしている。実際、西欧のルネッサンス彫刻や絵画を見ると、男性の彫像や裸体では胸がとりわけ強調されている。ミケランジェロの「戦士」もそうだし、チェルニーの「フェルセウス」もそうだ。みな堂々とした、たくましい胸をしている。

だが東洋や韓国の芸術ではそのまったく逆である。達磨像や神仙図を見れば分かるように、理想的とされる男性像は胸に比べて腹が出ている上、へそがむき出しになっているのが普通だ。このように韓国の芸術作品で人物の腹が強調されているのは、韓国語の感情表現が体内感覚と密接に結びついていることと深い関係がある。韓国には「従兄弟が田んぼを買うと腹が痛い」という諺がある。また気持ちががらっと変わってしまった状態を「換腸《ファンジャン》」と表現する。つまり、田んぼを買った従兄弟に対する嫉妬も腹でするし、心変わりも腸でする、というわけである。これ以上具体的な表現が果たしてあるだろうか。

韓国語の悲哀の表現はとりわけ身体的だ。つまり、われわれ韓国人は哀しみを体感するわけで、それが「腸《はらわた》」の体感化現象である。悲哀を主に胸で感じる西洋人とは異なり、韓国人は腹の中の「腸」で感じるのだ。悲哀の極致を「断腸」と表現するだけでなく、苛立ちを「腸が焼ける」「腸が干上がる」「腸が煮えくり返る」などと言い、努力や苦心することを「腸を使う」「腸が溶ける」「腸を食べる」などと言う。この場合の「腸」とは小腸と大腸、それに肝臓だろう。このように悲哀が「腸」を切ったり溶かしたりするという認識は、韓国や中国の詩にはよく見られる。

人気《ひとけ》なき　深山《みやま》にて啼く不如帰《ほととぎす》
蜀が国の亡びしは　古《いにしえ》なるに
血を絞る汝《な》が声の　腸《はらわた》を断つがごと

静寂の中、音と動きで時間と空間を対比させ、鳥の鳴き声を歌ではなく嘆きとしてとらえたこの時調《シジョ》は、悲哀を感じる器官を「腸」だと認識している。このような表現は名将、李舜臣《イスンシン》（一五四五～九九）の閑山島の時調にもあるし、現代の日常語や歌の歌詞にも使われている。

三．東洋人の身体観

ベンジャミン・ローランドは『東西の芸術』（一九五四）の中で、身体観を基にした東西の芸術の相違を次のように指摘している。

西欧人は常に自分の姿形に陶酔してきたため、西欧の人物像は本質的に美的主体として芸術家たちの関心を集めてきた。おそらく東洋と西洋の芸術家の共通点といえば、神々の姿を表現するために人間の姿形を利用しようとした点だろう。ギリシャの完璧なまでに理想化された人間像は神聖な美を表現するのに申し分ないものだったが、東洋では超自然的な像を創造しようとするあまり、実際の肉体は抽象的なものとして捉えられるにとどまった。

美しく鍛錬されたメカニズムとして、人間精神の宿る家として、そして神聖な美の反映としての人体は、ギリシャ的人生観の芸術的反映であり、西欧の伝統の中で失われることなく生き続けている。解剖学の発達によって明らかになった人体のメカニズムは、ギリシャの芸術家たちを惹きつけた。筋肉の形質・均衡・比例の問題を解決することが人間の形象を再現する上で必要だったのである。

インドの芸術家たちの場合はまったく違う。インドでは人体を正確に再現することや、科学的な方法で人体に接近しようとする試みはなされなかった。インド芸術における裸体像は、繁殖をつかさどる神の官能性やジャイナ教の苦行僧の極度にヨガ的な統制を暗示するために利用されたのだ。

インドの芸術家たちはもともと解剖学には関心がなく、特殊な抽象的手法で人物像を創造したので、その像は人間の原型に正確に一致する必要はなかったのだ。

極東では昔から儒教の倫理的行為や歴史的エピソードを図解して説明するために、人物像が提示されてきた。中国人はある時期、書の筆法の練習に人体を利用することに関心を示しもしたが、中国芸術に人体の美が表現されることは決してなかった。東洋では唯一、日本人だけが裸体像に関心を示した。

やや引用が長くなったが、ここでは人間の身体を中心に東西の芸術がいかに異質であるか、が語られている。つまり解剖学を基に人体を芸術にした西欧とは異なり、東洋の芸術史に登場する人体や裸体像には身体の存在感はほとんど感じられないということだ。ギリシャ・ローマの彫刻やアテネの花瓶の模様には確かに裸体像が多い。東洋文化圏の中では大胆と言えるインドの裸像や「カーマ・スートラ」ですらアポロ像に比べれば精神的・禁欲主義的であり、人体を解剖学的にではなく象徴的に見ている。東洋では驚くべきことに「ポルノグラフィー」ですらセックス技術を教える必要性以外には身体をさほど重要視していない。儒教の身体観に至っては言うまでもないだろう。

儒教は本質的に「衣の思想」だ。つまり儒教では肉体は存在しないと見なすのである。『礼記』『考経』を読めば分かるように、儒教では「身体髪肌」は父母からもらったもので、それを傷つけないことが孝の始まりだと教えているので、身体を守ってくれる衣装、つまり服の倫理が強調されるのだ。このような儒教の身体観のために韓国では美術作品や芸術作品に裸体が登場しづらかっただけでなく、エロチックな表現が多い高麗歌謡も儒教の「詞俚不載」という検閲によって消滅するしかなかった。だが東洋文化もそれなりの身体観を持っていることもまた事実である。

1．小宇宙としての人体観

レオナード・バーカンの『自然の芸術作品』（一九七五）によれば、人体とは世界を映す像だ。だから西欧では人体はよく宇宙と比べられる。同様に前漢の淮南王、喩安が編纂した道教の百科辞典である『淮南子』では、人間と宇宙は呼応しているという論を展開している。『淮南子』には人間は小宇宙であり、宇宙は大宇宙であるという思想が込められている。同書の「精神訓」によれば、天と人とは相関関係にある。つまり人に四肢・五臓・九竅（九個の穴）・三百六十の節があるように天、即ち宇宙には四季・五行・九野（八方と中央）・三百六十日がある。また人に取与（恩恵をもらうことと与えること）・喜怒があるように、宇宙には風・雨・暑さ・寒さがある。

精神は天からもらったもので身体は地から受けたものだ。万物は陰陽の調和によって正しく維持されている。……（中略）……天の調和に従って春夏秋冬があり、五行（金・木・水・火・土）・九野（八方と中央）・一年三百六十日があるように、人間には二本の手と二本の脚・五臓・九個の穴・三百六十個の節がある。天に風・雨・寒さ・暑さがあるように、人にも与えられること・与えること・喜び・怒りがある。だから胆嚢は雲と見なされ、肺は気、肝は風、腎臓は雨、脾臓は雷だと考えられている。人間の五臓と天地の気は互いに絡み合っている。

だから頭は天に似て丸く、足は地に似て四角いのだ。

この考え方が風水思想にある人体を地形として見る解剖学、あるいは世界の性的擬人観だ。このような考え方から石や岩に対する信仰が生まれ、陰陽石を多産や豊穣の象徴と見る場合もある。

2．観相術—身体の予言性

東洋には人間の身体は未来に対する答だという身体観が色濃くある。つまり、身体は即ち運命だという観念である。その代表的なものが観相術や人体占いだ。人相を見ればその人の性格や運命が分かると考えたのである。だから観相法は古代から発達していた。

陣希夷の『神相全篇』、陸位崇の『麻衣相法』、高味卿の『神相彙篇』といった中国の代表的な観相術の本によると、人体はその人の性格を示し、未来を予言する有機体と認識されている。だから顔の形・皺・目の形・眉毛・鼻・口・唇・耳・ほくろ・歯はもちろんのこと、手や掌の線・爪・足・足の裏の線・首・胸・髭・内臓・へそ・腰などの形や特徴がことごとく占いの対象になる。とりわけ人相・頭相・手相・足相はもっとも予言する力が強いとされている。

韓国の『三国史記』巻四六「強首」にも観相の話が出てくる。頭の上に骨が飛び出た「強首」の相について、当時の賢人は次のように解釈している。

「聞くところによると伏羲氏は虎の相、女媧氏は蛇の身体、神農は牛の頭、皐陶は馬の口だったという。聖賢もわれわれと同じ人間とはいえ、その顔は普通ではなかったのだ。この子供の頭にはほくろがあるが、観相法によると顔の黒いほくろは良くないが、頭の黒いほくろは悪くないそうだ。だからこの子は間違いなく非凡な人物になるだろう」。

韓国の古典小説でも、非凡な人物の描写には観相法と関連のある表現が使われている。

このとき、使道《さっとう》（地方長官）の若様李道令《りどりょん》（道令は若旦那）、よわいは二八《にはち》（十六歳）で、風采《かお》は杜牧之《とぼくし》（唐の詩人）、度量は蒼海《そうかい》（広い）、智慧は活達《かったつ》、文章李白《リハク》で、筆法王羲氏《オウギシ》……

許南麒訳

これは『春香伝』のヒーロー、李道令の描写である。その他の小説でも人物を描写する際にその容姿を動物と関連づけて観相学的に表現することが多い。『雍固執伝』には人相を観る場面まで登場する。

3．五臓六腑と情緒的感情

一方、東洋の身体観の中で際立っているのは内臓に対する認識である。神農氏〔中国の伝説中の帝王〕が始めたとされる漢方医学によれば、人体は五体と五臓六腑から成り立っている。とりわけ五臓（心・肝・胃・肺・腎）は五行に由来するもので、情緒をつかさどる器官とされている。心―火、肝―木、胃―土、肺―金、腎―水という具合に五行と呼応している。

これらの臓器に対する解剖学的思惟は次のように要約される。

心臓―火と呼応する。身体を統治する場所。知性をつかさどる。
肝臓―木と呼応する。身体の最高司令室。魂の宿る場所であり、計画・感情の中心とされる。
胃――土と呼応する。教養の場所であり、真実の貯蔵庫。
肺――金と呼応する。正義（正当）の場所であり、内的思考の貯蔵庫。転送の事務室。
腎臓―水と呼応する。才能や力を創り出す場所。
胆嚢―判断・決定する場所。腹が立つと上に上がったり大きくなったりする。勇敢の象徴。勇敢な者の胆嚢は大きく、卑怯な者の胆嚢は小さい。
脾臓―身体の情緒的中心の一つであり、性質を調節する。土と呼応する。胃と共に貯蔵の場所であり、五味（酸味・苦味・甘味・辛味・塩辛さ）は脾臓と胃腸で作られる。
腸――憐憫と感情の象徴。豊穣を受け、また出す場所。

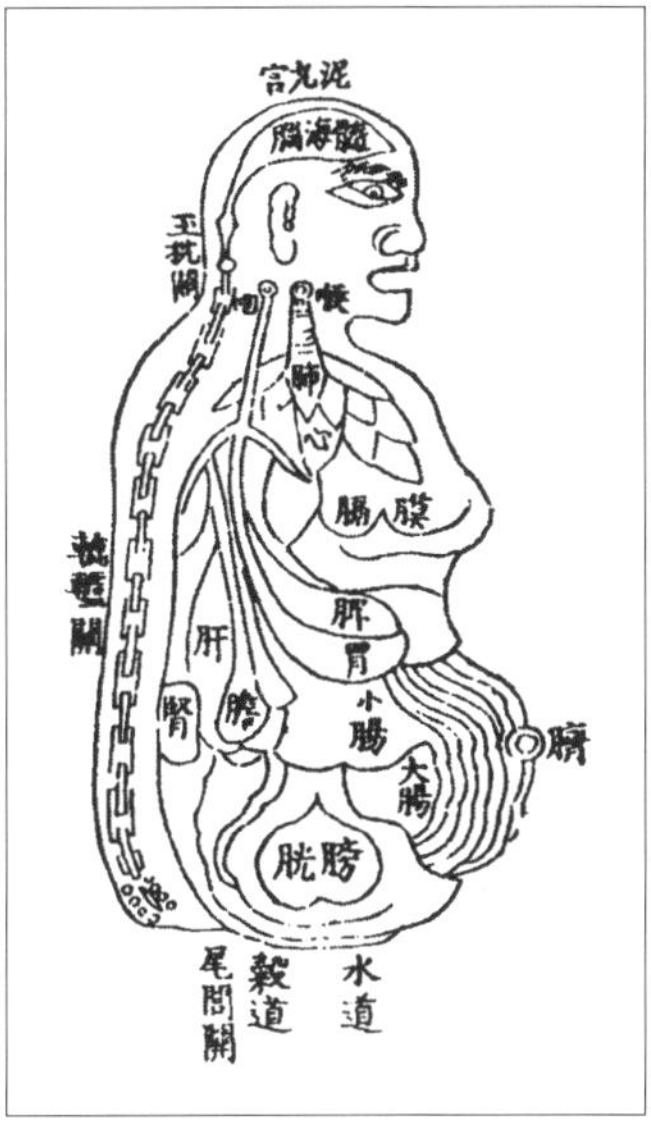

許浚著『東医宝鑑』「身形臟腑図」

このような漢方医学の身体観は許浚《ホジュン》（一五四六～一六一六）の『東医宝鑑』や李済馬《イゼマ》（?～?）の『東医寿世保元』にも出ている。『東医宝鑑』の「内景篇」によれば、心臓は神を保存する場所であり、肺は魄を、肝臓は魂を、脾臓は意と智を、腎臓は志と情を保管している。腎臓は喜・怒・憂・思・驚・恐を統制しているので、これが破壊されると病気になる、と説明されている。
このように東洋の身体観は人体を芸術的な美の対象として見るのではなく、宇宙論的な隠喩《メタファー》、あるいは運命論的な記号として見ている。そしてそれを孝の倫理観と結びつけ、臓器は感情表現の媒体だと考えている。

四．表現の生体解剖

人体はそれぞれの部位がそれなりの機能を果たしつつ、表現の場ともなっている。たとえば顔の表情は喜怒哀楽といった感情をもっとも具体的に表現している。では、われわれ韓国人は人体のそれぞれの部分に対してどのようなイメージを抱いているのだろうか。

頭・髪の毛

上焦、つまり身体の上部構造である頭は身体の中心であり判断、思考といった知的な領域と関係が深い。また一番上・一番初めを意味し、頭を左右にふれば否定を、上下にふれば肯定を表す。

頭が良い↓知恵・明晰
巻頭言・頭《かしら》↓最初・一番上・てっぺん
頭を横にふる（うなづく）↓否定・嫌い（肯定）
頭を上げる↓気勢・興る

頭を下げる↓謙遜・降伏・気勢の弱化

頭に（紐や手ぬぐいを）巻く↓努力・覚悟

頭が痛い↓複雑・困難

頭ががんがん（じいんと）痛い↓複雑・当惑

髪の毛が逆立つ↓恐怖・戦慄

一方、頭髪は性の象徴である。とりわけ女性のふさふさと長い黒髪、三つ編みにして後ろに垂らした髪は女性美の象徴とされてきた。反対に剃髪は出家や何らかの覚悟を表す。また「間一髪」と言うように、髪は「僅少」「小さいもの」の比喩にもなる。

韓国では、毛髪は「サムソンとデリラ」の逸話に見られるような神秘的な力の源というよりは、死のイメージの方が強い。父母の訃報を受けると韓国の女性は弔意を表すために結った髪をほどいてざんばら髪にする慣習があるし、死者が無事に黄泉路を辿れるように、自分の体の一部である髪の毛を切り、草鞋を編んで持たせたりもする。この風習は徐廷柱《ソジョンジュ》（一九一五〜二〇〇一）の「帰蜀途」（一九四八）という詩に、

わらじでも編まん　悲しき身ゆえ
るるに織りなす　恋慕の草鞋
鋭き銀粧刀の刃で　ばっさり切り落とし
しがないこの髪　捧げしものを

宋寛訳

と詠われてもいる。反面、法事の食事を準備する際には髪の毛は不浄なものとして忌み嫌われる。そのほか髪の毛には罪を浄化するイメージもあるし、韓末の断髪令（一八九五年、金弘集内閣が開化政策の一環として出した法令）のように規制の対象となることもある。

目

見ることは話すことに先行する知覚行為だ。目を開けたり閉じたりすることが世界・事物を観察する上で重要であるように、表現においても目を開けた状態と閉じた状態は対立的な意味を成す。また目は見解・観点の相違の比喩になるだけでなく、視線の向きは相手に対する姿勢を象徴する。

目を開ける→知る・開眼・熟知
目に満ちる→満足・好意
目の周り（目つき）がいやらしい→目障りだ・みっともない
目を剝く→対抗・不遜・決意
目に入る（つく）→気に入る（目立つ）
目に鮮やかだ→慣れていない状態・記憶
目をつぶる→黙認・無視・死
目が暗い（遠い）→無知・盲目・愚鈍
目の下に見る→傲慢・独尊
目を血走らせる（目に火をつける）→憤怒・激情・きつい性格（執念・憎悪）

目が合う↓愛・親和・合意
目を伏せる↓無関心・冷淡・無反応
目をぱちくりする↓暗示・同意の要請

このような表現以外にも文学は目が開いたり閉じたりする状態、あるいは登場人物の視線に特別な意味を持たせている。例えば『沈清伝』では沈清の盲目の父の開眼が重要なモチーフとなっているし、「開眼する」ことは無知な状態から悟りを開くに至る過程を意味している。金東仁《キムトンイン》（一九〇〇〜五一）の短編「狂画師」（一九三五）も失明を媒介として夢と現実の乖離を描いた作品だし、美人の三日月のような眉は徐廷柱の詩「冬天」（一九六六）の中心的イメージとなっている。

顔

人間の顔は、その中身を証明する。顔は感情や心理状態を反映し、測定する鏡のようなものだ。笑顔は好感や満足、喜びを表すし、上気し、歪んだ顔はその反対だ。観相学ではほくろや皺まで運命の指標と解釈するが、恥や礼儀を重んじる文化圏にいる韓国人にとっては、顔は「体面」と同じぐらい大事なものだ。

顔が熱い（ほてる・赤くなる）↓恥辱・対立
面の皮が厚い↓厚顔無知
顔がくすぐったい↓羞恥・照れくさい・きまりが悪い
顔が赤い（開いている）↓明朗・愉快
顔が真っ青↓驚愕・恐怖

顔に泥を塗る↓名誉毀損

このように顔は感情を映す鏡であるだけでなく人格・体面・羞恥など倫理性と関係が深い。また美醜・善悪の判断基準にもなる。だから文学の世界でも顔はその人物の運命を暗示する。観相学では額（天）・鼻（人）・顎（地）を総称して「三才三正」と言う。

鼻

鼻は息を吸い、匂いを嗅ぐ器官だ。と同時に他者に対する態度や権威を表す際の重要な表現媒体となる。

鼻が強い（高い）↓頑固・自尊心・独善

鼻で笑う↓嘲笑・無視・冷遇

鼻で屁（糞）をする↓蔑視・無視・無反応

鼻を折られる↓恥をかかされる・笑い者にされる

鼻筋（鼻梁）がずきずき痛む↓哀しみ

鼻が三尺↓心配・困窮・余裕がない

また鼻は男性の性器、あるいは精力の象徴ともなり、風刺文学の主要な素材にもなっている。

耳

耳は聴覚器官なので、耳に関する韓国語の表現は非常に聴覚的だ。耳が感じ取れるのは言葉と音だけだからだ。東洋の詩の中には時折「香りを聞く」という表現があるが、目に見えない背後や視覚が遮断された場所の音も聞くことができるのは耳の感覚的な固有性だ。

耳が薄い（弱い）↓人の言うことをよく聞く・だまされやすい

耳が開通する（ふさぐ）↓道理をわきまえるようになる（無関心）

耳越しに聞く↓上の空で聞く

耳が明るい（遠くなる）↓聡明（鈍い）

このように耳に関する表現には他者との関係性、つまり話者と聞く者とのコミュニケーションに関係のあるものが多い。また耳は証人の役割をし、大きな耳は富の象徴だ。

口・唇・歯・舌

口・唇・舌は発話器官なのでこれらの軽重や開閉は言行の質と関係が深い。歯は決心・敵意といった感情を表現する。

口（唇）が軽い（安い・むずむずする）↓軽率（しゃべりたい衝動）

口で屁をする↓ああだこうだと無駄口を叩く

口を合わせる↓キス・話を合わせる

歯をくいしばる↓決心

歯ぎしりする↓敵意

このように口や唇は主に食べ物や言葉の身体記号と認識されている。真っ赤な唇は美女の象徴だが、西欧のようにキスが挨拶や愛情・性欲の象徴になることはあまりない。東洋のように身体の接触が比較的少ない文化圏では、キスをするのは珍しい。だがキスという行為自体がまったくなかったわけではない。「親嘴」や「接吻」という言葉が存在するし、『春香伝』でも決してエロチックな場面を省いてはいない。

歯は言語表現においてはもちろんのこと、文学作品の中でもテーマと深く関わることが多い。「丹唇皓歯（赤い唇と白い歯）」という言葉があるように、白く清潔な歯は美人の象徴であると同時に、健康の象徴でもある。そして『裵裨将伝』などに出てくる抜歯の話は去勢を象徴しており、歯の痛みは社会病理のイメージを象徴している。トーマス・マンの『ブーデンブルックス』のように、韓国では李範宣《イボムソン》（一九二〇～八二）の『誤発弾』（一九五九）や金源祐《キムウォンウ》（一九四七～）の『小人国』（一九八八）に歯の痛みが登場する。

一方、舌は発話・脱力・驚嘆・不快の表現としての機能を持つ。また舌は裏切り（心変わり）の象徴である。

首・肩

首は発声器官であると同時に哀しみ・嘆きといった情緒を表す。首の細長い形には何かを待っている状態・傲慢・虚勢といったイメージがある。肩は負担を表す一方、興が乗ってうきうきした状態、あるいは寒気を感じる場所である。

首が（喉が）つまる→哀しみ・悲観

首にありったけの力を注ぐ→号泣・慟哭

首に力を入れる→自慢・傲慢・虚勢

肩が重い（弱る）→責任・負担（気力が尽きる）

肩が揺れる・そわそわする→興に乗る・うきうきする

腕・手

韓国人は「右手優位観」を持っているので西洋人のようには左利きが多くない。
手が大きい（小さい）→貪欲（欲が少ない）
手足が合う→意気投合する
手が荒い→手癖が悪い・泥棒
手を見る→手を入れる・手を加える・こらしめる

胸・腹・内臓

前述したように韓国語には五臓に関する表現が過剰といえるほど多い。だから胸・腹・内臓の一部は、心理現象と直結した身体的な修辞学の領域に属する。胸は「情」と「神」が宿る場所で喜び・哀しみ・驚きを感知する。心臓や胆嚢が大きければ包容力や冒険心があると見なされ、つまらないことでげらげら笑うと「肺に風が詰まった」とか「肺の筋が切れた」などと表現する。肝臓は不安・焦燥・悲哀・恐怖を感知する代表的な臓器だ。
胸が痛い→悲哀・嘆息
胸がどきどきする（わくわくする）→驚き・不安・怖れ・興奮・焦燥
腹が痛い→嫉妬

腸がよじれる→癪に障る・憎悪
腸が溶ける（壊れる）→悲嘆・気苦労・悲哀
胆嚢が取れる（落ちる）→無能・臆病
胆嚢が広がる→平安な状態
腹の中が沸騰する（傷つく）→傷心・気をもむ
腹が合う→気が合う・（男女の）野合
腹が分厚い→意志・頑固・勇敢
肝胆が冷たい→驚愕・恐怖
脾臓と胃に障る→気に食わない・虫が好かない
へそが取れる（つかむ）→おかしくてたまらない

腹の後ろにある背は「背を向ける」「背反」「背信」「背景」などの言葉が示すように、違和感や正常からの逸脱を意味し、後ろ盾という意味にとられもする。

尻・肛門

人体の下焦、つまり下半身にある尻や肛門は価値の序列では下部に属する。精神や人格を代表する顔とは対照的に、排泄・性交・妊娠・出産などの自然現象を代表する部位である。下層部位とはいえ生産的な下層部位であり、恥ずかしさを伴う部位なので辱説《ヨクソル》〔悪態語〕ともっとも関係が深い。民衆文学のグロテスク・リアリズムはこの部位と密接な関係がある。

脚・膝・足

脚や足・膝は大地と接触することによって立ったり歩いたり、止まったりという運動を可能にする。だから足は間違った行動をすると罪の意識や恐れからしびれるものと考えられている。また恋人を無情に捨てれば「足の病になる」という。そして大変なことやつまらない弁明、何かの行動に対する参加・不参加はみな足の動作や状態で表現する。

泥棒の足がしびれる→罪の意識・震え

足の甲に落ちた火→緊急

足を入れる／足を抜く（洗う）→参加／不参加・撤退

このような足に対する考え方は『コンジュイパッチュイ』の中に表れている。『コンジュイパッチュイ』では靴を履く行為は男女の性的な結合を暗示している（靴や足は常に「対」の概念を表している）。「片足」に対するイメージは「片足お化け」などを生み出した。李箱《イサン》（一九一〇〜三七）の小説「翼」（一九三六）では、主人公が外出を禁じられている状態が不毛な人間関係の象徴として使われている。

屈伸が可能な膝は立ったり坐ったりする上下動と関係が深い。

膝を折る→降伏・投降、または祈りの姿勢

膝を打つ→驚嘆

膝を突き合わせる→体面・議論・対決

膝がぶるぶる震える→恐怖・怖れ

ひかがみ（膝の後ろのくぼみ）を打つ→叱責

膝下↓父のかたわら

このように膝やひかがみは恐怖に震える心理状態・体面・祈り・投降と関係があり、叱責や幸福な場所という意味もある。李陸史《イユクサ》（一九〇四〜四四）の詩「絶頂」（一九四〇）に詠われている「いずこにひざまずくべきか　歩を進めて踏みしめるところとてなく」は、投降の姿勢というよりは祈りの姿勢だろう。

脚は体を支え、走ったり歩いたりさせる柱の役割だが、内ももとつながると性行為や生殖機能を表すようになる。

韓国では子供が母親に「あたし、どこから来たの？」と訊くと母親は大抵「橋《タリ》の下から拾って来たのよ」と答える。この場合の「橋」は同音異義語である「脚《タリ》」をかけている。「処容歌」では脚を性交の隠喩として使っている。また「膳の脚」「机の脚」と言うように、物体を支える下部構造の比喩としても使われる。

膚・肉・骨・血

骨は身体の中枢で骨髄は心の奥の奥だ。だから骨や骨髄は気骨や個性、愛憎を伝える媒体となる。肉や皮膚は刺激を感知する場所であり、血は呼吸と共に生命の根源だ。焦燥感や悩み、悲哀は生命の象徴である血を干上がらせ、凝結させると考えられている。

骨が落ちる↓努力の極限

骨のない人（骨のある人）↓好人物・個性のない人（気骨・個性のある人）

骨髄にしみる↓心にしみる。徹底した憎悪・感謝・恨み・悲しみ

肉を（身を）切る↓体と心の痛み・極寒

血が固まる→悲哀・恨みの極限

以上、韓国語表現の概略的な生体解剖図を作ってみた。つまり表現媒体としてのわれわれの身体はどのような姿をしているのか、を明らかにしてみたわけだ。これを補完するためにはこれから漢方生理学と人類学的観点からのアプローチが必要だと思う。性急に結論を出すことはできないが、韓国人の表現論的身体観は頭部・本体（五臓六腑）・下半身に大別される。頭部は思考・判断・序列・見解・社会性・倫理性などの表現と関係があり、本体は感情や情緒・意思表現と、下半身は欲望や禁じられた行動・支える基盤・性・生理に関する表現と密接な関連がある。

このように多様な身体言語があるにもかかわらず韓国の芸術と文学が裸体を衣服の中に隠してしまったことはまさに文化的な逆説と言える。規範となる服を作ろうとするあまり、もともとの身体を忘れてしまったのである。身体を復権させること、それはエロチシズムを志向するということではなく、規範からの脱却という点で芸術史的な意義があるのではないだろうか。

第九章　韓国文学の色彩論

白磁の壷（17世紀末〜18世紀初め）

*

韓国人の色彩感は四季折々の自然環境と密接な関係を持っている。韓国人はさまざまな色の文化を享受してきたとはいえないが、結婚式に新婦が着る黄色や若草色のチョゴリに薄桃色や赤いチマという組み合わせを見ると、その美意識は春の生き生きとした色合いを基調にしている。高麗青磁の冷たい青、そして李朝白磁の白は四季折々の空や水、雲の色と決して無関係ではないだろう。（175ページ）

一・色彩の意味論

言語が意味を持っているように、色にもそれぞれ意味がある。色が意味を生み出すわけではないが、人間が自らの経験や感覚、情緒や思考から色を何かの象徴に見立てたり意味を付け加えたりするのである。輝くような純白は純潔の意味を持つと同時に死を意味する。バラの赤は燃えるような情熱の象徴とされるが、西の空を赤く染める夕陽は消滅と老いにたとえられる。灰色はもの寂しさや憂鬱、曖昧さを意味し、赤銅色の肌は活力の表れと見なされる。こうして見てみると意味を持たない色はこの世に一つとしてないことになる。ゲーテは『色彩論』（一八一〇）の中で、色はさまざまな気分を作り出しもし、また気分や状態に色も順応する、と言っている。

文学において色は重要な機能を持っている。スタンダールの『赤と黒』では赤は軍服や軍隊を象徴し、黒は僧侶や僧衣を暗示している。メルビルの『白鯨』では白は神秘的なもの、自我を越えたものに対する畏敬の念、良心の象徴とされている。ノヴァーリスの『青い花』では青は魂の象徴である。このように文学はそれぞれの色に特別の意味を与えてきた。これが文学の色彩象徴、あるいは象徴機能だ。だから文学作品の中で色彩が何を象徴しているかを知ることによって、われわれは色彩に対する想像力を鍛え、色彩の位相やビジョンを探ることができるのである。

ならば韓国文化や文学において色彩はどのようなイメージでとらえられ、何を象徴し、どんな色が好まれてきたのだろうか。確実に言えることは、文学の中の色彩と生活の中の色彩は必ずしも一致しないということとだ。

二．韓国人の色彩観

韓国人の色彩観はもともとは陰陽五行説に基づいている。『三国遺事』巻二の「善徳王の三つの予知」には、陰陽五行説を基にした色彩や方位に関する面白い話が出てくる。

1．善徳女王の予知と五行説の色彩

新羅の第二十七代王、善徳女王の時代のことである。冬のある寒い日、霊廟寺の玉門池に突然蛙の群れが現われ、数日間鳴きつづけた。人々は不思議に思い、このことを王に申し上げた。王は話を聞くとすぐさま閼川と弼呑に次のような命令を下した。二千名の精鋭部隊を率いてすぐに西へ向かい、そこで女根谷—慶州と大邱の間の乾川駅と阿火駅の中間地点から南に見える谷。形が女性の性器に似ていることからこう呼ばれている—という谷の場所を尋ねなさい。そこに敵兵が潜んでいるはずだから、それを討ちなさい、と。二人はそれぞれ千名の兵を率いて西へ急いだ。女根谷の場所を尋ねると、果たして富山の麓に女根谷という谷があり、そこに百済兵、約五百名がいたので取り囲み、皆殺しにした。

家臣たちは後日、王になぜ蛙の群れから敵兵の潜伏が分かったのか、訊いてみた。王の答は次のようなものだった。——目の飛び出た蛙の醜い顔は兵士の相で玉門池は女性の性器だ。女は陰陽の陰に属し、色は白い。白は西を表すので、敵兵が西にいることが分かった。また男根が女陰の中に入れば必ず死ぬので、敵を討つのはたやすいことが分かった——この説明を聞いて家臣一同、感服した。

この話は男女の性器が象徴するものの源を示すと同時に、宇宙論の基礎をなす陰陽五行の原理が新羅の貴族や知識人たちに当時既に受け入れられていたことを示している。陰陽五行論とは、万物はすべて陰と陽の二元要素からできており、自然界と人間界は五気（水・火・金・木・土）が互いに他を生み（相生）、他に克ちながら（相剋）循環して作り上げた法則によって支配されている、とする古代中国の世界観であり宇宙観だ。陰陽五行に基づく色彩観は『三国史記』「高句麗本紀」にもしばしば出てくる。

五行論によれば方位・色彩・声は次のように系統的に組になっている。

五行	五方	五色	五声	五臓
水	北	黒	羽	腎
金	西	白	徴	肺
土	中央	黄	角	胃
火	南	赤	商	心
木	東	青	宮	肝

つまり善徳女王の殲滅作戦は特殊な戦法というわけではなく、五行論に精通した女王の予知能力と知恵の勝利だったのだ。

色が方位を象徴するという五行説の色彩観は高麗時代、儀式の際に使われる五方旗にも表れている。『高麗図経』によれば五方旗は北方の旗は黒、南方の旗は赤、東方の旗は青、西方の旗は白、中央の旗は黄色だった。このような色彩観は神話の中の「四神獣」〔四つの方角をつかさどる神〕が東は青龍、西は白虎、南は朱雀、北は玄武であることにも表れている。これは風水地理説で家や墓地の場所を決める際の基本となる。真中が人間の場所であることは言うまでもない。

色はこのように方位を表すだけではなく身分・階級の象徴でもある。朝鮮では官吏の着る服はその地位によって色が異なり、平民は結婚式以外ではみな白い服を着ていた。

2．五彩とスペクトル現象

中国を初めとする東洋では基本となる色は青・黄・赤・白・黒の五色、つまり五彩だ。だから英語の「カラフル」に当たる表現は「五彩玲瓏」だ。つまり東洋人にとっては虹は七色ではなく五色だった。これもやはり五行思想によるものである。五行論によって穀物は五穀、味は五味、色は五色という表現を用いるようになったのだ。

李熙昇《イヒスン》（一八九六〜一九八九）の『国語辞典』を見ると「五色」という接頭語のつく単語には「五色団子」「五色丹青」「五色無主」「五色の雲」「五色の糸」などがあり、その他にも十以上の単語が列挙されている。この五色は東洋の五原色であり、五原色が白を基調に互いに混じり合って緑・紅・碧（青緑）・紫など多くの間色を生み出す。このような伝統的な色彩観が現代のそれとはかなり隔たりがあるのは確かだ。現代では太陽の光がプリズムによってスペクトルに分かれた時に見える、いわゆる「虹の七色」、つまり赤・橙・黄・緑・青・藍・紫が基本色であり赤・黄・青を三原色としている。これに対して伝統的な色彩観では、無彩色である黒・白も排除していないのだ。

われわれ韓国人の生活と文化はこの陰の色である黒・白と関係が深い。よく「白衣の民族」などと言われるように、われわれの服の基本となる色は白である。また韓国人は白と黒の組み合わせに恐怖を覚える。これは必ずしも韓国人に限らないと思うが、悪の色とされる黒い闇を背景にした真っ白な服と長く垂らした黒髪は、見る者を戦慄させる。だから韓国の民譚ではほとんどと言っていいほど黒髪を垂らし、白衣を着た「女鬼」が出てくる。地方役人たちの血を凍らせた「阿娘伝説」〔慶尚南道の密陽に伝わる伝説。怨みを抱いて死んだ娘、阿娘の物語〕に出てくる怨霊や『薔花紅蓮伝』に出てくる怨霊はみな白衣を着ている。喪服が白であることから分かるように白は死の色であり、怨みを呑んで死んだ霊魂の色だ。白く輝く雪山はまぶしいばかりの恍惚感と清潔な崇高さを感じさせるが、月明かりの下で見る白にはぞっとするような凄味がある。闇に浮かぶ白はもっとも色らしい色だ。すべての色が闇の中に溶けてしまう夜でも唯一生き残る白は、肉体が滅びても滅びることのない霊魂を連想させ、葬式によく合う色なのだろう。だから韓国人にとって白は崇高や潔白の象徴であると同時に、死や恐怖の象徴でもある。

また「白日」「明明白白」などという言葉が示すように、白には公明正大・清廉潔白という意味がある。白のこのような意味は単独でではなく、反対語である黒との対照によって浮き彫りになる。「白黒をつける」というような言い方がその例だ。黒は夜のようにすべてを隠す色だ。新たな生成を内包してもいるが、邪悪や陰謀や無知を含みもする。白は常に汚れる可能性もあるが、昼夜一貫した固有の価値を持っている。

陽の色である赤・青は白・黒とは違って儀式や宴の時の歓喜の色であり、邪気を追い払う色だ。だから婚礼の式服の色は葬式とは反対に陽の色を使う。中国人は赤を強調するが、同じ文化圏に属していてもわれわれ韓国人には原色の赤は俗悪に感じられる。だがわれわれも衣服やお下げにつけるリボンには赤を用いるし、小豆粥・赤土・馬の血の赤を鬼神を追い払い、疫病を防ぐ色としている。

一方、韓国人の色彩感は四季折々の自然環境と密接な関係を持っている。韓国人はさまざまな色の文化を享受してきたとはいえないが、結婚式に新婦が着る黄色や若草色のチョゴリ〔上衣〕に薄桃色や赤いチマ〔スカート〕という組み合わせを見ると、その美意識は春の生き生きとした色合いを基調にしている。高麗青磁の冷たい青、そして李朝白磁の白は四季折々の空や水、雲の色と決して無関係ではないだろう。とりわけ器の色の基調である青と白は、単調な模様に変化と融合の美をもたらしている。

三．「時調文学」の色彩象徴

時調《シジョ》はその起源がどうであれ、厳格な形式美と詩的情緒を兼ね備えた韓国詩の代表的な文学ジャンルである。西欧のソネットに相当する韓国の独特な詩歌であり、東洋文化圏においても中国の絶句・律詩や日本の俳句に匹敵する文学形態だ。中国の絶句よりは簡潔だが日本の俳句よりは多少複雑な時調は、韓国人の感性や詩的情緒を統合したものである。だから当然のことながら、韓国の詩の色彩象徴論の対象となるのも時調なのである。

1．白と青の調和

時調における色彩の特徴は白・青・緑・黒が対立したり融合したりしながら調和している点にある。山水などの風景を詠った詩ではとりわけそうだ。風物詩で強調されるのは視覚であり、さらに叙情性を高めるのが聴覚だ。だから時調の世界では視覚が主に空間と関連があるのに対し、聴覚は時間との結びつきが強い。

見下ろせば　千尋緑水　後方《しりえ》には萬畳青山
塵あくた濁世《じょくせい》の　侵すべからず
月のここに輝けば　さらに澄まんわが心

これは李賢輔《イヒョンボ》（一四六七〜一五五五）の「漁父詞」の一首だ。俗世の煩わしさから離れ、自然を眺める楽しさを詠ったこの詩は、色彩論的には二つに分けられる。つまり「緑水」＝青い海、「青山」＝緑の山、「月」＝白い月明かりといった世俗を超越した自然空間と「塵あくた」＝紅塵に象徴される濁世の空間だ。このように時調は俗世から遠く離れた場所で自然に溶けこみ、自然に同化する暮らしを賛美し、自然の眺め方を詠った文学だ。だから時調は故郷を離れる青春期の文学ではなく、故郷に帰る老年期の文学であり、自然の視覚性を強調する文学だ。

だから時調の世界では現実への執着や情熱の代わりに山・水・月・鳥・岩などに代表される自然と、道教の「無我」の境地が尊ばれる。俗気や情欲を捨て去った色といえば、無彩色の白である。だから時調文学の主な担い手であった朝鮮時代の在野の学者《ソンビ》たちにとって白は清貧・無欲・無我を表す色であり、清廉と高潔の色として受け入れられたのである。

時調に出てくる白のついた言葉には「白雲」「白雪」「白鷺」「白鷗」「白髪」「月白」「白日」「白玉」「白

沙」「白楊」「白骨」などがあり、中でももっとも頻繁に出てくるのが「白雲」「白鷗」「白雪」だ。これらは「紅塵」とは対照的に、人間界の垢や塵を完全に払い落とした純粋な自然界の物だ。白と共に時調にしばしば出てくる色は青で、「青山」「青天」「緑水」「碧海」などである。「青い《プルダ》」という韓国語には青と緑の区別はなく、山も空も川も海も「青い《プルダ》」。つまり青は山水の視覚的本質に関わる色であり、白と調和して世俗の超越・不変を象徴している。

かくて　なお四時に青きを　我は賞《め》ずなり
尹善道「五友歌」［竹］

見よ　青山は　萬古に青し
見よ　流水は　昼夜分たず
われらまた　弛《たゆ》みなく　清浄の日を
李退渓「陶山十二曲」

2. 青と白の対立

時調における白と青は杜甫が「江《かわ》　碧《あお》ければ　鳥いよいよ　白し（江碧鳥逾白）」と詠ったように調和することもあるが、対立する時もある。それはどちらの色に重きを置くか、による。成三問《ソンサムムン》（一四一八～五六）の時調や尹善道《ユンソンド》（一五八七～一六七一）の時調「五友歌」では雪の白と対立する形で青い松が出てくる。

わが命絶えなば　何にかならんとする

蓬萊山の第一峰　亭々と聳《そび》ゆる松と化し
雪の　天地を覆うとき　青青《せいせい》の姿示さばや　　　　　　　成三問

春夏に花咲かせ　冬には葉をば散らす木々
されど松のみは　雪霜のきびしさ　知らぬごと
九泉《よみじ》に　強く根を張りて　かくも色を変えざるか　　　　尹善道

これらは常に青々としている松を詠うことに主眼がある。つまり色彩の象徴性を十分に活用した詩と言える。ここでの「雪」や「霜」は清廉や純粋の象徴ではなく、変化や汚濁の象徴だ。雪や霜に覆われればすべての物が姿を隠し、辺り一面白一色の世界になってしまう。それは変質であり、変節であり、汚濁である。だが松や竹などの常緑樹は自分の色である青をあくまで変えようとせず、白に同化することを拒否する。変節や変質を拒否して凛《りん》としている。こうして見ると、これらの時調では常に青々としている松を志操の固さの象徴と認識する反面、雪の白は世情の変化を表すと見ていることが分かる。

3．時調の黒白論理

時調では白と黒を対立させるものが意外に多い。その場合、黒を代表するのは烏であり、白を代表するのは白鷺《しらさぎ》だ。黒は悪であり白は善だとする時調の黒白論の発端となったのは、鄭夢周《チョンモンジュ》（一三三七～九二）の母が詠んだ詩である。

烏の争う谷あいに　白鷺よ　な行きそ
真白なる汝《なれ》が姿は　憎しみを買うべきに
清き　流れにすすぎたる　濁《まじ》りなき身を汚さざれ

「烏」と「白鷺」の対立は黒と白の対立であると同時に、邪悪と正義の対立である。鄭夢周の母にとって黒は邪悪であり汚れであるのに対して、白は善であり純潔だ。ここでは両極端だけが詠われているので、それに対する反論も当然出てくる。

白鷺よ　烏の黒きを　笑わざれ
よしやうわべの黒くとも　心もさりと誰《た》がいわん
沢山《さわ》なるは　汝《なれ》がごと　そと白く　うち黒きもの

李稷

この反論は、だが部分的なものに過ぎない。黒は悪であり白は善だという価値観には同調した上で、だがうわべと内面が一致しないこともある、と反論しているに過ぎないからだ。

烏と白鷺の色彩論争は、成三問が「烏に雪の降るとても　黒き姿は変わらざり」と詠ったことで折衷論が出たような印象を受ける。だがこの詩は、結局本質は変わらないということを詠う点に主眼がある。ただ成三問は黒に対して中立的な態度を取っており、烏や黒よりもむしろ雪の白を否定的に見ようとするところに特徴がある。

だがこのような黒と白の攻防を意味のないものとする意見も時には出ている。

烏は黒く　白鷺は白しとて
鸛《コウノトリ》の脚長く　鴨の脚は短きも
われには無縁　俗世の黒白談義

誰《た》が染めし　烏の黒　誰《た》が褪《あ》せし　白鷺の白
鸛《コウノトリ》と鴨の脚　その長短のゆえ知らず
黒白も　長短も　論じてわれに何かあらん

漆《うるし》塗り烏は黒きや　白鷺は老いて毛白きや
そはすべて　生まれしよりの定めごと
われを見て　黒白糾《ただ》すも　よしなけん

ここでは白と黒という色に象徴される善悪を決めつける態度、過度の論争の無意味さが詠われている。これはおそらく朝鮮時代の中期以降、両班《ヤンバン》たちが儒教の学派の違いから老論・少論・南人・北人の「四色」に分かれ、派閥争いを繰り広げた社会の雰囲気と無関係ではないだろう。ともかく黒と白の対立では黒がマイナスイメージ、白がプラスイメージとされたことは確かである。一方、黒は黒髪のイメージで若さを象徴し、白は白髪のイメージで老いを象徴することもある。

また時調では、一途な想いを表現する際に赤を用いる。「君に　ささぐる一片丹心《まごころ》」というような場合の「丹心」、つまり赤い心だ。このように時調には色彩語が登場することが少なくない。だがそのほとんどが名詞なので、視覚的ではあるが美観を高める効果はさほどないのも事実である。

四．現代文学と色彩感覚

歌のような詩がよしとされていた時代が過ぎ、現代に入ると詩は絵画のようなものがよしとされるようになった。いわゆる「詩の絵画性」である。それに伴って色に関する感覚語が詩に頻繁に出てくるようになった。ランボーは「母音」という詩の中でAは黒、Iは赤、Uは緑、Eは白、Oは藍と、母音の性格を色で表現したが、現代詩は感覚の天然色時代を開いたと言えるだろう。とりわけ視覚を重要視したのは英米のイマジズム（写象主義）やモダニズム詩学の影響を受けた金光均《キムグァンギュン》（一九一三～九三）である。

1．金光均と色彩的エピセット

韓国のイマジスト、金光均の詩の世界は、ある意味では色の実験室だ。詩の歴史において彼ほど言語に色を加えた詩人はいないだろう。彼は誰よりもイメージの視覚化、つまり詩の絵画性を意識していた詩人だ。彼の詩集『瓦斯燈』（一九三九）や『寄港地』（一九四七）は全篇これ色彩語と言っても決して過言ではないだろう。あらゆる事物や現象は色を持っている、というのが彼の独特な視点だった。

彼は、水彩画を描くように事物や現象に色を与えることが詩作だと考えていたようである。

尖った古塔のように　丘の上に聳え立つ
色褪せた聖教堂　屋根の上には
噴水のように飛び散る　青い鐘の音

暮色の中にひっそりと　山間《やまあい》の村の孤独な絵
青い駅燈をつけた　馬車が一台
ゆっくりと　海に向かう　山道を
電信柱がぼんやりと　流れる雲ひとつ
真っ赤な夕焼けに　染まっている

「外人村」

一幅の異国的《エキゾチック》な風景画を連想させる詩だ。彼は「青い鐘の音」といった二重の感覚、いわゆる「共感覚」の表現によって音すらも視覚化する。もちろんこの詩には、いわゆる「静中之動」や「寂中之音」の効果も出ている。音のない絵画の世界に鮮明な色彩と鐘の音を引き込むことによって音の美感を加味しているのである。

このように彼の詩の世界はエピセットによる絵画的な世界そのものだ。エピセットとは名詞の前に形容詞を併置して、事物の意味や感情の特性を伝えようとする技法だ。エピセットは主に色彩語によって成り立つ。彼の詩には「白い汽笛」を初めとして「紫の田舎道」「コバルト色の空」「赤い夕焼け」「青い駅燈」「青い鐘の音」「黄色い鈴の音」「薄紅色の花束」「金色の笛」「白い小石」「草色のランプ」「紫色の色紙」など、多彩な色彩エピセットが駆使されている。E・パウンドが指摘した「ファノポエイア」、つまり絵の状態を志向する韓国詩の一つの典型と言える。

だがそんな彼の詩も、色の好みという点においては韓国の文化的枠組みから大きく外れてはいない。あの多くのエピセットの中で絶対的比率を占めているのはやはり東洋画の白だからだ。その他の色に関しても彼は関心を持ってはいるが、彼は色彩の象徴的価値よりも視覚を通して詩を絵画化することに力を注いでいる。

2.「青鹿派」の色彩感覚

趙芝薫《チョジフン》（一九二〇～六八）・朴木月《パクモクウォル》（一九一六～七八）・朴斗鎮《パクトゥジン》（一九一六～九八）の三人が代表する、いわゆる「青鹿派」は、詩の流派としては自然抒情派に当たる。彼らの詩集のタイトルである「青鹿」が示唆するように、彼らは都市と文明を抒情の対象とするのではなく、自然を理想化することに惹かれた詩人たちである。自然と「我」、つまり「物我相応」の抒情性を強調するので、彼らの詩はいきおい視覚性を重視することになる。だから彼らの作品には自然と関連のある色彩語が多い。三人が共にもっとも頻繁に使っているのは白と青だ。

「白」……白い裾・白く立ち上がる・白い月光・白いスカートの裾〈朴木月〉
白い半襟・白い手・白いふすま・冷たく白い雲・白い襟・白いチョゴリ・白い髭・白い帽子〈趙芝薫〉
白い蠟・白い石・白い花・白い服・白い装備・雪に白く覆われた・白い手を広げて・白い雪・白骨・白い吹雪・白い蝶・白くふんわりした雲〈朴斗鎮〉

「青」……青いノロ・青い石〈朴木月〉
青い・青い山・青く剃った髪〈趙芝薫〉
青黒い丘・青い長生木・青い山・青い空・空が青く凍りついた・青い墓・空色の桔梗・青い林道・青山・青い芽・青い色・青い麦畑・青い芝生〈朴斗鎮〉

白と青の次に多いのは朴木月の場合は黄・赤・藍・紫・黒で、趙芝薫の場合は赤・黒である。

これらの色彩語から彼らの詩の世界には三つの特徴があることが分かる。第一に彼らはみな伝統の継承者だということだ。彼らは日本の統治時代の最後の世代に当たるので、衰退してゆく韓国の郷土色や文化を詩にとどめようとしたのだろうし、時調に多く用いられた白と青を使っているということからも伝統を重視していることが分かる。

第二に彼らの詩の中の色彩語を比較してみると、三人の異質な部分が見えてくる。朴木月と趙芝薫の詩は伝統的で静的であるのに対し、朴斗鎮の詩は変化があり、動的だ。趙芝薫の詩は語法や表現に漢詩的な発想があり、上品で道教的な美学が感じられる。朴木月の作品には簡潔さと童話のような素朴さがあり、郷土色が重視されている。これに対して荒々しい野性的な自然を詠った朴斗鎮の詩には、原始的な新鮮さとキリスト教的な想像力が混在している。

第三に、それぞれ違う様相の詩を詠いながらも、彼らはみな自然に対する情感を詩の基礎としているという点で一致している。だから彼らの美意識の対象となるのは韓国の自然であり、歴史的な遺跡や服飾などの生活文化だ。

3．『巫女図』の図像学と現代小説の色彩感覚

金東里《キムトンリ》（一九一三〜九五）の小説『巫女図』（一九三六）は、冒頭に出てくる巫女図という絵の持つ意味と価値を解いてゆく物語だという点で図像学的な意義のある作品である。この作品の解釈は二通りある。定説になっているのはシャーマニズムとキリスト教の対立を通して、時代の変化の中で消滅してゆく世界の最後の一筋の光にすがる人間の悲劇を扱った作品、というもので、もう一つは自らの不幸を芸術に昇華させた十七歳の耳の聞こえない少女、琅伊《ナギ》の人生の物語、というものだ。だからこの作品はシャーマニズムの世界観を描いた小説としてはもちろんのこと、金東仁《キムトンイン》（一九〇〇〜五一）の「狂画師」（一九三五）や「狂炎ソナタ」（一九三〇）と共に韓国らしい芸術家小説としても理解される可能性がある。

後ろに横たわる黒ずんだ山、その前をゆったりと流れる黒い川。山に、野原に、黒い川の上に、降り注ぐような紺碧の星、ものみな寝静まった夜更けである。河原の砂地に大きな天幕が張られ、中では村の女たちがぎゅうぎゅう詰めで巫女の祈祷に酔いしれている。どの顔にも興奮の中に悲痛さと疲労が色濃くにじんでいる。祈祷はまさに佳境に入り、巫女は肉体のない、霊魂にでもなったように上衣の裾をひらひらさせながら狂ったように踊っている……

『巫女図』を描写したこのくだりの主調をなしているのは黒みがかった青、紺碧である。紺碧は神秘的で暗く、ある種の恐怖を誘うのでシャーマニズムを扱う作品の雰囲気をかもし出すには効果的だ。金東里は色の微妙なニュアンスまで意識していた作家だ。彼の作品では白よりも原始的で神秘的な原色が多く使われる。

水底の深さを思わせる紺碧、そして『黄土記』（一九三九）で出てきた血と土を思わせる赤みがかった黄色が彼の文学を彩っている。そのような彼の美意識はおそらくシャーマニズム的な図像から来ているものだろう。

現代小説においても白は依然として重要な色である。崔仁勳《チェインフン》（一九三六〜）の『広場』（一九六〇）や黄晳暎《ファンソクヨン》（一九四三〜）の「森浦へゆく道」（一九七三）がその例だ。『広場』の主人公、李明俊は第二次世界大戦後捕虜となり、第三国のインドへ行くことを選択するが、彼の乗った船は白く塗装されており、また船には二羽の白い鷗がついてくる。「森浦へゆく道」では三人の不幸な人物が当てもなくさまよう舞台が白い雪に覆われた南道（京畿道以南の地域。忠清道・慶尚道・全羅道の三道を指す）の平原となっている。前者の白い鷗や後者の雪に覆われた平原は単なる風景描写ではなく、象徴性を持っている。『広場』の場合で言えば、白は李明俊と関わりのある二人の女性の純潔の象徴であり、汚れた歴史を払拭して楽園をめざすことを意味する。「森浦へゆく道」の白い平原は凍土の象徴であると同時にさまよう三人の純粋さを暗示している。また鶴と、その白は現代小説でも好んで使われる。

だが都市化が進むにつれて灰色を基調とする小説が増えている。崔仁勳の『灰色人』（一九六四）や姜石《カンソク》景《キョン》（一九五一〜）の『森の中の部屋』（一九八五）がその例だ。

アスファルトに完全に覆われ、どこにも土の匂いを嗅ぐことのできない都会の広場、人と人を異邦人のように断つ高い灰色の塀、煤煙で黒ずんだ空気……。これがわれわれの住む環境だ。だから今日の小説は、そのような現実を反映して灰色を基調にしている。

だが現実の環境が灰色だからこそ逆に田園や自然に対する憧れを表現する文学も現われる。それは、人工的な灰色の文明に疲れた現代人の原始的な空間に対する郷愁と関係があるだろう。

第十章　道の文学的象徴体系

金有聲作「洛山寺図」

＊

このように東洋の山水画では、山水に住む人間の暮らしが描かれている。だから住居の周辺はもちろんのこと、山や川にも必ず人間が歩ける道や橋、そして船がある。山には行き止まりかと思うと、くねくねと曲がりくねった抜け道がある。道は人間を広い自然の中へと導いてくれる。（190ページ）

ああ、わたしの道をつけてくれる方はこの世にニムしかいません。　―韓龍雲―

一．道の象徴体系

「道」といえばずっと以前に見たフェデリコ・フェリーニ監督の「道」という映画がすぐに思い浮かぶ。ジュリエッタ・マシーナが主演したこの映画は、道の上で一生を過ごす旅芸人たちの人生と運命を描き、哀愁漂う主題曲「ジェルソミーナ」と共にわれわれの胸を感動でふるわせた。このように人間を運命へと導く道とはわれわれの人生において何であり、またそれは文学的にどのような意味を持っているのだろうか。

空間移動という観点で見れば、人生とは生まれた土地を基点に、そこから離れ、また戻るという二重運動である。ボルノフはこれを「生の空間的二重運動」と呼んだ。人間がもっとも愛着を感じる場所は言うまでもなく故郷だ。故郷はわれわれの生命の根源であると同時にさまざまなことを最初に経験させ、情緒を育ててくれる。想像力と記憶の宝庫であり、人生の目標を与え、外界への出発点であると同時に帰還する終点である。故郷の思い出は誰にでもあるものだが、そのような出発と帰還を可能にしてくれるのが道である。すべての道は故郷から始まり、故郷に戻る。だから人生の真の価値は道の上で始まる。ガブリエル・マルセルが人間を「旅する人《ホモ・ビアター》」と呼んだのもそのためである。人間は若い時は志と目標を立てて故郷を後にするが、長い長い遍歴の末、年をとると故郷に帰ろうとする。

道はまた人間と地域を結びつける、連結と持続の象徴体系でもある。すべての人間が共有する道は近所の人と人を、村と村を、国と国を、地球と宇宙を結びつける。だから道を通って人間はどこへでも、はるか遠くまで行けるし、離れた地域と地域が共同体として等質化される。

道はこのように空間を広げるだけでなく、心と心の交流を可能にしてくれる。これが道の持つ「コミュニケーションの空間学」だ。人間の文明史とはつまるところ、互いの交流のために造る無数の道路網の歴史そのものだと言っても決して過言ではない。道は人間が地上に造った最大の記録であると同時に、もっとも具体的な生の遺跡である。

道は形に見えるものだけではない。人生行路が道にたとえられるように、道は探索と試練と選択の象徴でもある。人間はいかなる道を行くにしろ、多くの道の中から自分だけの道を選択し、目標に向かって突き進む。道をもっとも観念化したのが東洋の、いわゆる「道《どう》」だろう。また道は放浪や冒険の代名詞でもあり、流通と社会の閉塞状況の象徴だ。

二．山水画の中の道と古典の道

東洋の山水画が西洋の風景画と比べて特異な点があるとすれば、それは絵の中に道があることだろう。中国の北宋時代、『林泉高致』という山水画理論の本を書いた画家、郭熙（一〇二〇～一一一〇）は、山水画を四種類に分けている。まず観賞する山水画、次にその中を旅行できる山水画、三つ目は散策できる山水画、四つ目は泊まることのできる山水画である。旅行と散策は、共に道のあることが前提になる。山水画とは文字通り山と水を描いた絵だ。山は陰陽思想の陽、即ち男性的活力の象徴であり、水は陰陽思想の陰、即ち女性原理の象徴である。だがより重要なことは山石・草木・水・雲と煙・楼閣などが人間を中心として一つの有機的世界を形作っていることだ。

山の中の人物は、そこに道があることを示し、
楼閣はそこが景勝地であることを示し、
水に渡された橋は人間社会の事柄を表わし、
船と釣り竿は人間の心情を表わす。

『林泉高致』

このように東洋の山水画では、山水の中に住む人間の暮らしが描かれている。だから住居の周辺はもちろんのこと、山や川にも必ず人間が歩ける道や橋、そして船がある。山には行き止まりかと思うと、くねくねと曲がりくねった抜け道がある。道は人間を広い自然の中へと導いてくれる。小川や川は時としてその道を遮るが、そこには決まって橋や船があって、途切れた道はまたつながる。また絵の中心には家があり、朝早く驢馬に乗った人が家を出る場面や、夕暮れ時、家に帰る場面が描かれている。

このようなことからわれわれはいくつかの事実に気づかされる。まず第一に、山水画とは単に山水を描いただけの絵ではない、ということだ。逆説的ではあるが、山水画は人間中心主義の要素を色濃く持っている。人間と、人間の住む家がそこに描かれているからだ。第二に道や橋、そして船といった人工的要素があり、それらを通じて生活の空間的広がりが暗示されている。人々は道や橋を辿って自然の中を散策したり旅をすることができるだけでなく友人や先生、近所の人、仕事場を訪ねることもできるし、志を立てて他郷へ行く

こともできる。そして出世の可能性を見極めたら、その道を通って帰郷するだろうし、時間と空間を運ぶ橋を渡ってくることもできるだろう。また山に向かって垂直に伸びる道を辿れば、俗界からより高い「道《どう》」の世界へ入る高揚感が得られるだろう。

このように山水画における道とは可知の世界と未知の世界、この世とあの世を調和させ、一致させようとする人間的な欲求の記号であり、それを通って隣や自然空間へ入る調和と社会化の通路であり、方向決定・進行・持続・断絶の象徴であると同時に、自然と人間を仲介する役割も持っている。

韓国の山水画でもやはり重要なのは道だ。朝鮮王朝の山水画はもちろんのこと心田・小琳・毅斎・小亭・青田など、近代絵画の世界を見ても道や橋は重要な意味を持っている。朝鮮時代の散文や時調《シジョ》に出てくる道は、ウスペンスキーの指摘した、いわゆる「構造的相同性」を持っている。小説はその性格上、人物は常に動いている。バフーチンは「小説の私的類型論」という論文の中で「旅行小説」「試練小説」「伝記小説」「形成小説」という分類の仕方をしているが、それらはすべて空間移動と関連があり、人物はある目的に向かって遍歴を重ねる。その遍歴にもまた道の存在が前提となっている。『オデュッセイア』における道、『西遊記』での天竺への道がそうであるように、古代叙事文学の英雄たちは武勇を試すために戦いの場へ行き、宗教的な物語の主人公は聖域へ行く。ロマンチックな物語の主人公は夢幻的な愛の場所をめざす。韓国の小説『九雲夢』や『洪吉童伝』も、やはり道による空間移動を根本原理とした作品だ。

主人公が性眞と楊少遊という二つの人格を遍歴する『九雲夢』は、夢を通じて主人公が元の世界に戻るまでの道程を描いている。神話的宇宙観と世俗的現実感が交じり合い、主人公が自制と誘惑、追放と欲望の道を経て生の意味に目覚めるまでの物語である。それに対して『洪吉童伝』の主人公、洪吉童が進む道はより社会性を帯びている。彼はより良い家族と社会制度を実現するために進んでゆく。洪吉童の人生は故郷を後に旅立ってこそ可能な人生だった。

一方、父親探しのモチーフを牧歌的な風景と共に描いた李孝石《イヒョソク》（一九〇七～四二）の小説「そばの花咲く頃」（一九三六）は、言葉で描いた一幅の山水画そのものだ。人間はもちろんのこと道や小川、欠かせない運搬手段の驢馬も登場し、自然と人間が一つに溶け合った世界だ。

> 欠けてはいたが十五夜を過ぎたばかりの月は、柔らかい光をたっぷりふり注いでいた。大和《テファ》までは七十里の夜道で、峠をふたつ越え、野川をひとつ渡って、野っ原と山道を通らねばならない。道は今ちょうど長い山腹にさしかかっていた。真夜中を過ぎた頃だろうか、死んだような静けさの中に、生きもののような月の息づかいが手にとるように聞こえ、大豆や唐もろこしの葉が月明かりにひときわ青く濡れていた。山腹は一面そば畑で、咲きはじめの花が塩をふりまいたように快い月明かりに映《は》えて、息詰まるようであった。赤い茎が漂う香気のようにほのかに透け、驢馬の足取りも軽い。道は狭く、三人は驢馬にのって一列に並んだ。鈴の音が軽やかにそば畑の方へ流れていく。先頭に立った許《ホ》生員の話し声はしんがりの童伊《トンイ》にははっきりと聞こえなかったが、彼は彼でさわやかな気持ちに浸ることができ、寂しくはなかった。
>
> 長璋吉訳

まるで一幅の美しい山水画を見ているようだ。山道・月明かり・そばの花・川といった江原道の風景を背景に、人生における因縁の不思議さが浮き彫りにされている。月明かりに照らされた山道は、主人公である許生員〔生員は年配の人を呼ぶ語〕の人生を象徴している。山道は行商人である彼の過去・現在・未来であり、一生を市から市へと渡り歩く彼の運命そのものだからだ。彼の一生は道の上で費やされる。だが彼は昔、その道の上で一人の娘と出会ってたった一度の縁を結び、そして今また、道の上で童伊という息子と出会えたのだ。道は彼の人生のすべてであり、生活であり、運命そのものだろう。

このようにわれわれの人生とは道をゆく行為そのものだ。だから道は常に文学において特別な意味を持っていた。海の龍に強奪され、戻ってきた新羅の水路夫人が辿った道、新羅の真平王の三番目の娘、善花王女に恋し、苦難の末ついに妻にすることに成功した薯童〔百済第三十代武王の幼名〕の道、行商に行った夫の帰りを待ちわびる妻の心情を詠った百済歌謡「井邑詞」の道……。これらはみな韓国文学の黎明期に現われた文学的な道だ。

時調の中にも「夢の道」、どちらへ行くべきか迷う「岐路」「望郷の道」……無数の風雅な道が出てくる。李退渓《イテゲ》（一五〇一〜七〇）の時調には古人の精神の継承と厳しい精進の道が出てくる。

古人　われを見る能わず　われまた然り
されど　古人の踏みし道は　わが前にあり
その道　前にあらば　なんぞ進まざる

彼は偉大な精神は時間を超越することを「道」という言葉で示している。それは「述而不作」、つまり新しい説を作り上げるのではなく先人の教えを受け継ぎその価値を伝える、儒教の「道《どう》」に通じる道だ。

三．現代詩に見られる道の象徴

道は現代文学においても依然として詩的イメージの源だ。いや、コミュニケーションを広げるという道の役割が増大している現代では、道はより重要なモチーフとして文学作品に受け入れられている。このことは何人かの詩人の作品を検討してみれば、より確かになるだろう。

1．『ニムの沈黙』と道の詩学

まず韓龍雲《ハンヨンウン》（一八七九～一九四四）だが、彼の詩には意外と道のイメージが多く出てくるだけでなく、道は彼の作品世界の基盤を成している。これまで彼の詩集『ニムの沈黙』（一九二六）について語る時、われわれは「ニム」とは果たして何を指すのか、という問題にあまりにもとらわれて来たような気がする。だがわれわれがそうせざるを得ないほど「ニム」を中心に彼の詩の世界が成立していることは確かだ。詩の最後を「おのずと節回しが湧いてくる愛の歌は　ニムの沈黙を押し包んでまわります」と結んでいるように「ニム」は中心であり、「わたし」はその周りを回る輪の一つである。また「ニム」は絶対的な「沈黙」状態にあるのに対し「わたし」は「歌」を歌っている。だから「ニム」は「わたし」の存在の意味そのものであり、愛の絶対的な対象である。

だがわれわれが「ニム」と「わたし」にのみ目を奪われて「道」の存在を見逃したら、彼の詩は真空状態に漂う「ニム」と「わたし」の残骸に過ぎなくなってしまうだろう。彼の詩の価値は、道という空間に対する想像力の特異さにある。ここでは道は「ニム」と「わたし」の関係をより確かなものにする座標軸の役割を果たしている。詩集全体を通して読んでみると、彼の道に対する認識の深さがよく分かる。

青い山の彩りを裂いて　楓の林に向かって延びている小径《こみち》をたどり　とうとう振り切って行きました。

安宇植訳

「ニムの沈黙」の一節だ。「振り切って行」った行為の主体が省略されたこの一節は、観念的になりがちなこの詩の「別れ」に、空間的な具体性を与える非常に重要なくだりだ。もしこの一節がなかったら「ニム」と「わたし」の別れは観念の中の別れに過ぎなかっただろう。だがこの詩はここで「青い山」「楓の林」「小径」といった、イメージをはっきりとさせる言葉を出して別れを観念化することを免れている。ここで中心となっている場所は「小径」、つまり道だ。ここでは従来の「青」―希望、「楓」―凋落という色彩論的解釈はさほど信頼性を持たないだろう。注意すべきことは「裂いて」「延びている」という動詞が示唆しているように行為の主体となる小径が「青い山の彩り」を左右に分け、二つの異質な空間を作っていることだ。この道は、愛によって共存していた空間が別れによって破壊されたことを意味している。詩の初めの部分で繰り返される「行きました」は、道と結びつくことでその意味がいっそう鮮明になってくるだろう。

韓龍雲は道の本質を見抜き、生の存在論的価値を道に対する想像力に結びつけ、凝縮させた詩人だ。このことは彼の「わが道」（一九二六）という詩を読めばより確かになるだろう。

この世には道も少なくありません。
山には石くれの多い道があります。海には航路があります。空には月と星の道があります。
川岸の釣り人は　砂の上に足跡を残します。畑で野菜を摘んでいる女は芳草を踏みます。
悪しき者は　罪の道をたどります。
義に厚い人は　正義のために白刃を踏みます。
西山に沈む陽は　茜《あかね》色の空焼けを踏みます。
清らかな春の朝露は　花びらから滑り落ちます。
けれども　わたしの道はこの世に　二つしかありません。
一つは　ニムの胸に抱かれるための道です。
でなければ　死の胸に抱かれるための道です。
それというのは　もしもニムの胸に抱かれることができなければ　ほかの道は死への道よりも険しくて
苦しいからです。
ああ、わたしの道はだれがつけたのでしょう。
ああ、この世ではニムでなしにわたしの道をつけることはできません。
それにしても　わたしの道をニムがつけたのなら　死への道はなぜつけたのでしょう。

安宇植訳

ここでは有形・無形の道と人生における選択の問題がすべて提示されている。自然に秩序があるように人間はみな道の上にいる存在であり、どの道をゆくかは自分の選択次第だ。だから人生はその選択の方向によって多様性を帯びる。だがこの詩では、人生の運行はすべて「ニム」に委ねられている。それは死をかけた厳しい選択だ。彼にとって「ニム」との関係の緊密さは、道の座標軸によって認識される。詩「眠りなき夢」（一九二六）における「ニム」と「わたし」の関係はそのような基盤があって初めて可能になるのだ。


ある晩わたしは　眠らずに夢を見ました。

「わたしのニムはどこかしら。ニムに逢いに参ります。ニムへの道を持ってきて　わたしに下さい、剣よ」

「おまえの行こうとする道は　おまえのニムが来ようとする道だ。その道を持ってきて　おまえに与えたら、ニムは来れなくなるだろう」

「わたしが行くことさえできたら　ニムは来れなくてもかまいません」

「ニムが来ようとする道を、おまえに持ってきてあげたら　ニムはほかの道から来ることになる。おまえが行っても　ニムには逢えまい」

「それならその道を持って行って　わたしのニムに差し上げてください」

「おまえのニムに差し上げることは　おまえにあげるにひとしい。人間だれしも　おのおの自分の道があるものだから」

「だったらどうやって　離別したニムに巡り合うことができるのでしょう」

「おまえが自分を持って行って　おまえが行こうとする道に与えるがよい。そうして　休まずに行くがよい」

「そうしたい気持ちはありますけれど　その道には峠も多く　川もたくさんあります。行けません」

剣は「それならば　おまえのニムをその胸に抱かせてやろう」といって　ニムをわたしの胸に預けました。

わたしはニムを　思い切り強く抱きしめました。
わたしの腕が痛いくらい自分の胸を締めつけたとき　両の腕に切り取られた虚空は　わたしの腕の後ろでつながりました。

安宇植訳

韓龍雲の詩にはこの他にも「来ようにも道をふさがれ　やって来れないあなたが慕わしい」(「道がふさがれ」一九二六)、「わたしは渡し舟、あなたは旅人」(「渡し舟と旅人」一九二六)、「別れたきり出会いを持たないのは　ニムではなく道行く人です」(「最初のニム」一九二六)など、道のイメージが頻繁に出てくる。また「道」という言葉はなくても「行く」「来る」という動作が明示されていることを考えると、道をモチーフにした詩はまだまだあるはずだ。

こうして見ると韓龍雲の道に対する理解にはずば抜けたものがあったと思われる。彼にとっての道とは人生の価値であり、相手との別れや隔てられた距離を対象化する根拠であると同時に再会の可能性であり、「わたし」の人生の目標である「ニム」への揺るぎない帰依の拠り所としての意味を持っている。

2. 金素月《キムソウォル》の旅人の詩学

金素月(一九〇二~三四)の詩に出てくる道は韓龍雲とは異なり、戻ることのできない旅立ちの道だ。どこか他の場所への移動を意味するだけの道であり、しかも何か目標があるわけではない。

昨日もひと夜　旅の道

カアッカアッと鳥が鳴く　その鳴き声に夜を明かす

今日は　これからまた何里
どこへ行こうか……
行こう　行こう
引き裂かれた　道でも
わたしには　道とてないのだから

「道」

安住の地すらない旅立ち―だから金素月の詩の主体は常に旅人である。旅人にとっての道とは選択する余地はなく流浪、つまり出発の図像に過ぎない。

いとしいと　言ってしまおうか
あなたが　いとしいと
このまま行こうか　しかし
もう一度だけ…
あの山にも鳥　野にも鳥が
西の山に日が沈み　しきりに鳴く
前に川　後ろにも川
流れる水が　ついておいで
ついてゆこうと　しきりとささやく

「行く道」

ここでは愛する人と愛着のある地を離れねばならない心情を詠っている。それは帰ることのない旅立ちだ。日が沈む頃、道に立つ「わたし」は未練を断ち切ることができない。行かねばならないが、後ろ髪を引かれて進むことができない。ためらう心をうながすように鳥がしきりと鳴く。これは催促の信号であると同時に時間の象徴だ。ここでは鳥の鳴き声、川のせせらぎといった自然との融合によって心も足も前へ、前へという切迫感が表現されている。このように金素月の作品ではあてのない旅立ちや出発が決まった状態、あるいは恋人を喪失した迷路のような心理状態が詠われている。

3. 徐廷柱《ソジョンジュ》と道の「動性」と「向性」

道はどこにでもあり、結局どこにもない。

「海」

現代詩人の中で徐廷柱（一九一五〜二〇〇〇）ほど詩的遍歴を重ねた詩人も珍しいだろう。それは彼の詩が道の「向性」と「動性」を受容していることでほとんど確実と言える。彼の詩の世界は、道に対する多様な想像力が創り出す「スペクトル」のようなものである。

彼は「自画像」（一九三八）という詩の中で「三十三年間、わたしを育てたものの八割は風だった」と言ったが、その時、彼には既に脱出と彷徨・流浪・反逆の道が運命づけられていた。

アラスカへ行け！　アラビアへ行け！

アメリカへ行け！　アフリカへ行け！

「海」

まるで柳致環《ユチファン》（一九〇八〜六七）が「生命の書」（一九三八）で自己拡散のために熱砂の果てに自分自身を追いやったように、徐廷柱の意識は東西南北に拡散する。だから彼は韓国人でありながら精神的には世界人もしくは西欧人であり、火のような官能や獣性の世界を経て故郷に回帰した。だから彼の詩的遍歴自体が道であり、彼の詩の世界は東西を結ぶ一つの地図だと言える。

だが彼の詩に出てくる道は、普遍性のある道だけではない。普遍的な道も重要だが、彼の詩の世界には愛欲と肉体の生態学および神話を原型とした象徴としての道が登場する。

麝香薄荷の裏路だ
美しい蛇—
どんな因果な悲しみで生れ合はせたのだらう　あの不気味な様子は。

花紐みたいだ。

お前の先祖が　イヴを唆《そゝの》かしたその達弁の舌先が
ペロリペロリと燃えてゐる眞赤な口でもつて
蒼空だ　そら喰《くら》ひつけ、怨《うら》み一ぱい喰ひつけ。

「花蛇」（金素雲訳）

笛吹き　去りし恋人《ニム》の足跡に
つつじ雨煙る　西域三万里
白襟整えつ　旅立たれし恋人《ニム》の
再び帰らぬ　巴蜀三万里

「帰蜀途」（宋貫訳）

つきせぬ心の名残りを
遠のいた若さへとどめて
いまは立ち帰り　ひっそりと鏡の前に立つ
わが姉によく似た花よ

「菊の傍で」（金素雲訳）

このように徐廷柱の詩における道は生態学と象徴の人文地理学的性格を持っている。だから彼の道は暗い情欲と陶酔が混在する「裏路《うらみち》」でもあり、熱く、荒々しい息遣いが聞こえるようなエロスの道でもある。また死に通じる道でもあり、永遠への通路にもなる、そんな道だ。

4.「青鹿派」詩人の静態的な道

いわゆる「青鹿派」詩人である趙芝薫《チョジフン》（一九二〇～六八）と朴木月《バクモクウォル》（一九一六～七八）の詩に登場する道は何らかの行為が行われる動力的な場所というよりは静態的な条件、あるいは雰囲気だと言えるだろう。つまり、道が何か象徴としての意味を持っているのではなく風景として、あるいは距離を測定する単位として受容されているのだ。だから彼らの詩は自然抒情詩であるのはもちろんだが、場所を詠った詩、土俗的な地域詩としての性格も併せ持っている。

木魚　ぽくぽく
眠気がさして
めんこい小僧が
とろとろ寝入る。
御仏はなにも宣《のら》さず
ただ笑みたまい
西域はるか万里のみちのり
まぶしい夕焼けに
牡丹が散る。

趙芝薫「古寺」（金素雲訳）

柚子の木に柚子が生り　蜜柑の木に蜜柑の生る
　この至純な道は海に傾《かし》いでいる。

道には砂石が光る。乾いた秋の道に軽《かろ》やかな私の足どり（やっとの思いで若さの湿った荷重な靴をぬぎ
棄てた……）道は海に傾き　足うらに伝わる　この神秘なまでの傾斜感。
わずかに視野のひろがる藍色、深奥のひそやかな世界。天と一つに連らなる　この恍惚たる水平の距離
感。
柚子の木に柚子が生り　蜜柑の木に蜜柑の生る
この当然の道は海に傾き、いと軽やかな私の足どり。
私の背後に夕陽がかげり、立ちさわぐ雲と風。夕陽に砂石の光る道は海に傾《かし》ぎ、わが足うらに伝わる
この神秘な傾斜感、おお　傾く世界。

朴木月「傾斜」（金素雲訳）

趙芝薫は道を出会いや別れといった人生の秩序や経路として捉えつつ、村落の風景との調和を描いている。一方、朴木月の場合は野道や山道といった、郷愁をそそられるような風情のある道だ。

四．現代小説と道

韓国の現代小説史はある意味では道の文学史と言える。それは道という空間が小説における人物の意識の道程を表すからであり、また小説では舞台となる場所と人間の行為が本質的に密接な関係にあるからである。

韓国の開化期文学である新小説に出てくる道は外へ向かっていたので、外へ、外へと向かう登場人物の意識体系と小説の構造はゴールドマンの言う「相同関係」にある。新小説は外の世界をお手本にし、古い価値観や制度といった内部の敵を破壊することに懸命だったので、登場する道はみな西欧や日本に通じる道だった。主人公たちは文明への巡礼に発つべく、この地を去っていった。李人稙《イインジク》（一八六二〜一九一六）の『血の涙』（一九〇六）『雉岳山』（一九〇八）『銀世界』（一九〇八）がそうであり、崔瓚植《チェチャンシク》（一八八一〜一九五一）の『秋月色』（一九一二）『春夢』（一九二四）、李海朝《イヘジョ》（一八六九〜一九二七）の『鴛鴦の図』（一九一一）もそうだ。これらの作品の主人公はみな遠い、魅惑的な地への道こそが現実脱却の道であり、開化を実現する道だと信じている。このように外国を模倣することが開化だと信じ込み、自国の文化をないがしろにした点は批判の余地があることは確かだ。だが、それまでほとんど中国一辺倒だった道に対する認識に大きな変化が生じたことをこれらの作品は示唆している。

1．植民地時代の道の類型学

だが一九一〇年に日本の植民地となって以来、小説の中の道が象徴するものは開化期とはまったく違うものになった。

第一に、道は土地を失って移住・放浪する人たちの人生の象徴となった。植民地時代には李相和《イサンファ》（一九〇一〜四三）の詩「奪われた野にも春は来るのか」（一九二六）が暗示するように、生活の基盤である「野」、つまり土地が奪われ、主権と自由は完全に制限されていた。生活基盤である土地の喪失はすべての韓国人を窮乏させ、放浪や移住を余儀なくさせた。言いかえれば生きる術と食糧と自由を求めた民族大移動を招いたのである。玄鎮健《ヒョンジンゴン》（一九〇〇～四三）の「故郷」（一九二六）、崔曙海《チェソヘ》（一九〇一～三二）の「故国」（一九二四）、李益《イク》相《サン》（一八九五～一九三五）の「移郷」（一九二六）は当時の社会状況を扱った作品である。

第二に、道は共同体の純粋さを壊す外来者の入るルートだった。植民地時代の代表的な道といえば「新作路」だ。ポプラと共にまっすぐに伸びる新作路は今でこそ郷愁の対象だが、植民地時代の文学作品の中では否定的な意味合いで描かれていた。玄鎮健が「故郷」の中に「田んぼはみんな新作路に　口の利《き》ける野郎は監獄に」という民謡を挿入しているように、日本が植民地統治を強化するための政策の一つとして造ったのが新作路だった。新作路を作るために広大な土地が収用され、多くの人々が強制的に労働力として駆り出された。文学作品が新作路を否定的に描く理由はそれだけではない。新作路から入ってきたよそ者が村の連帯感を壊し、また村人たちも新作路の吸引力に惹かれて村から出て行ったと作者は見ているからだ。崔明翊《チェミョンイク》（一九〇八～四六）の「春と新作路」（一九三九）、郭夏信《クァクハシン》（一九二〇～）の「新作路」（一九四一）、朴魯甲《パクノカプ》（一九〇七～五一）の『四十年』（一九四七）ではそのような社会状況が描かれている。

第三に道は脱出のための通り道であり、また進路が遮断された状態であることを暗示する。崔曙海の「脱出記」や廉想渉《ヨムサンソプ》（一八九七～一九六三）の『万歳前』（一九二四）は脱出のための道を描き、その他の多くの作品は遮断された道を描くことによって方向を見失った、迷路のような暗黒時代の人々の意識を浮き彫りにした。

2．解放・分断・産業化時代の道

植民地時代には放浪・流浪の象徴だった道は一九四五年の解放以来、離れていた故郷への帰還の道となった。発つのではなく戻る道となったのだ。金東里《キムトンリ》（一九一三～九五）の「穴居部族」（一九四七）、桂鎔默《ケヨンムク》（一九〇四～六二）の「星を数える」（一九四六）、鄭飛石《チョンビソク》（一九一一～九一）の『帰郷』（一九四六）はみな故郷に帰る道を扱った作品だ。

だが植民地からの解放は朝鮮半島が南北に分断される時代の始まりをも意味していたので、四十年代後半には分断による断絶の道を描く作品が増える。そして朝鮮戦争の悲惨な体験を描いた作品や崔仁勲《チェインフン》（一九三六～）の『広場』（一九六〇）のようにイデオロギーによる葛藤から脱出しようとする第三の道を描いた作品も登場する。今日の小説でも、分断の悲劇は作家たちにとって相変わらずもっとも切実なテーマであるのが現実だ。

七十年代に入ると韓国社会の産業化・都市化に伴い、農村から都市へと移動する人々の通り道として道が描かれることが多くなった。七十年代以降の文学作品に登場する道は、すべて今日のローマである都市へ通じる道だ。高速道路が都市への人口流入をさらに促した。だから七十年代の小説は産業化に伴う都市と田舎の問題を提示せざるを得なかった。それらの作品によって都市に住む人々の病理や農村の荒廃が頻繁に描かれただけでなく、黄晳暎《ファンソクヨン》（一九四三～）の「森浦へゆく道」（一九七三）が示唆しているように故郷と客地の間で行き場を失い、さまよう人々の人生が描かれもした。李清俊《イチョンジュン》（一九三九～）の『雪道』（一九七七）は、母親との切っても切れない絆を明らかにした感動的な作品である。

道と関係のある文学作品は他にもある。韓水山《ハンスハン》（一九四六～）の『浮草』（一九七六）は根なし草のようにさまよう主人公の人生を描き、崔一男《チェイルナム》（一九三二～）や李文烈《イムンヨル》（一九四八～）の作品は故郷への回帰がテーマである。李文烈の『若き日の肖像』（一九八一）や全商國《チョンサンクク》（一九四〇～）の『道』（一九八五）のような自伝的な作品は、道の機能と密接な関係を持っている。金周榮《キムジュヨン》（一九三九～）の『客主』（一九八二）は、百済歌謡「井邑詞」や金東里の「駅馬」（一九四八）のテーマともつながる行商人の運命や生活の象徴としての道を描いている。こうして見ると、文学史とはつまるところ道の詩学的な体系だと言えるだろう。

第十一章　春香伝と権力――文学に見られる権力者像

馬牌

＊

『春香伝』には本来、問われるべき問題がある。それは、何が春香を救ったのか、ということだ。その答は明白すぎるほど明白かも知れない。恋人に対する春香の一途な想いと行動である、と。もちろんそれは事実だ。だが、恋人への一途な恋心だけで春香が自らを監獄の中から救い出せたわけではない。もし李夢龍が山川草木までも震えあがらせたと言われる暗行御史の馬牌を持っていなければ、いくら春香が貞節を守ろうとしても結局は二つの選択肢のうちの一つを選ばざるを得なかっただろう。（210ページ）

一・何が春香を救ったのか

韓国の小説の中で『春香伝』ほど広く知られ、愛読されている作品もないだろう。『春香伝』は韓国人が考える「完璧な愛」を映す鏡であると同時に春香の長い苦労が最後に実を結ぶシンデレラ物語であり、「監房文学」の原型でもあり、権力に対する民衆の批判を反映した作品でもある。だから『春香伝』は韓国の小説の中で異本が多いことでも有名である。徐廷柱《ソジョンジュ》（一九一五〜二〇〇〇）や金永郎《キムヨンナン》（一九〇三〜五〇）、朴在森《パクジェサム》（一九三三〜）などは『春香伝』を現代詩にしており、芝居も繰り返し上演されるなど、あらゆるジャンルで広く支持されている作品である。

どの異本であれ、やはり『春香伝』は面白い。とりわけ春香という主人公が面白い。春香はその若さに似合わず、さまざまな顔を持っている。彼女は寝室に入れば寝室が似合う女になり、監獄に入れば刃のように冷たく、鋭い女になる。彼女は恋人である李夢龍と婚前交渉をするかと思えば貞節という美徳を守り抜く、ほとんど完璧な女性である。春香は韓国人が考える伝統的な「女らしさ」をすべて兼ね備えている。だから春香の年齢はあえて問う必要がないのだろう。

だが、『春香伝』には本来、問われるべき問題がある。それは、何が春香を救ったのか、ということだ。その答は明白過ぎるほど明白かも知れない。恋人に対する春香の一途な想いと行動である、と。もちろんそれは事実だ。赴任してきた悪大官、卞学道の権力にも春香は屈しなかったのだから。

だが、恋人への一途な恋心だけで春香が自らを監獄の中から救い出せたわけではない。もし暗行御史（朝鮮時代、国王の命を受けて地方行政を密かに監察した役人〕となった李夢龍の力がなければ、春香は果たして救われただろうか。もし李夢龍が山川草木までも震えあがらせたと言われる暗行御史の馬牌《うまふだ》〔役人が地方へ行く時に持つ駅馬を使うための手形。銅の丸い札〕を持っていなければ、いくら春香が貞節を守ろうとしても結局は二つの選択肢のうちの一つを選ばざるを得なかっただろう。つまり悪代官の側女になるか、あるいは死を、だ。だから土壇場で暗行御史が登場する場面は重要な機能を果たしている。悪代官よりもさらに絶大な権力を持つ暗行御史の登場によって、春香はついに救われる。こうして見ると春香は権力によって鎖につながれもしたが、また権力によって救われもしたわけである。権力にはこのような両面性がある。

　このとき、御史が胥吏《しょり》に目配《めくば》せしますれば、胥吏《しょり》、中房《ちゅうぼう》の様《ざま》を見なされ。駅卒を呼び下打合わせしまするに、こちの隅でもこそこそ、あちの隅でもこそこそ、胥吏、駅卒はと見ますれば、麻で編みたる冠下《かんむりした》、きりりとしめ、眞新しき笠に、絹の顎紐《あごひも》しっかと結び、三尺の脚絆《きゃはん》に下し立ての草鞋《わらじ》履《は》き、手許見せまいと袖には汗衫《ておうい》だらりと下げた着物着て、六角の棍棒《こんぼう》に鹿の皮つけて手首に下げ、ここに一人、あすこに一人、南原まで下りて来ました青坡《セイハ》の駅卒はと見ますれば、馬牌《うまふだ》きらりと光らせながら、「暗《あん》行御史《こうぎょし》の御出ましじゃ。」と叫ぶ声、天が崩れ、地がひっくり返るよう。草木もふるえ、禽獣もおののかないわけにはいきませぬ。南門からも、「暗行御史の御出ましじゃ。」北門からも、「御史の御出ましじゃ。」東門からも、西門からも、御史出道《しゅっとう》の声が青天を震撼《しんかん》させますれば、「工房刑房は居らぬか。」と呼ぶ声が、六房に木魂《こだま》し、刑房恐る恐る進み出で《ママ》、「刑房でござります。」と名乗れば、忽ち背中にがつんと一つ、「助けてえ。」
「工房、工房、工房は居らぬか。」工房が座布団《ざぶとん》を捧げて入りながらかこつには、「いやだいやだと

言ったに、工房をさせておいて、遂にこの火の中を潜らせるのじゃよ。」忽ち棍棒いくつか打たれて、
「ああ、遂に頭が破れ居ったわ。」
庄屋《しょうや》、別監《おかっぴき》は気を失い、吏房戸房は失心し、一番身分の低い羅卒だけ忙《せわ》しく飛廻っている中を、守令の逃げる様はと申しますに、職印納めた櫃《はこ》を失くして菓子箱持ち、兵符《ぶんしょ》失くして餅を持ち、冠下《かんむりした》失くして籠《かご》かぶり、冠《かんむり》の代りに膳を頭にのっけ、刀の鞘を握って小用を足すと言ったふためき方で、琴を踏み、太鼓、鼓《つづみ》を蹴散らかして出て行きます。本邑の使道《とのさま》は、糞を垂らしかねる慌て方にて、白鼠《しろねずみ》のようにこそこそと内筝《おく》に逃げ込み、「あっ寒い。障子が入る、風を閉めよ。水が乾く、のどを持ってこい。」

許南麒訳

これは、よく知られている御史が登場する最後の場面だ。春香が絶体絶命の危機に追い込まれた時、運命の転機が訪れる。御史の登場によって役所の庭は大混乱に陥り、修羅場になる。ここでは台風や地震よりも恐い御史の威力が戯画化されている。

御史が馬牌を持って登場した時点で勝敗は明らかになる。馬牌とはこのように権力の象徴であり、それを携帯することは朝鮮時代の権力の頂点を意味した。

二．官位に対する「権力意志」

1．科挙と朝鮮時代の小説構造

科挙制度は朝鮮時代における権力意志のもっとも具体的な表象であり、男たちの夢だった。中国と朝鮮で

行われていた科挙とは、分かりやすく言えば高級官吏登用試験制度だ。誰にでも平等に門戸が開放されていたわけではないが、両班《ヤンバン》や士大夫《サデフ》〔官吏〕の家柄の者なら科挙の関門を突破しさえすれば、特権的な支配階級の仲間入りができた。弊害も多かったが、多くの人間の中から優秀な人材を選ぶ実力本位の試験だったと言える。難関の科挙に合格すれば社会的な地位はもちろんのこと、権力や財産も約束された。当時の男性にとって欲望を実現する階段は科挙から始まったと言えるだろう。

李成茂は『韓国の科挙制度』（一九七六）の序文で次のように書いている。

　科挙は十世紀以降、千年余りも実施されてきた韓国の伝統的な官吏選抜方法だった。国家の上級官吏になるためには必ずこの関門を通過せねばならなかった。このため科挙に合格することを畢生の事業と考える者が多かった。少なくとも高麗・朝鮮時代の支配層に属する者はそうだった。だから科挙制度は高麗・朝鮮時代の政治・社会・文化制度に多大な影響を与えた。科挙制度にまつわる悲喜こもごもの逸話は、記録や伝説の形で今日に伝えられている。科挙制度がわれわれになじみが薄く感じられないのはそのためである。

このように朝鮮時代の両班や学者《ソンビ》など、男性の夢と理想は科挙に合格することだった。首都である漢陽に行って科挙に合格すれば立身出世の道、つまり官位につく道が開けるのだ。科挙に合格すれば一族の名を高めることになるのはもちろんのこと、没落とも貧困とも無縁で、社会の支配層の一員として一生を贅沢に暮らせるのだ。だから科挙合格への道は苦難の道程であると同時に、栄光への道でもあった。

このように科挙に及第することは中世貴族の理想のもっとも具体的な価値指標であり、権力への同化と政治参与の欲望を実現することだった。この関門を突破しようと全国の秀才たちが首都をめざし、苦難に満ちた旅をした。科挙をめざすことは朝鮮時代の男性にとって自己の存在意義の確認であり、同時に韓国人が強固な権力意志を持つ動機になった。

だから儒教の世界観や規範や理想を尊重する朝鮮時代の文学が、科挙の影響を受けるのは至極当然のことだ。科挙に合格したいという願望は、朝鮮時代の小説には欠かせない重要な要素だ。朝鮮時代の小説に科挙の場面がよく出てくるのはそのためだ。科挙に合格することは多くの小説で出世のゴールとして描かれている。『九雲夢』を初めとして『淑英娘子伝』『鄭乙善伝』『張國振伝』『春香伝』などはみな主人公の科挙合格が小説の重要な転機となっている。

ちょうどこのころ楊少遊は、さらに会試と殿試につぎつぎと壮元合格して、翰林の官職に抜擢され、秀才の誉れを一身に集めていた。世の中の娘を持っている親たちは、よだれをたらして彼の通りすがりをふりかえって仰いだものだった。また、公侯貴族の親たちは、先を争って縁談を持ちかけてきたが、少遊はすべてをことわり、礼部に権侍郎をたずねて鄭司徒家への橋渡しを頼んだ。権侍郎も喜んで、その場で筆をとり、司徒あての一筆を揮ってくれた。それを受け取った少遊が、その足で、すぐ鄭司徒の邸を訪ねていったのは言うまでもない。

鄭司徒は、楊壮元の来意を聞いて、喜んで迎えてくれた。頭には壮元及第の誉れを象徴する桂の花をさし、両脇を雅楽の一隊に護られた威風は、あたりを払い、堂々たるその風采は、すべての視線を引きつけて離さなかった。また、おごることなく、礼節をもっておのれを持する態度は、会う人ごとに好感を与え、それに倍するものが、好意としてこちらにかえってきた。

『九雲夢』（洪相圭訳）

このとき、ソウルの道令は、昼に夜を継いで詩書百家語を熟読しましたので、文章は李白《リハク》で、筆法は王羲之《オウギシ》かと見紛うばかりの上達ぶり。朝廷に慶《おめでた》き事あって、太平科《たいへいか》を催《もよお》しますれば、書物懐《ふところ》に場中《じょうちゅう》に入り、左右を見廻しまするに、その景《けい》や壮《そう》、億兆蒼生《おくちょうそうせい》、あまたなる学徒が、一斉に恭々《うやうや》しく最敬礼します中を、宮中楽は清雅《せいが》なる調べを奏《かな》で、孔雀は妙《たえ》なる舞いを舞います。殿下が、大提学《だいていがく》を択ばれて、御題を出しますれば、宮内官これを捧げ持ち、紅帳の前まで退り、紅帳の上に張出しまするに、『春塘《しゅんとう》ノ春色、古《いにしえ》モ今モ同ジ』とあります。李道令《りどりょん》が、張出されたる御題を伏して拝みますれば、すでに親《した》しみたる詩題。これを詩にせんと思い、龍池硯《りゅうちげん》に墨をすり、唐《から》の黄毛にて作りたる無心筆をば半ば浸して、王羲之の筆法と、趙孟《チョウモウフ》の書体とで、一筆すらすらと書下して、先場致《ていしゅつ》しますれば、上試官、その詩文の一字一字に嘆服し、一句一句に貫珠《まんてん》を施します。言うなれば、龍蛇飛騰《りゅうじゃひとう》シ、平沙《へいしゃ》ニ雁落ツと言った成績。正しく今世の大才でござります。かくして甲科第一等に及第し、殿下より御酒三杯を賜わり、場内に名をなびかせて帰るとき、その様はと見れば、頭《つむり》には御下賜の花、身には鶯の衫《ころも》、腰には鶴の帯、何処から眺めても一等及第の才士の風采陸離《りくり》たるものがあります。先輩親戚訪ねての三日の挨拶廻りも終り、祖先の墓所参拝も滞《とどこお》りなく済みましたので、殿下に拝謁申上げますれば、殿下親しく道令《どりょん》を呼び、「卿《けい》の文才は朝廷第一じゃ。」と、いたく称讃し、都承旨《くないかん》に任命、全羅《ぜんら》道の御史《けんさつかん》を命じますれば、永年宿望の地でありますので、早速、御史《ぎょし》の官服たる繡衣《しゅうい》、駅馬の馬牌《うまふだ》、地方度量衡検査のための鍮尺《ちょうしゃく》をいただき、殿下の御前を辞して我が家へと引揚げる様は、深山の猛虎が獲物を得て帰るようです。

『春香伝』（許南麒訳）

この二つの文章はいずれも主人公が科挙に首席で合格した場面である。『九雲夢』の楊少游は会試、殿試と続く科挙に首席で及第したので出世して権力を握り、栄耀栄華を極めただけでなく、八人もの女たちと美しい縁を結ぶことができた。

科挙の場面をこと細かに描いた『春香伝』の李夢龍もまた太平科〔国家に慶事があると催される科挙〕に首席で合格し、暗行御史に任命される。そして卞学道に苦しめられていた春香を救い出し、卞学道を罷免した。

このように科挙合格は両班社会に生きる者にとって人生の目標である。だから朝鮮時代の小説に登場する若者で科挙をめざさない者はいないほどだ。科挙は主人公たちの運命が上昇するか下降するかという、運命の分岐点となる。また『要路院夜話』は科挙を受けるために上京する旅の途中で出くわした出来事をまとめたもので、そのような内容の伝説も韓国には多い。このように科挙と朝鮮時代の文学は切っても切れない関係にある。

2. 権力の二重像

人間にはもともと権力欲がある。ニーチェはこれを「権力意志」と呼び、「他者を征服し、さらに強大になろうとする欲望であり、本能的な衝動」だと定義づけた。それはともかく、権力とは他者より優位に立ち、他者を支配する力のことだ。代表的な権力は政治権力であり、科挙はまさにその政治権力に辿りつく道だった。

ならば韓国文学の中の権力者像、あるいは作家がイメージした権力者とは一体どのようなものだったのか。『春香伝』では二つの相反する権力者像が描かれている。一つは君臨し、支配する権力者であり、もう一つは支配される階層の者たちを愛し、恩恵を施す権力者だ。前者に該当するのが卞学道であり、後者に該当するのが李夢龍である。李夢龍も卞学道も共に科挙に合格し、権力への道を歩み始めたはずだが、二人の歩む道が分かれてしまったところに権力のはらむ問題がある。それは、権力は他者を服従させる攻撃性を持つが、また他者を抑圧から解放することもできるということだ。小説の中で卞学道は欲望の持つ恐ろしさを体現し、李夢龍は欲望の自制を体現している。

卞学道は自らの欲望や快楽を満足させ、贅沢な生活をするために権力を乱用したので、支配される者にとっては彼の持つ権力は恐怖の対象となる。そのような非倫理的で暴力的な権力は必ず人々の怨みや敵愾心を買い、報復の連鎖という結果を生むことになる。洪吉童や林巨正、張吉山といった義賊や民衆反乱の指導者は、暴力的な権力者に立ち向かう英雄として小説化されている。

李夢龍の持つ権力は――たとえ恋人を救うという個人的なことに使われたとはいえ――卞学道よりははるかに民衆のためになるものであり、腐敗した権力を牽制する機能を持っている。権力の乱用を取り締まる特殊任務を帯びた暗行御史は、民衆によって理想化された存在だった。だから李夢龍は民衆の実情とあまりにも乖離した卞学道の贅沢三昧の暮らしぶりを次のような詩に詠んだ。

金樽《きんそん》ノ美酒ハ千人ノ血ニシテ
玉盤ノ佳肴《かこう》ハ萬姓ノ膏
燭涙落ツル時民ノ涙モ落チ
歌声高キ処怨声高シ

許南麒訳

つまり権力とは、それをどう行使するか、が問題なのだ。即ら道徳性の問題である。李夢龍の持つ権力は卞学道の権力の悪用を牽制し、苦しめられている人々を救ったことで正当化される。これは権力の道徳的価値の一つの典型だ。暗行御史が英雄視され、卞学道が悪役となるのはそのためだ。卞学道には倫理性が欠如しているので、指弾される対象となるのだ。

韓国の古典小説で権力の道徳性を扱った作品としては『趙雄伝』『劉忠烈伝』などがある。これらの作品の主人公は忠臣で、謀反を起こした叛臣を討ち、最後には主君を盛りたてて理想的な社会秩序を回復する。このような、いわゆる「英雄小説」は、歴史とは忠臣に代表される善の原理と逆賊に代表される悪の原理の戦いだという考え方を基盤にしている。だが大衆文学に見られる権力者像は必ずしも肯定的なものではない。常に支配され、虐げられている民衆にとって権力とは恐怖・脅威以外の何物でもない。だから『洪吉童伝』や『田禹治伝』、パンソリ系の小説などに出てくる官僚や権力者は一様に否定的に描かれているのである。

三．権力の否定的意味と文学

韓国の文学史上、統治者と民衆がもっとも乖離して描かれているのは大韓帝国（一八九七〜一九一〇）末期の開化期の文学だ。それは、当時の作家たちに開化思想を広めねばならないという社会的責任感（sense of social responsibility）が強かったからでもあるが、それよりも当時の政治腐敗がはなはだしく、民衆反乱が起きるなど、社会秩序が混乱を極めていたからである。当時の東学革命の「倡義文」には次のような文が目につく。

いわゆる公家以下の官僚たちは、国家の危機などまったく考慮せずただひたすら私服を肥やすことにのみ没頭し、政治への登竜門は金儲けであり、科挙の試験場はものを売買する市場のように思っている。夥しい賄賂は国庫に入らず個人の私蔵を増やすだけであって、国家に債権が累積していても誰一人それを清算しようと思わず高慢と贅沢、淫乱といった汚いことばかりやっている。ために朝鮮八道は腐敗し、萬民は困窮に陥っている。宰相の暴政は民を困窮に陥れるが、民は国家の本である。国家の本が困苦に陥ったら国家の存在理由はなくなる。我々は隠遁した民ではあるが、君主から禄をもらう身である以上、国家の滅亡を黙って見ていられない。また全国八道も国家の滅亡を黙って見ているわけにはいかない。よってここに義旗を掲げ、死をもって補国安眠を願う。

つまり義挙の旗を高く掲げざるを得なかったのは大義よりも政治権力の腐敗と暴政、それによる民衆の荒廃した暮らしだということだ。ともかく開化期の新小説はそのような時代相を反映すると同時に「開化」という社会進化思想に基づいて過去を反省し、変化を追求しようとする過渡期の小説である。だから新小説は文学というよりは政治小説、あるいは社会小説といった性格を持っている。このような時代相は中国の清朝末期と似ている。魯迅は『中国小説史略』の中で、清末の小説の特徴は「譴責小説」だと指摘している。つまり社会悪を暴露し、悪政を糾弾する小説、という意味だ。『官場現形記』『二十年目睹之怪現状』『老残遊記』などがその代表的な作品だ。このように権力と文学は時として相容れない関係にあるのである。

新小説に出てくる権力者は主に官吏で、そのほとんどが卞学道タイプの腐敗・堕落した高級官僚か、彼らに協力する下級官吏である。新小説の代表的な作家である李人稙《イインジク》（一八六二～一九一六）の作品に出てくる権力者たちはとことん否定的に描かれている。

平安道の人々には閻魔大王が二人いる。一人は黄泉《よみ》にいて、もう一人は平壌の善花堂にふんぞりかえっている監吏だ。黄泉にいる閻魔大王は年寄りや病人、役立たずの者たちを引っ張っていくが、平壌の善花堂にいる監吏は健康で財産のある者ならみな連れて行ってしまう。だから監吏に人間閻魔大王として家の守り神まで兼ねていただいて、祭祀もきちんとしておけば良いが、そうでなければひどい目に遭う。自分で稼いだ財産すら思い通りにできず、命までも他人に握られているわが国の民《たみ》があまりにも哀れだ。

『血の涙』

春川府使だか郡守だか知らないが、要するに人の皮を引っぺがす泥棒野郎が入れ代わり立ち代わり赴任してくる。こいつが出て行けば少しはましな暮らしができるのにと思うが、やってくるのはどいつもこいつもみな似たり寄ったりだ。

『鬼の声』

泥棒をしたって紗帽〔科挙の合格者がかぶる帽子〕さえ被っていれば大威張りだし、ならず者だって金冠〔官吏の帽子〕さえ被っていれば肩で風を切る。アイゴー、助けてくれっ。江原道の山奥の太った百姓を全部食っちまったって奴らは腹痛ひとつ起こさねえ。

『銀世界』

『血の涙』〔一九〇六〕『鬼の声』〔一九〇六〕『銀世界』〔一九〇八〕に登場する官僚は、いずれも「閻魔大王」「強盗」あるいは泥棒野郎・首切り役人・食人鬼といった言葉で表現され、怪物のように描かれている。これは権力者像のグロテスク・イメージ化現象と言える。これほど多くの腐敗した官僚が小説に登場するのは、時代の転換期には過去の権力や恐怖政治に対する批判がことに強まるからだろう。

三篇の中でも官僚がとりわけマイナス・イメージで描かれているのが『銀世界』だ。裕福な崔秉陶一家の没落を描いたこの作品は、それ以前の作品よりも官僚の腐敗や横暴を鋭く批判し、社会改革の必要性を強調している。監司〔道の長官〕を初めとして武官や文官、甚だしくは宦官に至るまで、この小説に出てくる官僚は一様に民衆から吸血鬼のように恐れられている。彼らは互いに謀って無辜の民を拷問し、殺し、財産を奪う、民衆の敵と何ら変わりない存在である。

だからこの作品には農夫歌・樵《きこり》歌・葬送歌・民謡など、虐げられた民の歌が放つ抵抗のエネルギーがあるだけでなく、復讐心もしばしば露わになる。そして「状頭」という民衆を率いる指導者まで登場し、抑圧する者とされる者、即ち官僚と民衆の間には緊張と対立がある。このように権力者とその犠牲者しか存在しない社会は革命が起こる可能性をはらんでいる。

このような対立の構図は日本の植民地時代の文学、ことに農民文学にも見られる。純朴で無力な農民と、彼らを搾取する日本人や日本人と親密な関係にある地主や土地の有力者、という構図だ。

だが韓国文学に出てくるのはそのようなマイナス・イメージの権力者像ばかりではない。朝鮮時代の小説には中世の封建的な理想を実現し、その体制を守ろうとする英雄的な官僚が少なからず登場する。「英雄小説」の主人公がそうであり、暗行御史の役割もそうだ。また一種の裁判小説といえる「公案小説」に出てくる官僚たちは暗行御史同様、人々の恨みを晴らし、悪人を罰する。このようなタイプの小説が開化期の公案小説である『神断公案』を生み、やがて推理小説に発展した。

四．権力に対する二重感情

これまで見てきたように韓国文学に見られる権力者像は肯定的なものより否定的なものの方がはるかに多い。それは韓国社会が、特権的な官僚が一方的に権力をふるうことの多い、不平等な社会だったからだ。だからわれわれの意識の中にはどんな種類のものであれ、権力というものに対する相反する二つの感情がある。つまり権力に近づき、それを自分のものにしたいという感情と権力から遠ざかり、否定しようとする感情だ。

身分制社会の断面を描いた朴趾源《パクジウォン》（一七三七～一八〇五）の小説『両班伝』は、その感情の揺れをよく表現している。ある一人の金持ちが両班の特権を羨ましがり、何とか手に入れたいと思う。だがいざ念願の両班の身分を買い、両班になってみると厳格な規範に縛られた両班の生活に嫌気がさし、また両班の特権の否定的な面も見てしまい、ついに金持ちは両班になる権利を放棄する。両班の身分を売買することの滑稽さを描いたこの作品は、金持ちの意識の奥底にある権力に対する羨望と嫌悪という、相反する感情を浮き彫りにしている。

権力に対するこのような感情は現代文学にも見られる。廉想渉《ヨムサンソプ》（一八九七～一九六三）の『三代』（一九三一）や蔡萬植《チェマンシク》（一九〇二～五〇）の『太平天下』（一九三八）のような「家族史小説」では、金持ちでも身分の低い者はみな身分を偽ったり、族譜〔家系図〕を両班の家系に書き代えたりする。それればかりか自分の子供や孫には権力を持つことを要求する。彼らは一様に、権力とは繁栄と安全を約束するものと信じているからである。

一方、社会性の強い作品は常に権力の腐敗と堕落に対する制御装置であろうとする。民主主義という価値観が導入された一九四五年以降、大韓民国の建国期の小説がそうである。この時期の作品の特徴の一つは、権力者の変貌ぶりを描いたという点だ。たとえば日本の統治下で親日行為をした者がその罪を償うどころか、形を変えて再び政治の表舞台に登場したり、アメリカの軍政下に置かれたことを幸いとばかり、外国語の能力を出世と利権獲得の手段にする通訳官たちを描いた作品がある。尹興吉《ユンフンギル》（一九四二〜）の「とてもいい形の傘一本」（一九八七）や李文烈《イムンヨル》（一九四八〜）の『われらの歪んだ英雄』（一九九〇）には、権力の恐ろしさに対する文学的対応の形がよく現われている。前者は組織権力の恐怖を、後者は権力の実像を象徴的かつ寓話的に描いている。

こうして見ると文学の価値とは、本質的に権力に対する抑制や批判にあると言えるだろう。文学の独自性とは腐敗しやすい権力に妥協するのではなく、権力の破壊的な力に抗しつつ権力のあるべき姿を問い、人間愛を実現することだと言っても過言ではないだろう。

金時習《キムシスプ》（一四三五〜九三）は『金鰲新話』の「南閻浮洲記」の中で、暴力的な権力の弊害について早くも次のように指摘している。

> 国を治める者は決して暴力で民を抑えることはできない。民は服従しているように見えても胸の奥底に反抗心を抱いており、それが長い歳月の間に積もり積もれば、やがては乱が起きるからだ。

第十二章　酒の文学的位相

申潤福作「酒肆挙盃」

＊

風俗画家の申潤福が酒幕を描くことを決して忘れなかったように、社会が産業化される前の韓国小説に忘れられない空間があったとすれば、それはまさに「酒幕」だ。酒幕とは単に酒を売るだけの場所ではない。酒幕には酒と食べ物、そして娘がいて、遊びがある。(243ページ)

酒　醸《う》れる村に
燃える　夕焼け　―朴木月―

一．陶酔の美学

韓国文学は良くも悪くも陶酔・酩酊状態と関係が深い。ジェームス・リュウ（劉若愚）は中国詩と酒の関係を指摘しているが、韓国文学にも酒や陶酔状態を描いた作品が意外に多い。中でも代表的な作品が鄭澈《チョンチョル》（一五三六〜九三）の「将進酒辞」だ。これは酒を詠んだ韓国詩の最高峰であり、人生の悦びは酒を飲むこと、と詠っている。

飲まんかな　飲まんかな　一杯また一杯　花を手折《た》りて　算をおき　いついつまでも　飲まんかな
この身死しては何かある　「背負い子《チゲ》を柩《ひつぎ》に　藁筵《わらむしろ》かぶせくくりて野辺送り　それもまたよし」「流蘇宝帳　贅《ぜい》を尽くせる柩ひき　万人の泣きて従う葬列　それもまたよし」さわれ　菅《すげ》　木賊《とくさ》　櫟《くぬぎ》　白楊生い茂る墓場に行かば　訪《おとな》うは　黄色き日　白き月　小雨　ぼた雪　つむじ風のみ　そが時に　盃を勧むる人のあるべきや　まして　年古《ふ》る墓の上《へ》に　猿《ましら》うそぶく時とならば　悔ゆるとても術なけん

時調《シジョ》の形式を破ったこの作品は李白の「将進酒」や「把酒問月」「月下独酌」、杜甫の「飲中八仙歌」、陶淵明の「連雨独飲」、イェイツの「酒歌」、ボードレールの「酒の魂」など、古今東西の名詩と比べてもまったく遜色がない。

一杯飲むたびに花を折るという杯の数え方が何とも風雅な趣があり、杯を勧めてくれる友との友情の深さが伝わってくる。それだけではない。この詩には富や出世といった世俗的な欲を超越した風流の世界があり、一度きりの人生を楽しもうという現世主義的な人生観が込められている。

現世は苦しいものだが、それが美しくもあるのは酒があり、友がいて、友と一緒に酔えるからである。鄭澈にとって酒とは人生の悦びであり、友情の潤滑油であると同時に限りある人生を悔いなく送る方法でもあったのだろう。

このように酒に酔うことを悦びや風流と捉える感性は一個人のものではなく、韓国文学の普遍的な現象だ。韓国文学における酒の役割がもっとも大きかったのは朝鮮時代である。

朝鮮時代の代表的な詩といえる時調にしても酒の弊害を言うのではなく、酒や飲酒を肯定的に受け入れている。多くの時調が酒宴や陶酔状態を詠っており、時調はいわば「陶酔の文学」と言える。時調が詠まれた時代や空間は酒席と決して無縁ではなく、時調は酒席の雰囲気が作り出した文学である。

『説文』の字解によれば「酔」という字は酒瓶を表す「酉」と「終える」または「限界に達する」という意味の「卒」の合成語だ。だから「酔う」とは日常の世界と酒の魔力の世界が交差する状態を指す。中国や韓国の詩人たちは「酔」によって世俗の世界を脱して神仙の世界へ入りこみ、憂鬱や煩悩を忘れようとしたのだ。酒は生の空間をそれほどまでに広げもし、また縮めもする。反面、酒は堕落や浪費、身を滅ぼすもとも考えられている。ともかく韓国人は酒や歌、踊りが何よりも好きな民族である。

二．酒の考古学と考現学

1．酒の起源

韓国でいつ頃から酒を醸造していたのか、確かな記録はない。だが韓国は長い農耕文化の歴史を持つのだから、昔から酒を醸造していたことは間違いない。中国の儀狄や少康が初めて酒を造ったのは今から四千年余り前のことと言われている。というのも『戦國策』や明の馮時化の『酒史』、そして『説文解字』などに夏王朝の始祖である禹王（B．C．二二〇〇）の娘、儀狄と周の杜康、つまり少康が初めて酒を造った、と記されているからだ。つまり、中国最初の酒造家は儀狄と杜康、ということになる。だが張志淵の『葦庵文庫』所載の「醸造法改良必要」に「……然 神農本草、己著酒名、黄帝素問 亦有酒醤 則酒自農軒之代而始 非創於儀狄矣」とあるところを見ると、酒の起源は儀狄や杜康よりもさらに昔に遡るらしい。そう考えると、酒の起源は人類の始まり同様、はるか大昔だったと言えるだろう。

酒をいち早く醸造していた中国には銘酒が多い。紹興酒を初めとして高粱酒《コーリャンしゅ》、茅台酒《マオタイしゅ》などがある。李時珍の『本草綱目』によれば紹興酒は穀物から造る醸造酒、高粱酒・茅台酒は蒸留酒で北京地方では「白乾《パイカ》児《ル》」と呼ばれ、満州では「白酒《バイチウ》」と呼ばれている。このような酒があったからこそ杜甫の「飲中八仙歌」や劉伶の「酒徳頌」のような酒の文化が早くから形成されたのだろう。杜甫は「飲中八仙歌」の中で李白のことを次のように詠っている。

李白は　酒一斗に詩百篇（李白一斗詩百篇）
長安の　市《いち》の酒場で　眠りこけ（長安市上酒家眼）
天子呼ぶとも　船に上らず（天子呼来不上船）
いわく　われ　酒中仙なり（自称臣是酒中仙）

西洋の酒の歴史もやはり似たようなものである。酒を神に捧げる血と見るキリスト教の「創世記」九章には「ノアが畑を耕し葡萄の木を植えた。葡萄酒を飲んで酔っぱらい、天幕の中で裸になった」という記述がある。四千年以上前の古代バビロニアのハムラビ法典にも「節飲令」の一項が含まれている。

2. 農耕・祭儀

農耕社会の祭儀は酒の起源と深い関わりがある。『魏志東夷伝』の「馬韓条」や「辰韓条」「濊条」「扶余条」などを見ると、農作業の始まりと終わりには祭儀が執り行われ、神を楽しませるために「酒を飲み、歌を歌い、踊りを踊った（飲酒歌舞）」という記述がしばしば見られる。

扶余の人々は正月には天に感謝の祭を捧げる。国中の百姓が集まり、数日間酒を飲み、食べ、踊り、歌う。これを「迎鼓」という。…（中略）…馬韓では五月に苗を植え終わると祭儀を行なう。多くの人々が昼も夜も一群となって歌い、踊り、酒を飲む。…（中略）…十月に農作業がすべて終わると、また同じ祭をした。

こうして見ると酒を造ったり飲んだりすることが元来農村の祭儀と切り離せない関係にあったことは間違いない。昔の人々は天の助けなしでは農作業は不可能だと信じており、作物をつくることは神と人間の共同作業だと考えていた。実際、豊作か不作かは自然をつかさどる神の意志に頼る部分が多いからだ。高句麗の「東盟」、濊の「舞天」、扶余の「迎鼓」はみな食糧をもたらしてくれる天に対する感謝祭であり、ここから演劇の原始形態である歌舞劇が発生したことはよく知られている。ジェーン・E・ハリスンは『古代芸術と祭儀』の中で、祭儀で祈るのは原始共同社会における最大の関心事である食糧と子供の確保であり、それが芸術の始まりだと言っている。

祭儀で酒が使われたのには二つの意味がある。一つには、酒は麦や米・葡萄などの穀物からできるので作物の象徴となり、また神への供え物だということである。いったん神に捧げられた酒は人間が分け合って飲む。商・周代の遺物である青銅器は祭儀の時に酒を注ぎ、神に捧げる器だった。高麗の磁器もそうである。キリスト教がパンと酒を神と同様に神聖なものと見なし、食べる行為を重要視したのとは異なり、東洋では食べ物自体を聖なるものと見なしはしなかったが、感謝の気持ちの表れとして供え物をしたのである。

もう一つは麦（米）が発酵して麹になり、それがさらに酒になる過程には古いものを葬り、新しいものが生まれるという自然界の秩序を象徴する意味が込められている。ともあれ農耕社会における労働と祭儀には酒は付き物だ。神に捧げて神聖なものとなった酒を、今度は人間が隣近所の人々と分け合って飲む「飲福」という習慣には、祭儀とは神と人間が共に楽しむ場だという考え方がうかがえる。

韓国では酒の効用を「奉祭祀　接賓客」、つまり先祖を奉り、大事な客を迎えることとしている。だから祖先神を奉る祭祀《チェサ》では必ず酒を捧げる。まず地神に捧げ、次に祖先神に捧げるのが祭祀の順序だ。

祭儀に限らず宴に酒は付き物だ。結婚式でも新郎と新婦は誓いの杯を交わさなければならない。だから昔は結婚前の女性は、必ず酒の造り方を身につけなければならなかった。

3．人間の饗宴性と酒

こうして見ると韓国の文化的伝統における酒の役割は非常に大きかったことが分かる。酒は神への供え物として、客をもてなすものとして、そして時には調伏〔仏教用語で悪魔を降参させること〕の時に使われた。中でも重要なのは、酒は神と人とが交流する時の媒介の役割を果たしていたという点である。ここでは酒は神のものであると同時に人間のものでもあるという観念が提示されている。

キリスト教が葡萄酒を神、あるいはイエス・キリストの血の象徴としているのもこのことと関係がある。麹の中に酒気があるように、酒の中には神の世界と人間の世界が共存している。つまり魔力や神聖さがある反面、卑俗さもある。「アルコール」とはもともとアラビア語で生命のエッセンス、あるいは反孤独・精神を分離するなどという意味だが、酒はその名の通り苦しい現実を忘れさせ、陶酔・恍惚の世界へ導いてくれもするが、反面理性を麻痺させ、卑俗な世界へ陥らせる魔法の液体である。

だから酒の威力に抗うのは並大抵のことではない。宗教の戒律は禁酒という苦行を人間に課す。仏教の五戒は酒と肉食を禁じる反面、茶を霊薬と見る道家とは異なり、瞑想に導いてくれるものとして茶を尊んでいる。茶が不眠・覚醒の象徴とされるようになったのには達磨大師の逸話がある。達磨大師はインドの僧侶で、悟りを開くために九年間、壁に向かって座禅をした。彼は瞑想中、思わず眠ってしまったので二度と眠らないように睫毛を切った。それが地面に落ち、そこから芽が出て最初の茶の茎となったという。『茶経』の著者、陸羽によれば最初に茶が採れたのは四世紀か五世紀だそうだ。九世紀に中国で普及し、十六世紀には西洋にまで広がり、「茶（ta）」から「tea」という言葉ができた。

キリスト教でも地域によっては飲酒を禁じている。またアラブのイスラム教は「ラマダン」が示すように戒律の厳しい宗教で、酒を厳しく禁じている。葛洪の『抱朴子』には酒は禍の基だと書いてある。国によっては法律で飲酒を禁じたり年齢制限をしているし、酒色を慎むことはわれわれの道徳観や経済観念にも合うことである。

現代になって科学や医学が発達し、アルコールは肝臓や胃など、人間の体や精神に害であることが指摘されるようになった。酒を飲むことは体や精神を痛め、道徳的・経済的な破壊行為だと認識されつつある。

しかし現実には酒はなくなるどころかますます増え、多くの人々に飲まれている。韓国のテレビコマーシャルでは行き過ぎではないかと思うほど酒を飲むことを勧め、夜には酒場のネオンが家路を急ぐ者を誘惑している。また一九八六年の統計によれば一年間に消費される酒代は実に一兆五千億ウォン（千五百億円）、国税庁に入る年間の酒税は三千六百億ウォン（三百六十億円）を上回るという。まさに酒好きの民族の末裔にふさわしい酒量と言える。今でも韓国人の野遊会には酒と歌、そして踊りが欠かせない。

なぜわれわれはこのように酒の魔力に惹かれるのだろうか。それは人間には「饗宴性」、つまり集まって酒を飲み、楽しみたいという本能があるからだろう。大勢集まって飲めば人間は酒の中に真実を見つける。また酒席を共にすれば疎遠だった間柄もたちまち親しくなる。それが酒の持つ社会性だ。

だがアルコールが鎮痛剤になることで分かるように、酒は現実の状況や緊張を忘れさせ、慰安と浄化作用をもたらす。だから悩みやストレスを抱えている人々は酒でそれを解消しようとする。一杯の酒が憂いや心配事をなくしてくれると考えるのだが、そのような場合は節酒が必要である。さもなければ「今日さえ良ければそれでいい」という現世的快楽主義に陥ってしまう。

韓国の文学作品を読むと酒を飲む場面や酒席の話が想像以上に多い。韓国や中国の詩では、酒は友情の象徴であると同時に不安・恐怖・無常感を癒すものとされている。

三．麴と文学の親和力

1．解慕漱の酒と「空篌引」の酒瓶

『東国李相国集』の「東明王篇」はわが国初の酒が登場する叙事文学だ。これは書名の通り、高句麗の東明王の誕生説話だが、その中に酒に関する話が二つある。一つは天帝の息子である解慕漱が川の神である河伯の娘の柳花、萱花、葦花を酒で眠らせ、妻にしようとした話であり、もう一つは河伯が娘の柳花と解慕漱を末永く結びつけるために解慕漱に酒を飲ませる話だ。

……城の北側には清河（鴨緑江）があり、河伯には柳花、萱花、葦花の三人の娘がいた。彼女たちが清河から熊心淵に遊びに来た。その姿は美しく、声は玉を転がすように響き渡った。王は側近に「あれを妃にすれば息子をもうけられそうだ」と言った。女たちは王を見ると、さっと水に入ってしまった。側近は王に「王様が宮殿を建てられて、あの女たちが部屋に入ったら、部屋の扉を閉めておしまいなさいませ」と言った。王は「なるほど」と言うと、鞭で地面に線を引いた。するといきなり大きな銅の家

が現われた。部屋の真中に三つの席を設け、酒の甕を置くと女たちは席に坐り、互いに酒を酌み交わし、ひどく酔った。女たちが酔っ払うと、王はすばやく扉を閉めてしまった。女たちは驚いて逃げ出し、柳花だけが王につかまってしまった。

……河伯は「この方はまさに天帝の息子だ」と言って婚礼を上げたが、解慕漱が娘を連れて行かないのではないか、と心配になり音楽を奏で、酒を勧めて王を酔わせた。酔った王を娘と一緒に小さな革の籠に押し込め、龍車に乗せて天に上らせた。その龍車が龍宮に着かないうちに、王は七日ぶりに酔いがさめた。王は女の黄金のかんざしを抜き取り、それで革を破り、その穴から抜け出て一人で天に上って行ってしまった。

ここでは酒は客をもてなすものであると同時に相手を酔わせる薬でもある。解慕漱は酒で娘たちを歓待したが、自分の妻にするために酒の力を利用もした。河伯も酒で解慕漱をもてなしたが、また自分の目的のために酒の力を借りてもいる。また『日本書紀』には須佐之男命《すさのおのみこと》が大蛇に酒を飲ませ、退治した話が伝えられている。

古代の伝承叙事詩である「空篌引」は韓国最初の詩歌の一つであり、死をめぐる人間の心情を詠っている。香港大学の周英雄は論文 'Lord, Do not Cross the River: Literature as a Mediating Process'（一九八〇）の中で「空篌引」を中国の作品と見ている。

公よ、河を渡り給うなと言いしに、

公について河を渡る、
河をわたりて溺れ死にたり
ああ、ひとりわれいかにせん

金思燁訳

この歌ができた背景には次のような物語がある。晋の崔豹の『古今註』によれば、古朝鮮の霍里子高という渡し守がある日の朝早く、渡し場に着いた。すると白髪の狂人と思われる男が髪を振り乱し、何かの瓶を持って川に飛び込んだ。女房らしき女が止めようとしたが間に合わず、その男は水に沈み、死んでしまった。女は空篌〔百済琴〕を弾きながら「空篌引」を歌った。実に痛ましい光景だった。歌い終わった女もまた川に身を投げ、死んでしまった。これを見ていた霍里子高は家に帰り、妻の麗玉に話して聞かせた。麗玉は哀れに思い、空篌を弾きながら夫から聞いたばかりの「空篌引」を歌った。それを聞いていた者はみな涙を流すばかりだった。

このようにこの歌は一人の狂人の死と、残された者の哀しみを歌っている。だがここで重要なのは狂人が持っていた瓶は何の瓶か、ということだ。それに対する確かな答は残されていないが、おそらくは酒瓶だと見て間違いないだろう。

また狂人は精神病ではなく、おそらくは何らかの原因から飲酒癖がつき、酩酊状態だったのだろう。われわれは彼の狂気が何に拠るものかは知らない。原因は社会的なものか個人的なものか、あるいは複合的なものか。ともかく酒は苦しみを忘れさせ、苦しみから解放してくれる。ここでは川の水と酒は同一視されている。水が川の両岸を隔てるように、酒も現実と陶酔の世界を隔てるからだ。

こうして見ると男は韓国文学に登場する最初の狂人であり、最初の酒飲みである。彼は川を渡ろうとして溺れ、死ぬまで酒瓶を離さなかった。そういう意味で彼はこの世の日常の世界を離れ、あの世の陶酔の世界に入ることを望んだのだろう。

2．高麗歌謡と酒

現存する新羅文学には、残念ながら酒と関係のある作品はほとんど残っていない。だが秋夕《チュソク》（陰暦の八月十五日。先祖の祭祀を行ない、墓参りをする）の習慣ができた由来や「鮑石亭」の話からして新羅が酒を排除した社会でなかったことは確かだ。にもかかわらず酒に関する作品がないということは作品を記録し、伝えたのが一然のような僧侶だったことと無関係ではないだろう。

だから新羅文学の典型といえる郷歌には酒の代わりに茶の香りが漂っている。これは仏教的なエスプリの反映と言えるだろう。

だが高麗時代になると事情はがらりと変わる。高麗歌謡はエロチシズム、そして酒と非常に関係の深い文学だ。とりわけ「動動」「青山別曲」「翰林別曲」などはみな酒と不可分の関係にある。

「動動」（金思燁訳）

徳をば前に献げ持ち
福をば後に献げ持ちて
徳よ福よ　いでましませ
アウ　ドンドンタリ

黄金酒　柏子酒　松酒　醴酒
竹葉酒　梨花酒　吾加皮酒
鸚鵡盞琥珀杯になみなみと注ぎ
ああ　勧めまいらす景、こはいかなれや
劉伶陶潜両仙翁の、劉伶陶潜両仙翁の、
ああ　酔いほろける景、こはいかなれや

「翰林別曲」（金思燁訳）

形の大きいかめに、
濃い酒を造ろう、
ブクブクと熟れた酒を
麹のまま飲めばどうであろうか
ヤルリヤルリヤランション　ヤルラリヤルラ

「青山別曲」（金思燁訳）

月令詩〔正月から十二月までの気候や儀式・農家の行事などを詠んだ歌〕「動動」では、酒は神に捧げる祭儀的性格を持っている。「徳よ福よ　いでましませ」という願いを込めて神に献杯するのである。一方、「翰林別曲」や「青山別曲」には神ではなく人間が酒の魔力に溺れ、苦しみを忘れようとする享楽主義が色濃く漂っている。

このように高麗の文学は官能的・扇情的といえるほどエロチシズムを醸し出し、酒と関わりが深い。林《イム》椿《チュン》〔高麗第十七代王、仁宗時代の学者〕の『麴醇伝』や李奎報《イギュボ》（一一六八～一二四一）の『麴先生伝』といった寓話がみな酒を擬人化した作品だというのも決して偶然ではないだろう。

3．興と夢幻の文学

韓国の文学史上、酒がもっとも価値あるものとされていたのは朝鮮時代だ。とりわけ時調はその典型と言えるほど、酒や飲酒を礼讃している。

昨日聞く　山向こう成家の酒は熟《う》みたりと
眠れる牛を蹴り出し　急ぎ訪い申《おとな》すらく
童《わらべ》よ　主《あるじ》はありや　鄭座首《だんな》の来光ぞ
鄭澈

棗の実赤く染めたる谷間《あい》に　栗の実落ちて
稲刈りとりし株の根に　ささ蟹《さわ》の多に這い出《い》ず
酒ぞ　今は醸《う》れし　篩《ふるい》売りの来たれば　などて飲まざらん
黄喜

この他にも酒を詠った時調は数え切れないほど多い。この一つ一つの時調には韓国的な興趣が満ち満ちている。酒がこれほどまでに肯定されたのは酒が友情を育み、また飲む者を世俗の苦悩や制約から風流の世界へと連れて行ってくれるからだ。だから韓国人は酒を見れば友を思い、酒のあるところには友が集い、月と花、そして琴があって初めて興が湧く。酒の肴は豪華なものではなく山菜や蟹、そして生の栗や棗の実さえあればいい。とりわけ蟹は、雄は肉厚で雌は卵があるので酒の肴にはうってつけとされていたようだ。韓国人の酒は友情の潤滑油のようなものだ。だから一人で飲むよりは互いに酌み交わすことを好む。そしていったん飲み始めたら、泥酔するまでとことん飲む。

花咲けば　月思い
月輝けば　酒思う
花咲き　月照り　酒あらば　友をし思う
花のもと　その友招《よ》びて
月を賞《め》で　酔いしれん

花―月―酒―友という図式は、時調に見られる韓国人の酒の方程式と言える。
韓国人にとって、酒はまた長寿の秘薬でもある。だから還暦を祝う席などでは決まって長寿を祈る「勧酒歌」が詠われる。

萬壽山　萬壽井に萬壽泉のありとかや
その水もて　醸《かも》せし酒を　萬壽酒と
そを酌《く》まば　必ずや千萬長壽

だからといって時調が酒をひたすら賛美していたわけではない。酒と女色は身を亡ぼすもとだと警戒するものももちろんあった。

飲酒に寛容だった朝鮮時代には、散文にも酒を飲む場面がふんだんに出てくる。『春香伝』では、まだ二十歳にもならない李夢龍の前に、春香の母、月梅が十五種類もの酒を並べている。また卞学道の宴に出された酒の銘柄ははっきり書かれてはいないが、いずれにしろ美酒であったからこそ「百姓の血」と李夢龍が皮肉を込めて詠ったのだろう。

朝鮮時代の小説では、酒は妄想の世界に入る入り口の役割を果たしていた。酒は眠気を誘い、眠れば夢幻の世界へ入ってゆく。だから朝鮮時代の「夢遊録」小説はほとんどが飲酒→夢の世界という構図になっている。金時習《キムシスプ》（一四三五〜九三）の『酔遊浮碧亭記』がそうであり、『雲英伝』もそうだ。『酔遊浮碧亭記』の洪生は酒に酔って幻想の世界へ入って行ったし、『雲英伝』の柳泳もまた寿聖宮の岩で持ってきた酒をぐいぐい飲み、岩を枕に眠ってしまう。そして夢の中で一組の男女と会い、彼らの悲恋の物語を聞き、聞き終わったところで目が覚める。つまり夢遊録小説とは酒と夢が作り出した小説と言えるだろう。

四．現代文学と酒の社会学

近代になると酒の種類は一段と多様になり、国家による酒の専売化などによって醸造法はもちろんのこと、酒をめぐる状況は大きく変わった。だが韓国人の暮らしに酒が欠かせないことに変わりはない。酒を詠った韓国現代詩の代表的なものといえば、おそらく呉相淳《オサンスン》（一八九四〜一九六三）の「一杯の酒」（一九四九）と金東《キムトン》鳴《ミョン》（一九〇〇〜六八）の「酒の歌」（一九五八）だろう。

主よ　達者でいらしたか
酒の甕を傍らに
なみなみとついで　さあ一杯
一杯　一杯　また一杯
飲もうぞ　あの月を
日、暮れて　道遠し
旅人の道は　果てもなし

「一杯の酒」の一節だ。気のおけない飲み友達との友情が表現されている。東洋的な風流の世界である。この場合の酒は、素朴で庶民的な濁り酒《マッコリ》か清酒だ。「酒　醸《う》れる村に　燃える夕焼け」と詠った朴木月《パクモクウォル》（一九一六〜七八）の「旅人」（一九四六）もこの系列の作品である。それに対して金東鳴の「酒の歌」は、より現代的で西欧的な味わいがある。

真っ赤な瑠璃杯に
なみなみとつがれた南瓜色の液体
玩具の無敵艦隊の司令官のように意気揚揚と

僕の小さな海原を凝視する
丸い海岸線に
溢れでる白い泡
ああ　ここに
人類の百億年の歴史が秘められている

霧のように立ちのぼる香りの中で
時間は鷗のように飛び去り
僕の席は甲板よりも揺れている
ほらごらん　天が回るよ
ミズスマシのように　すうっすうっと天が回る
あの驚くべき天文学的真実の上に
世代の倫理は星座のように燦然と輝く

さあ、僕は今から
この南瓜色の液体の魔術の力を借りて
小指の爪で
このちっぽけな地球をはじくよ

酒の魔力と酔いによる精神の高揚状態を美しく詠った作品である。この詩の流れは「一杯の酒を飲み　僕たちはヴァージニア・ウルフの生涯と　木馬に乗って立ち去った淑女の　服の裾について話した」と詠った朴寅煥《パクインファン》（一九二六〜五六）の「木馬と淑女」（一九五五）のダンディズムに続いてゆく。

ソローキンは、現代芸術とは本質的に社会的・文化的な病理学の博物館だと指摘した。その病理学を酒と関連づけて表現した代表的な作家が玄鎭健《ヒョンジンゴン》（一九〇〇〜四三）だ。彼は過度の飲酒を社会の病理の表れと見た。彼の「酒を勧める社会」（一九二一）「堕落者」（一九二二）「運の良い日」（一九二四）などの一連の小説は、社会の犠牲となった者を描いた作品の一つの典型と言える。これらの作品に登場する知識人は、植民地という状況下でのストレスから酒浸りとなり、労働者たちは社会に対する反発からアルコール依存症に陥る。

この社会が私に酒を勧めるんだ。この朝鮮社会というものが私に酒を勧めるんだ……いや、ちゃんと説明しよう。例えば何かの会を一つ、作るとしよう。そこに集まってくる奴らときたら、最初は民族のためだの、社会のためだの……自分の命を捧げても惜しくない、と言わない奴は一人もいないんだ。ところが二日もたたないうちに……すったもんだして互いに罵り合ってれば一体どうなる。一体どんな仕事ができるんだ……こんな社会でどんな仕事ができるっていうんだ、しろなんて言う奴はバカだ。まともな奴は血を吐いて死ぬしかない。あるいは酒を飲むしかない。　「酒を勧める社会」

一方、風俗画家の申潤福《シンユンボク》（一七五八〜?）が酒幕を描くことを決して忘れなかったように、社会が産業化される前の韓国小説に忘れられない空間があったとすれば、それはまさに「酒幕」だ。酒幕とは単に酒を売るだけの場所ではない。酒幕には酒と食べ物、そして娘がいて、遊びがある。旅人や行商人が一日の疲れを癒す休息所であり、村の若者たちが大人になるための学びの場でもある。だから酒幕ほど人間の哀歓が色濃く漂うところもないだろう。それでも酒幕はやはり酒のある場所だ。

たとえ市の立たない日でも近所の人たちが市に行きたくてたまらなくなるのは、市にある酒幕ならどこでも醸《つく》りたての濁り酒《マッコリ》とぴちぴちした魚の刺身が食べられるからかも知れない。あるいは酒幕の前の枝垂れ柳の枝の間からいつも流れてくる、あのもの哀しくて粋な歌の調べのせいかも知れない。中でも玉花の店はとりわけ酒がうまく、安くて女主人、つまり玉花の人柄もあり、花開《ファゲ》の市では一番人気の酒幕だった。……路銀が足りない時や商売がうまく行かなかった時、彼らは決まって玉花の店に行った。「今度慶尚道から戻ってきた時、まとめて払うからさ」。彼らは当たり前のようにこう言うのだった。

金東里《キムトンリ》（一九一三〜九五）の小説「駅馬」（一九四八）の一場面だ。酒幕とはこんなところなのだから人間の因縁の不思議さや放浪の物語が酒幕を舞台に繰り広げられるのは当然だろう。金裕貞《キムユジョン》（一九〇八〜三七）の一連の小説、許允碩《ホユンソク》（一九一五〜九五）の『酒幕』（一九五〇）などは酒幕という空間が生み出した作品である。その他にも金東里の『黄土記』（一九三九）では酒の饗宴性が、朱耀燮《チュヨソプ》（一九〇二〜七二）の「寒い夜」（一九二二）ではアルコール中毒による人間の倫理的・経済的な破綻が描かれている。

ともかく、酒の社会的効用が増したためか、現代の文学作品にも酒を飲む場面や酒の話が実に多い。酒によって培われる友情によって小説の主人公がストレスを解消したり、酩酊状態から醒めた時の意識の断絶や昏迷などはあらゆる作家の作品で繰り返し描かれている。朴婉緒《パクワンソ》（一九三一〜）の『遺失』（一九八二）や金《キム》光洲《グァンジュ》（一九一〇〜七三）の『悪夜』（一九五〇）、李均永《イキュンヨン》（一九五一〜九六）の『暗い記憶の向こう』（一九八三）などはみなそうである。小説の中では人間は、飯を食べるより酒を飲んでいる方がはるかに多いようである。

小説的な人間学の一つの断面だ。

第十三章　韓国文学の死生観—死の文学史

柩輿を担ぐ人々

*

死に対する韓国人の普遍的な考え方や意識が如実に表れているのが葬式の時に歌われる「葬送歌」や「香頭歌」だ。葬式や葬送歌は、生者と死者が呼応する独特なコミュニケーションの世界だ。死者を送る儀式に欠かせないアリアである葬送歌は、韓国人の死生観のもっとも具体的な表現である。（251ページ）

病や死への関心は、単に生に対する関心の別の表現に過ぎない。
—トーマス・マン—

一．人生の二つの事件—誕生と死

「人生には二つの事件しかない。それは誕生と死だ」

朴正熙《パクチョンヒ》大統領が出した緊急措置令が猛威をふるっていた一九七四年五月、ソウル拘置所一舎の上一七号棟の壁に書かれていた、ある死刑囚の落書きのこの一節が長い間私の脳裏から離れなかった。私はその時、そこにいた。彼が死なねばならぬほどの、どんな罪を犯したのかは分からない。だがあの暗く、じめじめした狭い空間で生というものを凝視し、省察した結果彼が得た人間の実存と有限性に対する認識は、どんな哲学者の思索よりも切実で、衝撃的に感じられた。

人生とはつまるところ誕生と死以外、何ら事件のないものだ。それは果たして陰鬱な壁の中に閉じ込められ、命の火を他者によって消される死刑囚の場合だけだろうか。彼はただ限られた時間の中で生きていたために、そうでない者よりは生の有限性をはっきりと知っていたというだけのことだろう。

どのように死ぬにしろ、人間を含むあらゆる生命体はみな必ず死ぬ。この世に生まれた以上、死ぬことは避けられない法則だ。この数年の間に私の周囲でもいくつかの生命が誕生する喜びがあったが、また祖母や母を失うという哀しみもあった。とりわけ苦労ばかりした挙句、天寿をまっとうできずに非業の死を遂げた母の死を思うと、二年の歳月が過ぎた今でも胸が痛く、諸行無常を感じるばかりである。

死は誕生と同じように自然界の法則であり、秩序であり、人間存在の基本認識だ。だが死はわれわれに別れの哀しみと虚無と無常を感じさせるだけでなく、不安と怖れを抱かせる。あらゆる死はわれわれを哀しませ、怖れさせ、敬虔な気持ちにさせる。誰一人として死を避けることはできない。だから人間の思索や想像力に死ほど広く、深く作用するものもない。あらゆる宗教の本質は生の有限性や死の恐怖を和らげ、克服することにある。宗教は肉体の有限性と霊魂の存在、その不滅を信じさせてくれ、死後の世界や再生・往生といった考え方を教えてくれる。もし死がなければ、宗教は果たして存在できるだろうか。

文学は絶えず死に反応してきた。死はいつの時代も文学のテーマだった。それは、いつの時代も死は人生の行く手をさえぎる生の根本問題だからだ。だとしたら韓国文学の死生観とはどのようなものだろうか。つまり韓国文学は死をどのように考え、死にどのように反応してきたのだろうか。

二．死に対する思惟の根幹

1．表現の「メメント・モリ」現象

韓国人の言語表現には「死にそうだ」とか「死にたい」といった言葉を初め、死に関する表現が意外なほど多い。いわゆる韓国的な「死を想え《メメント・モリ》」現象だ。だから一食抜いただけで「腹が減って死にそうだ」などと言う。また少し具合が悪かったり苦しかったり、憂鬱なことがあっただけで「死にたい」と言う。あるいは嬉しかったり、何かおかしいことに出くわした時にも「死ぬほど○○だ」という表現をむやみやたらに使う。恋愛も「死ぬほど」愛してこそ本当の恋愛になる。また何かに反対する時にも、当然のように「決死」反対

する。だから韓国人の死に対する心理的メカニズムは明確なように見えるが、またそれだけ不確かなことも事実である。だが死という観念が生活感情の中に深く根ざしており、密着しているということは言えるだろう。

韓国人が死をどのように意識していたか、は文学表現の中にうかがえる。

この命　惜しからず　百《もも》たびも死に死にて
曝骨《さらぼね》は塵あくたに　魂《たま》もまた消《け》ぬともよし
君に　捧げし一片丹心《あかきこころ》の　いかでか移ろわん

鄭《チョン》夢周《モンジュ》（一三三七〜九二）の「丹心歌」だ。自分が敬愛し、自己存在の基盤ともいえる「君（国家）」のためなら肉体など幾度滅びてもかまわない、という意味である。この場合の死は、極限状況を象徴している。普通の人間にとってはたった一度の死も苦しく、怖いものなのに「丹心」、つまり志操を守り通すためには百遍でも死んでみせる、というのだからその意志の堅固さは戦慄を覚えるほどである。自分の命など藁屑のようなものだと思わない限り、到達し得ない境地だ。

わたしを見るのが　いとわしく
あなたが行かれてしまうなら
死んでも　涙は見せませぬ

金素月《キムソウォル》（一九〇二～三四）の詩「つつじの花」（一九二二）においても、やはり死は極限状態の代名詞として使われている。一粒の涙が時には命よりも大切なものに思われることがある。だから金素月は、ここで涙を死に匹敵するほどのものとしているのだ。相手の裏切りと別れの辛さに耐える力は、死にもまさる苦痛なくしては得られないのだ。

このように、既に存在しているものを消滅させる表現には、死が関わっていることが多い。

2. 葬送歌と死の想像力

死に対する韓国人の普遍的な考え方や意識が如実に表れているのが葬式の時に歌われる「葬送歌」や「香頭歌」〔柩輿を担いで行くときに、先唱者が柩輿の前で歌う辞説調の歌〕だ。葬式や葬送歌は、生者と死者が呼応する独特なコミュニケーションの世界だ。死者を送る儀式に欠かせないアリアである葬送歌は、韓国人の死生観のもっとも具体的な表現である。

北邙山川（墓場）は遠いというが
今日、その日がやってきた
大門の外はあの世だ
千年経ったら　家を訪ねていくよ
万年経ったら　家を訪ねていくよ
この世の門を閉めて

あの世の門に向かって行くよ
ああ　いとしい人よ
涙を拭いておくれ
行かないわけにはいかないんだから
あなたの涙を見ると
行くわたしも辛いよ
今度はいつ会えるんだろう
この世はもうこれで終わり
天命には逆らえないよ
わたしは行くよ
また来世で会いましょう

わたしは行くよ　わたしは行くよ
永訣終天　わたしは行くよ
ちっぽけな家を後にして
北邙山川　わたしは行くよ
いつ帰ってこられるか
いつ帰ってこられるか
裏山に埋めておいた焼き栗の
芽が出たら帰ってこられるだろうか
屏風に描かれた鶏が　羽ばたいて

〈慶尚北道義成地方〉

飛び立とうと　コケコッコーと鳴けば
帰ってこられるだろうか

〈忠清北道中原地方〉

これは各地域に散在する葬送歌の一部だ。葬送歌の歌詞は地方によって異なるが、それらにはいくつかの共通点がある。おそらくはそれが人々の死に対する意識の平均値と言えるだろう。

第一の共通点は、死を人間の固体としての消滅というよりは他の世界へ移行する過程ととらえていることである。これは歌詞に「行く」とか「帰る」という表現が使われていることから明らかである。死は永遠の眠りの世界へ入ることだが、「この世」の一切に別れを告げ「あの世」での新たな生に移る過程でもあり、もともといた世界へ「帰る」ことでもある。また「天命」という言葉が暗示しているように、「天に召される」という受身の姿勢が見られる。死後の世界は「北邙山川」、または「黄泉」などと表現される。「あの世」は「この世」の時間的有限性を克服した世界であり、「この世」の生が終わった人たちにとっては再会の場でもある。死ねば「山へ行く」という考え方には「山中他界観」がうかがえる。

第二に生と死、つまり「この世」と「あの世」の距離は非常に近く「大門」、つまり家の門のすぐ外にある、と考えられている。「大門」は生者の世界と死者の世界を分ける境界線であり、「この世」に別れを告げる場所であり、「あの世」に入る関門でもある。出棺の時がもっとも哀しいのはこのためだ。

第三に自然界と人間の世界は対立と矛盾の関係にあると認識されている。

白い砂　浜茄子《はまなす》の赤い花よ

花が散るとて悲しむことはない
来年三月になれば
お前はふたたび花を咲かせる
でも人生は　ひとたびで終わり
芽も花も出やしない

春になれば浜茄子の花がまた咲くように自然は循環し、生死を繰り返すが、人間は一度きりの生を生きるしかない。人間は生き返ることはできないのだ。そこから虚無感や無常感が生まれる。第四に葬送歌には、死者がこの世に再び戻ってくるという考え方がある。実際にはあり得ないことだが、それを仮定法で表現するのである。

裏山に埋めておいた焼き栗の
芽が出たら
帰ってこられるだろうか
屏風に描かれた鶏が　羽ばたいて
飛び立とうと　コケコッコーと鳴けば
帰ってこられるだろうか
牡丹峰が　陸地になって
黄河が　陸地になって

畑になって　耕せば
帰ってこられるだろうか

焼き栗から芽が出るはずはない。屏風に描かれた鶏が羽ばたいたり、鳴いたりするはずがない。永遠に不可能なことだ。同様にあの世へ行った人間は、霊魂に姿を変えない限りこの世に戻ってくることはできない。このような仮定法を使う手法は、既に高麗歌謡の「鄭石歌」に見られる。

かさかさに乾きたる砂浜に、
焼栗五升を植えん
その栗の芽の出たる時
有徳なわが君よ、去りなさりませ
……（中略）……
鉄の牛を作り
鉄の牛を作り
鉄樹山に放ち
その鉄牛が鉄草をはむと
その鉄牛が鉄草をはむと
有徳なわが君よ　去りなさりませ

金思燁訳

ここでは焼き栗と鉄の牛が使われた仮定法になっている。

第五に葬送歌は生者と死者が共に参加する形を取っており、両者を代弁し、両者を結ぶ役割を果たすのが先唱者である。「パリテギ」〔パリ姫とも呼ばれる。パリ姫は「捨てられた王女」の意。巫神の一つで、死者を他界に導く神である。パリ姫の神話は、巫女の行う厄祓い《クッ》で叙事巫歌の形で歌われる〕の中で歌われる葬送歌もやはりそのような形式を取っている。

韓国の古典小説『沈清伝』には野辺送りの場面が詳細に描かれている。黄州の桃花洞というところに盲目の沈鶴奎という男が住んでいた。もともとは名家の出だったが家運が傾き、今は哀れな貧乏暮らしだった。だが賢夫人、郭氏のお蔭で暮らし向きも良くなり、念願の娘、沈清にも恵まれた。ところが郭氏は産後の肥立ちが悪く、日に日に衰弱してついにこの世を去ってしまった。

> 村の人らは、まず夫人の死体を清めて衣と布団を着せ、丁重に棺槨《かんかく》に寝かせて蓋《ふた》をした。へんぽんとひるがえる弔旗を左右に吹き流しながら、いよいよ墓場に向かうことになった。
>
> 葬送の儀式もしきたりどおりに行なった。貧しい人の弔いではあったが、村中がこぞって力を貸してくれたので、それはそれは、りっぱな葬式となり、人の目をそば立たせるものがあった。
>
> 柩輿《ひつぎごし》を飾っている布といえば、すべてが分厚い絹織物であった。それを包んでいるのもきれいな藍色の絹物であったし、光をさえぎって影をかざすように張り巡らされたのも、これまた絹物で、緑色のふちがくっきりと浮かびあがる白無地の純白絹であった。藍色の絹地に金文字の刺繍であやなされた飾りのすだれが、柩輿の金色の手すりとあいまって良い対照をなしていた。輿の東西南北に取り付けられた青衣童子《チョンイドンジャ》の人形までが、はっきりとした総角姿をうつむきかげんに欄干の上にのぞかせていたのも、

貧しい暮らしの人には及びもつかないことであった。
陰陽《おんよう》の作法に従い、東―青・西―白・南―赤・北―黒・中央―黄と、おのおのの色の鳳を紅の唐糸で刺繍し入れることも忘れなかった。前後に竜の姿が踊るように目に入るのも、貧者の葬式としては奇異な感じを人に与えずにはおかなかった。柩輿を引く人たちさえも弔いのずきんをかぶり、くばってもらった新しい喪服に下きゃはんまでまとって、威儀を正しているところなどはちょっとここらあたりではたやすく見られる葬式ではなかった。挽歌《ばんか》があいあいと響く中に輿は墓地に向かって家を立った。

………（中略）………

沈鶴奎の口からは、悲嘆の泣き声が絶え間なくもれ、柩を引く人たちの口からは、陰々とかなしく人の心を沈ます挽歌が尽きなかった。

夫人の非命は　哀れでならぬ　生前あれほど　優しかったお方
ホーレ　ホレ　ホレ　この世は浮き世　北邙山《ほくぼうざん》は遠路にあらず、
一歩てまえは　すべてが墓場さ　ホーレ　ホレ　ホレ　無情の命運

どうせ　一度はたどる道だが　村の郭夫人　非命に死んで
きょうの野べ送りとは　哀れなことよ　ホーレ　ホレ　ホレ　哀れな人だよ

二番鶏も　すでに鳴いた　月は傾き　西の山の端
生死の別れを　いかにせん　ホーレ　ホレ　ホレ　無情の命

洪相圭訳

ここで注目すべきことは葬式では必ず葬送歌が歌われること、そしてどの葬送歌にも一定の形式があることだ。形式とは即ち一つの文化が持つ文法のようなものだ。だから韓国文化の死生観は儀式、つまり葬儀の世界観から把握することができるだろう。儀式という観点で見ると、韓国の文化は死者志向の文化という印象がなくもない。

3. 死生観の精神的基調

では韓国文学の死生観を形作っているのは果たして何だろうか。それを解明するにはまず韓国人の意識構造を点検しなければならない。われわれの意識の表層には近代的な合理主義があるが、基層には仏教・儒教・道教といった東洋的な教養や道徳観があり、さらにその根底にはシャーマニズムがある。だから韓国人の死に対する考え方を調べるには、幾重にも層をなしている思想的背景を考えなければならない。韓国文学の死の花は、そのような雑多な宗教的思惟の土壌があって初めて咲くことができたのだ。

われわれの精神構造にもっとも深く、長い間影響を与えた宗教は仏教だ。若き王子、ゴータマ・ブッダの求道の旅が病・老・死に対する不安や苦悩からの解脱に始まったことで分かるように、仏教は死を凝視し、克服するための宗教だ。だから仏教伝来以来、われわれは死後の世界について特別な関心を持つようになった。そして仏教はわれわれに涅槃・因果応報・輪廻・地獄と極楽・阿弥陀仏が住む西方浄土・往生などといった考え方を説くことによって死の恐怖を和らげ、行動の善悪の指標を示してくれた。

道教は、死に対して二つの異なる対応をしている。一つは穏やかに死を受け入れること、もう一つは死を克服、あるいはできるだけ先に延ばそうとする、いわゆる不老長寿の考え方だ。前者は主に老子や荘周によって構築された思想で、「天道随順論」「万物斉同論」と言われる。「万物斉同論」は荘周の根本テーマで、万物と自分は一つであり、したがって生と死は対立するのではなく一つだ、という思想である。

生は死の同伴者であり死は生の始まりだ。生死はそのように循環しているのだから、どちらが基であるかなど誰にも分からない。人間が生きるということは気が集まるということだ。気が集まれば生になり、散れば死になるというだけのことだ。生と死が不可分の関係にあると分かれば、生死について何を憂うことがあろうか！

「知北遊」

自然は私に姿形を与え、生を課し、老いによって安らぎを与え、死によって休息を与える。もし私が自分の生を良きものとして受け入れるなら、死もまた良きものとして受け入れねばならないのではないだろうか。

「大宗師」

このように生と死を不可分のものとして受け入れたので、荘周は『列禦寇』に見られるように、死に際しても棺桶や埋葬を拒否できたのだ。このように道教は葬式の煩わしさを排除し、死を自然の摂理として受け入れようとする。生を喜ばず、死を哀しまず、自然の流れに身を任す「無為自宣」こそ真の生き方と説いた。それに対して後者は不老不死と関係の深い、呪術的な神仙養生思想だ。仏教は霊魂（精神）の不滅を説いたが、道教は肉体の不滅を説いた。神仙術家たちは仙薬や丹薬を調合したり、気の調節や情緒の清浄・辟穀（穀類を避け、松葉や果物・木の実などを食べること）によって不老不死を実現できると信じられていた。また道家の風水思想は韓国人の死生観の精神的基調を成している。

一方、現世的で実践的な人間学である儒教は、他の宗教よりも死に対する関心ははるかに薄かった。『論語』「先進第十一」には孔子と弟子の季路の次のような対話が出てくる。

季路が神霊に仕えることをおたずねした。先生はいわれた、「人に仕えることもできないのに、どうして神霊に仕えられよう。」「恐れいりますが死のことをおたずねします。」というと、「生もわからないのに、どうして死がわかろう。」

金谷　治訳

こうして見ると孔子は不可知論者ではないとはいえ、他の同時代人に比べると神や霊魂、死などといった問題に対する関心は薄かったことは確かである。彼にとって重要なのは「天命思想」であり「孝」、つまり祖先崇拝だった。この場合の祖先崇拝とは祖先の霊の助けを求めるということではなく「孝誠」、つまり父母への真心からの孝行の延長線上にあった。つまり儒教とは『朱子家礼』で指摘されているように、祖先に対する儀礼を尊ぶ韓国の冠婚葬祭の規範だったのである。

韓国人の死生観や神話に代表される宇宙観の根底にあるのは、民衆信仰としてのシャーマニズムだ。われわれの精神の表層を支配するのは知的で合理的な原理だが、われわれ自身も意識していない精神の根底には未だにシャーマニズムが生きている。シャーマニズムは、世界は「この世」と「あの世」、そして「霊界」の三つに分かれているという独特な死生観を持っている。そして人間が怨みを抱いて死ぬと霊魂はあの世へ行くことができず、霊界とこの世の間をさ迷って他の人間に病や災いをもたらすと考える。だから巫堂《ムーダン》と呼ばれる霊媒は「厄祓い」によってあの世とこの世の間をさ迷う不幸な霊魂を慰め、その怨みを晴らし、災いを防ぐのである。

また韓国人の死生観には虚無主義も色濃くある。「人生は一場の春の夢」という考え方であり、そこから現世至上主義的な快楽主義の意識が生まれる。

三．死の文学と死のない文学

金思燁訳

1．生を呑み込む死の川―「公篌引」

死を詠った最初の歌は麗玉が作ったといわれる「公篌引」または「公無渡河歌」だ。

公よ、河を渡り給うなと言いしに、
公について河を渡る、
河をわたりて溺れ死にたり
ああ、ひとりわれいかにせん

この歌がどこの国のものかはよく分からない。中国の文献である崔豹の『古今註』によると、中国では自国の作品としているようだが、われわれは韓国の『海東繹史』を根拠に韓国の作品だと見ている。香港大学中国学研究所の特別研修員である周英雄は論文（一九八〇）の中で、『封禅記』によれば漢の武帝が元鼎六年（B．C．一一）、現在のベトナムを征服する前は公篌（百済琴）という楽器は発明されていなかったので、この歌ができたのはその前ではないだろう、としている。また武帝が朝鮮王となった衛満の後裔を討ったのが同じ時期なので、朝鮮はこの時期にはまだ中国に併合されておらず、中華文明の周辺領域にいた、としている。だが朝鮮の渡し場が出てくるところを見ると、韓国の作品と見る可能性も除外できない。

ともかく崔豹の記録によると、白髪の老いた狂人がある日妻の止めるのも振り切って川に入り、溺れて死んだ。するとその妻は天を仰いで歎き悲しみ、公篌を弾いて歌を歌い、歌い終わると川に身を投げて死んでしまった。だからこの歌は二つの連鎖的な死と関係がある。一つは夫の死であり、もう一つは妻の死だ。川が呑み込んだこの二つの死はいずれも悲劇的な死であることに変わりはないが、より悲劇的なのは妻の死だ。なぜなら夫の死は狂気や飲酒による偶発的で予測できないものだが、妻の死は夫の死を哀しむあまり自ら命を絶ったものだからだ。川を渡ろうとして溺れ、死ぬことよりも川に身を投げて死ぬことは、はるかに能動的で悲惨だ。

両岸を隔てるだけでなく、人間を渡らせてこちら側とあちら側を結ぶ役割をする川を舞台に、死を扱った原初的な物語が成立したということは驚くべきことだ。人生とは時間の川の中を漂流するようなものだと言われるが、川を渡ろうとして渡り切れず、溺れて死ぬのがまさに人生ではないだろうか。

あらゆる死は人間を哀しませる。「公篌引」とそれにまつわる物語は死だけでなく、死に対する生者の反応を浮き彫りにしたという点でも重要な意味を持っている。「公篌引」は自然死ではない死と、周囲の人間の衝撃が同時に描かれた作品である。

2. 死の恐怖と浄土信仰

「厭離濊土　欣求浄土」という言葉がある。『往生要集』に出てくる言葉だ。煩悩で汚れた俗世を離れ、極楽浄土で往生したいという意味だ。これこそまさに浄土信仰の核心だ。

新羅の郷歌《ヒャンガ》の抒情性はこの浄土信仰と決して無関係ではない。代表的な郷歌に「祭亡妹歌」と「願往生歌」がある。

生死の路は　とどまらんとすれどとどまれず
我れは往くちょう言葉も言えず逝きしか。
ある秋の日早き風に、ここかしこ散りゆく木の葉の如く、
一つ枝より離れて往くところ知らざるを。
ああ、弥陀の浄土に逢う日のあるべければ、
我れ道を修めて期の至るを待たん

「祭亡妹歌」（金思燁訳）

これは僧、月明が早世した妹の葬儀の時に作って詠ったものだ。題名通り死の詩歌である。「生死の路」はこの世に厳然と存在する。生があれば必ず死があるのがこの世の摂理だ。この歌は「生死の路がここにある」という認識から始まる。それを知ることによって人間は死を恐れ、生の有限性や無常・別れの哀しみを知るのだ。秋風に散る木の葉のように、生の帰結ははかなく、虚しいものだ。「諸行無常」が生の根本原理なのだ。

だがこの歌に表現されているのは死に対する恐怖や別れ・無常に対する哀しみだけではない。西方浄土を信じ、必ず往生するという信念を持つことによって死の恐怖を克服することができるのだ。仏教的な世界観

では現世は仮の宿であり、汚れた地であり、浄土へ向かう途中の通過点に過ぎないのだ。

月よ　今西方までゆき給うか？
無量寿仏前にお言葉を持ちかえりて伝えよ。
御契り深き御仏仰ぎ、
両手を会わせまつりて申さく、
願往生願往生と念ずる人ありと申し給え。
ああ、この身を遺しおきて、
四十八願を成就し給えんや。

「願往生歌」（金思燁訳）

この詩歌では請い、願う対象が二つある。一つは西へ向かう月であり、もう一つは西方の極楽浄土を主宰する阿弥陀仏だ。月が西へ向かうのは自然の秩序だが、仏教的な時空では無限の法土に帰着することを意味する。無量寿仏とは無量光のことであり、阿弥陀仏のことだ。つまりこれは月に託してはいるが、現世を解脱し、清らかな西方浄土で再び生きたいという祈願の詩なのだ。死の不安や恐怖、生の有限性や無常の哀しみはこのような浄土信仰を持つことによって初めて克服できる。われわれはこれらの詩歌を通して新羅の人々の仏教的な死生観や他界を信じる心の一端に触れることができるのだ。

3．死の修辞学と直線の時間像

宗教的な世界と近しい新羅の郷歌に比べると高麗歌謡ははるかに現世的で、人間の存在そのものを重視する、人間中心主義の文学だ。だから現存する高麗歌謡は、死に対する二つの独特な認識を示している。一つは愛を極端に表現する際に死を援用することだ。

あの世にまでともに行かむと願いし詞
その詞にさからうは誰ぞ、君はわれを捨て給うか
「満殿春別詞」（金思燁訳）

あの世まで君とともに行かばや。
「鄭瓜亭」（金思燁訳）

玉に蓮花を刻み　岩の上につなぎ
その玉の蓮が真冬に咲くと
有徳なわが君よ　去りなさりませ
「鄭石歌」（金思燁訳）

このように高麗歌謡は生を極端に表現し、時間と空間を極端化する。このような修辞学的な極端化は、性愛の肯定によって初めて可能になる。だから高麗歌謡では生の限界として死を受け入れはするが、死が変化の分岐点にはならないと考えている。死の向こう側にある彼岸に価値を置く郷歌に対して、高麗歌謡は此岸に比重を置いている。

第二に高麗歌謡は循環する自然界の秩序と直線的な人間の生の対立の中で、死を省察している。

正月の川の流れは
アウ　凍りては溶け
うき世にうまれ　われひとりゆく
アウ　ドンドンタリ

「動動」（金東旭訳）

川の水は凍ってもまた溶けるが、限りある生を生きる人間は死に向かって直線的な一度きりの時間を「ひとりゆく」しかないのだ。

4．死のない小説と死の占星術

朝鮮時代の詩歌には死に対するさまざまな観念が表現されている。

わが命絶えなば　何にかならんとする
蓬萊山の第一峰　亭々と聳《そび》ゆる松と化し
雪の　天地を覆うとき　青青《せいせい》の姿示さばや

成三問《ソンサムムン》（一四一八～五六）のこの時調《シジョ》から黄玹《ファンヒョン》（一八五五～一九一〇）の「絶命詩」に至るまで、死は忠誠や志操の固さを表現する際の前提条件となっていた。そこには自分の信念を貫くためには死など取るに足りない、ささいなことだという死生観がある。また鄭澈《チョンチョル》（一五三六～九三）の「思美人曲」や「将進酒辞」では死は浪漫的な変身や虚無の象徴でもあり、因果応報の思想とも関連がある。

だが朝鮮時代の散文、とりわけ小説においては死は完全に排除されていた。朝鮮時代の小説に悲劇的な結末のものがないのはそのためだ。もちろん金時習《キムシスプ》（一四三五～九三）の『金鰲新話』のように、生者の世界と死者の世界が断絶していない物語はある。その場合は生者と死者が会ったり、結婚したりもする。またいくつかの小説では死が提示されもするが、それは勧善懲悪の思想からどうしても許せないような極悪人の場合に限られる。死が頻繁に出てくる現代小説と朝鮮時代の小説との明らかな違いは、まさにこの死に対する反応の仕方にある。朝鮮時代の小説が死を排除したのは、小説の精神的基調であった儒教が現世中心主義だったことと無関係ではないだろう。

一方、星の位置や星の動きが人間の生死を決めたり、運命を予知するという考え方が韓国人にはある。これは、人間の運命には天命や天理が作用しているという東洋的な天文学、そして占星術と一脈通じる考え方だ。民謡や小説などに出てくる星は人間の運命、とりわけ死と深い関係がある。例えば流れ星があると必ず大将か、誰かが死ぬ、といったものである。星が運命を予知するという考え方は韓国に限らず、古代文学には普遍的なものと言える。古代メソポタミアにも占星術があるし、新約聖書にもバビロンの三人の天文学者、即ち東方博士が星を仰ぎ見て神の子、イエスの誕生を告げる場面がある。中国古代の詩篇であり、天文暦学の資料でもある『詩経』やインドの『リグ・ヴェーダ』には蔘・畢・昴・定・織女・牽牛・箕・火・斗・啓明・長庚など、さまざまな星が出てくる。

韓国文学では流星、つまり隕石や北斗七星が死との関連で出てくる。星や隕石が死の象徴だという考え方は現代文学にも少なからず登場する。「星が落ちた夜　母は一人で逝った」と詠った金容浩《キムヨンホ》（一九一二～七三）

の詩を初めとして、とりわけ星に反応した詩人、尹東柱《ユントンジュ》（一九一七〜四五）の「懺悔録」（一九四八）、黄順元《ファンスンウォン》（一九一五〜二〇〇〇）の短編「星」（一九四一）などがその例である。

昇ってゆくあの旦那　降りてくるあの旦那
うちの旦那は　いらっしゃらないか
いらっしゃるよ　いらっしゃるとも
七星板に乗って　いらっしゃるよ

慶尚道の民謡の一部だ。ここに出てくる「七星板」とは棺桶の底に敷く薄い板だ。『辞源』の「七」の項には次のように記述されている。

七星板　喪用之具用松板本　度棺内可容鏨　七孔大如錢　斜鏨梘槽一道　使七孔　相憐貫名七星板

韓国の葬送用具である七星板は、北斗七星が死を司《つかさど》り、悪霊を追い払うという北斗信仰によるものである。

その他にも叙事巫歌である「パリテギ」にはシャーマニズムの死生観が見られる。

四．死の考察としての現代文学Ⅰ

1．死への強迫観念

現代西欧文学の特徴についてルイスは「二十世紀の文学は死を考えることから始まった」と指摘している。確かに現代文学は死と親密だと言っても過言ではないほど死への強迫観念に陥っている。ジェームズ・ジョイスの『ダブリンの人々』は死に始まり死に終わる小説だし、リルケは『マルテの手記』で、人々が生きるためにやって来るパリが、実は死の工場であることを書いた。カミュは『異邦人』で自然死・殺人・死刑という三つの異なる死を扱っている。トーマス・マンの『魔の山』やその他、多くの現代小説は、死に対するそれぞれの作家の認識を映し出している。

韓国の現代文学もその出発点、つまり一九二〇年代前後から死への脅迫観念が顕著に見られるようになった。この時期を分岐点として、韓国文学は二つに分けられる。つまり、二〇年代以前が死に対して消極的な時期だったとすれば、以後は死に積極的に反応し、死を受容した時期と言える。死をどうとらえるか、という点でも明らかな違いがある。二〇年代以前は主に無常・輪廻・冥府・浄土思想などの宗教的観念と結びつけて死をとらえていたが、次第により経験的で合理的な死生観を持つようになっている。

2．死の賛美と涅槃意識

文芸同人誌『白潮』（一九二二）は、韓国の現代文学史の中でとりわけ死を美化し、賛美した雑誌と言える。

浪漫主義を志向していた『白潮』の詩人たちは、一様に「夢」や「涙」、「死」を詠い、人生とはつまるところ永遠なる死を豊穣にするためのものだ、という死生観を持っていた。その代表的存在が朴鐘和《パクジョンファ》（一九〇一〜八一）と李相和《イサンファ》（一九〇一〜四三）だ。

「密室へ帰る」

ああ　剣よ　真《まこと》の命をください
もしこの世で得られないなら
鍵をください
死の国の鍵をください
真の命の在処《ありか》を探すために
冥府の巡礼者になります

「死の讃美」

黒い衣を骸骨の上に纏《まと》って
無言で朱土《あかつち》を踏む　あの群れをご覧
ここにこそ生命《いのち》がある
ここにこそ真実がある
荘厳なる漆黒の空
敬虔なる朱土の街よ！

帰ろう　帰ろう　死の国へ帰ろう
熱い真《まこと》の愛を得るために

死へ帰るんだ

「死より辛い」

朴鐘和にとっての死は生の苦しみから解放された至福の状態であり、真の人生とも言えるものだった。彼は随筆「永遠なる僧房夢」でも、死とは浪漫的な「涅槃」だと言っている。涅槃とは欲望・憎悪・迷いの三つの悪の根を断ち、業《ごう》も、生老病死の苦痛もない状態を指す。

李相和の詩「わが寝室《ふしど》」（一九二三）も、死の魔力に惹かれる気持ちを詠っている。

マドンナ　いねがての一夜《ひとよ》をこめて粧《よそほ》へるわが寝室へ　いまぞ来よ
褪《あ》せたる月は落ちなむとす　わが耳に聴く跫《あしおと》　お丶　御身なりや。
マドンナ　ひとたびはゆく路ぞ、さらばいざわれら往かなむ　縛《いまし》めの手縄を持たず、
お丶　御身のみぞ疑ひ知らぬマリア―わが寝室こそ復活《よみがへり》の洞窟《おくつき》なるを。

金素雲訳

ここでの「寝室」とは休息の場、つまり死の世界だ。詩人が熱望し、憧れている死は決して終末論的な死ではなく、豊かで永遠の生を約束する再生と復活のための死である。また金素月の詩「招魂」（一九二五）は、葬式の時の「復」、つまり死者の魂を呼び寄せる儀式を詠ったものだ。

『白潮』に掲載された小説もほとんどが死を扱ったものだ。羅稲香《ナドヒャン》（一九〇二～二七）の「唖《おし》の三龍」（一九二五）でも、死は限りなく美しいものとして描かれている。醜い肉体を持った人間の苦悩と献身と犠牲の究

極の形を描いたこの作品では、死は煩悩からの解放であり、永遠なる自由の獲得だという美学が提示されている。

3．有限の極としての死

韓国現代詩の嚆矢といわれる朱耀翰《チュヨハン》（一九〇〇～七九）の「火遊び」（一九一九）には次のような一節がある。

ああ、折って萎えない花もないというが、逝ったあの人を想うとわたしの心にも風が吹く。えい、ままよ。あの炎でこの胸を燃やそうか。昨日も痛む足を引きずって墓に行ってみたが、冬には枯れていた花がいつの間にか咲いていた。愛にも再び春がめぐり来るだろうか。

愛しい人の死と墓が登場することによって、残された者の抜け殻のような生活の様子が提示されている。自由奔放な形態と感情の開放によって現代詩史に重要な意味を持つ作品だ。だがこの詩の死に対する認識は非常に伝統的なものだ。自然は循環し、再生するが人間の生は一度きりだという伝統的な考え方がそのまま反映されているからだ。それは朱耀翰の「逝った姉」（一九二四）にもよく表れている。

江南から　燕が来る日
真新しい服に　花を挿し
花嫁姿で逝った姉に

土を被せ　芝で覆い
屏風に描いた鶏が　鳴いても姉は戻らない
石の上にスモモの花が　咲いても姉は戻れない

江南の燕は循環する自然の象徴だ。だが人間は自然のようにはいかない。人間と自然の秩序は永遠に平行線をたどるばかりだ。燕は春になればまたやって来るが屏風に描いた鶏が鳴かないように、石の上にはスモモが咲かないように、死んだ者は戻ってこない。この認識は高麗歌謡や伝統的な葬送歌と同じ脈絡のものである。金素月の「芝」(一九二二)もそのような流れの延長線上にある作品である。

逝った人の　お墓に芝が萌える
春が来たよ
光の春が来たよ

春が来れば愛しい人のお墓にもみずみずしい芝が萌えでる。絶えることのない自然の秩序であり、循環だ。だが人間は自然と対立する存在だ。逝った人の手をいつ、どこでまた握れるのか。それは不可能だ。死は有限の極であり、生者と死者の世界を分ける究極の別れだ。

がらんとした野に　響きわたる鈴の音

肩にのしかかる荷を　もう下ろすのか
ああ　号泣することもなく　われわれはここで別れるのか

金光均「緑洞墓地にて」

死とはつまるところ有限の生を生きる人間の終末であり、愛する人との別れなのだ。

4．死と変身

韓国では昔から、人は死んでも何かに姿を変えてまた戻ってくると信じられていた。「変身の論理」の章で言及したが、死と変身とは深い関係がある。だから新羅の文武王は死んで東海の龍になろうとしたし、百済歌謡「井邑詞」の行商人の妻や朴堤上の妻は夫を待ち続け、ついに石になってしまった。説話の主人公や時調の作者たちは、死んで青い鳥や花、蝶や松になることを願った。また仏教の輪廻思想によって畜生（獣）に堕ちることもあった。

死者が植物や動物・鉱物に変身して戻ってくるという考え方は、現代文学にも色濃く残っている。金素月の「コノハズク」（一九二三）、徐廷柱《ソジョンジュ》（一九一五～二〇〇〇）の「帰蜀途」（一九四三）、金永郎《キムヨンナン》（一九〇三～五〇）の「不如帰《ホトトギス》」（一九三五）、韓何雲《ハンハウン》（一九二〇～七五）の「青い鳥」（一九五五）はみな、死者が鳥になった、あるいは鳥になりたいという願望を表わした作品である。

昔　わが国
はるか　後方の

津頭江沿いに住みし　姉は
継母の虐待に　死にました
姉と呼んでくれん
ああ　忍びなき
虐待に　帰らぬ身となりし　わが姉は
死して　コノハズクになりました
「コノハズク」（宋寛訳）

ともしびの光　苦悩の夜空
うねうねたる銀河　なき濡れし鳥
ままならぬ調べに　目を閉じて
おのが血に酔いし鳥　キチョット鳴く
ああ空のかなた　独り行かれし恋人よ
「帰蜀途」（宋寛訳）

寂しさに痩せ細った　この身は
お前の杯の下で　つぶれてしまった
夜明けまで聞こえる　彼岸の歌
城下に響く　誇らしげな死の音色よ
「不如帰」

わたしは　わたしは
死んで　青い鳥になって
青い空　緑の野原　飛び回りながら

青い歌　青い鳴き声で　うたうのだ

「青い鳥」

鳥への変身願望には昔の詩歌や鳥を霊魂と結びつける考え方、輪廻思想などが作用しているものと思われる。過去の思想や認識、想像力というものはこのように文学に影響を与えるものなのだ。

一方、「生命の書」で「生命の自我拡散のために死の極地に赴く」と言った意志の詩人、柳致環《ユチファン》（一九〇八～六七）は「岩」（一九四七）や「石窟庵の大仏」（一九四七）といった詩の中で、石や岩への変身願望を詠っている。

われ死なば岩とならむ
ゆめ愛憐に染むるなく、
喜怒に動かさるるなく、
雨風に削らるるまま
億年　非情の緘黙を守り
内へ内へと笞《しもと》して
ついには命をも忘却し、
流るる雲
遠きいかずち、
夢見るとも歌わず
二つに断たるるとも

声立つるなき岩とならむ。

「岩」（金素雲訳）

石や岩のような鉱物への感情移入は、朴斗鎮《パクトゥジン》（一九一六～九八）の詩の世界に受け継がれることになる。

五．死の考察としての現代文学Ⅱ

死に関心を持つことがほとんどタブー視されていた近代以前とは異なり、現代小説では死のあらゆる現象が認識されるようになった。現代短編小説の形式が定まった一九二〇年代の作品群の特徴の一つに、死に対する感応力がある。それらの作品は、死をどう描くか、によって次の三つに分けられる。

まず第一に浪漫主義・唯美主義によって死を美化し、死を受容する作品だ。羅稲香の「唖の三龍」、金東《キムトン》仁《イン》（一九〇〇～五一）の「狂画師」（一九三五）がこれに当たる。醜い容貌を持った一人の画家の、芸術への異常ともいえる情熱と挫折を描いた「狂画師」では、殺人が起きる。だが作品の基調となるのはあくまでも唯美主義であり、殺人という犯罪に対する道徳的価値判断は下されないままだ。

第二に死は自然の摂理であり、常に存在するものだという認識で、これはとりわけ写実主義の作品に顕著だ。例えば金東仁の「甘藷」（一九二五）、羅稲香の「水車小屋」（一九二五）、玄鎮健《ヒョンジンゴン》（一九〇〇～四三）の「運の良い日」（一九二四）「私立精神病院長」（一九二六）などがこれに当たる。これらの作品で取り上げられるのは病死や殺人で、その基調には病や暴力に対する生物学的・社会学的認識がある。

第三に殺人を単なる個人の問題ではなく、階層間の対立や反抗の手段としてとらえようとする作品群で、これは一九二〇年代のいわゆる傾向派文学、あるいはプロレタリア文学の一つの定式だ。崔曙海《チェソヘ》（一九〇一～三二）の「朴乭の死」（一九二五）「飢餓と殺戮」（一九二五）「紅焔」（一九二七）がこれに当たる。一種の「社会の犠牲者小説」といえる崔曙海の一連の作品では、殺人や放火が貧困層の報復の手段として描かれている。また廉想渉《ヨムサンソプ》（一八九七～一九六三）の「萬歳前」（一九二四）では死を個人の問題ではなく、植民地特有の社会問題としてとらえている。これら二十年代の小説が死に対して示した関心は、のちに李箱《イサン》（一九一〇～三七）や金東里《キムトンリ》（一九一三～九五）、崔明翊《チェミョンイク》（一九〇八～四六）らの作品において重要な意味を持つことになる。

現代文学では自殺や殺人など、作品の中に死が氾濫している。その上大量殺戮が行なわれた朝鮮戦争の体験から、戦後の文学はイデオロギーの対立が生み出す敵対関係や報復心理、まだ生々しく残っている傷跡を描くことに固執することになった。それはわれわれが経験した歴史の悲劇に対する実証的な認識の結果だろう。

科学や医学の発達は多くの死をこの世から追放したことは確かだが、反面環境を汚し、大量破壊兵器を造るという矛盾も生み出した。また科学は人間の体の中で活動する病原菌をわれわれに見せることによって、死はまさに生の中にあるという意識をわれわれに持たせた。だから今日の小説は、死に至る過程の病理学的症状を重視し、作品に援用している。

死はいつの時代も文学の普遍的なテーマだ。

第十四章　韓国文学の時間観

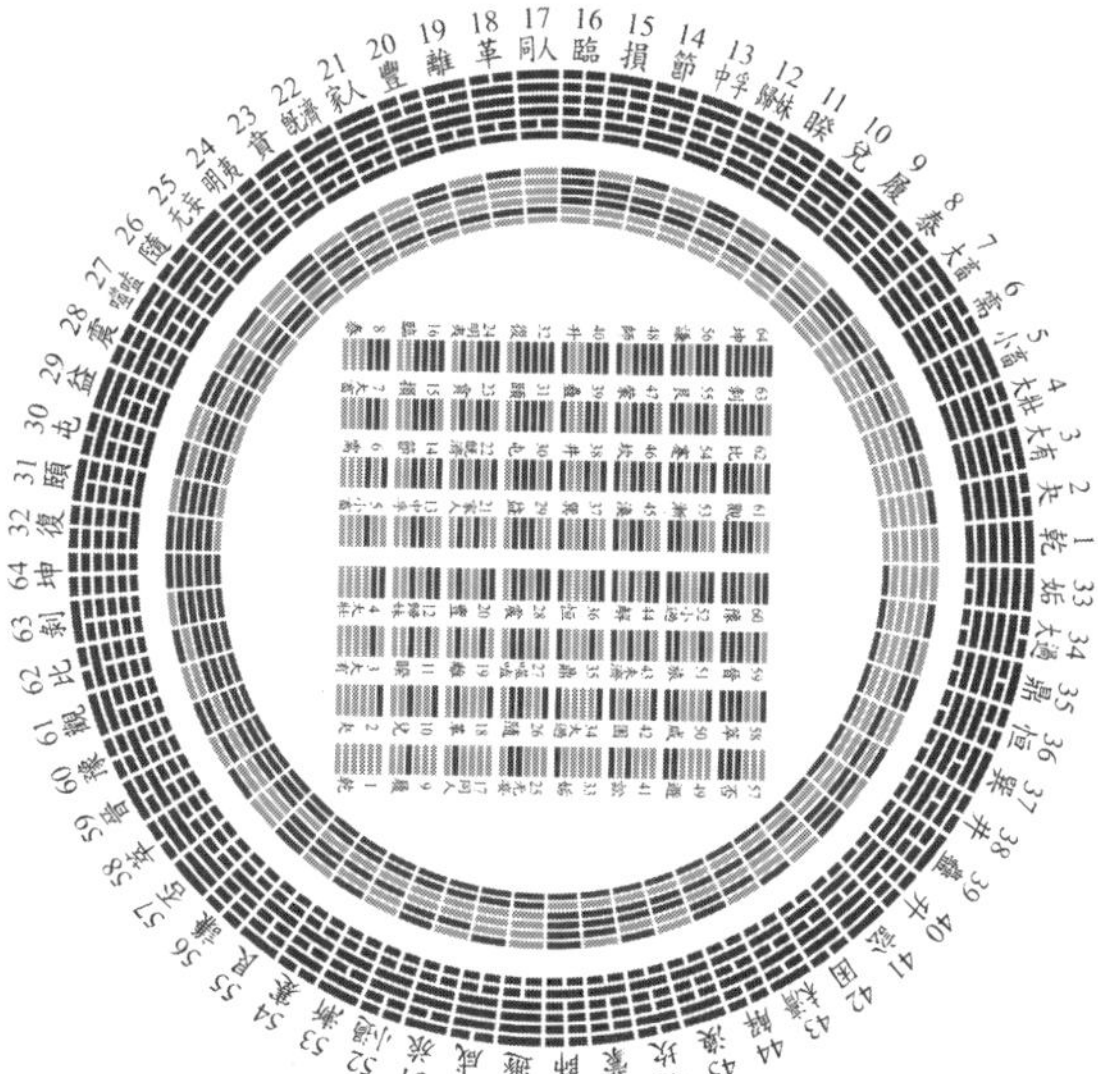

『周易』「64卦 方円図」

*

「四星」とも呼ばれる「四柱」とは、運勢を占る根拠となる生年・月・日・時のことだ。生年・月・日・時の四つの干支、つまり「八字」で運勢を占う四柱推命の考え方は、われわれの意識の奥底にある。言うまでもなくその起源は『周易』の陰陽五行説、あるいは九星術に基づく観相学である。（283ページ）

国破レテ山河在リ　城春ニシテ草木深シ　―杜甫―

一．時間のなぞなぞ

時間は人間存在と自然認識の根本概念であり、実に不思議なものだ。

いつだったか
わたしは死ぬ覚悟で　おまえのなかに飛びこんだ
おまえは一尺を越す鯉のように
光輝く本質だった
だがおまえは　今は練炭の燃えかす
ああ　奇《く》しきその姿
ある時はため息
ある時は酒
わたしは一瞬たりとも　おまえなしでは生きられぬ

これは成贊慶《ソンチャンキョン》（一九三〇～）の詩「時間吟」（一九八二）の一部だ。ある時は「光輝く本質」になり、またある時は「練炭の燃えかす」になる時間というものの不思議さと、それに縛られて生きるしかない人間の生を暗示した時間論的な作品だ。時間はあらゆるものを保存し、創造し、夢見るような経験をさせてくれるが、反面あらゆるものを破壊し、喪失する経験をわれわれに与えもする。

時間とは果たして何だろうか。オーゴスティンが『懺悔録』の中で告白しているように、時間とは実に摩訶不思議なものだ。時間は太陽を昇らせ、沈ませ、絶えず循環・変化・持続といった自然の秩序を司《つかさど》る。そしてすべての命あるものを生み出し、また消滅させる。時間は人間を結束させ、生活を営ませ、人間を支配するだけでなく時には離別・忘却・虚無の原因にもなる。

そのように不思議な存在であるだけに時間は宗教や哲学、歴史を生み出し、科学や心理学、芸術を創り、さらにルイス・キャロルの『不思議な国のアリス』やミヒャエル・エンデの『モモ』のような童話の世界まで創り出したのだ。

ならば韓国文学の想像力は、人間と時間の関係をどのようにとらえ、受け入れてきたのか。韓国文学に表現された時間観とは果たしてどのようなものなのか。この章では、その問いに対するいくつかの答えの糸口を探ってみようと思う。

二．無常と吉凶の体系としての時間

韓国人の時間に対する意識の中で特徴的なのは「時間は無情だ」という意識と時間は吉凶を司るものという運命的時間観、そして過去に対する敬意だろう。韓国人は契約よりも情、つまり感情の交流をあらゆる人間関係の基本と考えるが、時間にだけは情を移そうとしない。もちろん情が移る時間もないわけではないが、時間は原則的に無情の代名詞だ。だからわれわれは「無情な歳月は水の如く流れ去る」といった表現をよく使う。

これは時間が流れることによってすべての命あるものは死に、存在していたものが去ってゆくのを経験しているからだ。自分という存在や幸福な瞬間が悠久の時間の流れの中で永遠に続くわけではなく、時間とは止めることも遡ることもできないものだと知った時、時間は無情以外のなにものでもなくなる。

1. 時間の無常性

そのような韓国人の時間に対する意識は「涅槃経」の「諸行無常　是生滅法」、つまり生あるものは必ず滅し、変わらないものなど一つもないという世界観を受け入れることによっていっそう広まることになった。無常という認識は僧、月明の郷歌《ヒャンガ》「祭亡妹歌」に既にその萌芽が見られる。

ある秋の日早き風に、ここかしこ散りゆく木の葉の如く、
一つ枝より離れて往くところ知らざるを。

「祭亡妹歌」(金思燁訳)

人間の生には限りがある。悠久の時間の流れの中で人生はほんの一瞬といえるほど短い。秋風に散り散りになる木の葉のように、この世にしばしの間留まり、跡形もなく消えてゆくのが人生だ。人生の虚しさ、はかなさをこれほど切実に感じさせられることもないだろう。だから時間は無情なもの、と捉えられてきたのだ。

山は昔に変らねど　水は日々に新たなり
四時に流るるその水に　昔のもののあるべきや
すぐれし人も　水に似て　ひとたび行けば帰らざり

黄眞伊

このように、時調《シジョ》などの韓国の伝統詩歌では時間という観念は、主に水の流れ・露・夢・雲・花が咲いてまた散る・廃墟などのイメージで表現されている。また変わらないもの、永遠の観念は松・岩・山などのイメージで表現される。このような時間観は金萬重《キムマンジュン》（一六三七〜九二）の『九雲夢』のような宗教的な小説の基調ともなり、またいずれは死ぬのだからせめて生きている間は楽しもうという刹那主義、享楽主義的人生観を形成することにもなった。李殷相《イウンサン》（一九〇三〜八二）の随筆集『無常』（一九三六）は、このような時間観を基盤にした作品だ。

2. 吉凶と時間

一方、韓国人の生活習慣や精神構造の中には時間が吉凶や禍福を司る、という特殊な考え方がある。この場合の時間とは、即ち運命だ。縁起のいい日や時間、あるいは避けるべき日や時間があるという意識は今日、この時代でも人々の意識に根強く残っている。だから何か商売を始めたり行事を行なう時には日を選ぶし、結婚する際も互いの生年月日と生まれた時間で相性を占い、縁談が成立したら新郎の家から新婦の家へ新郎の生年・月・日・時を書いた書状を送らなければならない。「四星」とも呼ばれる「四柱《サジュ》」とは、運勢を占《み》る根拠となる生年・月・日・時のことだ。生年・月・日・時の四つの干支、つまり「八字《パルチャ》」で運勢を占う四柱推命の考え方は、われわれの意識の奥底にある。言うまでもなくその起源は『周易』の陰陽五行説、あるいは九星術に基づく観相学である。郭守敬の『授時書』や八世紀の李虚中の著書によれば、人間の運命、生死や禍福は四柱八字によって予め決まっている、という。

このような時間観、運命観は韓国の「八字が悪い（生れつきの星回りが悪い）」「八字は甕に入っても避けられない（運命からは逃れられない）」「八字を直す（運が向いてくる）」といった諺や小説に少なからず受容されている。

パンソリ系小説の『雉伝《きじ》』や『卞ガンセ伝』は、朝鮮時代の他のどんな小説よりもこのような時間観を反映しており、主人公たちの流転の運命が四柱八字にからめて描かれている。

アイゴー、おらはなんて八字（運）が悪いんだ。亭主は次々と死んじまう。最初の亭主は鷹に襲われて、二番目の亭主は猟犬に噛み殺された……なんてひどい八字なんだ。

寡婦とやもめが一緒になるのに四柱もへったくれもあるもんか。二人が共寝すればそれで充分だ。さて、婚礼の日はいつがいいか。一上生気、二中天宜、三下絶対……六中福徳日だ。徳が全部合った今夜だな、一番縁起がいいのは。『雉伝』

おらは四柱で寡婦になることが定められてるんだ。だから亭主が死んだって何とも思わないよ。

へえ、おらは壬戌年の生まれです。天干によれば甲は陽木、壬は陽水。だから水生木がいい。納音で占《み》れば壬戌癸亥大海水、甲子乙丑海中金、金生水はもっといいからまさに赤い糸で結ばれた相手だ。今日はちょうど己酉日、つまり陰陽部将が対をなす日だから早速婚礼をあげましょう。

『卞ガンセ伝』

四柱八字を信じるということは天命を受け入れるということだが、それは時間を運命の支配者として認めるということでもある。だから朝鮮時代の小説に出てくる女性たちはみな運命論者だ。彼女たちは四柱八字を、自分たちの避けることのできない運命のモデルとして受け入れている。玄鎮健《ヒョンジンゴン》（一九〇〇〜四三）の短編「運の良い日」（一九二四）は、運命論的な時間のアイロニーを描いた作品である。

3. 韓国人の過去志向

時間の単位は一般的に「昨日」「今日」「明日」、つまり過去・現在・未来の三つに分けられる。それらはそれぞれ記憶・直観・期待によって確認できる。韓国人はその三つの中でとりわけ過去に執着する傾向がある。人間関係における情も、昔の情ほど忘れることができず、言葉も昔の人の言葉ほど正しく、信頼できると考える。われわれにとって良かった時は常に昔であり、昔を懐かしがる気持ちをわれわれは驚くほど強く持っている。では、このような過去への執着はどこから来たのか。それは、過去こそ間違いなく自分が経験した時間だという意識と、韓国社会が伝統的に過去志向型の農耕社会だったということと無関係ではないだろう。

遊牧社会と違って農耕社会は決められた土地で生活し、常に暦、つまり気候や季節に関する過去の知識や経験の積み重ねが必要となる。また生産人口の集約性を要するので保守的で家父長的秩序を重んじ、祖先を崇拝する。そのような保守性が人々の時間に対する意識を過去志向にしたのだ。

長い間そのような生活を送ることによってわれわれの文学的想像力もいきおい過去志向にならざるを得ない。だから故郷や昔の恋人、幼い頃を思い出し、懐かしがる郷愁と追憶の作品が韓国には多いのである。もう戻らない過去は美しいもので、時間はその美しい過去を破壊し、荒廃させるという意識が韓国詩の基調にはある。アラン・トフラーが指摘したように、未来への衝撃が問題となっている今日の産業社会においても、忘れられた時間への郷愁はまだ残っているのだ。

三．昼と夜の時間現象学

一日の時間のリズムは昼と夜が交替することによって成り立つ。日が昇れば昼になり、日が沈めば夜になる。これが時間の秩序だ。一年という太陽の周期、月の周期や四季の周期的変化もあるとはいえ、夜と昼の交替ほどわれわれに時間の変化をはっきりと自覚させるものはないだろう。だから昼と夜は時間を測る基本単位となるだけでなく、人間の生理や社会生活、文化的生活にも大きな影響を与えるのだ。

昼の生活と夜の生活は対照的である。昼は、まず何よりもわれわれが起きている時間だ。食料を確保するために動き、汗を流して働く労働の時間だ。それに対して夜は暗く、眠りと休息のための時間であり、愛と種族保存のための生殖の時間だ。

またわれわれの人間関係や活動範囲は昼は拡散し、夜は収斂する。昼間それぞれの場所に散らばっていた家族や夫婦が夜になると愛の空間である家という場所に再び帰り、灯りの下で緊密な時間を持つわけだが、反面、昼間築いた人間関係は夜の間だけ解消されることになる。また昼の明るさはわれわれに目に見える事物の存在に目を向けさせるが、夜の暗さは視覚の代わりに聴覚や触覚を発達させ、われわれに夢や追憶や幻影を見させる。また「昼耕夜読」というように、昼は肉体労働で経済的生産をする時間だが、夜は思索で精神を成熟させる時間だ。昼が俗っぽい時間だとすれば、夜は聖なる時間だ。だから昼はリアリズムをはぐくみ、夜は浪漫主義をはぐくむ。

このような昼と夜の異なる生活パターン、そして感覚や経験は文学作品の特性と密接な関係がある。たとえば李相和《イサンファ》（一九〇一～四三）の詩「奪われた野にも春は来るのか」（一九二六）と「わが寝室《ふしど》」（一九二三）の場合を見てみよう。前者を支配する時間が昼であるのに対し、後者の背景となる時間は夜だ。前者は昼の詩だからこそ土地、つまり植民地となり生存の場を失ったという現実が浮き彫りになるのである。また空・野・田んぼの畦道・雲雀《ひばり》・雲・麦畑・蝶・燕・鶏頭の花……など目に見えるものが一つ残らず提示される。だが「わが寝室」では休息の時間である夜に帰り、そこに留まろうとする。また昼の集団的な人間関係ではなく、愛する者との一対一の関係に戻ろうとする。

マドンナ　いねがての一夜《ひとよ》をこめて粧へるわが寝室へ　いまぞ来よ
褪《あ》せたる月は落ちなむとす　わが耳に聴く跫《あしおと》　おゝ　御身なりや。
マドンナ　燃えのこる芯を掻き上げ　身もそゞろ歎きに暮るゝわがこゝろの燈燭《ともしび》を見よ、
そよと吹く毛先の風にも息は絶え絶え、ほの蒼きけむり立てゝぞ消ゆるなれ。

マドンナ　夜の授けし夢　われらがあざなふ夢　人の世の生《いのち》の夢のいづれ醒《さ》めざる、
おゝ嬰兒《みどりご》の胸のごと歳月《としつき》知らぬわが寝室に　よきひとよ　いまぞ来よ　終りなき國に。

金素雲訳

昼と夜との対立を通して客観的な時間の流れと待ち焦がれる想い、そしてすべてを超越する永遠への渇望を表現したこの詩は、表題通りまさに夜の詩だ。夜は現実や社会を見えないように隠し、忘れさせる天幕の時間だ。また昼の疲れをねぐらで癒し、人間関係を自分と相手という最少の単位に縮小する時間だ。だから文学における夜は愛と孤独・待望・追憶・恋しさなどが情趣を生み出す時間なのだろう。

夜は追憶や妄想や慕わしさをはぐくむだけでなく、聴覚を鋭敏にする。だから韓国の古典文学作品では深夜十一時から一時の間、つまり三更にホトトギスやコオロギ、雁や昆虫が鳴くとそれを求愛か、あるいは孤独な鳥の嘆きだと解釈した。また昔の文人は絶えず流れる水の音、障子を濡らす雨垂れの音、風の音、落ち葉が風に吹き払われる音、風鈴の音、砧《きぬた》を打つ音、靴を引きずる音、犬の吠える声、鐘の音などに敏感に反応し、それを重要な表現媒体と考えていた。

梨の花に月白く　天の川すでに夜半なり
一枝にこもりし春の心を　子規《ほととぎす》の知るべきや
あわれを　知りしわが心　寝ねがてに病むがごと

瀬尾文子訳

このような夜の音に対する鋭敏な感性は現代文学にも受け継がれている。例えば「わが寝室」の「わが耳に聴く跫《あしおと》」や「燈燭《ともしび》」、金永郎《キムヨンナン》（一九〇三～五〇）の「不如帰《ホトトギス》」（一九三五）に出てくる「不如帰の鳴き声」、申《シン》瞳集《トンジプ》（一九二四～）の「送信」（一九七三）に描かれる「コオロギの鳴き声」などが古典文学の影響を受けていることはすぐに分かる。

呉相淳《オサンスン》（一八九四～一九六三）は、長大な詩「アジア最終夜の風景」（一九二二）の中でアジアの真理は夜の真理だ、と言っている。彼によれば夜はアジアの目であり耳であり、感覚であり性欲であり、心であり美学であり、宗教だそうだ。共感できる考えだ。西欧の文学が必ずしも東洋のそれの対極にあるというわけではないが、確かに東洋の芸術や文学は夜を愛している。

やはり東洋の文学である韓国文学には、夜を背景にした作品が非常に多い。「処容歌」や「井邑詞」を初めとして「願往生歌」「鄭瓜亭曲」「満殿春別詞」などがそうだ。「青山別曲」でも部分的に夜が描かれているし、朝鮮時代の時調や歌辞に至っては言うまでもない。

このように韓国の詩の世界は、夜という時間帯が持つ独特な生理や生活様式、情感や雰囲気と非常に親密だと言える。このような現象は現代文学においても少しも変わらない。だから韓国の詩は全般的に、夜の持つ情緒や意識の夜行性を主な特性としている。そのような観点から見ると一九三〇年代の、いわゆる「午前の詩論」に基づいた金起林《キムキリム》（一九〇八～?）の「太陽の風俗」（一九三九）に見られる主知的なモダニスト詩運動や朴斗鎮《パクトゥジン》（一九一六～九八）の詩「日」（一九四六）は韓国詩史における異端であり、反逆的な革新現象と言えるだろう。

四．客観的時間と主観的時間

1．クロノスとカイロス

時間は客観的でもあり、また主観的でもあり得る。時計や自然の時間は客観的だが人間の心や経験の中の時間は主観的だ。時計で測る時間を「クロノス」の時間、時計とは関係ない、心の中の時間を「カイロス」の時間と言う。「クロノス」の時間を外的時間、「カイロス」の時間を内的時間とも呼ぶ。

五分の間、愛する恋人をじりじりしながら待ってごらんなさい。その時あなたは、たったの五分があなたにとっては十年よりも長い、やりきれない時間だということに気づくだろう。苦痛に満ちた刑務所の中の時間もそうだ。死刑囚は時間の「密室恐怖症」になり、無期懲役囚は時間の「広場恐怖症」になるという。逆にあなたが非常に幸福な生活を五十年もの間、送ったとしよう。五十年後のある瞬間、ふと気づくと、おそらくその五十年は本当にあっという間に過ぎ去ったとあなたは感じることだろう。

ヴァージニア・ウルフは『オーランド』（一九二八）で時間について次のように述べている。

時間は驚くほど確実に動物を生み出し、植物や花を咲かせ、枯れさせるが、残念なことに人間の心に与える効果は単純ではない。人間の精神の複雑さは一時間を五十倍にも百倍にも延ばすことができるし、逆に一時間がたった一秒に感じられることもある。

つまり時計で測られる物理的・客観的な時間以外に心の中の時間、主観的な時間が存在するということだ。時間をそのように主観的にとらえる感性は、ずっと前からわれわれの中にあった。「一刻三秋の如し」とか「須臾」、つまり一時間がまるで三年のように感じられる、あるいは長い人生もほんの一瞬に過ぎない、といった感覚である。われわれの心は一時間を百年のように感じることもあれば、百年を一日のように感じることもある。そして『九雲夢』が暗示しているように、夢の物語の中では時間を自由自在に縮めたり、自分の思い通りに切ったりもできるのである。

2．黄眞伊《ファンジニ》の時間観

韓国の女流詩人、黄眞伊〔朝鮮王朝第十一代王中宗から第十四代王宣祖の時代の名高い妓生〕は、情のうつろいやすさと時間というものの性格を誰よりも知り尽くしていた「時間の詩人」だ。彼女は流れる水と動かない青山という対立するイメージを通して、去りゆく情と変わらない情の実体を明らかにし、時間を主観的に扱うことによって客観的な時間の流れに抗う意識を表現した。

緑なす奥山の碧渓水《たにがわみず》よ　行きの早きを誇らざれ
ひとたび海に注ぎなば　返り来《こ》むことも難きを
しばしは憩え　名月の光　山に満つれば

彼女の一連の時調では人間は常に水のようにいずこへともなく流れてゆく存在だが、その流転の時間に彼女はあえて逆らおうとする。それが「山」や「青山」のイメージで表現されている。そのような客観的な時間を主観化した作品の最高峰といえるのが次の詩だ。

冬至《しもつき》のながながし夜を　真中《まなか》より二つに断ちて
あたたかき春のしとねに　畳み入れ
君の　訪《と》いくる短か夜を　延ばし延ばさめ

ここでは客観的な時間を裁断して縮め、完全に主観的な時間にしてしまっている。これは客観的な時間に対する仮想の反乱だ。冬至の長い長い夜が空間となり、またその空間を再び時間に変えている。このような伸縮自在な時間は、もはや客観的な時間でもなければ公的な時間でもない。このような黄眞伊の時間論は遡れば高麗歌謡に、時代を下れば毛允淑《モユンスク》（一九〇九〜九〇）の詩につながって一つの世界を形作っている。

千年を　一本の首飾りにして
おいでになる道を　首飾りにつなげましょう
一日が　千年に思われるほど
気の遠くなるような想いに　息が詰まれば
おいでになる道に　薔薇は咲かないでしょう

毛允淑の「待つ」（一九五〇）という抒情詩の一部だ。黄眞伊の時調では冬至の長い夜を二つに切って短い春の夜につないだが、ここでは千年が一本の珠の首飾りに縮められ、また一日が千年になるという時間の延長も行なっている。だがそのような違いがあるにもかかわらず、この二つの詩は基本的に同一と言える。愛する人を待つ気持ちを詠っている点も同じだし、時間を思い通りにコントロールするという着想が同じだからだ。いずれにせよこれらの詩は愛する人を待ち続け、ついに石になったという「望夫石」の物語や、死んでも死体は腐らなかったという、韓国女性の激しい生き方や情熱の一端を垣間見せてくれる。周期的に巡る時間の流れを自分の体で直接、敏感に感じとる女性の詩だけに、時間に対する感性は男性よりもはるかに鋭い。このような詩の源流を辿れば、女性的な情緒を詠った高麗歌謡「西京別曲」に行きつくのは間違いない。

五．循環の時間と直線の時間

中国の劉廷芝の詩は、循環する自然界の時間と人間の世界の無常で直線的な時間との対照を見事に表現している。

年年歳歳　花相似テ
歳歳年年　人同ジカラズ

自然の時間は循環し、繰り返すが人間の生は一回きりであり、一度死んだら生きかえることはない。人間は直線的な存在に過ぎないという認識だ。

一年の季節の変化や農家の行事などを詠んだ高麗歌謡「動動」は、暦と密接な関係があるという点以外でも時間論的に見るべき点が少なくない。

正月の川の流れは
アウ　凍りては溶け
うき世にうまれ　われひとりゆく
アウ　ドンドンタリ
……（中略）……
四月をば忘れず
アウ　鶯は来るに
なんぞ銀事様
昔のよしみ忘れしや
アウ　ドンドンタリ

「動動」（金東旭訳）

ここでは二つの世界が対立している。つまり自然の世界と人間の世界、具体的には「川の流れ」「鶯」対「われ」「銀事様」だ。循環する自然の秩序を象徴する川の水は凍ってもまた溶ける。鶯も四月になればまたやって来る。そのように自然界では生死が繰り返されるが、人間は限られた一度きりの生を生きるしかない孤独な存在だ。この作品には循環する時間と直線的な時間の対立に対する鋭い認識がうかがえる。

N.ベルザエフは時間を宇宙的時間、歴史的時間、実存的時間の三つに分け、それぞれの時間は円、水平線、垂直線によって象徴されると言った。円に象徴される宇宙的時間とは、つまり自然界の時間だ。夜と昼は交替を繰り返す。季節も繰り返し巡る。月は満ち欠けを繰り返す。そのように宇宙や自然の秩序は繰り返すという認識の根拠となったのが植物の生だ。昔から農耕によって生計を立て、農耕文化的な宇宙観を持っていた韓国人は、四季の変化や天体の運行を見ることで循環する時間という意識を持つようになった。さらに仏教の輪廻という考え方を受け入れることによってそのような時間観は確立された。

一方、水平線に象徴される直線の時間、あるいは歴史的時間は変化と流転・進行の時間だ。これは点から点へと動く線のようなもので、上昇から下降へ、隆盛から消滅へと推移する。過去から未来へと永遠に流れてゆく時間を直線としてとらえており、そこには事物や人生、歴史の栄枯盛衰に対する無常感がある。人間は過去へ戻ることはできないと考えるこの時間観を歴史的時間と呼ぶ。

「動動」や葬送歌は、自然界の循環する時間と人間の直線の時間との対比を基調にしている。そして『九雲夢』のような異界行を扱った「夢遊録」小説は主に循環の時間を描き、朝鮮時代の伝記小説は直線の時間を構成の枠組みとしている。「国破レテ山河在リ」と詠った杜甫の詩や、高麗時代末期の吉再《キルチェ》（一三五三〜一四一九）や元天錫《ウォンチョンソク》（一三三〇〜？）の懐古的な詩調は直線的な時間を表現した作品だ。

では、このような時間の問題は現代文学ではどのように扱われているのだろうか。韓龍雲《ハンヨンウン》（一八七九〜一九四四）と金素月《キムソウォル》（一九〇二〜三四）の抒情詩は、それを解く根拠となる。韓龍雲の詩には『ニムの沈黙』（一九二六）が示すように、関係の断絶がない。いや、あったとしても結局はそれを乗り越えることによってなくしてしまう。そして彼のいう「ニム」とは、自然の循環のように再帰可能な存在だ。だから彼の詩は循環の時間を基にしていると言える。だが金素月の場合は常に関係の断絶と距離感、そして虚しさが前提となっている。だから彼は直線の時間を意識しており、それゆえの悲哀が作品の基底に流れている。

六．解決の時間と現代の時間意識

1．時間の審判

「最後の審判」は何もキリスト教の占有物ではない。あらゆることはいずれ時間が審判し、解決するという認識はわれわれにもある。われわれは時間が絶えず、素早く過ぎてゆくのを無情と感じる反面、時間に対する信頼感のようなものも持っている。それは即ち、より良い未来への期待であり、時間は審判員のようなものだという楽観的で道徳的な認識に基づいている。これをもっとも具体的に表現した文学が朝鮮時代の小説だ。

朝鮮時代の小説がほとんど例外なくハッピーエンドで終わることを、われわれはよく「型にはまった勧善懲悪小説」だとか「悲劇性の欠如」などと言って批判する。そのような批判は文学論としては妥当と言える。だが批判する前に、そのような現象を生み出した要因を考える必要がある。それはおそらくわれわれの時間観の特殊性によるものだろう。つまり時間は因果応報的なもので、たとえ問題があったとしても時間が経てば必ず解決するはずだ、という意識が作用しているのだろう。朝鮮時代の作家たちは「苦尽甘来」「興尽悲来」、つまりとことん苦い思いをすれば甘い思いができる、楽しい思いを満喫すれば次には悲しみがやって来る、という認識を持っていた。だから朝鮮時代の小説では、善人だが不遇な者に対しては運命を好転させてやり、悪行によって一時的に権勢をふるう者には破滅の運命を用意することによって道徳的な世界観を表現しようとした。それは、つまりそれだけ未来を信じていたということだろう。だが現代小説では悲劇的な時間観が描かれることが少なくない。

2. 時間が支配する現代社会

ハンス・マイアホフが指摘したように、現代は時間の持つ社会的意味が拡大している。今や時間はわれわれの日常生活を支配する原理となったのだ。極言すれば、現代社会は人間ではなく時計が支配し、統治している。だから現代人は時間の脅迫観念にとらわれざるを得ない。われわれのあらゆる公的な生活は時計に縛られており、うっかり時計を持たずに外出などしたら不安を覚えるほどだ。

このような時計の威力に対して現代文学は抵抗を試みてきた。プルーストやジェームズ・ジョイスは時計の世界を破壊した最初の作家である。それ以来、「意識の流れ」によって現代小説はいわゆる「針のない時計」といわれる、時計に対して反乱を企てる存在となった。韓国現代文学の鬼才、李箱《イサン》（一九一〇〜三七）は、倦怠という時間の病を引き起こす基である時計を完全に破壊したという点においても記憶されるべき作家だ。

私の部屋の時計が突然十三を打つ。その時、号外を知らせる鈴の音が聞こえる。私の脱獄の記事。不眠症と過眠症に悩まされている私はいつも岐路に立っている。私の内部に向かって道徳の記念碑が倒れ、壊れた。重傷―世の中は誤りを伝える。十二＋一＝十三　翌日（つまり、その時）から私の時計の針は三本になった。

「一九三一年（作品第一番）」

小説「翼」（一九三六）と対をなすこの詩では時計は完全に破壊されている。三本針の時計とは、針のない時計と何ら変わりがない。

現代は時間がますます絶対化されてゆく産業社会であり、管理社会だ。農耕社会のゆったりとした時間の流れとは違ってスピードが強調され、生活全体が精密な時計のように秩序づけられている。時間は今や個人のものではなく、社会や組織の占有物となってしまった。だから時間はお金のように崇拝され、また時間が生産性と結びつくことによって現代人は時間病患者の徴候を示すようになった。現代人にとって時間とは拘束や束縛の象徴だ。だから人間の自由を守るべき作家たちにとって時計は否定的すべき存在である。一方、現代人の意識の中に、時間は無常だという感覚が未だに残っているのもまた事実だ。ともかく時間という概念が変わりつつある今日、現代人の意識の中で時間への脅迫観念が顕著になっている。

その結果、現代の文学批評においても主題的時間論及び時間の構造詩学に対する模索が続いている。また心理的な時間への関心は伝統的な小説のプロットを否定し、時間の逆転現象は小説の構成を変化させている。

第十五章　韓国文学の山岳観

寒渓嶺（江原道襄陽郡と麟蹄郡にまたがる嶺。標高935メートル）

*

峠は韓国文学の背景の中で親しみのある場所の一つだ。峠は山ではあるが、同時にこちら側と向こう側を分ける境界線でもある。山の多い韓国は、当然峠も多い。大関嶺・秋風嶺・竹嶺といった高い峠を初めとして有名無名の無数の峠が各地に散在しており、それらの峠には大抵昔の人々の暮らしが、そして愛憎が色濃くにじんでいる。（315ページ）

一・窓を開けて緑の山と向き合え

大粒の雨　ぱらぱらと
芭蕉の葉を叩く　夕暮れ

窓を開けて　緑の山と向き合え

いつ聞いても　水の音は優しく
日々眺めても　懐かしい山よ

趙芝薫《チョジフン》（一九二〇～六八）の詩「芭蕉雨」（一九五六）の一部だ。懐かしいという感情は対象の不在によって引き起こされるはずなのに、なぜ詩人は毎日眺める山を「懐かしい山」と言うのだろうか。つまり「懐かしさ」は対象が不在の時だけに感じるものではないのだ。東洋の詩人にとって山は美的な価値の対象であり、同時に精神的修養の対象だ。世俗の垢にまみれ、迷いの日々を暮らす人間にとって、どっしりとして揺るぎない山は目の前にあっても「懐かしい」。俗界とは距離を置いてそそり立つ山は、正面から向き合うだけの価値のある崇高な存在である。低い山は低いなりに情緒がある。そして韓国の山は地方主義を助長したという面も確かにあるが、外敵から文化を守る砦にもなった。

山はわれわれにとって登る対象というよりは瞑想し、俗世の超越・無欲などの意味を悟る修練の場であり、自然との融合を体験するもっとも具体的な場所であると同時に美的な空間でもある。山はまさに東洋の精神であり、教養であり、宗教であり、美学だ。昔から修練の場と山が山水画に描かれてきたのもそのためだ。地形的に山の多い韓国の詩人で山を詠わない者はほとんどいない。現実を逃れて山に住み、自然を観賞して暮らすというのは韓国の詩の基本テーマと言える。

山に花有り　花咲けり
秋となく春となく夏となく　花咲けり
山に鳴く小鳥は
花に魅せられ　山に　住むという

金素月「山有花」

山に囲まれて
種を蒔いて　暮らすのだ
畑を耕して　暮らすのだ

山裾の　ちっぽけな土地に　家を建て
息子をもうけ　娘をもうけ
塀の脇に　かぼちゃを植え
茨のように　生きろという
蓬のように生きろと　山がいう

朴木月「山に囲まれて」

このように韓国文学における山は単に自然というだけでなく、韓国人の自然観を体現する美的で精神的な観照の対象である。また山は死者が埋葬されている異界であり、祖先の霊が眠る神聖な場所でもある。

二．山の精神史

1．山と東洋文化

ロラン・バルートは「山は人間の努力を鼓舞し、道徳性を養う」と指摘したが、われわれ韓国人にとって山は美しく、また宗教的な敬虔さを感じさせる存在だ。ずっと昔からわれわれの心の中にある山は崇高・解脱・不動・無欲の代名詞だった。だから山は神霊や神仙、悟りを開いた道僧、あるいは彼らが住む場所によくたとえられる。

おまえの額から
黎明を告げる　一筋の光
雨に濡れた　その姿
夜はまた　おまえの頭上に
蛍のように輝く　幼い星たち
ああ　山よ
病んだように　大地に横たわり
孤独な背中を　虚空にさらし

瞑目して　自慰するおまえ
山よ
私もまた　おまえのように老いてゆく。
柳致環「山」

皺だらけの　老いた山
その瞑想する姿を　私は愛す
辛夕汀「山に向かう心」

これらは山の描写詩に該当する現代詩だ。作者は違っても山を見る視点はほとんど同じだ。山は一様に世俗を超越した無欲と達観の象徴であり、畏敬の対象とされている。それだけ山は美的でありながらも道徳的であり、禅に通じる精神的なものなのだ。われわれが山に対して抱くそのようなイメージを形作っているのは古代の山岳信仰、あるいは原初的な宇宙観と道教・仏教・儒教・シャーマニズムなどの混合文化である。

韓国の神話では世界は上・中・下の三層から成るとされていたようだ。上層は天に通じる聖なる場所で、檀君神話に出てくる太白山の頂上に開かれた都市「神市」はまさに上層の象徴である。山は天と地の接点だということで神聖視され、ことに頂上は聖なる場所とされてきた。駕洛国〔伽倻国〕の亀旨峰神話や新羅の仙桃山の神母説話、摩尼山神話などはみな山頂を聖域としており、民譚にも山中の澄んだ沼で天上の仙女たちが沐浴する話がある。このような山頂崇拝は、霊山の頂上に不浄な死体を埋めると旱魃で不作になるといった俗信の中に今でも残っている。筆者の故郷である慶尚北道の義城、塔里の近くに金城山という山があるが、その頂上は地元の人々から今でも聖域と信じられている。古代のそのような山岳信仰は、山を焼いて神に祈りを捧げる風習などに今でも残っている。

一方、道教は神仙思想を中核とする宗教なのでとりわけ山を尊ぶ。葛洪の『抱朴子』や『神仙伝』によれば、渤海には蓬萊山・方丈山・瀛州山の三神山があり、そこには不老長寿の薬を持つ神仙がいる、とされていた。道教では、山は神仙術を完成させるのにうってつけの道場だと考えられている。また山には薬の材料となる薬草があるので、修行者はみな山奥へ入っていったのだ。

韓国文学としては異例の、山の描写で始まる金萬重《キムマンジュン》（一六三七～九二）の古典小説『九雲夢』は、神仙思想と仏教的世界観を基にした独特な作品だ。

天下に名だたる山が五つある。東には東嶽、すなわち泰山があり、西には西嶽、すなわち華山がそそり立ち、南は南嶽、すなわち衡山があたりを鎮めて雄姿を現わし、北には北嶽、恒山が自然のたえなる屏風をめぐらしたように青々と連なり、この中央を占めて崇山の雄渾な山の根がどっかとたたずんでいる。いわゆる五嶽である。

この五嶽の中で、衡山だけが中原から遠く離れている。九疑山が南にたたずみ、洞庭湖が北のはしをかすめ、瀟湘江が三面をめぐって流れる所に、まるで祖先の廟前にわかれて侍立しているような七十二峯が、いろいろな形に変化して連なっている。ある峯ははるかに天を支えて立ち、あるいは削り立てたような峯先が、異様な旗幟の雲をわけてひらめくようにそそり立つなど、すべての峯が秀麗・清祥のかたちの中に精気をみなぎらしていた。

……（中略）……

かつて晋の時代に、道を修めて悟りを開いた仙女、衛夫人が、天帝のお召しにより、仙童仙女を率いてこの山に降り、あたりを鎮めたことがあった。いわゆる南嶽夫人とあがめられた人である。はるかむかしからそのあらたかな霊験と奇蹟のかずかずは、枚挙にいとまのないほどである。

　また、唐の時代には西域の天竺からきた高僧のひとりが、衡山の美観に魅入られた。その中でも特にかれの賞《め》でたのは、蓮華峯あたり一帯のすばらしい景色であった。ここに足を止めた高僧は、庵を結んで仮の宿りと定め、大乗仏法でもって衆生を済度しながら、鬼神のはびこるのを防いだことから『活《いき》仏《ぼとけ》の再来』とあがめられて、衆人の信心を一身に集めるに至った。

洪相圭訳

　蓮華峯という山は俗界に対する神聖な世界であり、修練の道場である。この作品では山という上層以外に、龍王が住む洞庭湖も聖なる場所とされており、冥界という仏教的な世界観と人間界が同時に提示されている。このように『九雲夢』は世界を上層・中層・下層に分割し、類い稀な想像力を駆使して創られた作品であり、蓮花峰に象徴される山は空間の頂点であると同時に精神世界の頂点を意味する。主人公、性眞（楊少游）が空間をさまよい、魂の遍歴を経たのちについに自己浄化に至る、というのがこの作品のテーマである。このように、仏教もやはり山を特別な存在と認識していた。仏教の山岳観は老荘思想と結びつき、山の静寂さ、山の揺るぎなさを礼讃するようになる。

　シャーマニズムもまた古代信仰と結びついた形で山を聖なる場所としてきた。韓国の寺には山の神をまつった堂があるが、これは神仏習合の具体的な事例である。また儒教でも「仁者は山を楽しみ、知者は水を楽しむ」として山を仁者、つまり徳のある人と結びつけ、山の険しさを人生の険しさにたとえてもいる。

　このように、東洋では山は俗世間の煩わしさから逃れる避難所であり、神秘・神聖・解脱・精神統一・思索・万古不動といった形而上学的な価値を持つものとして古《いにしえ》より敬意を持って受け入れられてきた。この感性は人体に特別な関心を払ったギリシャ芸術の美的感覚とは非常に距離がある。だから韓国文学における山は、人間が登ったり征服したりする西欧の山とは違って仰ぎ見、対座して眺める山であり、人間が帰依し、同化する神聖な場所なのだ。

盃を手に　ひとり坐し　遠き山を眺むれば
懐かしき君来たる　喜びは限りなし
語らずも　笑むことなくも　ただ嬉し

尹善道「山中新曲」

このように山は東洋の詩人にとっては静かに眺め、自然との交感を楽しむ相手だった。また俗世間を拒否し、山林に隠れ住んだ詩人たちの精神的な支えでもあった。

2. 山の両面性

韓国の文学や思想において山は必ずしも常に肯定的な場所だったわけではない。清らかな聖域、あるいは俗世間からの避難所、または神仙術の道場という性格がもっとも強かったことは確かだが、そうでない面もあった。山は俗界と別世界ではなく、俗界で法を犯した犯罪者や盗賊の棲み家となることもあった。山には修行僧だけでなく、山賊のような無法者や虎、狩人なども入ってゆく。だから山は、時にはぞっとするような犯行の現場であり、後述する「青山別曲」の場合のように殺人の舞台にもなる。山が小説の舞台になる場合はとりわけそうである。このような山岳観は現実的（社会的）山岳観、あるいは狩猟的山岳観とでも名付けられるだろう。

許筠《ホギュン》（一五六九〜一六一八）の古典小説『洪吉童伝』では社会に対する反逆者、洪吉童とその部下たちは山賊が住む洞窟を拠点としている。『薔花紅蓮伝』では、山は殺人と死体遺棄の犯行現場になっている。とりわけ李人稙《イインジク》（一八六二〜一九一六）の作品はその傾向が強い。彼の小説『雉岳山』（一九〇八）や『鬼の声』（一九〇六）では、山は常に略奪や強姦が横行する俗化した空間として描かれている。金源一《キムウォンイル》（一九四二〜）の『月見草』（一九七八）や『敵』（一九〇六）、李炳注《イビョンジュ》（一九二一〜九二）の『智異山』（一九七七）、趙廷來《チョジョンレ》（一九四三〜）の『太白山脈』（一九八五）などに出てくる山もやはり血と火薬の匂いのする、葛藤と殺戮が繰り広げられる生々しい歴史の現場だ。鮮于煇《ソンウヒ》（一九二二〜八六）の『火花』（一九五七）の山も、やはり苛烈な歴史の稜線としての意味を持っている。戦争は山を歴史の現場にしてしまったのだ。だが李浩哲《イホチョル》（一九三二〜）の短編小説「大きな山」（一九七〇）は、韓国の現代文学史において山を単なる背景としてではなく、象徴として効果的に受容したという点で高く評価されるべき作品の一つだ。

その「大きな山」は青かった。西の空にくっきりと聳《そび》え立っていた。朝と夕方では、また季節によって刻々と表情は変化したが、根はどっしりとして微動だにしなかった。日が昇る前はみずみずしい青だったのが日が昇ると山頂から白い光を発し、昼の陽の中ではぼうっとかすむような青だった。……（中略）……ああ「大きな山」よ、「大きな山」。

この作品では思い出の中の風景と現実が交差する中で現実の「大きな山」と大根畑の「地下足袋」、そして記憶の中の「大きな山」と夜、門のところに置いてある片方の白いゴム靴とが対比的に描かれる。尹興吉《ユンフンキル》（一九四二〜）の「九足の靴になった男」（一九七七）の靴のイメージと李浩哲の「大きな山」の「地下足袋」と白いゴム靴のイメージは、靴というものが持つ喚起力と緊張感を充分に発揮している。清らかで崇高な山に対して、靴は俗界の日常生活に潜む恐怖・不安・死の象徴だ。夜の間にどこからともなく家に持ち込まれる片方の白いゴム靴に「私」と妻は不安を覚える。巫堂《ムーダン》が「厄祓《クッ》い」の時に打ち鳴らす鉦《かね》が鳴り、夫婦はそれが災いの予兆ではないかとますます不安になり、その靴を放り投げるが、靴はまた戻ってくる。すると「私」は「大きな山」が見えないせいだ、とつぶやく。ここでようやくこの作品が暗示していることが見えてくる。つまり靴は矮小化した時代精神の、山は失われた偉大さ、雄大さの象徴なのだ。だから「大きな山」は現実の不幸からの脱出、山に象徴される雄大さへの渇望を描いた作品だと言える。

三．青山と自然回帰の象徴

1．「青山別曲」の青山志向とその限界

住まんかな、住まんかな
青山に住まんかな。
山葡萄　猿梨など食いて
青山に住まんかな。

ヤルリヤルリヤルランション　ヤルラリヤルラ

鳴きたまえ、鳴きたまえ鳥よ
寝て起きて、鳴きたまえ鳥よ
お前より愁い多き私も
寝て起きて泣くなり。
ヤルリヤルリ　ヤルランション　ヤルラリヤルラ
（中略）
かくして、またかくして
昼はともあれ過ごしたれど
来るもの、行かるるものもなかりしに
夜はまた、いかに過ごさんや
ヤルリヤルリ　ヤルランション　ヤルラリヤルラ
何処に投げたる石なるや
何者を狙いし石なるや
憎む者　愛する者もなかりしに
あたりて泣きおる。
ヤルリヤルリ　ヤルランション　ヤルラルヤルラ

住まんかな、住まんかな
海に住まんかな

海藻や牡蠣、貝を食いて
海に住まんかな
ヤルリヤルリ　ヤルランション　ヤルラリヤルラ

金充浩訳

高麗歌謡「青山別曲」の中の青山に関する部分だ。「青山別曲」は自然への帰依、あるいは山での素朴極まりない暮らしへの憧れを詠った韓国文学の一つの原型と言える作品だ。韓国の古典には山歩きへの憧憬、山暮らしの清々しさを詠った作品が実に多い。とりわけこの「青山別曲」は世俗を離れた山暮らしの侘しさや孤独、作者の意識の変化をも併せて詠っている。

「青山別曲」ではまず最初に、いま自分がいる現実空間と理想郷としての青山を対比し、現実世界の対極にある青山に住みたいという願いを提示している。では、この詩が求める青山の生とはいったいどのようなものなのか。

人間は誰でも生きてゆくために最小限の衣食住を必要とし、それを得るための仕事を持たねばならない。また共に暮らす相手をも確保しなければならない。だがこの詩はそのような生活の必須条件にことごとく背を向け、むしろ排除しようとさえする。だからこの詩が志向する食生活は徹底して反農耕的である。火を使った調理は一切せず、原始時代の採集生活そのままに、山の自然が与えてくれる木の実を生で食べる、というのだ。これは人間が山の麓の平野や平原に集団で住み、季節に合わせて種を撒き、五穀を収穫する稲作生活の拒否であり、火で材料を加工する食生活に対する拒否だろう。そして青山は住居として決して居心地の良いものでないにもかかわらず、それでも青山に住もうとするのだ。

このような原始的で野性的な生活への郷愁はどこから来たものなのか。それは現実への絶望や苦悩があって初めて可能なものだろう。おそらくは日常生活で直面するさまざまな苦難や逆境、あるいは愛の喪失などによる孤独に耐えかね、母の懐にも似た自然に帰属しようとする渇望や夢の発露なのだろう。

人類の創世紀はおそらく山から始まったのだろう。だから採集生活や狩猟生活は人間の暮らしの原点だ。生活の変化に伴って人間は次第に山を離れ、水辺や平野に移り住み、部族社会を作って農耕生活を始めた。その時から人間は山への郷愁を抱くようになったのだ。やがて生活の基盤は都市へ移る。だから故郷を懐かしむように、母を懐かしむように、人間は自分が離れてしまった山を永遠に懐かしむのだ。「青山別曲」は現実から逸脱し、自然に帰ろう、帰りたいという心情を詠った詩だ。

だが、それほどまでに望んだ山での暮らしも決して安逸なものとは言えない。よその土地へ飛び立つ鳥を見ると自分も帰りたいという気持ちがふつふつと湧いてくる。山の暮らしは寂しく、時には誰が投げたか分からない石に当たって一人泣くこともある。山は決して自分を庇護してくれる空間ではないことを痛感し、詩的自我は今度は海をめざすが、ついには酒によってすべてを忘れようとするのである。こうして見ると「青山別曲」の基底には安住の地を失い、さすらう根無し草に対する理解がある。青山への憧憬は原始的な生活に対する一種の呪物崇拝と言えるだろう。

2．山水の文学

朝鮮時代の代表的な詩である時調《シジョ》が追求した理想的な暮らしとは、まさに山居であった。時調は一種の「老年芸術」といえるほど隠遁生活を好み、心の平安・清貧・孤寂・単純・幽玄・清閑を愛した。時調の究極の理想郷は山水の世界、つまり世事をきれいに忘れ、あるいは遠ざけて緑の山と水に同化することだった。

佳《よ》きかな清涼十二峰　知るはわれと白鷗《かもめ》のみ
鷗は人に告ぐるまじ　頼みがたきは桃の花
散りて　川面《かわも》に浮かびなば　釣り人のそれと知るやも

李退渓

音に聞く頭流山の両端水《ヤンダンス》　いましこの目にうち見れば
桃の花　浮かべる清流《ながれ》に　山影さえも沈めり
童《わらべ》よ　この地こそ　かの桃源郷には非ざるか

曺植

山の背は　閑《のど》かの雲　水面《みなも》には鷗飛び立つ
ふたつながらに　汚れなく　こころも深し
この世の　憂いはことごとく　忘れて汝《なれ》と戯れん

作者未詳

率直に言って韓国の時調は中国詩、とりわけ山水詩の視点・美意識・イメージ・パターンなどの絶対的な影響下にあることは確かだ。観照する対象物から寂・空・静・虚・清幽・明快・静動・遠近・時空に対する構想など、みなそうだ。李白の詩「衆鳥高飛絶　孤雲獨去閒　相看両不厭　只有敬亭山」や杜甫の「白鷗没浩蕩　萬里誰能馴」、柳宗元の「孤舟簑笠翁　獨釣寒江雪」、賈島の「松下問童子　言師採薬去　只在此山中雲深不知處」だけを見てもその類似性や相関関係は明らかである。中国の文化的影響がほぼ絶対的だった時代の知識人の詩なので、そうならざるを得なかったのだ。だが時調に見られる自然観が、中国の山水を詠った詩の影響だけで形成されたと断言することはできない。韓国文学、とりわけ時調の牧歌的な感性は中国詩に対する理解と教養だけでなく、韓国の自然や地域性に対する認識によって育まれたものである。文学が文化環境の影響を受けることも確かだが、文学は自分が親しんでいる自然環境や風景から受ける感覚の表現でもある。いずれにせよ時調に詠われる山は世俗の塵芥《ちりあくた》とは対照的な清らかで道徳的で美的な空間であり、自分が帰依し、同化できる自然界を意味している。

現代詩の自然抒情派である「青鹿派」の作品は現代の山水詩であり、具体的には山の文学だ。趙芝薫・朴《パク》木月《モクウォル》（一九一六～七八）・朴斗鎮《パクトゥジン》（一九一六～九八）、この三人の詩の世界でもっとも重要な位置を占める自然は、言うまでもなく山だ。日本の植民地時代末期、彼らは政治に対する絶望からどっしりとして揺るぎない山を詠むようになり、山に人生の理想を求めようとした。また韓国の山の実際の風景を詩に取り入れることで国土に対する愛着の深さを示そうとした。

朴木月の描く山が新羅の仏像の曲線のように美しく、南部地方の穏やかな風土を感じさせるかと思えば、趙芝薫の山は古雅な趣と道徳的で求道的な精神の安定を感じさせる。また中部地方を詠った朴斗鎮の山は野性的な生命力と躍動美に溢れている。彼にとって山は無垢で原初的な場所であり、彼の詩は現代の「青山別曲」と言える。「はたはたと羽打ちはばたく青山《やま》がうれしや」と詠んだ「日」を初めとして、彼の初期の詩はすべて山をテーマにしている。

高くそびえ立つ山、大地に伏せる山、松に覆われた谷、山葡萄や猿梨の蔓が岩に絡み、柏や薄の茂みに狸、狐、鹿、山兎、穴熊、トカゲ、大蛇など、無数の獣が住む山、山、山。気の遠くなるような年月、沈黙を守ってきた山よ！　いつかお前の峰に、尾根に、炎が燃え上がるのを私は待とう。

朴斗鎮「香峴」

現実社会の対極として山をとらえる視点は李孝石《イヒョソク》（一九〇七～四二）の小説にもはっきりと表れている。彼の「そばの花咲く頃」（一九三六）に出てくる山水画のような山はもちろんだが、小説「山」（一九三六）は題名通り、山への志向性を描いた作品だ。ここでは山は緊張に満ちた俗世の対極にあり、自然と融合できる美的空間である。

山の朝は居眠りする獣のように静かに息づいている。……（中略）……風もないのに絶えず揺れる山鳴らしの葉は山の息吹きだ。雪化粧した白樺は山で一番の美人だ。いくら装っても人間の肌がここまで白くなれるだろうか。……（中略）……木々はすくすくと育っている。……（中略）……山の中は静謐だが、生気に満ちた美しい世界である。果物のようなみずみずしさと甘い香り、木の香り、土の匂い。里では嗅ぐことのできない香りだ。

山岳地帯である江原道出身の作家らしい山の賛歌だ。彼の作品世界は本質的に山や自然との同化を志向している。彼の意識や作品の中では「都市」と「山（自然）」は対立関係にある。人為的に造られた場所である都市は散文的な世俗であり、分裂と恐怖・葛藤・背信・退廃・騒音・検挙の世界だ。一方、山に代表される自然は野生の健全さと和合と生の活力が生じる場所だ。だから彼の作品のイメージは主に植物的、あるいは動物的だ。これは作品の系譜としては呉永壽《オヨンス》（一九一四〜八〇）の「山びこ」（一九五九）につながる。これらの作品における山は平地の俗化した生と対立する世界であり、反文明的で単純・素朴な生が営まれる空間だ。

四．峠の詩学—別れの場所、待つ場所

峠は韓国文学の背景の中で親しみのある場所の一つだ。峠は山ではあるが、同時にこちら側と向こう側を分ける境界線でもある。だから峠は地域と地域を隔てる壁、あるいは地域と地域を結ぶ通路であり、同時に分岐点でもある。山の多い韓国は、当然峠も多い。大関嶺・秋風嶺・竹嶺といった高い峠を初めとして有名無名の無数の峠が各地に散在しており、それらの峠には大抵昔の人々の暮らしが、そして愛憎が色濃くにじんでいる。

峠は韓国の文学や生活・芸術の中で非常に重要な役割を果たしている。「アリラン峠」「岩峠」「ミアリ峠」などの歌謡で分かるように、峠は別れの場所や待つ場所のイメージで韓国人に受け入れられてきた。韓国人の別れの舞台は主に峠か船着場だ。そして待つ場所もやはり視界が開け、遠くまで見渡せる船着場か峠だ。金素月《キムソウォル》（一九〇二〜三四）の詩「つつじの花」（一九二二）の別れは、やはりつつじが満開の峠で行なわれたと見ることができる。「薬山」という地名がそれを裏付けている。韓龍雲《ハンヨンウン》（一八七九〜一九四四）の『ニムの沈黙』（一九二六）は観念的な詩だが、別れの場所だけは峠道であることが暗示されている。小説の中で、嫁ぐ

娘や遠くへ旅立つ息子を涙ながらに母親が見送るのも峠であり、遠くへ引っ越す幼なじみを寂しく見送るのも峠だ。また外地に旅立つ人々も故郷の峠を越えていった。彼らは道中の安全を祈って石を一つ拾い、峠の大木の根元に積み石をしていった。村の守護神に出発の挨拶をする習わしがあるからである。だから峠にはどこでも旅人が置いていった石がうずたかく積まれている。

一方、峠は待つ場所でもある。

月よ　高くぞのぼり　遠く遠くへ照らし給え
市場へ通い給うか　泥棒ぞふみ給うな
なにとぞ心を鎮められよ　主の道よもやぬかるかと恐れる。

金思燁訳

百済の行商人の女房が詠んだという「井邑詞」の全文だ。別の解釈もないわけではないが、これは夫を待つ女心の切なさがにじむ女流文学の一つの原型だ。行商に出ていった夫が夜が更けても戻らない。女房は家で待っていたが、夫が危険な夜道を帰ってくると思うと居ても立ってもいられず、ついに月明かりを頼りに峠まで迎えに出る。女房は峠で夫の帰りをひたすら待ち続けた。だが夫はついに戻らず、彼女は待ち疲れ、そのまま死んで石になった。『高麗史』の「楽志」は、彼女が「望夫石」になったという伝説を伝えている。

このような話は無影塔伝説にも出てくるし、新羅の訥祇《ヌルチ》王の忠臣、朴堤上の妻の物語にも出てくる。朴堤上は日本に人質にとられていた新羅王の弟、未斯欣《ミサフム》を取り帰しに自らすすんで日本へ行った。未斯欣は無事取り返したが、朴堤上は身代わりとなって殺された。朴堤上の妻は夫の帰りを待ちわびて鵄述嶺という峠に立ちつくし、死んで石になり、峠の神母としてまつられた、という。無念を抱いて死ぬとその死体は腐らない、という言い伝えの起源はこのような「石化説話」にあるのだろう。このように韓国人は待つ気持ちの切実さを石への形質化で表現しようとした。重要なことはそれが峠という場所で行なわれた、という点だ。だから峠はわれわれの母や妻たちの涙とため息・不安・悲嘆が込められた場所なのだ。

このような「石化現象」や鉱物的イメージは、現代詩にもそのまま受け継がれている。柳致環《ユチファン》（一九〇八～六七）は「石窟庵の大仏」（一九四七）や「岩」（一九四七）で耐えることや待つことの原初的位相を鉱物イメージで再現している。

慟哭に耐え
目をつぶり　ひとかけらの石となる
見よ　千年を生きた
ひんやりとした肌の下の　かすかな息遣いを

「石窟庵の大仏」（金素雲訳）

われ死なば岩とならむ
ゆめ愛憐に染むるなく、
喜怒に動かさるるなく、
雨風に削らるるまま
億年　非情の緘黙を守り
内へ内へと笞《しもと》して

ついには命をも忘却し、
流るる雲
遠きいかずち、
夢見るとも歌わず
二つに断たるるとも
声立つるなき岩とならむ。

「岩」(金素雲訳)

このように柳致環の克己心は石や岩のイメージを原点としている。これは朴斗鎭にも見られる現象である。彼は「石の歌」(一九五六)で青山の詩人から峠に立つ石の詩人へと変貌を遂げる。

私は　石になる
海が見える　この山の上で
ただじっと待つ　石になる
……(中略)……
いつも　快晴ではないだろうが
海が見える　この山の上で
空を食べ　陽の光を食らい
いつか　あの人が
青い鳥となって　飛んでくる日を
ただじっと待つ　石になる

「石の歌」

これは彼の詩が石器時代へと転換する一つの兆しであり、この流れがやがて『水石列伝』に発展する。ここで注意せねばならないのは石が「山の上」、つまり峠にあるという点だ。峠―待つ―石（岩）という等式関係は、千年という時間の向こう側とこちら側をつないでいる。峠で愛する人を待つというのは金裕貞《キムユジョン》（一九〇八～三七）の「山里」（一九三五）の主要モチーフになっている。

峠はまた叙事的な空間でも重要な役割を果たしている。例えば戦争中の情報や戦禍を隔てる垣根、あるいは通路、分岐点といった役割だ。黄順元《ファンスンウォン》（一九一五～二〇〇〇）の「鶴」（一九五三）、李範宣《イボムソン》（一九二〇～八二）の「鶴の村の人々」（一九五七）では峠は単なる背景以上の役割を果たしている。現在と過去が交差する構成の「鶴」では、峠までの上り坂と下り道が作品のテーマである葛藤とその解決という流れと完全に一致している。

三十八度線の緩衝地帯に程近いある村で幼友達として少年時代を過ごした成三と徳在は、朝鮮戦争が始まったことによって数奇な再会をすることになる。つまりイデオロギーを異にする「こちら側」と「あちら側」として、である。農民同盟の副委員長をやっていた徳在を成三は峠の向こうまで護送して行かねばならなくなる。護送していけば、銃殺が徳在を待っている。だが徳在は単に貧農だということで利用されただけで、イデオロギーとは無縁の素朴な農民だということを成三は知る。峠を下りきったところで成三は鶴の群れを見る。幼かった頃、徳在と共に鶴をつかまえて遊んだことを思い出した成三は、徳在の縄を解いてやる。ここでは鶴が象徴的に使われているが、峠も二人の心の葛藤とその解消を暗示していて効果的である。

「鶴の村の人々」での峠は定点観測による描写の中心であるだけでなく、近代史に埋没する村人の生活史を暗示してもいる。

南北分断という現実は今日も峠を、文字通り断絶の境界線にしてしまっている。そして統一と帰郷を待ち望む同胞の心は、遮断された歴史の峠の上で石になりつつあるのだ。

第十六章　「プリ」の両面性

仮面劇（楊州別山台劇）

＊

韓国の民衆芸術である仮面劇やパンソリ、民俗劇などが行なわれる広場は、文化性と社会性を兼ね備えた「プリ」の場だ。そこでは普段抑えつけられ、鬱屈している人々の欲望やエロチシズムが誰はばかることなく発散される。だから仮面劇の広場には笑いが絶えない。民衆は広場で思いきり笑い、楽しむことによって生活の苦労や憂さを晴らし、ストレスを解消し、互いの連帯感を確かめ合う。（327ページ）

文学は人生の根本課題を解くもっとも真摯な努力だ。
――廉想渉――

一．恨と韓国人の感情

われわれ韓国人の心の底には恨《ハン》が濃い影を落としているようだ。しかし恨とは一体何だろうか。恨は非常に複雑な感情だが、根本的には怨恨がとことん凍りついた自閉状態、つまり怨念のしこりと言える。血が固まるように、怒りや苦悩など心に受けた傷が長い時間の間に徐々に凝結し、しこりとなるのだ。だから恨は明らかに一種のトラウマであり、自虐的で攻撃的な心理状態だ。では、なぜ韓国人が恨を抱くようになったのか。それは受難の歴史や社会・人間関係と深い関係がある。また恨はシャーマニズムや大衆的な仏教の怨霊思想と一脈通じるものがある。怨霊思想とは、非業の死を遂げたり横死した者は怨霊になる、つまり恨みを抱いて死んだ者の魂は成仏できずに浮遊する、という俗信だ。

韓国人は情緒的にそのようなトラウマや怨霊思想を持っている。だから韓国人の葬式は世界でもっとも哀しい葬式の一つだ。趙容弼《チョヨンピル》が歌う「恨五百年」を初めとして多くの歌謡曲が恨を歌っているし、韓国人のため息・涙・歎きは決まって堆積し、しこりとなる。韓国人の怨霊思想をもっとも具体的に表わしているのが孫閣氏の話だ。孫閣氏とは結婚できずに死んだ娘の霊である。韓国には結婚できずに死んだ娘は怨霊となり、ひとの婚礼や慶事を妨害する、という民間伝承がある。だから成人した未婚の娘が死ぬと、怨霊となるのを防ぐために男の性器をかたどった物を作り、埋葬するとき一緒に埋めてやるのである。

徐廷柱《ソジョンジュ》（一九一五～二〇〇〇）の散文詩「新婦」（一九七五）は、怨霊となった娘を詠った哀しく、美しい作品である。

初夜、新婦は草色のチョゴリに真紅のチマを着て三つ編みをほどいたまま、新郎と二人、坐っていたが、新郎は急に尿意をもよおした。あわてて立ち上がって駆け出そうとしたが、そのはずみに新郎の袖が部屋の戸に引っかかった。新郎はますますあわてて、てっきり新婦が欲情をこらえきれずに袖をつかんで離さないのだと思い込み、後ろも見ずに飛び出した。袖はちぎれ、新郎はこりゃたまらんとばかり、用を足すと一目散に逃げて行ってしまった。

そして四、五十年が経ち、たまたま用事があって新郎は新婦の家の側を通りかかった。ふと気になって新婦の部屋の戸を開け、中をのぞき込むと、新婦は初夜の姿そのままで三つ編みをほどき、草色のチョゴリと真紅のチマを着て坐っていた。新郎は哀れを覚え、新婦の側へ寄って彼女の肩に手を触れた。と、なんと新婦はたちまち灰となり崩れ落ちた。そして草色の灰と真紅の灰となって消えてしまった……。

初夜に誤解を受け、夫に疎んじられた新婦が夫を待ち続け、死んで怨霊となったという説話を詩にしたものである。新婦の死体は四、五十年もの間腐らずにいたが、ある日偶然やって来た新郎の手が新婦の体に触れた瞬間、新婦は草色と真紅の灰となって消え去った。時間をも止め、化石にしてしまう女の怨念を描いたぞっとするような話である。

この話は私たちに、夫を待つ韓国の女たちの凄まじいばかりの情念と、愛と憎しみが入り混じってしこりとなった恨の自己攻撃性を教えてくれる。そしてこのような話が昔から伝わる「望夫石」説話や、恨みを抱いて死んだ者は成仏できず、死体も腐らないという俗信から来ていることが分かる。『阿娘閣説話』や『淑英郎子伝』も似たような話だ。『淑英郎子伝』の主人公、淑英は罠にはまり、殺される。彼女は生前の姿のままで夫の夢の中に現われ、自分の無念を晴らしてくれと夫に頼む。『鄭乙善伝』も恨を扱った作品だし、李清俊《イチョンジュン》（一九三九〜）の『石化村』（一九六八）や文淳太《ムンスンテ》（一九四〜）の「銅羅の音」（一九七八）も同じ系列に属する作品だ。このように怨霊思想は人々の心に染みついている。女性の恨みを買わないようにするのも怨霊が怖いからだ。

だが恨は受け継ぐべき伝統ではなく、われわれが克服すべき伝統であり、解きほぐさねばならない心のしこりだ。「新婦」の場合は新郎が新婦を不憫に思うことによって新婦の怨念も解けたわけだが、そもそも新婦が恨を抱くに至った過程そのものが正常な状態を逸脱しており、被害妄想的なものである。相手に対する憎悪は自分自身を消耗させるし、その結果は悲劇的なものだ。恨はそれ自体、美化されるようなものでは決してない。怨霊に共感するような社会や恨の多い芸術は、健全な社会でも健全な芸術でもない。大切なことはしこりを解きほぐし、怨霊を鎮めることなのだ。

二．「プリ」の意味論と芸術

韓国語で「しこる・固まる・こびりつく」を表す「メチダ」の反対語は「解きほぐす・発散する」という意味の「プルダ」、その名詞形が「プリ」だ。「プルダ」は基本的には絡み合ったり巻きついたりしたものを正常な状態に戻すことだが、その使われ方は意外に幅広い。鼻を「かむ」、「出産する」から結び目を「解く」、粉を水に「溶かす」、占いで出た卦や問題を「解く」、怨みや誤解、悪霊のたたりを「解く」、縛られたり閉じ込められた状態から「解き放つ」まで……すべて「プルダ」である。また怨み・怒り・憂さを「晴らす」、暇を「つぶす」という意味もあり、天気が「晴れる」、ことがうまく「解決する」など、「プルダ」の使われ方は実に多様だ。

ここで明らかになるのは「メチダ」が閉鎖性を持つ言葉であるのに対して「プルダ」は開放性を持っているということだ。つまり「メチダ」が緊張・憂鬱・葛藤・挫折・抑圧・被害・禁止・閉塞・憎悪・拘束・欲求不満といった閉じられた状態を示すのに対し「プルダ」は緊張の緩和・正常化・成就・解決・平定・和解・解放・自由・愛・復讐といった開かれた状態を表わしている。

巫堂《ムーダン》が行なう「厄祓《クッ》い」もまさにこの「プリ」の役割を果たしている。「厄祓い」は人々の不安を癒し、死者の霊を慰める集団心理療法のようなものだ。巫堂はこの世の病める者にとっては医者であり、死者にとっては鎮魂の儀式をつかさどる司祭だ。疫病・飢餓・天災などで命を落とした者は怨霊となり、この世でもあの世でもない霊界—仏教ではこれを「中有」と言う。怨霊はまだ生死が未決定の霊—を漂って生者に悪さをする。そんな怨霊をなだめ、癒し、あの世へと誘導してやるのが巫堂だ。韓国のシャーマニズムにおける巫堂とは、つまり「癒す者」だ。シャーマニズムでは、世界はありとあらゆる形態の無数の霊魂に取り囲まれていると考えられており、その恐怖から逃れようとする人々に応えるのが巫堂である。このように「プリ」の源流はシャーマニズムにまで遡ることができる。

新羅の「彗星歌」「兜率歌」「処容歌」などの郷歌《ヒャンガ》は「プリ」の機能と少なからず関係がある。例えば

「彗星歌」には新羅の僧、融天師がこの歌を作って歌ったところ、異変の予兆である彗星が消えた、という縁起説話がある。「兜率歌」の場合も似たような話が伝わっている。新羅の景徳王一九年（七六〇）四月一日、二つの太陽が現われ、十日経っても消えなかった。天文をつかさどる日官が「僧を招いて『散華功徳〔供養〕』を行なえば消えるでしょう」と言うので、朝元殿に祭壇を設け、王が青陽楼に出て誰かが通りかかるのを待った。すると月明師という僧が南側の畦道を歩いているのが見えたので、使いに呼んで来させ、祈祷文を作るように命じた。だが月明師は「拙僧は国仙（花郎《ファラン》）で、郷歌しか知りませんので梵声〔梵語で作った歌〕など慣れておりません」と言った。そこで王は「郷歌で差し支えない。もうそなたが選ばれたのだから」と言った。そこで月明師が「兜率歌」を作って王に捧げると、異変は消えた。また「処容歌」の処容は、歌と踊りで妻と姦通した疫病神をやっつけた、と伝えられている。

　これらの話から察するに、新羅時代には詩や歌が霊力・呪力を持っており、天変地異や不吉な出来事を詩や歌の力で食い止めることができると信じられていたようである。このことは英語で福音を表す「gospel」という言葉が「good＋spell（呪術）」だということと一脈通じる現象だろう。

　詩というものが元はといえば天災などを言葉の力で浄化する「プリ」の役目を果たしていたように、芸術や文学の機能も結局のところは「プリ」だと言えるだろう。凝り固まった人間の苦悩が解き放たれ、美しく昇華したものが芸術であり、文学や芸術の精神とはつまり「メチダ」の状態から人間を解放し、人間を愛することだからだ。昇華もその点では一種の「プリ」なのだ。

三．弛緩と和解としての「プリ」

「プリ」の一次的な意味は緊張緩和、あるいは和解だ。「プリ」はストレスを和らげるだけでなく閉塞状態の人間関係を和解させ、互いの一体感を確認させてくれる。その端的な例が巫堂の「厄祓い」で、巫堂は「厄祓い」をすることによってあらゆる災難を遠ざけ、人々を再生させる。

韓国の民衆芸術である仮面劇やパンソリ、民俗劇などが行なわれる広場《マダン》は、文化性と社会性を兼ね備えた「プリ」の場だ。そこでは普段抑えつけられ、鬱屈している人々の欲望やエロチシズムが誰はばかることなく発散される。だから仮面劇の広場には笑いが絶えない。民衆は広場で思いきり笑い、楽しむことによって生活の苦労や憂さを晴らし、ストレスを解消し、互いの連帯感を確かめ合う。笑いは人々を楽しませ、緊張をほぐし、精神を健康にするだけでなく、批判力をも養う。そこには呪いや敵意は存在しない。


セトギ……酒を一杯ひっかけてほろ酔い加減になったんで、あっちこっちの家を回って貝っちゅう貝を片っ端からむいて食って……。

マルトギ…えっ、何の貝をむいて食ったって？

セトギ……古いのも新鮮なのも食ったさ。寧海、盈徳のサバ、ヒラ、ブリ、サザエ……手当たり次第に食ったセトギでございまあす。

マルトギ…この野郎！

センニム：（この話を聞いて）おい、マルトギ！
マルトギ：へーい。
センニム：セトギを捕まえてこい！
マルトギ：へーい。（マルトギがセトギの尻を持ち上げ、逆さまに吊るして連れてくる）
センニム：おい、頭がないぞ。こいつの頭はどこへ行ったんだ？
マルトギ：へえ、奥方様がご覧になったら気絶するかも知れませんので、逆さまに吊るして引っ張ってきましただ。
センニム：そいつの頭をぎゅっと押し込め！
マルトギ：へえ、ぎゅっと押し込みました。（セトギがセンニムの方へ中指を突き出す仕草をする。それをセンニムが見咎めて）
センニム：おい、そいつが何か指をもぞもぞさせてるぞ。何をしてるんだ？
マルトギ：セトギに聞いてくだせえ。
センニム：おい、この野郎！
セトギ：おらにだってちゃんと名前があるんだ。野郎呼ばわりはやめてくれ。
センニム：ほーう、そうか。で、何ていう名前だ？
セトギ：へえ、セン様《ニム》がお呼びになるのにぴったりの名前ですだ。
センニム：何ていう名前だ？
セトギ：おべっか《アダン》のアに、雷《ポンゲ》のポンですだ。
センニム：変な名前だなあ。
セトギ：一度呼んでみてくだせえ！
センニム：おべっか《アダン》のアに、雷《ポンゲ》のポン？

セトギ…違いますよ、アとポンをくっつけて呼ぶんです。
センニム…アーアーア……。
セトギ…違いますったら。くっつけて呼んでくださえ。（センニム、仕方なく呼ぶ）
センニム…アーポンー……アーポーニム……お父様《アボニム》……
セトギ…おお、お前、元気だったか？

「楊州別山台劇」

このように現実の秩序や規範が通用しない広場は民衆の聖域と言える。その日だけは無礼講で、民衆は支配層に対する日頃の怨みや不満を笑いとばし、罵倒し、騒ぐことで憂さを晴らす。そういう意味では民衆のエネルギーも大したものだが、限られた場所と時間の中で自分たちに対する不満を解消させていた支配層の寛容さ（？）もなかなかのものだ。このような「遊戯《ノリ》」を通して緊張を緩和し、支配層は民衆との和解を模索した。また天災が起こると罪人を釈放したり、税金を免除したりしていたが、それも政治的な「プリ」と言えるだろう。

辞説時調《サソルシジョ》やパンソリ系小説も「プリ」的な性格を持っている。辞説時調は定型詩である平時調《ピョンシジョ》とは異なり、両班《ヤンバン》や僧侶といった支配層の権威を徹底的に否定し、俗世に引きずり下ろす。辞説時調は自由な形式で、標準語ではなく庶民的な感覚の辱説《ヨクソル》〔悪態語〕や俗語をふんだんに使っている。また『春香伝』『興夫伝』『裵裨将伝』『卞ガンセ伝』『太刀魚節《カルチギタリョン》』などのパンソリ系小説は、パンソリの語りを土台にしているだけに普通の小説とは異なり、卑俗な言葉・誇張・奇想天外な比喩・本筋とは無関係な無駄話が多く、思わず笑いを誘われる。

「プリ」は緊張緩和と共に和合の意味も持っている。われわれはよく誤解を「解く《プルダ》」とか絵の具を水に「溶く《プルダ》」などと言う。この場合の「プリ」は言うまでもなく融合や溶解、和解の状態を指している。「プリ」は五月に霜を降らせるほど凄まじい女の怨念も、死体を腐らせないほど激しい怨恨も熔かす。前述した徐廷柱の「新婦」では新婦の愛憎が積もり積もって恨となったが、新郎の手が肩に触れたとたん、新婦の死体は灰となって崩れ落ちる。それは、新郎が新婦を憐れみ、償いの気持ちを持ったことによって新婦の恨が溶けたのである。新婦の気持ちは浄化され、両者の間にはもう怨みは存在しない。このように「プリ」は基本的には和平の思想だ。文学、とりわけ小説は本質的に和解による緊張や葛藤の緩和と関係がある。

四．復讐としての「プリ」

だが「プリ」にはまったく違う側面がある。それは怨みや怒りを抱いている相手や仇《かたき》に対する復讐だ。「目には目を、歯には歯を」と言うように、復讐はやられたのと同じことを相手にやり返す場合が多いが、ともかく復讐とは自閉的で排他的な攻撃行為である。

韓国人はひとの怨みを買うことを何よりも恐れ、警戒する。だから「ひとに涙を流させたら自分は血の涙を流す」と信じており、昔から復讐話よりも恩返しの話をたくさん作ってきた。仮に復讐したいという気持ちを持っても個人的に実行するのではなく、仏教の因果応報という考え方に任すのが普通だ。

だが民謡「アリラン」で、自分を捨ててゆく男の足が「一里も行かないうちに痛めばいい」と、女の呪いにも似た気持ちを歌っているように、哀しいかな人間の世界にはいつの時代にも怨みと、それによる報復的な「プリ」があるものだ。怨霊が生者に災難をもたらすことや韓国がこれまでに経験した民乱・政変などは、集団的な報復の「プリ」現象と理解できる。怨みが極限に達すれば報復の「プリ」の攻撃性もそれだけ激しくなる。だから巫堂や為政者は犠牲となった者が報復の「プリ」をしないように恨を解いてやり、和平の「プリ」を実践しなければならない。

韓国の文学史において報復感情がもっとも露骨に表現されたのは、おそらく大韓帝国（一八九七〜一九一〇）末期、開化期の新小説だろう。もちろんそれ以前にも、戦争があった時代の文学はそうだった。だが社会の激動期の文学である新小説は、開化思想の文学であると同時に人間の報復心理を煽るカニバリズムの文学だった。カニバリズムとは、人間が人肉を食べ、血を飲む行為を指す。魯迅の『狂人日記』には人間の血をぬった饅頭を食べる話が出てくる。このような慣習は見方によって解釈が異なる。死体を埋葬する時、死者の再生のために行なう儀式という見方もあれば、極度の食糧難の結果という見方もある。また古代の復讐の形として説明されることもある。

韓国の新小説では、相手に対する報復心理から殺害に至る話が少なくない。あるいは両者の間に心理的な暴力行為があることもある。その代表的な作品が李人稙《イインジク》（一八六二〜一九一六）の『鬼の声』（一九〇六）『雉岳山』（一九〇八）などがある。

あの女の子供の肉をちぎって食ってやりたい。　　　　　　　『鬼の声』

あいつのお袋の行状がばれたって、南順の仇さえ討てればいいいんだ。　　　　『雉岳山』

お前の血を吸ってやる。このアマめ、よくもひとの家を滅茶苦茶にしやがったな。　『花上雪』

恨が極に達すれば、人間には報復したいという攻撃心理しか残らない。この場合の「プリ」は緊張緩和や和解などでは決してない。「プリ」にはこのような恐ろしい、暗い面がある。その原因が人間の攻撃性にあることはもちろんである。

新小説ではその他の作品でも、会話に憎悪・呪い・殺意などが込められた暴力的な言葉がよく使われている。これはもちろん韓国人の気性の荒さや憎悪の激しさから来るものだが、ある特定の時代の文学作品にこのような特徴が見られるというのは見過ごせない問題である。

また一九二〇年代、三〇年代の新傾向派文学や、いわゆるプロレタリア文学はある意味では「プリ」と復讐の文学と言えないこともない。社会主義的ヒューマニズムを標榜するこの時代の作品は貧困層の反抗や暴力を肯定しようとするあまり、カニバリズム的言葉が多用され、報復的な殺人や放火がお決まりのように登場する。階級が異なる者同士が対立する構図の中で強者は常に邪悪に、弱者は常に善良に描かれるので、読者には弱者の攻撃が正当なものに映る。そういう意味では傾向派文学を含むプロレタリア文学は抵抗文学という解釈もできるが、本質的には階級間の憎悪を煽る文学だと言える。このような作品では抑圧される者、攻撃する者、という両極端な二種類の人間しか描かれない。

ともあれ報復の「プリ」が蔓延する社会は不健康な社会だ。それは抑圧と搾取・不信・憎悪・暴力が増大する戦闘的な社会だからだ。基本的には他者に恨を抱かせるような横暴や迫害、残虐行為をしてはいけないし、そんなことが繰り返されてはならない。一九二〇年代前後の、いわゆる傾向派文学はその階級的な文学観ゆえに文学史的意義は持ち得なかったが、しかし日本の統治下における一つの社会批判だったという点では評価できる。

五．報復のプロットと傾向派小説

一九二〇年代の傾向派文学や、いわゆるプロレタリア文学は「報復のプロット」で構成されている。「報復のプロット」とは、抑圧された者が報復のために暴力に訴えるというもので、文学をイデオロギーや政治的な表現手段と考える抵抗文学の特性と言える。ここで注目すべきことは、これらの作品は社会の犠牲者に焦点を当て、政治理念と文学表現の両立を試みた特殊リアリズム文学だということだ。このような作品では共同体に内在する緊張や敵対関係によって、あらゆる人間関係が攻撃性を帯びる。

「貧窮の作家」として知られる崔曙海《チェソヘ》（一九〇一〜三二）の小説「朴乭の死」（一九二五）「飢餓と殺戮」（一九二五）「紅焔」（一九二七）「洪水のあと」（一九二五）などはみな「報復のプロット」をその構成原理としている。彼の作品に登場する人物はみな犠牲者に設定されている。だから彼らは当然、恨を抱く。「朴乭の死」では、主人公の朴乭は貧しいがために隣家が捨てた腐ったサバの頭を食べて死ぬ。「飢餓と殺戮」のキョンスは中学校も出た誠実な人物だが、食べる物がなくて妻は病に倒れ、粟を買ってきた母も犬に噛み殺されてしまう。「紅焔」に出てくる文という貧しい農民は、中国人の地主、印に娘を奪われ、それが原因で妻は死んでしまう。つまり彼らはみな純朴な人物なのだ。そんな彼らが恨を抱くようになるのは生存を脅かされるほどの貧しさと、富裕な階層の人々や社会が非情で冷酷だからだ。

貧しい人々とは対照的に金持ちはみな冷たく、残酷な人物に描かれる。例えば「朴乭の死」に出てくる医者の金は、患者が危篤に陥っているのに貧しい患者への往診は拒否するような人物である。「飢餓と殺戮」でも主人公、キョンスの妻が産後の肥立ちが悪く、キョンスは医者に必死で診察を頼むが、医者は四度もそれを断る。だがキョンスが五十ウォン払うという契約書を書いたので、ようやく医者は鍼を何本か打ち、薬の処方箋を書く。だが薬局は、キョンスが金がないという理由で薬を調合してくれない。「紅焔」の中国人地主、印は韓国人の小作人、文を徹底的に搾取し、小作料の代わりに文の娘を奪ってゆく。「洪水のあと」に出てくる日本人の監督や李主任はいずれも悪人か、さもなければ蓄財しか頭にない者、放蕩者などである。だから彼らは直接的でないにしても、間接的な加害者である。

このように人間を加害者と被害者に二分すると両者の間には敵意しか存在しない。金持ちは貧乏人を無視するか、さもなければ搾取し続け、貧乏人は自分たちの不幸はすべて金持ちのせいだと信じている。両者の緊張関係はある時をきっかけに自制心を失い、被害者の反抗や報復行為に発展する。そして最後には決まって殺人・放火といった犯罪が起きる。「朴乭の死」では、息子を失った朴乭の母が医者の金に噛みつく。「飢餓と殺戮」ではキョンスが狂乱し、中国人の警察官のみならず通行人にまで刃物で切りつける。「紅焔」では文が印の家に火をつけ、印を刺し殺す。このように崔曙海の小説世界は貧困・火・血の修辞学と言える。

このような社会主義志向の作品は、植民地時代の窮乏や社会矛盾を扱った抵抗文学としての意義はある。だが人間同士の愛や和解の可能性がまったく残されていないこと、金持ちは悪で貧乏人は善だという単純な図式、そして私怨による犯罪を正当化している点など、決定的な限界と言える。憎悪の感情のみを助長する傾向派文学、あるいは初期プロレタリア文学は、植民地という社会環境がもたらした報復の「プリ」をイデオロギーに結びつけた文学である。そして戦争文学は、報復心理が介在する余地の多い文学と言える。

六.「プリ」の機能的意味の拡大

今のわれわれにとって重要なことは「プリ」の正しい概念を定立することだ。「プリ」は否定的に働けば暴力による報復を志向しかねないが、肯定的に働けば日常生活の緊張を緩和し、活力をもたらす力にもなり得る。「プリ」の新たな概念は和平と正常化、そして自由化だ。だからわれわれは恨を友とするのではなく、「プリ」を友としなければならない。そのためには個人的な人間関係においてはもっと愛を持ち、集団同士の場合は共生と信頼の基盤を回復し、民族としては戦争や抑圧・悲運の歴史が繰り返されないようにしなければならない。また革命の名において報復が繰り返されたり、美化されたりしてはならない。

実は、そのような肯定的な「プリ」としての機能を果たせるかどうかが現代文学の課題でもある。社会の急速な産業化とテクノロジーの発展は物質主義、人間性の喪失、貧富の差の増大、人間の疎外をもたらし、新たな恨が生み出される可能性も増している。だから今でも、社会から排除された犠牲者の存在ばかりを強調する作品が一部にあり、そこには罵り言葉や俗悪な言葉が少なからず使われている。

「文学は人生の根本課題を解くもっとも真摯な努力だ」。だから文学が社会を改造する手段や武器になり得ないからといって、単なる娯楽としての役割だけで満足するわけにはいかない。新羅の郷歌が異変や不吉な出来事を正常化する霊力を持っていたように、文学は人間愛を土台に現代人の心を癒し、浄化するものでなければならない。もし文学が復讐の手段に使われるとしたら、その作品は階級的な俗悪さを免れ得ないだろう。そして矛盾に満ちた世界を正当化したり、擁護したりすることも本来文学のなすべきことではない。

また正しい政治のあり方とは、巫堂の「厄祓い」や祭のような機能を果たすことだと思う。人々に恨を抱かせるのではなく人々の緊張を解き、怨霊の恨を解いてやるという点において政治と「厄祓い」と祭を結びつけて考えるのはあながち無理ではないと思う。大切なことは「プリ」の肯定的社会性、即ち和平の思想だ。

第十七章　韓国文学の金銭観

常平通宝（朝鮮時代第16代王、仁祖時代に発行された貨幣）

＊

朝鮮時代は金を蔑視する風潮が強かったので、朝鮮時代の小説では商人や金は決して社会的救済の象徴にはなり得なかった。主人公たちを不幸から救うのは金の力ではなく、天や神の助けなのだ。これはおそらく商業よりも天候に左右される農業が生活の基本だったことと、儒教的な天道思想によるものだと思われる。（344ページ）

貧者の夢は富であり、金持ちの悪夢は貧乏だ。

一．パンイ（旁㐌）とお化け棒

唐の時代に段成式という人物が書いた『酉陽雑俎』という本があるが、そこには次のような新羅の話が紹介されている。これはアーサー・ウェリーの『蒙古秘史』（一九六三）にも紹介されている。

新羅の名門貴族である金氏の祖先にパンイという人物がいた。パンイには弟が一人いた。弟は大変な金持ちだったが兄であるパンイは貧しく、隣近所から食べ物や服をもらって何とか暮らしていた。同じ村に彼を哀れに思う人がいて、空いている土地を一区画くれた。彼は弟のところへ行き、蚕と穀物の種を少しくれないか、と頼んだ。弟は蚕も種もこっそり蒸してパンイに渡した。

孵化の時期になっても卵は一匹しかかえらなかったが、かえった蚕の目は一寸を越えるほど大きかった。十日過ぎると蚕は牛ぐらいの大きさになり、一度に何本もの桑を食べた。弟はそれをこっそり盗み見て、その蚕を殺してしまった。すると数日後、四方十里以内の蚕がどっとパンイの家にやって来た。国中の人々はその蚕を「蚕の王」だと言った。周りの村人たちはみなその蚕を飼って暮らした。

もらってきた種も一粒しか残らなかったが、それを植えると穂がぐんぐん伸びた。ところがある日、一羽の鳥が飛んできて穂を折り、くわえて飛んで行ってしまった。パンイがその鳥を追いかけて山の中に五、六里入ると鳥は岩の隙間に隠れてしまった。

既に日が落ちて暗くなっていたので、パンイはそこに留まることにした。するとどこからか赤い服を着た子供たちが現われた。一人の子供が「君たち、何が食べたい？」と言うと、別の子供が「酒が飲みたい」と言った。さっきの子供が金の棒を取り出して石を何度か叩くと酒の樽が現われた。また別の子供が「僕は何か食べたい」と言うや否や、金の棒で石を叩いた。すると餅と肉が現われた。彼らはさんざん食べて遊ぶと、金の棒を石の隙間に挟み、どこかへ消えてしまった。

パンイはその棒を拾って家に持ち帰った。そして何かほしい物があるとその棒で石を叩き、ほしい物は何でも手に入れることができた。

その噂を聞きつけた弟は早速やって来て、その棒をほしがった。弟は兄と同じように山の中に入り、ついにお化けたちに会うことができた。だがそこから先はまったく違っていた。「こいつが俺たちの金の棒を盗んだ奴だな！」。お化けたちは弟に飛びかかり、彼の鼻を引き抜いてしまった。彼の鼻は象のようになり、人々はそんな彼を見物しようと集まってきた。弟は恥ずかしいやら腹が立つやらで、とうとう死んでしまった。

お化け棒はパンイの子孫たちのものになったが、ある日ふざけて「さあ、糞よ出ろ！」と言って棒で石を叩くと突然、雷鳴がとどろいた。そして棒は影も形もなく、以後二度と出てくることはなかった。

これは安鼎福《アンジョンボク》（一七一二～九一）の『東史綱目』にも載っている話だ。このお化け棒の話や「こぶ取り話」は、いたずら好きのお化けの存在をからめて善人と悪人の末路を対比させた韓国の基層文学だ。日本にもこれと似た「こぶ取り爺さん」という話があるが、これらの物語は人間の財貨に対して取るべき態度を示唆しているばかりでなく、『興夫伝』のような文学の誕生を可能にした、物語の元素としての意味も持っている。

二．金の呪物崇拝と経済

今日、金は人間の生活に欠かせない存在となった。だから世の中には、金があるために他人より楽で贅沢な暮らしができたり、多くの人から分不相応な敬意を払われる人たちがいる。逆に金に執着しすぎたために破滅する人も一人や二人ではない。また金がないために不幸な人生を送る人も数え切れないほど多い。金によって笑い、金をめぐって争い、罪を犯し、ついには死ぬこともあるのが人生の厳然たる実態だ。その上、現代人は「銭神の信者たち」だ。現代人はみな、銀貨の鳴るちゃらんちゃらんという音を福音よりも愛する拝金主義者、金の呪物崇拝の熱烈な信者になりつつある。また国民総生産（GNP）は現代の国家の優劣をはかるバロメーターになっている。

このように人々の幸不幸を決定する金とは一体何だろうか。また文学の想像力がとらえた金の意味とは、果たしてどんなものなのか。「銭」という漢字は「金（鉄）」と「戔（小さなもの）」の合成語だ。つまり語源的には「銭」は「小さな鉄の塊」という意味だ。英語で現金を表す「cash」も実は、サンスクリット語で銅という意味の「Karsha」から来ている。

ゲオルグ・ジンメルという哲学者は『金の哲学』の中で、金の特性は小さいこと、抽象的なことで、金は他の方法では不可能なほど取引をスムーズにする、と指摘した。経済学者たちはみな一様に金は価値の尺度であり、金には交換・流通の手段、支払いの手段といった媒介機能と価値の貯蔵機能があると規定する。ともかく財貨的価値の象徴としての金は言語同様、われわれの日常生活や経済生活の基本であることは確かだ。

だから金は人間の生を分離したり、統合したりする社会の電流のような力を持っており、常に人間の欲望の対象である。とりわけ資本主義社会では金は事実上人間の行為の基本であり、金がないことは生存の不可能を意味する。だが文学の金に対する視点は、必ずしも経済学のそれと同じではない。宗教や文学は金の価値を全面的に否定はしないものの、人間の欲望を刺激する悪として警戒するのが普通だ。つまり金に道徳性あるいは倫理性があるかどうか、を問題にするのである。

シェイクスピアは『アテネのタイモン』の中で、金の威力について次のように述べている。


おお、黄金よ！　美しく貴い、光り輝く金よ。

そうだ。私が神に祈ったのは単なる木の根っこではなかった。金さえあればいいのだ。

金さえあれば黒いものも白く、年老いたものは若く、
醜いものは美しく、卑怯は勇気に、悪は善に、卑しいものも高貴なものにすることができる。

おお、神よ！　黄金はあなたの祭壇から僧侶を誘き出し、
宦者の椅子に針を出させる。

おお、黄金色の奴隷よ。おまえは信仰の紐帯を結んだりほどいたりして、呪われた者をも祝福する。

おまえは恥辱も尊敬させ、盗賊も賛美する。

ひざまずいて盗賊に栄誉を授け、
盗賊を元老院の委員にする。

おまえはよぼよぼの老婆に新郎をもたらし、病院も嫌がる膿瘍病みの女を喜ばせる。

退け、呪われた塵よ。普遍的な娼婦よ。紛争の端緒よ！

シェイクスピアは金の威力に対して実に文豪らしい反応を示している。彼は社会の活力の源である金がいったん道徳性を失うとあらゆる価値が逆転し、不可能が可能になるのはもちろんのこと、金が社会を「娼婦の家」に転落させることを示唆している。だからマルクスは、金が人間性を失わせる問題―金が人間を道徳から遠ざけ、人間が人間を売り、買い、搾取することによって事物の価値が逆転し、人間が堕落する―や経済的疎外の問題を強調したのだ。

韓国の「兄弟投金説話」も同じ脈絡の話だ。昔、ある兄弟が道を歩いていて金の塊を拾った。だが二人は、金の塊が兄弟愛を壊すことを恐れ、川を渡る時に川の中に金を投げ捨てた、という話である。イギリスのチョーサーが書いた『カンタベリー物語』には、黄泉の国を探しに行った三人の若者が黄金の山を発見し、そのことによってついに死を発見する、という話がある。イエス・キリストは弟子と共に道を歩いている時、宝物が落ちているのを見つけた。だが彼は、それは魂を奪うものだから拾ってはならない、と弟子たちに警告している。また高麗の崔瑩将軍の父は、息子に「黄金を見る時は石だと思って見ろ」と厳しく教えていた。

これらの話には共通した金銭観が見られる。それは金を日常生活に必要なものという経済的側面ではなく、精神的側面で見ていることだ。つまり金に対する欲望が人間を破滅させ、社会も腐敗させるという倫理面をより重要視している。

金は、パンイのお化け棒のように両面性を持っている。金は社会生活の必需品であり人間の行為の基本であると同時に富の象徴、所有欲の対象なのだが、反面人間を破滅させる魔神の罠であり、人間が誘惑されやすいものでもある。韓国の昔話によく登場するお化け棒は金あるいは財貨のそのような両面性を教えてくれている。謙虚で正直な者には繁栄を、強欲な者には破滅をもたらすのがお化け棒なのだ。

三、『孔方伝』の金銭害毒論とその影

農本的秩序を守るという意味で、また道徳的観点から金を否定した韓国最初の文学作品は『孔方伝』だ。これは高麗末期、林椿《イムチュン》（高麗第十七代王、仁宗時代の学者）によって寓話の形で書かれた貨幣論である。「孔方」とは金のことだ。昔の銅貨は丸く、真中に四角い（方形の）穴が開いていたことによる。通貨がそのように外側は丸く、内側は四角い形をしているのは、政府の内的実直さと外的柔和さを表わしたものだとされている。ともかく『孔方伝』は金を擬人化し、伝記の形をとった作品である。

方は強欲で恥知らずで、金品の出入りの管理を任されると、元手と利子の割合ばかり考えていた。彼は、何も土器を作るばかりが国を豊かにする方法じゃない、と言って物の値段を下げ、穀物を卑しいもの、貨幣を尊いものとし、百姓たちに商売をさせた。これでは農作業に差し障りがあると言って役人たちは王に訴えたが、王はお聞きにならなかった。

方はまた巧みに王に取り入り、頻繁に王家に出入りし、権勢並ぶ者がなかったので高官たちも方の機嫌を損ねるわけにはいかなかった。方の家には高官たちの持ってきた賄賂や財産を譲渡するという証書が山と積まれていた。

彼は相手の人柄や能力は問題にせず、身分が低くても財物を持っている者なら誰とでも付き合った。時には日がな一日、町の不良たちと一緒になって碁や賭けかるたをすることもあった。そのために人々は「孔方の一言は黄金百斤に価する」と言った。

このように『孔方伝』は一貫して金銭有害論を説いている。金は人間の情緒を失わせるだけでなく、商業的な交換価値が物の利用価値に取って代わることによって農本主義的生活様式を解体する。また金は社会を腐敗させ、権力と癒着して絶対的力を持つ。そしてあらゆる人間関係を道徳的関係から「市場志向的」な関係にする、と『孔方伝』は指摘している。

　このような金銭観が生まれた背景には社会構造の変化が少なからず影響している。つまり金の機能が増すにつれて人々の金銭欲が刺激され、官吏の汚職は増え、士農工商の身分秩序も逆転しつつあったのである。『孔方伝』に見られる伝統的な金銭観は朝鮮時代の文学作品にも登場する。朝鮮時代の小説に出てくる学《ソン》者《ビ》は清貧を旨とし、時調《シジョ》の世界も金や富を卑しいものとして蔑視している。それらの作品は経済を度外視し、清貧の暮らしこそ学者の文化だとしている。一方両班《ヤンバン》や官僚を批判し、風刺する喜劇では、彼らはほとんど例外なく強欲で、金に汚い人物として描かれている。このように朝鮮時代の両班や学者たちは、経済生活や商業といったものを極端に蔑視し、罪悪視すらしていた。これは当時の支配層の物質観の一断面と言える。

　朝鮮時代は官吏や学者優位の社会で、商人は最下層の賤民とされていた。いわば極端な「拝文排商主義」の社会だった。だから『興夫伝』の主人公、興夫は他人《ひと》の品物を代わりに売って三十両も儲けても、商人になろうなどという考えは微塵もない。その三十両で食べ物や薪など、生活に必要な物を買うだけで、それを元手に商売を始めようなどという気はまったくない。それは興夫が商人の家系ではないからだ。

　また『沈清伝』の主人公、沈清の父は、米三百石で娘を中国の商船に売らざるを得なかった。だが彼は娘を買った商人たちを「情のない商人め」とか「無学な泥棒野郎」など、口を極めて罵る。このように朝鮮時代は金を蔑視する風潮が強かったので、朝鮮時代の小説では商人や金は決して社会的救済の象徴にはなり得なかった。主人公たちを不幸から救うのは金の力ではなく、天や神の助けなのだ。これはおそらく商業よりも天候に左右される農業が生活の基本だったことと、儒教的な天道思想によるものだと思われる。その結果、韓国文学には清貧を礼讃する作品が少なからずあるが、また放蕩者やケチな人間もたくさん登場する。

富や名誉を求めるのは人間共通の欲望だが、韓国の儒教道徳の中には金を卑俗なものとし、警戒する傾向がある。今日の知識人にもこのような金銭観を持っている人がよくいる。現代小説に出てくる金持ちや会社の社長が往々にしてマイナス・イメージで描かれるのもこのことと無関係ではないだろう。

四．金の機能と朴趾源

朝鮮時代後期の作品になると、道徳的な金銭観と金の機能的側面を重視する金銭観との対比がより一層顕著になる。両者は対立しながらも次第に金は邪悪なものではなく、日常生活の必需品だという認識を示す作品が増え、これまで否定していた商業を肯定する現象が見られるようになる。つまり商業や経済に対する人々の態度の変化を反映した作品が出てきたわけである。商人や金貸しといった人物が作品に少なからず登場するようにもなる。

朴趾源《パクジウォン》（一七三七〜一八〇五）は、金の機能や効用をテーマに作品を書いた作家の一人である。実学者であった彼の『許生伝』や『両班伝』は、金が生活必需品となった社会における金の威力や商業行為を描き、また資本家や交易商人といった人物像を果敢に描いたという点で非常に意義のある作品である。彼の作品は、社会生活を統制する金の威力を的確に描いている。

『両班伝』は両班という身分の売買を扱った喜劇的な作品で、身分までを商品化する社会を批判したものである。没落し、貧しい生活を送る典型的な両班と、新しく台頭してきた階層である、身分の低い金持ちの生活が対照的に描かれる。消費するばかりで生み出すことのない両班の生活は窮乏の極にあり、そのために両班の威信すら保てない。一方、利益の追求に長けた新興勢力の金持ちは経済的には豊かだが、身分が低いことに対するコンプレックスが強い。そこで両者は、互いの身分と財力を交換することにする。その取り引きの媒介となるのは、もちろん金である。

かくして善良で読書好きな旌善郡の両班は、隣の金持ちに両班の身分を譲る代価として官庁から借りた穀物千石を利子をつけて返還し、何の痛痒もなく平民になる。だが大金を投じて両班の身分を買った金持ちは、窮屈で形式ばかりを重んじる両班の暮らしに閉口し、また特権をかさにきてやりたい放題の両班の実態を知り、ついに両班の身分を放棄してしまう。次は両班の生活を描写したくだりである。

元来両班というものは、その名がいろいろあって、本を読むものを士と言い、官につく者を大夫と言い、徳があれば君子と言う。武官は西側に立ち、文官は東側に立つ、これを合わせて両班という。思うままに行うのであるが、汚れた行いを遠ざけ、昔の人を手本として志を尊ぶ。五更（午前四時頃）には起きあがって硫黄であかりをつけ、目はいつも鼻先を見下し、踵をあつめて尻を支えてから、東萊博義（宋の呂祖謙の著、東萊左氏博義の略称）を氷の上に瓢箪を転がすように読み、飢を忍び寒さをこらえ、貧しいことを口に出して言わず、歯を食いしばって後頭部をたたき、軽い咳払いをして唾を飲み込み、袖で綿入れの帽子を塵が波立つ程にはたき、洗面には手をこすらず、歯を磨くのに乱暴にやってはいけないし、下女は長い声で呼び、履き物はゆっくりと引きずり、古文真宝とか唐詩品彙を一行に百字ずつ胡麻の粒のように小さく書き、手に銭を握らず、米の値段を聞かず、暑くとも足袋を脱がず、飯をちょんまげのまま（冠をかぶっていないこと）食べてはならないし、お粥を（飯より）先にすすってはいけないし、汁を音を立てないですすり、箸を杵を打つように力を入れて使ってはならないし、生葱を食べてはいけないし、どぶろくを飲むのにひげをなめてはならない。煙草を頬がふくれるほど深く吸ってはならないし、怒っても妻を打ってはいけない。又憤って器を壊したり、子供、女を拳で殴ってはいけない。死んだ奴僕をののしらず、牛馬を叱っても売主をののしらず、病気になっても巫を呼ばず、祭祀を行うのに坊主を呼ばず、火鉢に手をかざしてはいけない。物を言う時、しぶきがとばないようにし、牛をけらず、賭博をしてはならない。

金思燁訳

このように『両班伝』は、両班の二つの異なる側面を描くことによって経済的には脆さを抱える両班の精神文化と、時代錯誤と言える特権階級の横暴を痛烈に風刺している。

ここで見逃してはならないのは、この作品が金というものが力を持つ時代の到来を予知していることである。商人が両班の身分を買うということは、商人の両班に対する経済的攻勢を意味する。その攻勢を前にして、時代錯誤な形式にのみとらわれている両班はなす術もなく屈服してしまう。『両班伝』に隠された意図は両班制度の打破ではなく、欺瞞に満ちた両班社会の無力さを批判することによって時代の変化に対応することの重要性を説いたものだろう。『許生伝』によって作者のその意図はいっそう明瞭になる。

『許生伝』の主人公、許生もやはり好きなことといったら読書だけの貧しい両班である。彼は土地もなく、権力も持っていない。貧しさはここではもはや両班の肯定すべき文化として描かれてはいない。許生の妻は許生に向かって、商売ができないなら泥棒にでもなってしまえと悪態をつく。これは紛れもなく新しい価値観による身分制社会の動揺である。妻の非難に耐えかねた許生は本を捨てて家を出、金持ちから借りた金を元手に商売を始める。安城で彼は棗・栗・柿・梨などの果物を買い占め、それを売り惜しみして他の商人の十倍もの金を儲ける。それから済州島へ行き、また馬のたてがみと尾の毛を買い占めて他の商人の十倍もの利益を上げただけでなく、盗賊たちと一緒になって作った作物を売り、百万両もの大金を得る。このような許生の行動は、金を道徳的に警戒したり商人を蔑視していた両班の価値観からすれば驚くべき変化であり、社会生活における金の意味や価値を認識した結果だと言える。

だが『許生伝』には金の威力や商行為を批判する道徳的視点も見られる。そのことは許生が利潤を追求する商人としての人生を歩まず、結局は貧しい両班の暮らしに戻る結末によく表れている。許生が金を放棄したのは「兄弟投金説話」の兄弟に通じる行為である。このような道徳的金銭観は、中国の馮夢龍（一五七四〜一六四五）が書いた『警世通言』に載っている「杜十娘沈百寶箱」に既に見られる。この話は韓国の開化期の『青楼義女伝』の原型になっている。

五．金の小説社会学

現代小説では金の社会的機能や力に対する認識は一段と深いものになる。それは金の力や価値を崇拝する資本主義社会の性格や個人の強烈な所有欲が文学に投影されるようになったからだ。現代小説は、ある意味では金の力に対する反応の文学だ。資本主義社会においては金の力は絶対だ。金は資本主義社会のあらゆる活動の軸であり、象徴だ。だからマルクスは「私が人間としてできないことも金を手段とすればできる」と言い、金の疎外力を指摘したのである。そのように現代は金が万能の世の中なので、現代文学もそれに反応せざるを得ないのだ。交換手段としての財貨の代表はかつては土地や金《きん》だったが、今日では紙幣だ。西欧では一七世紀後半に紙幣ができたと言われるが、韓国では近代に入ってからのことだ。土地にしろ紙幣にしろ、財貨は人間に安定と安全をもたらす富の増殖の手段だ。

ライオネル・トリリングが指摘しているように、現代小説は金が社会的要素として出現すると同時に生まれた文学だ。つまりリアリズム文学とは社会が物質によって次第に腐敗する過程で生まれた文学と言えるだろう。現代小説の出発点といえる写実主義小説は、洋の東西を問わず金と愛をその中心主題としている。それは現実の生活が金と愛を中心に動いているからだ。いくら個人主義の確立によって自由恋愛や恋愛結婚が可能になったとはいえ、それはあくまでも経済的に余裕がある場合の話だ。つまり経済的余裕が個人主義を生んだと言えるだろう。

農業を中心とした韓国の伝統社会は経済的にゆとりがなかったので、当然恋愛も制限を受けた。だが産業革命以後、個人が金を貯えることが容易になり、個人主義の発達にともなって恋愛や結婚の自由も一気に拡大した。金と愛のそのような緊密な関係は、西欧の近代小説の出発点である。それに比べて李人稙《イインジク》（一八六二～一九一六）や李光洙《イグァンス》（一八九二～一九五〇）の作品に見られる自由恋愛観は、それが経済的成熟に裏打ちされたものでないだけに、スローガン的なものに終わってしまった感は否めない。

1．『長恨夢』の「リトフィリア」と「黄金虫」像

韓国の近代小説の中で資本主義社会における金の威力にいち早く反応したのが『長恨夢』（一九一三）（『李

守一と沈順愛』とも呼ばれる）だ。よく知られているようにこれは趙重桓《チョジュンファン》（一八六三〜一九四四）が創作したものではなく、日本の明治期の作家、尾崎紅葉の『金色夜叉』の翻案小説だ。だが翻案小説とはいえ、資本主義の出現という社会の一代転換期を背景に、人間を支配する金の魔力と人間の欲望を描いたという点で、これは見逃すことのできない作品である。木村毅という日本の比較文学研究者は、この作品の原型はバーサ・クレイ（一八三六〜八四）というアメリカの女流作家の『鐘が鳴り響くとき』（When the Bell is Ring-ing）と『壊れた結婚指輪』（The Broken Wedding-Ring）だと明らかにしているが、エミリ・ブロンテの『吹雪峠』やポーの『黄金虫』とも読み比べてみると面白いだろう。

三角関係の葛藤を描いたこの作品の基軸をなすのは、ダイヤモンドや金の魅力に惹かれる女の姿である。だからこの作品のモチーフは「リトフィリア」（lithophilia）と「黄金虫」（Gold Bug）だと言える。「リトフィリア」とは宝石で身を飾りたいという強い欲求で、これは女性心理の一つである。『長恨夢』にはこの「リトフィリア」にとりつかれた「運命の女《フェメス・ファタールス》」が登場するが、それが主人公の沈順愛だ。作品の冒頭で彼女が金重倍のダイヤモンドの指輪を見て夢中になるくだりは次のように描かれている。

その紳士は、部屋の中にいる人たちが話には聞いていても、誰一人見たことのなかったダイヤモンドの指輪を嵌めていた。その指輪の放つ光にはみな驚きを禁じ得なかった。

……（中略）……

沈順愛という女は返事もせずにスニという娘の膝を叩いて、

「ねえ、今いらしたお客様が嵌めている指輪、あれ、何かしら。随分ピカピカしているけど…」

「あら、知らないの？　あれはダイヤモンドよ」

「ああ、あれがダイヤモンドなの。私、見るの初めてよ」

「あれ、五百ウォンですって。二万五千両よ！」

スニの言葉を聞いて沈順愛はしばらく絶句していた。あまりにも高いので驚いたのだ。

「あれこそが本物の宝ね。値段もすごいけど……」

豆粒ほどの真珠の指輪を嵌めることを彼女はここ数年、思い描いてきた。だがそれは容易なことではなかった。今、ダイヤの指輪を前にして、欲望に燃える彼女の胸は早鐘を打った。

沈順愛はユンノリ〔柶戯、朝鮮の双六〕をしていることも忘れて茫然としていた。すると雷のような音がして柶《ユッ》が落ち、男の手が盤を動かしながら、

「これで二人は負けだ。僕はどんどん前に進みますよ」

スニは負けたことが悔しくて順愛の膝をしきりに叩きながら、

「順愛さんったら、ぼうっとして、どうかしたの？」

順愛ははっと我に返った。そして自分には到底無理なのだからと何とか諦めようとした。だが一度ダイヤの光に揺れた心は、しばらく鎮まらなかった。今まで夢中になっていた遊びが急につまらなく感じられ、少しも興が湧かなかった。


ここで彼女は既に二人の男性を天秤にかけている。愛か金か、と迷った末、結局彼女は金重倍を選び、金や宝石を手にする。この選択は「金持ちは尊敬され、貧乏人は馬鹿にされる」という資本主義社会の価値観を反映したものである。李文求《イムング》（一九四一～二〇〇三）の『長恨夢』（一九七一）は、趙重桓の『長恨夢』を改編したものである。

一方、金がないばっかりに沈順愛を失った李守一は―別れ際に彼が沈順愛にぶつけた嘆きはひたすら道徳的なものだった―報復のために黄金虫、つまり高利貸になる。黄金虫とは文字通り金のことしか頭にない、非情な人間のたとえだ。尾崎紅葉が『金色夜叉』、つまり金色の悪魔というタイトルをつけた理由はまさにここにある。だが『長恨夢』は、金に目がくらんでいた二人が理性を取り戻し、和解して大団円を迎える。いかにも通俗小説らしい結末ではあるが、しかし金に反応する人間の姿を描いたという点で無視できない作品ではある。富の追求、それは現代社会におけるもっとも具体的な欲望の表現だ。だから現代小説における金は現実のイメージであり、現実のシンボルなのだ。

2. 金――現実と欲望のシンボル

現代小説は現代人の生を描くものなので、経済的テーマがどうしても多くなる。とりわけリアリズム小説や一九世紀以後の小説では、金が社会の特質を表すイメージになりつつある。韓国の文学作品の中で人間の欲望の対象としての金が重要視されるようになったのは一九二〇年代初めである。具体的には金東仁《キムトンイン》（一九〇〇～五一）の「甘藷」（一九二五）、羅稲香《ナドヒャン》（一九〇二～二七）の「十七円五十銭」（一九二三）「銀貨白銅貨」（一九二三）「水車小屋」（一九二五）「池亭根」（一九二六）、玄鎭健《ヒョンジンゴン》（一九〇〇～四三）の「貧妻」（一九二五）「運の良い日」（一九二四）、桂鎔默《ケヨンムク》（一九〇四～六一）の「白痴アダダ」（一九三五）、その他、崔曙海《チェソヘ》（一九〇一～三二）など、傾向派作家たちの作品である。それらはみな韓国の初期現代文学作品で、金を現実社会を表現する記号として扱った短編である。

「甘藷」は金自体をテーマとした作品ではないが、金を得ようとする人間の欲望と道徳との葛藤を描くことによって金の機能や威力を示唆している。この作品では、冒頭から結末まで常に金が登場する。あらゆる人間関係が金で結ばれている。主人公、福女が村のやもめに「八十円」で売られた話から始まり、七星門の外れの貧民窟の人々が乞食や売淫で「一円七、八十銭」あるいは「四十円」を稼ぐ話、一日「三十二銭」の労賃で毛虫を取りに行って、毛虫を取らずに監督の相手をすると「八銭」余計にもらえる話、福女が中国人の王書房の家に行って「三円」もらう話、福女夫婦が「一円」か「二円」の金をもらって喜ぶ話、王書房が「百円」で生娘を嫁にもらう話、そして最後の場面で福女の死体を処理するために福女の夫が「十円札三枚」を、漢方医が「十円札二枚」を王書房からもらう話まで、話の節目にはほとんど金が介在している。手段は異なっていてもこの作品の登場人物はみな金を得たり、金を利用するために行動する。金は人間の欲望のもっとも具体的な対象として描かれている。金は現実を語るもっとも雄弁なシンボルなのだ。ここで提示されている金は社会の接着剤や富の貯蔵といった機能を持つものではなく、人身売買や売春の媒介となるものに過ぎない。貧乏人も金持ちもみな金を求め、金で人を買ったり買収したりする。リアリズム文学はこのように人間の欲望の恐ろしさを提示している。

作品の題名からも分かるように羅稲香もまた金の力や物質的な欲望に敏感だった作家だ。「池亭根」や「水車小屋」が彼の代表作だ。ここでは金は主人公の夢であると同時に醜悪な現実の鏡だ。

　金さえあれば何だってできる。両班にだってなれるし人をこき使うことだって……。今は金さえあればどんなことをしたって許されるという観念がますます浸透し、彼は思わず目的地へ行って金を儲けて来たくなった。「池亭根」

貧困と家の没落によって主人公が「理想の花」と思っていた金を求めて突っ走り、結局は挫折するというのが「池亨根」の物語だ。「水車小屋」は「リトフィリア」にとりつかれた一人の女の人生と金のために妻を失い、破滅する男の悲劇的な生を扱っている。

「金！　金って一体何なんだ？」

しばらく考え、「ふうー」と息をつくと、

「金が人を殺すんだ。金！　金！　ふんっ、金あっての人か？　人あってこその金だろうが？」

「水車小屋」

その他にも廉想渉《ヨムサンソプ》（一八九七～一九六三）の『三代』（一九三一）や蔡萬植《チェマンシク》（一九〇二～五〇）の『濁流』（一九三六）『太平天下』（一九三八）では登場人物が金持ちになったり破産したりする過程が描かれる。金持ちや貧乏人・ケチ・高利貸し・放蕩者・搾取される者など、多様な人々が金をめぐって葛藤する姿が赤裸々に描かれている。

金は性までも商品化するという考えは現代作家にもあり、小説に出てくる金持ちの経営者や社長は否定的に描かれることが多い。金は大切なものだが、恐ろしいものでもある。金は確かに人間の行為の基本だ。だが文学の中の金銭観は、相変わらず道徳的視点と機能的視点が交わらず、争いを繰り返している。

第十八章　家の空間詩学

慶尚北道永川郡臨香皐面にある鄭在水氏宅の全景

＊

韓国の家の部屋の配置は、家族内の序列を明確に示している。縦に長い西欧の家と違い、平べったい韓国の家屋では空間を仕切ることによって家族の力関係を表す。主人の書斎兼客間である離れは絶対的な権力を持つ父親の部屋であり、母屋は子を産み、育て、家庭を取り仕切る女性の権威の象徴である。だから家庭内の人間関係を扱った文学、とりわけ小説ではそのような住居様式が重要性を持つことになる。（357ページ）

一・家の庇護性と機能体系

われわれが空間に対して抱く認識の中で家ほど具体的なものはない。例えばわれわれは「暮らす」という言葉を口にする時、無意識のうちに家という空間を思い浮かべている。家は生きるための三代要素である衣食住の一つであり、生活の中心、共同体の象徴だ。家があるからこそわれわれは穏やかで幸せな生活を送ることができ、誰かと愛の空間を持つことができるのだ。バシュラールは『空間の詩学』の中で家を「幸福な空間」と規定し、ボルノフは家を「庇護性の空間」と呼んだ。これらは家という空間が持つ暖かな母性的イメージ、あるいは保護機能を指摘したものだろう。

人間は本質的に家の中にいる存在だ。原初の家といえる母の子宮に別れを告げた瞬間からもう一つの子宮である家を探し求め、死ねば再び墓という家を持つ。家は人間を定住させ、暗闇や冬の寒さといった外界の脅威から守ってくれるだけでなく、男女が出会って子をもうけ、共に暮らす幸せを保証し、人間に安息と慰安を与えてくれる。

家はまたその最小限の機能として人間が寝起きしたり、出入りするところであり、食事をしたり食物を貯蔵したりする場所でもある。われわれは朝目覚め、起きて職場へ向かい、夜になると家に戻ってくつろぎ、眠るという生活を繰り返している。だから人間はたとえ粗末でちっぽけでも自分の家をこの地上に、そして月にまで持とうとするのだ。それは安定した生活の求心点を得ようとする人間の根源的な欲望だ。家は、生活の現実的かつ象徴的な中心だ。

ならば、そのような人間にとって親密な空間である家を韓国文学はどのように認識してきたのだろうか。ここでは韓国文学の家に対する認識を探るために、文学における家の役割からまず見てみよう。

二．住居様式と父権

家は、そこに住む家族の構成原理の忠実な反映であり、家族の暮らしを盛る器のようなものである。だから韓国の伝統的な家は独特の構造と文化、そして社会性を持っている。つまり家は家族制度や伝統・慣習の見本のようなものであり、社会の変化の指標でもある。

母屋と別棟の離れから成る韓国の伝統的な家屋は、「外」と「内」に厳格に分けられている。「外」の空間である離れは客が出入りする男性中心の社交の場であり、女性は踏み込めない領域だ。それに対して「内」の空間である母屋は家族の日常生活が営まれるプライベートな場所で、女性の領域と言える。

また韓国の家の部屋の配置は、家族内の序列を明確に示している。縦に長い西欧の家と違い、平べったい韓国の家屋では空間を仕切ることによって家族の力関係を表す。主人の書斎兼客間である離れは、家督の正当な継承者という絶対的な権力を持つ父親の部屋である。そして母屋は子を産み、育て、家庭を取り仕切る女性の権威の象徴である。だから家庭内の人間関係を扱った文学、とりわけ小説ではそのような住居様式が重要性を持つことになる。

1.「外」と「内」の記号学

韓国の伝統家屋は陰陽の原理と公私の別によって「外」と「内」に分けられている。男性と女性はそれぞれ異なる空間で寝起きする。両者の間は壁で遮られているわけではないが中門があり、女性の離れへの出入りは慣習的に制限されている。だから外出が自由な男性と違い、母屋にずっといる女性にとっては外の世界に出ることはもちろんのこと、同じ敷地内の離れでさえ自由に行き来できない「近くて遠い」空間なのだ。

このように家の構造自体が男女を隔てている韓国では、男女の対等な行き来や愛情の共有はほとんど不可能といえるほど制限されていた。女たちは母屋と中庭というごく限られた空間の中に閉じ込められ、文化や制度的な面でも外の世界に進出できないようになっていた。家は女性の聖域であると同時に女の城であり、また監獄だった。だから『人形の家』のノラの登場は、韓国では近代以後になるのを待たねばならなかったのである。

崔華星《チェファソン》は『朝鮮女性読本』（一九四九）の中で、韓国の伝統社会における女性の地位について次のように述べている。

李朝末期までの朝鮮の女性は一生家の中に閉じ込められ、人格を認められない単なる「子を産む道具」であり「家事をする召使い」以外の何者でもなかった。女の一生を決める婚姻では本人の意思が問われることはなく、両親が勝手に決め、また嫁に行った以上は夫に絶対服従しなければならなかった。彼女たちは読書や学問とはまったく縁がなく、もし女の身でそのような方面に関心を持てば、生意気で女らしくないと非難を受けるのだった。夫以外の男性と相対することは一種の犯罪と見なされ、外出は午前八時から十時まで、それも顔を隠すか、さもなければ輿に乗って出かけなければならなかった。またこんなこともあった。ある夫人が重病にかかり医師に診《み》てもらうことになったのだが、男の医師と面と向かうことはできないので障子越しに向き合い、夫人の手に糸を結び、医師はその糸を触って脈を診たそうだ（実際は糸に触っただけで脈を診たわけではない）。こんな笑うに笑えない、ナンセンスな話もあった。

一方男性たちはといえば、母屋への出入りはもちろんのこと、外の社会との接触も自由なので性愛の対象も複数持つことができた。だから女たちにとって夫のいる離れは畏敬の混じった愛情の対象であると同時に、嫉妬や怨みの対象でもあった。

離れのお舅様よ　どうぞ一杯
この餅もどうぞ　召し上がってください
ちょっと　お話させてくださいな
あなた様のドラ息子　顔でも見させてくださいな
大層立派な馬に乗り　婚礼を上げに家《うち》に来た時
どんな気持ちで送られたのですか
母屋のお姑様よ　あなた様のドラ息子（以下四行、前節と同じ）
向かいの部屋の小姑様よ　この餅をどうぞ
離れのお客様よ　どうぞ一杯　召しあがれ……

窓の外に　雨降り
心　千々《ちぢ》に乱れる
雨上がり　月に情けあり
月よ　月よ
うちの人の　窓を照らす月よ
あの人は今　お独《ひと》りか
それとも誰か　抱かれているのか
伝えておくれ　見たままを
私も心を　決めるから

「慶尚道民謡」

つまり韓国の伝統家屋は、男女の暮らしが厳格に分けられていた当時の社会や文化の忠実な反映なのである。だから朝鮮時代の詩や小説に出てくる家や部屋がそのような空間の住み分けと密接な関係があるのは至極当然のことだ。そして父親は「外」と「内」の双方を統括する権威を持っていた。

朱耀燮《チュヨソプ》（一九〇二〜七二）の短編小説「離れの客とお母さん」（一九三五）は、離れに下宿することになった男性と未亡人である母親との間の微妙な感情の陰影を純真な子供の目を通して描いた作品である。またこの作品は、題名に既に暗示されているように、韓国の住居様式の文化的性格をよく表わしている。この小説では男性的空間である離れと女性的空間である母屋を対比させながら、六歳の「私」（玉姫）に観察者として両方を行ったり来たりする役割を与えている。離れは夫の象徴であり、母屋は妻の象徴だ。だがこの家の離れには当然いるべき父親がいない。父親は若くして亡くなったのだ。そして今は空いている離れに、若い男性教師が下宿することになる。母屋では未亡人である若い母親が家を守っている。

だが男女が顔を合わせることは好ましくないという慣習のために、同じ敷地内で暮らしながらも二人は言葉を交わす機会すらない。「私」は離れと母屋を行き来しながら、メッセージをそれぞれ相手に届けてやるのだが、慣習という目に見えない壁のために二人の間には感情の波紋が起こるかに見えながら、結局は別れることになる。

「玉姫や、玉姫の父さんは玉姫がこの世に生まれる前にお亡くなりになったのよ。玉姫にも父さんがいないわけじゃない。ただ早くに亡くなっただけなの。でも玉姫に新しい父さんができたら、世間は悪口を言うのよ。玉姫はまだ小さいから分からないだろうけど、世間はきっと悪く言うわ。玉姫の母さんはだらしない女だって、ね。玉姫の父さんは死んでしまったのに、玉姫にはもう一人、父さんができた、ああ、なんてみっともないことって、みんなそう言うのよ。そうなったら玉姫はこれからずっと世間に後ろ指さされることになる。大きくなってもいいところにお嫁にも行けないし、いくら玉姫が一所懸命勉強して立派な人になっても、あれは売女の娘だって、そう悪口を言われるのよ」。

「離れの客とお母さん」

このように空間の「内」と「外」の間に感情の交流はあっても伝統的価値観の壁がそれを阻んでしまうのだ。女性の再婚をタブー視した韓国の倫理観の断面を、この作品は家や部屋を援用しながら描いている。

現代の住宅ではそのような男女の住み分けはほとんどなくなっている。「内」と「外」の別も厳しくないし、家族の共有空間も広くなっている。だから現代小説では空間や生活様式の提示の仕方にも大きな変化が見られる。例えば物理的変化による心理的変化や核家族現象などがそれに当たる。

2. 部屋と家族間の葛藤

人間が「暮らす」ということは家で暮らす、より具体的に言えば世界の縮図である部屋の中で暮らすことである。だから部屋は生活を守るという住居の基本的機能を持つ小さく、閉じられた世界だ。あらゆる家は必ずいくつかの部屋を持っている。

韓国の伝統家屋の部屋は、韓国特有の家族制度や人間関係をもっともよく表わしている。つまり部屋は家庭内の秩序の象徴なのだ。どんなちっぽけな藁葺きの家にも大きな部屋と小さな部屋があり、あいだに板の間がある。廉想渉《ヨムサンソプ》（一八九七～一九六三）の『三代』（一九三一）や蔡萬植《チェマンシク》（一九〇二～五〇）の『太平天下』（一九三八）のような「家族史小説」では大家族の暮らしぶりが描かれるので、さまざまな種類の部屋が登場する。これらの作品によく現われる部屋に、舎廊房《サランバン》（主人の部屋）、内房《アンバン》（主婦部屋）、大房《クンバン》（年上の婦人のいる部屋）、行《ヘン》廊房《ナンバン》（下男部屋）などがある。もう少し時代を遡れば李人稙《イインジク》（一八六二～一九一六）の『鬼の声』（一九〇六）『雉岳山』（一九〇八）や金萬重《キムマンジュン》（一六三七～九二）の『謝氏南征記』には、大《クン》舎廊房《サランバン》、小《チャグン》舎廊房《サランバン》、別堂《ピョルタン》（離れ）などのような違った種類の部屋が出てくる。一つの家の中にこれほど多くの部屋があるのは、韓国が大家族制だったためである。そのような小説に出てくる家長の権威はとてつもなく大きいものだった。

韓国の家の部屋は生活する上での機能というより、家族の構成員が一つの共同体として共に暮らしやすいように作られている。一つの家に多くの人間が集まって暮らすということは互いの協力や情愛が不可欠になるが、それぞれの欲求の違いによって葛藤や緊張が生まれることもまた避けられない。

韓国の家庭小説で女性たちの欲望の対象としてよく登場するのが内房だ。舎廊房が父系の血統を受け継ぐ正統性の象徴であるように、内房は夫の愛情を受け、家庭内を取り仕切る主婦としての正統性の基盤だ。複数の妻を持つことが認められていた韓国の家族制度の下では庶子は差別され、女性たちは三角関係に陥ることが宿命づけられていた。正妻と嫡子たちは内房の主の地位を守ろうとし、戸籍や財産相続の面で不利な妾や後妻は何とかして内房の主になろうとするので、両者の間には常に葛藤があった。韓国の家庭小説では妻と妾、あるいは先妻の子と後妻がこの内房をめぐって対立し、あらゆる陰謀や計略をめぐらす話がよく出てくる。『謝氏南征記』『薔花紅蓮伝』『コンチュィパッチュィ』『鬼の声』などは、みな結局は誰が内房の主になるかをめぐって争う女たちの物語と言える。内房をめぐって対立するのは妻と妾だけではない。嫁と姑も同様である。嫁と姑では姑の方が絶対優位なので、嫁は姑が死んで初めて内房の主になれるのだった。

内房の家族とは、つまり祖父の妾の家族である。祖父の妾が主婦部屋の主なので、徳基の母は内房に行こうともしなかった。年は若くても姑である祖父の妾は、嫁である徳基の母が朝ご飯を作って持ってくるだろうと思い、内房から出ようともしなかった。

祖父の妾が内房に居座ってから五年、つまり徳基の父母が家を出てから五年である。……（中略）……祖父は七十歳で妾との間に娘をもうけた。一人娘であり、末っ子だった。その子がいま四歳、名前は貴順である。徳基の父母が家を出た時、中学生だった徳基ももちろん父母について家を出た。だが中学四年で嫁をもらうと徳基は半年ほど父母と一緒に暮らし、また祖父の家に戻ってきた。母は息子を祖父の家に返したがらなかった。妻の実家でも、若い祖父の妾に仕えさせるのを嫌がった。だが祖父の厳命に逆らうことはできなかった。……（中略）……だが年老いた祖父にしてみれば、孫夫婦が可愛くて手元に置きたがったのかも知れなかった。徳基も父よりは祖父を慕っていた。それに財産をまだ祖父が握っている以上、祖父の意に添わなければ、という計算もあった。

結婚した翌年には、内房の向かいの徳基の部屋でも子供の泣き声がするようになった。長男が生まれたのだ。家中の者がめでたいと言って喜んだが、それは口先だけだった。祖父の妾は思慮が浅く、学もなかった。徳基の子、つまり曾孫にわけもなく嫉妬した。四歳の貴順と三歳の長男は仲良くなると互いの部屋のことを教え合うようになり、それが原因で大人の喧嘩になった。祖父が徳基の部屋に入って曾孫を抱くと、祖父の妾が目を吊り上げて怒るのだった。

これは廉想渉の『三代』の一部分で、三世代が同居する家の構造と姑と嫁の葛藤や序列意識を提示したくだりだ。世代の違う女同士の微妙な感情や摩擦が部屋という空間を通して表現されている。

このように家庭や家族史を扱った小説では、部屋の構造や家族内の力関係が基本要素になる。廉想渉はこのように部屋と家族制度、あるいは平凡な家庭生活を結びつけるのに非凡な才能を発揮した作家である。彼の『一代の偉業』（一九四九）を読めばそのことが再確認できる。これは家の権利書をめぐる親族間の争いを描いた作品である。

3．部屋の役割と反応

玄鎭健《ヒョンジンゴン》（一九〇〇～四三）の短編「火」（一九二五）や李箱《イサン》（一九一〇～三七）の「翼」（一九三六）は、部屋と人間の関係についてまた違った視点から描いた作品である。

あの部屋さえなければこんな苦痛は受けなくてもすんだはずだ。あの忌まわしい部屋！　あの部屋をなくす手立てはないものだろうか？　いつもあの部屋から逃げようとして、結局は逃げられなかった順伊は、ついにあの部屋をなくしてしまえばいいのだと思い至った。……（中略）……その夜、裏庭の軒からいきなり火の手が上がった。……

「火」

私はどこまでも私の部屋が――家ではない。家はない――気に入っていた。室内の気温は私の体温にとって快適であり、暗さも私の視力にとって快適な程あいだった。私は私の部屋以上にひんやりする部屋も、暖い部屋も望まなかった。これ以上に明るい部屋も暗い部屋も欲しくはなかった。私の部屋は私ひとりのためにちょうどこれだけの程あいをいつまでも保っていてくれるようで、いつもこの部屋をありがたく思っていたし、私はまたこういう部屋のためにこの世に生れついたような気がして嬉しかった。だがこれは幸福とか不幸とかいうことを計算しているわけではない。いわば私は自分が幸福だとも考える必要はなかったし、かといって不幸だと考える必要もなかった。ただその日その日をわけもなくのらりくらりと怠けていられさえしたら、万事いうことなしだったのだ。

私の身体と気もちに着物のようにしっくりとくる部屋の中でぐったりと寝ころんでいることは、幸福だの不幸だのいう、そんな世俗的な計算を離れたもっとも便利で安逸な、いってみれば絶対的な状態なのだ。私はこんな状態が好きだった。

この絶対的な私の部屋は、表門脇の部屋から数えてちょうど七番目だ。ラッキーセブンの趣きがないでもない。私はこの七という数字を勲章のように愛した。ところがこの部屋のまんなかが障子でふたつに区切られていたということが、私の運命の象徴であったとは誰知ろう。

表の部屋はそれでも陽が射す。朝のうちはふろしきくらいの陽が射しこみ、午後にはハンカチくらいになって、やがて出ていってしまう。さっぱり陽の射さない奥の部屋がすなわち私の部屋であることはいうまでもない。こんなふうに陽の射すのが妻の部屋、射さないのが私の部屋と、妻と私のふたりのうちのどちらが決めたものやら、私は覚えていない。

「翼」（長璋吉訳）

前者は「火」の主人公、順伊が、後者は「翼」の「私」が示した部屋への反応だ。前者では部屋が喚起した幼い嫁の生理的な苦痛や恐怖に焦点を当てており、後者は無為徒食で怠惰な「精神奔逸者」の「私」の部屋での生活を扱っている。早婚制によって結婚させられた順伊にとって、家は牢獄のようなものである。順伊の放火は、つまり古い制度の焼却を意味する。「火」は早婚制の持つ不安を部屋という空間の不安で表現した作品だ。だが「翼」の「私」にとって自分の部屋はまるで母の子宮のように暖かく、居心地が良い。「私」はその部屋の中で子供のようにいたずらにふける。ここで見逃すことができないのは、「陽の射すのが妻の部屋、射さないのが私の部屋」というくだりが暗示しているように、父権を絶対的なものとする韓国の伝統的な価値観が引っくり返されていることである。ここでは男の権威が完全に否定されている。「翼」では男性中心社会からの脱出願望が、部屋や家からの外出という形で表現されている。

三．親密な空間と場所

家がわれわれを外界の脅威から守り、母の懐のように暖かく包み込んでくれる親密な場所であることを痛感するのは冬、そして旅の途中や辛い労働のさなかだ。程よくぬくもった居心地の良い家は冬の楽園だ。家は冬の厳しい寒気からわれわれを守り、長旅や仕事で疲れた体を癒してくれる庇護と休息の場所だ。だからバシュラールは「冬は人間の弱さを思い出させ、家を避難所としてくれる」と述べ、雪の降る冬と家との対立関係を次のように説明している。

家と宇宙の弁証法は実に単純だ。そして雪は外界を一変させる。雪は全世界を一色に染め上げる。……（中略）……人間が占有する家の外は単純化された宇宙だ。それは形而上学者が「自分ではない者＝非我」と呼んだように、「家ではないもの＝非家」であり、家と「非家」とは矛盾した関係にある。家の中ではあらゆるものが分化し、多様化する。冬、家は人間にとって親密な場所、備蓄の場所になる。だが家の外では雪があらゆるものの痕跡を消し、道も音も色も覆い隠してしまう。雪がすべてを白く染めるので、われわれは宇宙的な不浄を感じるようになる。家を夢見る人たちは、このことを知っている。つまり外界の存在が減少した分、親密の価値を強く感じるようになるのだ。

『空間の詩学』（一九六九）

つまり家は冬（雪）のような外界の脅威からわれわれを保護してくれるだけでなく、安全を保証してくれる親密な場所だ、というのだ。

李孝石《イヒョソク》（一九〇七〜四二）の短編小説「秋と山羊」（一九三八）には次のようなくだりがある。

ひとの家の窓の外に立って中をのぞき込む時のみじめな気持ちが想像できますか。中では暖炉の火が燃え、平和な団欒がある。外にいる私の心はこごえて、震える……。

冬のある日の情景である。家の外と内とを対比しながら、家族が共に暮らす幸福から疎外された者の心情を描いている。このように人間は誰しも家という内部空間で暮らす幸福や安息を求めている。一方、徐永恩《ソヨンウン》（一九四三〜）の『ガラスの部屋』（一九七六）では「秋と山羊」とは異なり、透明なガラスによって遮断された部屋のイメージを通して、現代の人間疎外の問題を逆説的に提示している。

人間にとって母の懐は宇宙そのものであり、もっとも根源的な場所だ。幼児は母の胸で乳をもらい、安らかで快適な眠りを得、あらゆる危険から守られているからだ。だが成長するにつれて母の懐は家に、故郷に、そして国に変わってゆく。そういう意味では人間の一生は絶えず安住できる家を求め、また築く作業の繰り返しと言える。

そのような家の中でもとりわけ親密な空間と場所がある。現象学的な人文地理学者、イ・フツアン（Yi-Fu Tuan）は『空間と場所』（一九七七）の中で、それを「親密な経験を持つ場所」と呼んでいる。ならば家という空間を対象にした場合、韓国文学に描かれた親密な場所とは一体どこであり、親密の象徴は何なのだろうか。

1．窓の詩学

ブルーノ・ヒルレブラントは『小説における人間と空間』（一九七一）の中で、窓は目の機能を果たすと述べている。金晋燮《キムジンソブ》（一九〇三〜？）も随筆「窓」（一九三四）の中で似たようなことを言っている。目は人間の心の窓であり、窓は家の目だ、と。壁は人間を守る反面、外界から遮断して中に閉じ込めてしまう。だが窓は内部と外部を隔てると同時に外に向かって開かれた目であり、内と外の二つの世界を結ぶ通路であり、開放と希望の象徴でもある。だから窓と壁は文学のモチーフになり得るのだ。サルトルにとっての壁は人間の実存性の限界のシンボルだったが、パステルナークの作品に出てくる多くの窓は開放と閉鎖、肯定と否定の世界観の象徴だった。

韓国文学もまた、窓とは特に親密な関係にある。時調《シジョ》や、歌辞《カサ》という韻文詩には東向きの窓・壁に穴を開けて紙を張った窓・南向きの窓・ガラス窓・紗を張った窓・旅の宿の窓など、さまざまな窓が登場する。韓国の伝統的な詩歌に描かれる窓は主に太陽や月光の通り道であり、遠くにいる愛しい人を思い出すきっかけであり、苦悩や孤独・寂しさからの解放の象徴だ。また時には窓の内側にいる人間の微妙な感情を映し出す鏡の役割も果たす。

東の窓は白めりや　揚げ雲雀　空にさえずる
牛飼いの童は　いまだ醒めざるや
峠　越えゆくかの畑を　耕すことも忘れてや

去る日　君と離別し　碧紗《へきさ》の窓に凭《もた》る
黄昏《こうこん》に散りゆく花　緑柳《りょくりゅう》に懸《か》かれる月
いかに無心に見んとて　悲感《ひかん》勝《た》えざらしむ

瀬尾文子訳

雪月《せつげつ》　満窓《まんそう》の時　風よ吹くなかれ
曳履声《えいりせい》に非《あら》ずと　判然《はんぜん》と知れども

恋しく遣《や》る瀬《せ》なく　もしや彼《か》の人かと

瀬尾文子訳

このように韓国の古詩に出てくる窓は主に時間と関係がある。朝日の射す東向きの窓は労働の時間の始まりを告げ、月光の射すガラス窓や紗を張った窓は愛する人を想う時間であることを告げる。だが時には開放や解放の意味で使われることもある。

現代詩においても窓が重要なモチーフであることは変わりなく、とりわけガラス窓は現代詩における非常に親密な場所と言える。

誰の家だろう　窓に灯りがともる
雪の坂道が　天に続く道のように明るい
その中にある　無数の物語を拾えば
忘れていた家が甦る。

窓から灯りがもれる家は　あたたかい
あの中には母さんがいる
父さんもいて　兄弟たちも幸せだ
寂しい人は　目を閉じて
懐かしい情景を　しばらく味わう。

盧天命「窓辺」

窓を愛するというのは
太陽を愛しているというよりは
晴れがましくなくてよい。
窓を失えば
青空へつづく海峡を失い、
明朗とは　われらへの
きょうのニュース。

窓をみがく時間は
とりもなおさず歌を口ずさむ時間、
星達は十二月の遠い異国をさまようとき……

窓を浄らに守ることで
心直き瞳、瞳を育て、

涼しい瞳が、われらの
明日を待ちわびる
輝やかな心根であるように……。

金顕承「窓」（金素雲訳）

春の雨が　窓に染みる。
待ち疲れた心が　雨に濡れる。

李炯基「春の雨」

七輪の上で　湯がのたうち回る。
茶碗に半分ほど　湯を注ぐ。
白い蒸気が　顔を包む。
温気《うんき》に身を任せ　窓の外を見る。
丘の上の道　みぞれが降り
誰かが行く。
見知らぬ誰かと　和解する。

黄東奎「三つの静寂」

これらの詩を読めば分かるように、窓は中にいる人間を守ると同時に忘れていた記憶を甦らせる回想の通路であり、反射鏡だ。窓は開放の象徴という点で戸とよく似ている。李箱は作品の中に戸のイメージを多用しているが、戸も韓国現代詩の重要なモチーフの一つである。

2．内房——愛の空間と「女性性《フェミニティー》」

前述したように部屋は一つの閉じられた小さな世界だ。部屋は人間が人間らしく暮らすための空間の単位である。主に男性の空間である離れは開かれた接客の場であり、学業と修練の場所だが母屋は女性が取り仕切る、女の城のようなものだ。韓国の女性がこの城から出ることはほとんど不可能である。嫁部屋の主から内房〔主婦部屋〕の主になるまでが、つまり韓国の女性の一生である。

多くの部屋の中で韓国人にとってもっとも親密なのは、結婚初夜を過ごす「華燭洞房」だ。一人の男と一人の女が出会い、夫婦として初めての夜を共に過ごす部屋だ。

ああ、夜も更《ふ》け
華燭洞房の蠟燭の灯は消えた。
虚栄の衣は　跡形もなく剝ぎ取られ
みずみずしい裸体が
海底の闇の中で
魚のように泳ぎまわる。
闇を忽然と破る音
ああ……あっ！
太初の生命の秘密が　いま明かされる
一つの生命から　無限の生命へ
涅槃の扉の開く音
ああ、永遠なる聖母よ、玄牝《おんな》よ！

呉相淳《オサンスン》（一八九四〜一九六三）の詩「初夜」（一九五〇）の一部だ。肉体的な愛の芽生えを提示したこの詩は「華燭洞房」を背景としている。「華燭洞房」は特別にもうけられるわけではなく、母屋のどこかの部屋を初夜だけ空けるのだ。だが結婚した男と女が初めて肉体的に結ばれ、家庭の基礎を作る特別な部屋なので、障子戸に穴を開けて大勢がそこから中をのぞくという風習がわれわれにはある。『春香伝』の主人公、春香のように結婚前に果敢に肉体関係を結ぶ――身分の違いのため、そうするしかなかったのだが――例もないわけではないが、多くの韓国女性にとって「華燭洞房」は特別な意味を持っている。この部屋の意味を一生胸に抱き、守りぬくのが韓国の女性である。

「女は二夫にまみえず」という道徳規範を守る女性はもちろんのこと、「華燭洞房」をもうけてもらえない身分だった春香もやはり夫と共有した愛の空間の意味を守る女性だった。現代文学における「華燭洞房」といえば、それは寝室である。寝室は家の奥の、また奥にある。だから寝室は日常生活とは切り離された休息と愛、そして夢を見る場所だ。愛と夢の夢幻的世界を追求した雑誌『白潮』の浪漫派詩人たちが寝室や洞窟といった空間を詩に詠んだのは、決して偶然ではないだろう。彼らにとって親密な空間とは幻想的な密室だ。李相和《イサンファ》(一九〇一~四三)の詩「わが寝室《ふしど》」(一九二三)は死を美化し、死に惹かれる心情を詠ったロマンチックな作品だ。

マドンナ　夜の授けし夢　われらがあざなふ夢　人の世の生《いのち》の夢のいづれ醒めざる、
おゝ　嬰児《みどりご》の胸のごと歳月《としつき》知らぬわが寝室に　よきひとよ　いまぞ来よ　終りなき國に。

「わが寝室」(金素雲訳)

一方、結婚しない一人暮らしの男女や、やもめや未亡人のことをわれわれはよく「独守(宿)空房」という。また主婦部屋を内房と呼ぶことから、女性たちの生活感情を詠んだ詩歌を「内房歌辞」と言う。だから韓国の女性文学の「女性性」は内房での生活、とりわけ一人で内房を守る気持ちを基盤にしている。許蘭雲《ホナンソル》軒《ホン》（一五六二～八九）の「閨怨歌」「閨怨（妻が夫に捨てられ、閨《ねや》の淋しさを怨むこと）」はそのような女性の暮らしを描いた代表的な詩歌である。

三三五五　治遊園に
別の女ができたというのか
あてどもなく出歩きて
白馬金鞭もて
いずくにか留まり居らむ
遠近だに知らざれば　いかで消息を知らんや
「閨怨歌」

月桜秋尽玉屏空　秋も去りにし桜《たかどの》には　屏風も空なり
霜打蘆洲下暮鴻巣　霜の下りたる蘆野には　雁がねぐらに帰り行くも
瑤琴一弾人不見　一曲の調べ　野の池の畔りには
藕花零落野塘中　蓮花のみ散りて落つるかな
「閨怨」
姜漢永・油谷幸利共訳

これらは愛の対象を失い、一人で部屋を守る寂しさを表現しているのだ。このように韓国の女性文学は、民謡であれ歌辞であれ、女性の孤独・恋しさ・待ちこがれる気持ち・愛憎・怨みなど、さまざまな感情の結晶といえる。抒情詩とは本質的に女性的な情調を基にした言語芸術だというのは納得できる説だ。

また現代の都市生活者にとってたまらなく郷愁をかきたてられるものが部屋の中にある。それは温気を感じる火鉢だ。韓国の伝統家屋には決まって素焼きか、鉄製の火鉢がある。火鉢は冬の寒い晩、冷気を防いでくれるだけでなく、家族をひとつの共同体として結びつけてくれる。西欧とは違って韓国の家は床暖房《オンドル》で暖を取るので、床に直接ぺたっと坐る。だから家族が集まる時は火鉢を真中に、ぐるっと車座になる。そしておばあさんは孫たちに、母親は子供たちに面白い昔話をしてやるのだ。炉端はまさに文化を伝承する場所といえる。だから鄭芝溶《チョンジヨン》（一九〇三〜）の詩「郷愁」（一九二七）や梁柱東《ヤンジュドン》（一九〇三〜七六）の随筆『炉端の郷思』（一九三七）のように郷愁を描いた作品には必ず火鉢が登場する。

その他にも韓国文学における親密な場所には板の間や離れ座敷、屋根裏部屋を初めとして垣根・柴戸・石塀・裏庭などがある。「花蛇」（一九四一）や「菊の傍で」（一九四八）を読むと分かるように、徐廷柱《ソジョンジュ》（一九一五〜二〇〇〇）の詩の世界では裏路《うらみち》が親密な場所になっている。

四．家の風水論と文学の中の家

韓国人は家を建てたり坐る席を選ぶ際に一つの基準を持っている。家は南向きに建てねばならず、したがって門は東向きになるようにする、ということだ。劉熙の『釈明』では家を指す「宅《テク》」という言葉には「択《テク》」の意味がある、と解釈している。東南を選ぶのはそれが陽の場所であり、生者の方角だからだ。

小説『興夫伝』には他の小説に比べて家を建てる場面が多く登場する。興夫の家や燕の家、それに瓢箪から出てきた大工たちが興夫の恩に報いるために家を建ててやる場面だ。それらの家の向きは具体的には書かれていないが、南向きであることが暗示されている。
一九三〇年代に書かれた金尚鎔《キムサンヨン》（一九〇二～五一）の牧歌的な詩「南に窓を」（一九三四）ではその題名通り、南向きの家が理想とされている。

南に窓を切りませう
畑が少し
鍬で掘り
手鍬《ホミ》で草を取りませう。

金素雲訳

これは言うまでもなく陰陽五行説に立脚した風水観によるものである。このように韓国人は家の方角を風水観や神話的世界観・宇宙観に基づいて決めている。
陰陽五行説とは、宇宙の万物は陰陽の原理と金・木・水・火・土の五つの元素の力の秩序によって生まれるとする東洋的な世界観である。この世界観は人間中心にできている。つまり世界の中心にいるのは人間と家、あるいは墓である。そして東西南北はそれぞれ動物によって象徴される。例えば東は青龍がつかさどり、草木の色である青と春の要素で成り立っている。南は朱雀〔赤い不死鳥〕がつかさどり、太陽が天頂にある夏と火を表す。この二つが陽の領域だ。西は白虎がつかさどり、金と秋を表し、シンボルは武器・戦争・仕上げ・収穫・記憶・悔恨だ。北は冬の闇を意味し、死と新たな始まりの方位でもあり、爬虫類である玄武がつかさどり、黒と水を連想させる。この二つが陰の領域だ。そして宇宙の中心には黄土に立つ人間がいる。土は神聖なものなので、土を扱い誤ると地神のたたりがあると考えられている。

　このように韓国人は墓や家を建てる時には東南向きの土地を生気がたまる良い場所と考える傾向がある。生気のある場所に家や墓を建てれば家は栄えて幸福になり、そうでなければ災いがふりかかると信じてきたからである。このような風水観は家の位置や向き、そして地気がその家に住む人の運命を左右するという考え方の根拠になっている。これは迷信とも言えるが、生態学的な合理性があると言えないこともない。このような考え方は韓国文学に少なからず影響を与えている。

　崔貞熙《チェジョンヒ》（一九一二〜九〇）の「凶家」（一九三七）は題名が示す通り、風水観のマイナスの要素が投影した作品だ。「地気が強い」と言われる家に越してきた主人公が結核にかかり、悪夢に苦しめられるという物語だ。「地気が強い」ということは金・木・水・火・土の五つの元素が互いに相いれないことと関連がある。陰陽五行説では木土が相いれなければ黄疸や伝染病を、土水が相いれなければ疫病を、水火は若死にを、火金は自然災害を、金木は家の滅亡や怪我をもたらすとされている。自分を守ってくれるはずの家が逆に災いをもたらすというこの物語は、家がそこに住む人間の精神や健康にも影響を及ぼすという民間信仰を基にしている。崔貞熙の作品では家や部屋といった空間が非常に重要性を持っているが、それはおそらくこの女流作家にとって家という場所が安全の象徴として切実に認識されているからだろう。

五．非定住性・空間疎外・そして他人の部屋

家は人間の暮らしが営まれる空間というだけでなく生の中心であり、象徴だ。だから人間の生を扱う文学

において家という場所が重要な意味を持つのは確かだ。現代文学の主要なテーマである現代人の孤独や疎外も家や部屋の状態と不可分の関係にある。日本の植民地時代の文学は家を失った人々を描くことで人間の非定住性を表現しようとし、それは一九四五年以後の解放期を経て、今日の文学に受け継がれている。

人口が増えて都市が巨大化した今日、われわれの住環境は大きく変わった。家族の数も減り、都市の住民は部屋を間借りしたり、狭いアパートに密集してみな似たような部屋で暮らすようになった。都市の生活が非定住性・空間の喪失・空間疎外・父権の喪失など、さまざまな問題を抱えていることは確かである。だから現代小説はそれらの問題をテーマにしたものが多い。例えば李東河《イトンハ》（一九四二〜）の『哄笑』（一九七七）、崔仁浩《チェインホ》（一九四五〜）の『他人の部屋』（一九七一）、李文烈《イムンヨル》（一九四八〜）の『蝸牛《カタツムリ》の外出』（一九八〇）、扈英頌《ホヨンソン》（一九四二〜）の『流れの中の家』（一九八〇）、朴婉緒《パクワンソ》（一九三一〜）の『似ている部屋』（一九七四）などがそうだ。『林の中の部屋』（一九八五）を書いた作家、姜石景《カンソクキョン》（一九五一〜）も家や部屋に対する深い関心を見せている。全商國《チョンサンクク》（一九四〇〜）は『高麗葬』（一九七八）で老人問題を提起している。

『哄笑』は今日の都市生活の縮図であるアパート暮らしを扱った作品だ。ここではアパート暮らしは画一的で個性がなく、住む者同士の連帯感の失われた空間として描かれている。『似ている部屋』も題名が示す通り、規格化されたアパートで暮らす人間の倦怠感や孤立、自我の喪失の問題を提起している。『他人の部屋』もやはりアパートを背景に現代人の孤独が表現されている。隣に誰が住んでいるかも知らず、家の中に当然いるべき妻はいつも不在で、部屋の中にあるのは物ばかりだ。共に暮らす相手との愛が失われた家は、もはや家ではない。監禁と疎外と迷路の空間でしかない。

チェッ、やっと帰ってきたのに誰もいないとはな。彼は深い孤独を覚えた。彼は裸のまま、スチームの熱気でむっとする居間を檻の中の獣のようにうめきながらうろうろしていた。家具は数日前と同じで、何も変わっていないように見えた。

このように『他人の部屋』は、その原型である李箱の「翼」が提示した空間疎外・人間関係の分裂といったテーマをより先鋭化した作品だ。

一方『蝸牛の外出』は貝殻のイメージを通して都市空間の閉鎖性や失った故郷を取り戻そうとする現代人の渇望や挫折を描いた作品である。『流れの中の家』は安住の地である「わが家」を持ちたいという小市民の願望が政府の都市計画によって無惨に壊れる過程を描いている。喪失の感情、閉ざされた空間への不安、定住する場所のない不安は家を素材にした現代文学の主要なテーマである。『高麗葬』は都市の生活が持つ冷たさと、父権の喪失に対する関心が見られる。

ともかく家の中の存在である人間にとって、家は自分が守られていることを実感できる幸福の空間だ。だが一方では家は人間を閉じ込める牢獄になることもあるので、そこからの脱出が文学作品のモチーフになりもする。

第十九章　愚者文学論

処容舞

＊

「処容歌」は韓国最初の姦通文学作品と言えるだろう。妻の姦通現場を目にしながら平然とそれを観察し、「脚は四つなり」と表現する処容の態度はいかにも滑稽だ。シェイクスピアの『オセロ』では、オセロが嫉妬のあまり妻のデスデモーナを殺してしまったではないか。ところが処容は怒りもせず、「今奪いたるを如何にすべき」と言ってその場で踊るのである。（384ページ）

一・価値の逆転現象

人間とは一体何者か、を探求するために文学は馬鹿や愚鈍な者にはとりわけ関心を払ってきた。エラスムスは『痴愚神礼讃論』(一五一一)を、トルストイは『イワンの馬鹿』を、ドストエフスキーは『白痴』を書いたし、シェイクスピアの戯曲には多くの道化役者や馬鹿が登場する。韓国の滑稽な民譚や笑い話にも馬鹿がたくさん出てくる。だが彼らの繰り広げるさまざまな愚行は物語の中で許され、守られている。それは精神的、あるいは肉体的欠陥を持つ彼らは馬鹿なことをすることによってわれわれの味気ない生活に笑いをもたらし、われわれは彼らの純真きわまる愚かな行為によって人間の弱さを知り、人間理解の一助とすることができるからである。

彼らは一様に愚かで間が抜けていて、単純だ。また並外れて純真で、滑稽でありながら時に思わぬ知恵を持っていたりする。だから彼らは本質的に笑いをもたらす存在であり、社会の緊張を緩和し、時には教育的な役割をも果たす。またいわゆる「価値の転価値化」の機能を持つ存在でもある。

エラスムスやラブレー、シェイクスピアの研究者であるウォルター・カイザーが『愚鈍の礼讃者』(一九六三)の中で使ったこの「価値の転価値化」という言葉は、一つの価値がその反対の価値を礼讃することによって起こる価値の逆転現象を言う。

韓国文学に登場する馬鹿は、単純馬鹿と賢明な馬鹿に分けられる。前者は最初から最後まで一貫して馬鹿であるのに対して後者は無知で愚かなように見えて、実は並外れた知恵と才知を持っている。その他には先天的に知能の劣る白痴や民俗劇などに出てくる道化などがいる。種類はどうであれ馬鹿は正常とは言えない欠陥人間であり、人間の弱さや愚かさを人一倍持っている。だが時にはそれが逆に強みになることもある。そんな馬鹿たちは、つまり人間の持つもう一つの顔なのだ。

二、馬鹿の元祖—温達・処容・薯童

韓国最初の馬鹿が誰かは定かではないが、おそらく『三国史記』列伝や『三国遺事』などに出てくる温達《オンダル》と処容《チョヨン》、そして薯童《ソドン》だろう。彼らは馬鹿といっても英雄であり、単純馬鹿ではなく賢明な馬鹿に属する。「馬鹿の温達」で有名な温達の話は、馬鹿が将軍になる変身の物語である。「馬鹿の温達」と言われて人々の笑い者だった温達は、思いがけず宮殿を抜け出してきた「泣き虫」の平康《ピョンガン》王女と出会う。そして彼女に感化されて温達は誰にも負けない立派な将軍になる。温達との結婚を選んだ王女は宮殿から追放されるが、ある時は温達の先生になり、またある時は母親のように彼に協力し、父王にも温達を認めさせることに成功する。人間の弱点に理解を示し、否定的価値を肯定的価値に逆転させたこの物語は、間違いなく一つの馬鹿礼讃論である。

一方、働くことよりも遊ぶことが大好きな処容が妻の不貞の現場を目撃しながら、その時に取った態度も紛れもない馬鹿そのものだ。

ソウル月明けき夜、夜もすがら遊び暮らし

寝所に入れば、脚は四つなり。
二つは我のなれど　二つは誰がものぞ。
もと我れのなれど、今奪いたるを如何にすべき。

「処容歌」（金思燁訳）

処容の妻はあまりに美しかったので疫神が横恋慕し、人間に姿を変えて処容の家に忍び込んだ。処容が家に帰ると、妻と疫神が寝ているのが見えた。処容はそこで「処容歌」を作り、それを歌って踊りを踊った。この「処容歌」は韓国最初の姦通文学作品と言えるだろう。妻の姦通現場を目にしながら平然とそれを観察し、「脚は四つなり」と表現する処容の態度はいかにも滑稽だ。いくら姦通が容認されている社会だったとはいえ、心情的には決して許せない行為だ。シェイクスピアの『オセロ』では、主人公オセロが嫉妬のあまり妻のデスデモーナを殺してしまったではないか。ところが処容は怒りもせず、「今奪いたるを如何にすべき」と言ってその場で踊るのである。

こう考えると処容は超人でなければ明らかに腑抜けであり、去勢された男と言えるだろう。だがこの話のポイントはその次にある。彼の異常といえる間の抜けた対応ぶりが逆に効を奏し、疫神を退治することができたのである。

さて薯童の場合は、馬鹿といえる要素があまりない。だが彼は近くにある黄金の価値を知らず、ひたすら長芋を掘って暮らしている。彼は温達とは異なり、善花《ソンファ》王女に恋して彼女を妻にするために無謀にも子供たちに長芋をやって嘘の噂を流させるのである。このような行為が普通の人間にはできない愚行であることは間違いない。

善花公主の君は人知れず嫁入りせるに、
薯童さまを夜密かに抱きて去れり

「薯童謡」（金思燁訳）

だがこの計略はなぜかうまく行き、彼は善花王女を妻にすることに成功するのである。この話は一種の「配偶者獲得譚」だが、愚者文学の要素があることも確かだ。

これら三つの話の共通点は、主人公が馬鹿とはいえ非凡な知恵や力を持っていることである。また韓国の場合、馬鹿の話は主に結婚や男女の性に対する反応と関係があることを示している。また馬鹿にまつわる話では女性は劣った存在ではなく、馬鹿な男を感化する教師の役割を与えられている。これらの物語は、韓国の原初的な馬鹿礼讃論だ。彼らの愚行の中に潜む機知や純真さを称賛することによって、馬鹿の存在を価値あるものに転換しているからだ。

三．単純馬鹿―馬鹿婿たち

成俔《ソンヒョン》（一四三九～一五〇四）の『慵斎叢話』には次のような馬鹿婿の話がある。

昔ある学者《ソンビ》が娘に婿を取ったのだが、とても頭が弱くて豆と麦の区別もつかなかった。婿は三日間新婦と一緒にいたのだが、膳の上の餅を指さして「これは何だ」と訊く。またしばらくすると餅の中に入っている松の実を指さして「これは何だ」と訊く有様だ。婿は三日経つと自分の家に帰ったが、新婦の家では心配と後悔でどうしていいか分からなかった。そこで新婦の家では五十斗もの大きな古い木のおひつを買ってきた。そして婿の家と「もしお宅の息子がこれを知っていたらうちから追い出しはしない」という約束を取り交わした。そこで新婦は一晩かけて婿に答え方を教えた。あくる日、学者は婿を呼んで「これは何だ」と訊いた。婿は棒でおひつを叩きながら「五十斗の古い木のおひつです」と答えたので、学者は大いに喜んだ。学者は次に木の樽を買ってきて、また婿に「これは何だ」と訊いた。婿は棒で樽を叩きながら「五十斗の木の樽です」と答えた。ある日、学者が膀胱炎になったので、婿が見舞いに行った。すると婿は、出てきた学者を棒で叩きながら「五十斗の古い膀胱です」と言った。

このような単純馬鹿の話は徐居正《ソコジョン》（一四二〇〜八八）の『滑稽伝』、姜希孟《カンヒメン》（一四二四〜八三）の『村談解頤』、宋世琳《ソンセリム》〔朝鮮王朝第九代王、成宗時代の文筆家〕の『禦眠楯』、成汝學《ソンヨファク》〔朝鮮王朝第十六代王、仁祖時代の学者・文人〕の『続禦眠楯』、その他『古今笑叢』のような本によく出てくる。このような笑い話は、日常生活の緊張をほぐすために集められたものである。これらは本質的に教訓や感動ではなく笑いや諧謔の文学なので、時には風刺やからかいのような内容を含むこともある。笑い話は常識が通用しない新たな世界との出会いであり、馬鹿たちの純真さ・善良さ・正直さとの出会いでもある。

韓国の口碑文学における愚者の代表は馬鹿婿である。人間の愚鈍性に対する認識の中で、とりわけ婿に焦点が当てられたことは非常に興味深い。それはおそらく結婚とそれによって生じる人間関係、そして男女の性愛が人々の好奇心を満足させたからだろう。彼ら馬鹿婿たちは、韓国の結婚におけるピエロと言える。

昔、ある馬鹿婿がいた。彼が初めて妻の家に行った時のことだ。妻は、父親の前で夫がヘマをするのではないかと思い、夫に「あなたの睾丸に紐を結んでおきますから、私が紐を一回引っ張ったら『どうぞご飯を召し上がってください』、二回引っ張ったら『煙草をどうぞ』と、お父さんに勧めてくださいよ」と教えた。そして妻が父親役になって、何回か練習をした。いよいよ婿が妻の家に着いた。妻は父親と夫の前に膳を出し、台所に下がると様子を見計らって紐を一回引いた。婿は舅にお辞儀をしながら「どうぞご飯を召し上がってください」と言った。食事が終わると妻は紐を二回引っ張った。婿は「煙草をどうぞ」と、煙草を勧めた。婿が礼儀作法を心得ていると思い、妻の父親は喜んだ。その時ちょっとした用事ができ、妻は紐を台所にあったスケトウダラの頭に結びつけて出て行った。そこへ猫がやって来て、そのスケトウダラに噛みついてぐいっと引っ張った。婿は紐を引かれるたびに「どうぞご飯を召し上がってください」「煙草をどうぞ」「どうぞご飯を召しあがってください」「煙草をどうぞ」「どうぞご飯を……」と、いつまでも繰り返していた。

孫鎭泰『朝鮮民族説話研究』

このように韓国の民譚に出てくる婿はみな知能が劣り、行動も異常である。レヴィ・ストロースは結婚を「不均等な盟友関係」と呼んだが、馬鹿婿の妻は正常で賢く、妻の父、つまり婿にとっての舅は婿に難題を課す、試験官の役割を果たしている。馬鹿婿の笑い話のパターンはほぼ決まっている。温達が平康王女の助けで難題を解決したように、婿は妻の協力を得て最初の関門を突破するが、それは長続きせず、最後にはばれてしまう。単純馬鹿と賢明な馬鹿との差はまさにここにある。馬鹿婿の特徴はその発想や行動の意外性にある。厳しい道徳規範や効率を重視する社会の中にあって彼の行動はあまりにも常識外れであり、それがわれわれを笑わせるのだ。

韓国の古い笑い話や民譚に出てくる馬鹿婿たちはいずれも単純で天真爛漫で、間が抜けている。彼らは最初から最後まで愚行を繰り返す。彼らは一様に無知で、事物を識別する能力も判断力もないので、ただ言われるままに行動する。純真で、ずるさや腹黒さ・邪気とは無縁の人間である。彼らはわれわれを笑いの世界に引きずり込むだけでなく、人間の持つ弱さをそれとなく教えてくれるのである。

四．馬鹿の機能と役割

それでは韓国の伝統的な叙事文学や劇文学に登場する馬鹿たちの機能と役割、そして性格はどのようなものだろうか。

まず彼らはわれわれに笑いの贈り物をしてくれる。彼らは肉体的あるいは精神的に欠陥があり、その愚行でわれわれを楽しませる「コミック・ヒーロー」である。笑いは人間のストレスを解消してくれる。だから彼らは人々を笑わせることによって社会の緊張を緩和する「安全弁」である。

第二に彼らはわれわれの愚かさや弱さを映し出す鏡の機能を果たしている。韓国の喜劇は剃刀の刃のように鋭く為政者を攻撃するのではなく、哀しみや憐れみを笑いで包むのが特徴である。表現はやや誇張し過ぎるきらいがあるが、素朴で情が感じられる。これは西欧のような悲劇の文学を生み出せなかったわれわれの楽天的な人生観と関係があるかも知れない。愚者に対しても韓国人は侮蔑や嫌悪の情を持つのではなく、人間を理解する一つの手段として受け入れてきた。韓国人は目から鼻へ抜けるような頭の回転の早さよりも、時には愚鈍と思えるほど穏やかな性格の善人を好む。自分のことを「愚夫」と言うのもその表れだ。

第三に馬鹿には生産的な力が潜んでいる。とりわけ賢明な馬鹿の場合、彼らは単なる馬鹿ではなく未知の力や才能を秘めている。そして賢い女性と結婚し、妻から情報を得ることで彼らの才能は開花し、奇想天外な作戦で正常人でも解けないような難題を解決するのである。

第四に彼らの行動は主に結婚と関係があり、妻の実家で行なわれることが多い。そして馬鹿婿の例のように、馬鹿は圧倒的に男が多い。彼らの妻は夫とは違って頭が良く、夫を教え導く。彼らに難題を課すのは主に妻の父親である。つまり笑いは、人間の性行動と深い関係がある。

第五に単純馬鹿であれ賢明な馬鹿であれ、馬鹿に悪人はいない。彼らは他人を攻撃したり害する力を持っていない上、心が汚れていない。だからからかわれたり、時には悪賢い人間の策略にはまったりもする。

第六に喜劇は、観客を笑わせながら観客の抑圧されたエネルギーを放出させる機能を果たす。また社会的には統制を緩和し、合理性をあざ笑う。仮面劇やパンソリ系小説といった大衆の娯楽では、両班《ヤンバン》や僧侶などの支配階級は愚かで、庶民は賢く描かれる。庶民が両班・学者・僧侶の愚行を嘲笑するのだ。

五．現代文学の馬鹿たち

人間の愚かさに対する文学の関心は時空を超えるものだ。だからどの時代の文学作品にも馬鹿は必ず登場する。ノースロップ・フライは彼らを「反語的様式《アイロニック・モード》の人間」と呼んだ。つまり力や知性の劣る人物が登場する様式という意味だ。韓国の現代小説で最初に馬鹿に対する関心を見せたのは、田榮澤《チョンヨンテク》（一八九四〜一九六八）の「白痴か天才か」（一九一九）だ。これは馬鹿の探求という点ではまだ深みはないが、一人の人間の二元性に着目したという点で無視することのできない作品だ。その次が玄鎭健《ヒョンジンゴン》（一九〇〇〜四三）の「堕落者」（一九二二）や「酒を勧める社会」（一九二一）である。不健康な社会の中で苦悩する知識人の姿を描いたこれらの作品でナレーター役をつとめる主人公は、自分のことを「馬鹿」だと卑下する。ここでは堕落した社会の中で何一つ生み出さず、ただ高等遊民として日々を過ごすだけの無能な知識人を比喩する言葉として「馬鹿」が使われている。このような知識人の自嘲的な意識は、李清俊《イチョンジュン》（一九三九〜）の『馬鹿と阿呆』（一九六六）にも見られる。

一方、白痴や馬鹿の「反語的純真さ《アイロニック・ナイーブ》」を作品に受容したのが金裕貞《キムユジョン》（一九〇八〜三七）の一連の作品であり、また羅稲香《ナドヒャン》（一九〇二〜二七）の「唖《おし》の三龍」（一九二五）、桂鎔默《ケヨンムク》（一九〇四〜六一）の「白痴アダダ」（一九三五）、崔泰應《チェテウン》（一九一七〜）の「馬鹿のヨンチリ」（一九三九）などだ。金周榮《キムジュヨン》（一九三九〜）もまた愚者文学の系譜の継承者だ。これらはみな馬鹿の人間的価値を肯定的にとらえた作品である。

1．金裕貞の「馬鹿列伝」と馬鹿婿の親近性

金裕貞の文学は一言でいえば諧謔の世界である。彼は間違いなく諧謔という笑いのレンズを通して人間や世界を見ていた。韓国の現代作家で彼ほど人間の愚直さを暖かい眼差しで受け入れた作家はいない。「椿の花」（一九三六）「春・春」（一九三五）「チョンガーと阿呆」（一九三三）「山里」（一九三五）「金の出る豆畑」（一九三五）といった彼の作品は、いずれも戯画的で滑稽味を持ち味とした「馬鹿列伝」だ。

「このバカ」

「あんた、生まれつきのバカなんでしょ」

これだけならまだいい、

「あんたの父さんへなチンなんだって？」

「なに、うちのおやじがへなチンだって」と、ムカッときてうしろをふりかえると、かきねのうえにあるはずのチョムスニの頭が、どこにかくれたか見えないんだ。

長璋吉訳

「椿の花」の一場面だ。チョムスニの気持ちにまったく気づかない「おれ」に対してチョムスニがわざと憎まれ口を叩くくだりだ。「椿の花」は美しい椿の花を背景に、今まさに人生の春を迎えた少年と少女の幼い愛を描いた作品だ。主人公である「おれ」は、純朴過ぎて馬鹿がつくほどうぶな少年だ。それに対して「おれ」の父親が小作を請け負う畑の管理人の娘であるチョムスニは、おてんばで早熟な少女だ。チョムスニは「おれ」にさまざまな形で接近を試みるが「おれ」にはチョムスニの真意が理解できない。二度の間接的な意思表示にも「おれ」が何の反応も見せないと、チョムスニは自分の家の雄鶏をけしかけて「おれ」の家の雄鶏と喧嘩させようとする。初めはただ腹を立てていただけだった「おれ」も、度重なるチョムスニの挑発にようやく気づき、身分の違う異性の存在を受け入れるようになる。「おれ」が鈍感な馬鹿から徐々に脱皮してゆく過程はまさに価値の転換現象であり、ここではチョムスニは「おれ」を教え導く役回りである。

やはりチョムスニという名の少女が登場する「春・春」の主人公「おれ」は、馬鹿婿である。「チョムスニの背が伸びたら結婚させてやる」というチョムスニの父親の言葉を信じて「おれ」は三年七ヶ月もの間、チョムスニの家でただ働きをしている。だが父親は「まだ背が伸びないから」と、一向に結婚させてくれそうもない。いくら抗議をしても父親は聞く耳を持たない。困っている「おれ」にチョムスニが入れ知恵をする。チョムスニは民譚に出てくる妻の役割をしているのである。

「だめだというのに、じゃあどうしろっていうんだ」というと、

「ひげをつかんでひっぱってやればいいじゃないの、ばかね」と顔をあからめながら腹をたてつんと奥へ入っていってしまうじゃないか。

長璋吉訳

チョムスニにこう言われてようやく「おれ」はストライキをすることを思いつく。「おれ」が畑に出ないで寝転がっていると、チョムスニの父親は怒って背負《しょ》い子の棒で「おれ」を殴った。「おれ」は殴られながらチョムスニに言われた通り、父親の髭をつかんで引っ張る。まさに馬鹿の名にふさわしい馬鹿正直な行動だ。

それでなくても満足にいいたいこともいえないばかだといわれているのに、だまって殴られているのを見られたらほんとにばかだと思われてしまう。それにチョムスニも憎らしく思っているこんなじいさんなんか、おれにとっちゃなんでもないんだから、思いきり殴ってやったってかまわないが、大目に見てやってひげをぎゅっとひっぱって（いう通りにしてやったのだから、チョムスニはさぞ満足しただろう）向こうまで聞こえるように、

「こいつをむしり取ってくれるぞ」と声を張りあげた。

長璋吉訳

だが事態は思わぬ方へ展開する。「おれ」が父親の髭ばかりでなく股ぐらまでつかんで父親を痛めつけたことで、信じていたチョムスニから「おとっつぁんの口からごかんべんなんていわせるまでやるなんて」と言われてしまい、「おれ」が狼狽するところで物語は終わる。主人公の馬鹿ぶりといい喜劇的などたばた騒ぎといい、股ぐらという下半身が出てくるところといい、これはまさに伝統的な笑い話と言える。ここでのチョムスニの父親は、娘の求婚者に難題を課す役割を果たしている。

金裕貞の作品は主人公がナレーター役をつとめる一人称の語りの形式を取っている。ナレーターである馬鹿のとぼけた語り口が、彼の作品の滑稽味をいっそう引き立てて効果的である。

2.「反語的純真さ」の人間

羅稲香の「唖の三龍」と桂鎔黙の「白痴アダダ」は、白痴や馬鹿に対する別の角度からの理解を土台にした作品だ。三龍やアダダは肉体や知能に障害を持っているが、彼らの精神は正常な人間よりもはるかに純真で清らかである。そういう意味で彼らは「反語的純真さ」の人間と言える。

「唖の三龍」の主人公、三龍はユーゴの『ノートルダムのせむし男』のせむし男に匹敵するヒキガエルのような醜男《ぶおとこ》である。そして唖で知能が弱い上に、下男という低い身分の男だ。だが彼の内面には至高の愛が潜んでいる。それは、今まで人間扱いされなかった彼に対して主人の家の「仙女」のような若い妻が示した愛によって一気に燃え上がる。彼は彼女に対する恋の炎を胸の奥深く抱いたまま、死の瞬間まで彼女に献身的な愛を注ぐ。愛の苦悩と自己犠牲の美しさを描いたこの作品は、人間の内面的価値というものを掘り下げて浪漫主義文学の一つの頂点を築いた。

「白痴アダダ」の主人公、アダダもやはり白痴で、唖で、馬鹿である。彼女は田んぼ一石を持参金にして嫁に行くが、金目当てだった夫に裏切られ、追い出されてしまう。真実の愛を求めるアダダとは異なり、二番目の夫もやはり拝金主義者だった。アダダは不幸をもたらす金を海に捨てようとして夫に蹴られて海で溺れ、死んでしまう。「白痴アダダ」は愛の精神性を求めた女性の挫折の物語である。

崔泰應の「馬鹿のヨンチリ」の主人公、ヨンチリは自分が馬鹿であることを認め、むしろそれを誇りにしているような人間だ。彼は常識というものを一切考えない。彼は妻の不貞を知りながら、それを許す度量の大きさを持っている。そういう意味で彼は処容の後継者と言える。私と同世代の作家の一人である金周榮は、『馬鹿の研究』（一九七三）『馬鹿に祝盃を』（一九七五）などの作品で馬鹿たちの純粋さが社会の俗悪さに蹂躙される過程を描くことによって、欺瞞に満ちた冷酷な現実を批判している。

六．愚者礼讃論

人間は時には賢さよりも愚かさに憧れる。それは、賢さには独善や利己的なずるさ、虚偽や悪が潜んでいるのに対して愚かさには謙遜や純真、自然さや善があるからだ。だから馬鹿や子供の汚れなき純真さはよく聖者にたとえられる。

文学の中の馬鹿たちはさまざまな奇行でわれわれを笑わせ、日常生活のストレスを解消してくれる。またわれわれの事物や世界に対する固定観念や常識を引っくり返し、批判する目を養ってくれる。そんな馬鹿たちの存在によってわれわれは既成の権威や価値観を疑うようになるのである。

馬鹿たちには利己的なところがなく、本質的に善人だ。馬鹿には他人を害する狡猾さや我執や偽善がない。純朴で純真なのでひとにからかわれたりいじめられたりすることはあっても、ひとを裏切ったりだましたりすることはない。馬鹿は清水のように清らかで、白紙のように清潔だ。仮面をつけない、素顔の人間である。

馬鹿は時には賢者にも負けない知恵を持っている。賢明な馬鹿の知恵の前には、正常人の知恵はむしろ無力だ。常識にとらわれた目で見れば彼は無知に見えるかも知れないが、彼の愚行の中には英知が潜んでいる。

馬鹿とはつまり、われわれのもう一つの肖像なのだ。だから大衆芸能では馬鹿が礼讃され、反対に両班や道学者・僧侶といった権威を持つ階層が笑いや風刺の対象となり、馬鹿にされるのである。

第二十章　文学の中の子供・妖婦・隠者像

―韓国文学の人間断面図

李在寛（1783〜1837）「午睡図」

＊

文学の中では子供は純真・無垢・夢・未熟などの象徴として描かれることが多い。韓国の伝統絵画には子供を描いたもの、つまり童子像が意外に多い。神仙図や山水画には必ずといっていいほど童子が白髪の老人と共に描かれている。中国の詩や絵画もそうだが、韓国の絵画に子供が老人と共に描かれているのは注目すべき現象と言えるだろう。（399ページ）

一．人間学としての文学

文学は言語芸術であると同時に審美的な人間学でもある。文学作品は、人間の生を離れては存在し得ないと言っても過言ではない。文学作品を読むということは、作家の想像力というプリズムを通して光りを放つまた別の人生と出会う道を開くことである。われわれは狭く、限られた一回きりの生を送るしかないが、文学との出会いによって他者の生という広大な地平を獲得することができる。また文学から審美的価値について学び、精神的な巡礼をすることもできる。

文学は人間のあらゆる生の実体の集積であるばかりでなく、この世に存在するありとあらゆる人間像を提示しているという点でもまさしく人間学と言える。

文学作品の中には無数の人々が息づいている。作品から飛び出せば化石か灰になってしまう人々も古典文学という空間の中では生き生きと動いている。またわれわれのすぐ隣にいる、同時代の人たちも作品の中で市民として生きている。文学作品の中には子供もいれば若者もいるし、老人もいる。登場人物はみなそれぞれの特徴や個性を持ち、文学という世界の中で行動している。だから文学はまさに人間学なのだ。

ならば韓国文学に出てくる人間像にはどのようなものがあるだろうか。この章では、韓国文学の人間観の断面を子供・妖婦・隠者に限定して見てみることにしよう。子供・妖婦・隠者を選んだのは、古典と現代文学を体系的に把握するにはうってつけの対象だからだ。

子供と少年時代は文学の主要な素材であるだけでなく文学が生まれた根拠にもなっている。ワーズワースは子供を「大人の父」と呼んだが、確かに子供と少年時代は誰からも称賛される存在だ。ノバリスは「子供のいる場所は黄金の時代」と言い、チャン・バルレンデは「少年時代は忘れられた航海」と言い、ナバルは「少年時代は生の泉」と言った。そう考えると、韓国文学の中の子供像も理解できる。また妖婦は、不可思議な存在である女性のもう一つの肖像である。彼女たちの存在によって女性原理の別の側面をわれわれは理解することができる。また東洋の文学で重視されてきた隠者について知ることは、人間と自然の関係についての理解を深める基盤となるだろう。

二．子供の文学的図像学

1．時調の「父親文化」と子供たち

文学の中では子供は純真・無垢・夢・未熟などの象徴として描かれることが多い。韓国の伝統絵画には子供を描いたもの、つまり童子像が意外に多い。神仙図や山水画には必ずといっていいほど童子が白髪の老人と共に描かれている。李上佐《イサンジェ》の「松下歩月図」、李在寛《イジェグァン》の「松下神仙図」、鄭歚《チョンソン》の「満瀑洞」、張承業《チャンスンオプ》の「観鵝図」などがその例だ。中国の詩や絵画もそうだが、韓国の絵画に子供が老人と共に描かれているのは注目すべき現象と言えるだろう。

この場合の老人と子供は、父系社会における新旧・師弟・主従・上下・老幼といった世代間の秩序を表わしており、人間の生の周期的な変化が暗示されている。儒教の教育観においては、少年は基本的に教化の対象だったのだ。

このように、われわれは子供や少年が文化的に排除されてきたのではないかという通念を抱きがちだが、実はそうではない。例えば建国説話にも英雄が卵から生まれたという話がよく出てくるし、エミレの鐘〔新羅仏教最盛期の七七一年に完成した鐘。巨大な鐘を作成する困難さから幼い娘を人柱にして銅と一緒に溶かしたため、鐘を突くと「母さん《エミレ》」と呼ぶ声が聞こえる、と言われる〕のような子供の犠牲を扱った伝説は少なくない。また高麗青磁には豊穣・多産・純真の象徴として童子の紋様が描かれている。鬼才といわれる現代画家、李仲燮の作品を見ても伝統絵画の童子像の影響が確かにうかがえる。

韓国の伝統絵画の中に老人と子供が出てくる現象は、西欧とは異なる韓国の「父親文化」の所産と言える。ラファエロの「聖母と子供」を見れば分かるように、中世ヨーロッパの絵画には祝福を受ける子供を抱いたマドンナや、慈愛に満ちた聖母と天使が描かれている。そういう意味では西欧の芸術は母性的であり、女性的だ。つまり「母親の文化」なのだ。

韓国特有の定型詩である時調《シジョ》は、同時代の芸術である山水画と密接な関係がある。時調は自然に帰依・同化することを理想とする「老年芸術」である。時調の話者である詩的自我は事物や対象に向き合い、その関係の中に子供を導き入れる「父親」だ。三章から成る時調の終章の第一句を「童よ《わらべ》」という感嘆詞で始めることによって、子供を独白や対話の相手にするという独特の詩法を使っている。

童よ、国の亡びを問うことの徒に空しき。　鄭道伝
童よ、この地こそ　かの桃源郷には非ざるか　曹植
童よ、主はありや　鄭座首《だんな》の来光ぞ　鄭澈

童よ、釣竿は持てり　濁酒瓶を載せしか　　尹善道
童よ、人世の紅塵　いかに隔たるや　　尹善道
童よ、われを訪う人あらば　長き早瀬に伝えかし　　作者未詳

このように「老小」が布置されている時調においては老人は発信者であり、子供は受信者という関係にある。その際、老人は実際に側にいる身の回りの雑用をする子供、つまり従者や侍童に呼びかけることもあるが、単なる感嘆詞に過ぎない場合もある。

対話の対象が実在の子供かどうかはともかくとして、時調に子供が登場するのは儒教的ヒエラルキーの末端としての意味もさることながら子供の持つ純真さ・素朴さ・天真爛漫さが愛されたからであることは間違いない。童心はそれほど純真無垢なものとして認識されていたからであろう。韓国の仏像の図像学的性格が両性具有の童子像であるのもあながち偶然とは言えないだろう。

崔南善《チェナムソン》（一八九〇～一九五七）と李光洙《イグァンス》（一八九二～一九五〇）が始めた新文化運動がとりわけ少年の啓蒙に力を注いだのはそのような「父親意識」の表れと言える。崔南善は、韓国最初の近代的な雑誌を『少年』（一九〇八）と命名し、自ら「海から少年へ」（一九〇八）という詩を発表した。

わが大韓をして少年の国たらしめよ。そしてよくその責任を果たすべく、彼らを教え、導くのだ。

「刊行趣旨文」（『少年』）

世のあらゆるものが　憎けれど
ただ一つ
勇敢で純な少年たちを　われは愛す
来たれ　少年たちよ　わが懐に

「海から少年へ」

崔南善が教化の対象として少年に特別な関心を寄せたように、李光洙もまた「幼き友へ」（一九一七）という作品を執筆し、子供を啓蒙の対象としてとらえていたことは文化史的に重要な意味を持っている。だが文学が現代化するにつれて、そのような「父親意識」は弱まる傾向が見られる。

2．子供の視線と小説の視点

韓国の諺に「子供の見ているところでは冷水も飲めぬ」というのがある。これは、子供は常に大人の行動の真似をするものだから子供の前では振る舞いに気をつけろ、という警告の言葉だ。それほど子供は鋭い観察者であり、好奇心に満ちた目で人間や世界を見ている。目は、とりわけ子供の目は世界を知覚する原点だ。だからわれわれは何かを知ったり悟ったりすることを「目覚める」と表現するのだ。

「目覚める」という言葉は、人間や世界の現実を知る過程や段階を意味すると同時に、知覚の発達をも意味する。観察者としての子供を描いた代表的な絵画に申潤福《シンユンボク》（一七五八〜?）の「深渓遊休図」がある。これは、二人の幼い僧が半裸の女たちを好奇心に満ちた目で眺めている絵だ。まるで作者自身が幼い僧になって凝視しているような迫力のあるこの作品は、生活美学を表現したという点でも画期的だが、子供の鋭い視線を描いたという点でも非常に面白い一品だ。

人間の叙事詩である小説の世界でも子供の存在は決して軽いものではない。小説は本質的に「見る文学」であり、観察者としての子供の役割は非常に重要だからである。現代小説において子供は主に証人、あるいは目撃者として機能する。つまり一人称の目撃・叙述者としての役割をすることによって、見聞きした大人の世界の秘密や実体を報告、あるいは暴露したり批判したりするのである。

子供を語り手にした作品は、近代的な短編小説の成立期である一九二〇年代以降増えてきた。例えば朱耀《チュヨ》燮《ソプ》（一九〇二〜七二）の「離れの客とお母さん」（一九三五）、蔡萬植《チェマンシク》（一九〇二〜五〇）の「痴叔」（一九三八）、崔《チェ》仁浩《イノ》（一九四五〜）の「偉大なる遺産」（一九八二）などである。「離れの客とお母さん」は申潤福の絵の僧のように、大人の世界をかいま見る子供の視線を叙述の焦点にした作品である。玉姫という六歳の少女（「私」）が自分の家の離れに下宿した男性と未亡人である母親との愛情や、それを阻む社会規範の壁などを観察する。彼女の汚れなき目に映った大人の世界はどのようなものか、彼女が大人の世界を発見してゆく過程が見事に描かれている。

「痴叔」は、一人の少年の目と口を通して日本の統治時代の韓国知識人の無能・無力ぶりを描いた作品だ。世俗の垢にまみれた少年の目がこの作品の風刺性をいっそう際立たせている。日本の統治から解放された後、蔡萬植が「少年は育つ」（一九七二）で肯定的な少年像を描いたことは、時代状況の変化を感じさせて興味深い。「予行練習」（一九七一）「処世術概論」（一九七一）「模範童話」（一九七〇）などで少年に対する関心の深さを示していた崔仁浩は「偉大なる遺産」で非常に独特な童話的世界を提示した。父親に対する反抗と和解の過程を描いた「偉大なる遺産」は、重い感動をもたらす画期的な作品だ。

主人公であり語り手でもある「私」は、時間の流れの中に埋没した少年時代を回想する。だが彼の記憶の中にあるのは悲惨な戦争と難民体験、そして戦争でアルコール中毒になった廃人同様の父に対する憎悪だった。戦争は父親の権威を完全に失墜させた。だが彼の少年時代にもたった一つ、美しい思い出があった。それは父が一度だけ息子にしてくれたことだった。絶望のただなかにいた「私」はサーカス団の自転車に乗るのが夢だった。父はそんな息子の夢を必ずかなえてやると約束し、すべてを売り払って約束を守ってくれたのだ。「偉大なる遺産」とは物のことではない。「私」が父から教えられた、絶望の中にあっても決して希望を捨ててはならないという教訓のことだ。だが回想という枠の中で進行するこのようなタイプの小説では、「叙述する自我」と「叙述される自我」との乖離が生じることが多い。

3.「イニシエーション」と成長の試練

子供を主人公に据える小説は自我や善悪の概念の発見、あるいは性や死といった現実に対する目覚めを主な内容としている。そのような小説を「イニシエーション・ストーリー」、あるいは「新参小説」と呼ぶ。「イニシエーション」とは本来は人類学の概念で「始める」という意味だ。エリアーデは『シャーマニズム』の中で、一人前の巫女になる過程を指す言葉としてこれを使ったが、要するに人間がその成長過程でさまざまな試練を経験するという意味だ。だから「イニシエーション小説」、あるいは「新参小説」とは未熟で純真な主人公が次第に悪や自我を発見し、生の本質を悟り、成熟してゆく過程を描いた通過儀礼的な小説である。ヘミングウェイの『殺人者たち』やキャサリン・マンスフィールドの『ガーデン・パーティー』などは西欧の「イニシエーション小説」と言える。この形態が発展したものがいわゆる「発展小説」または

「教養小説」だ。伝記の形態をとる韓国の小説なども「発展小説」と言えるだろう。

人間が成長するにはさまざまな試練や苦痛が伴う。つまり子供たちは、成長するために時に病むのだ。病は成長するための一つの節目だ。そのような試練を経て人間は鍛えられ、成長する。だから昔の人は「若い時の苦労は買ってでもしろ」と言ったのだ。そのような考え方は韓国の風習の中に多少残っている。例えば婚礼の日、新郎が新婦の家に行くと、近所の若者たちが新郎を逆さ吊りにして足の裏を叩いたり、科挙に合格して初めて出仕した者をわざと痛めつけるといった風習があったものである。

韓国の現代小説の中で「新参小説」に該当するのは黄順元《ファンスンウォン》（一九一五～二〇〇〇）の一連の短編小説だ。彼の作品は少年や少女を主人公としているだけでなく、彼らが成長する過程で経験する衝撃や痛み・反抗などを生の根源的な問題として扱っているからだ。彼の「にわか雨」（一九五三）は、エロスと他者の存在に目覚める思春期の美しくも哀しい初恋を描いている。少年が生と性、死というものを初めて知る過程で受ける心の傷を詩的に描いて感動的な作品である。

「星」（一九四一）は美醜を意識するようになった一人の少年の衝撃的な経験を通して、死んだ母親の美化されたイメージの崩壊と、生と死の意味を少年が認識してゆく過程を描いている。「鶏の祭」（一九四〇）は主人公が善悪の概念や価値を発見する物語だ。黄順元の小説に出てくる少年たちは、いずれも自分がそれまで抱いていた幻想が消えることに反発したり性や死といった問題に直面しながらも、試練に耐えて成長してゆく。

一方、崔仁浩の作品や朴起東《パクキドン》（一九四四～）の「父の海に銀色の魚の群れ」（一九七八）は、問題児小説の性格を帯びた「イニシエーション小説」だ。殊に朴起東の作品に出てくる少年はまさに問題児だ。彼らは権威の象徴である父親に反発するだけでなく、社会のあらゆる規範に背く行動を取る。少年たちはナイフを持ち歩いたり焼酎を飲んだりし、少女たちはためらうことなく男に身を任せる。つまり彼らは父親が支配する領域から抜け出し、より広い世界へ飛び込もうとする。確かなことは彼らがそのような不可解な行動を通して世の中というものを学び、育ってゆくということだ。

ともかく文学の中の子供や少年期の回想は生の根源に対する郷愁であり、人生を学ぶ者としての普遍性を持っている。そのような観点からすると李箱《イサン》（一九一〇〜三七）の「鳥瞰図」（一九三四）に出てくる十三人の子供（児孩《アヘ》）は非常に特殊な存在と言える。

三．女性の両面性と妖婦型人間

1．妖婦とその源泉的イメージ

東洋の陰陽の原理は天や地までも性別化した。だから性のない生物はこの世に一つとして存在しない。事物ですら性のあるものが多い。人間もまた一個の生物として雄と雌に分かれ、互いに補い合う関係にある。そういう意味で、あらゆる人間の誕生の物語は男と女の起源史であると同時に、生物が男と女に分化する歴史でもある。韓国の檀君神話もまた例外ではない。

女性は男性にとって人生のパートナーであり協力者である。また性愛の対象であり、女性の持つ母性は多産・豊穣の象徴だ。聖職者を除くあらゆる男性は女性と共に人生を送る。ゲーテは『ファウスト』で「女性的なるものは永遠にわれわれを救う」と言っているし、仏像も本質的には女性的である。失明した息子の開眼を祈る郷歌《ヒャンガ》「禱千手観音歌」や高麗歌謡「思母曲」など、母性愛をたたえる歌は数知れない。

だが中には精力絶倫の猛女や男を誘惑し、破滅させる妖婦もいる。妖婦とは美貌と性的魅力で男を引きつけ、男を自分に縛りつけることで男の人生を狂わせ、ついには不幸に陥れる女のことだ。妖婦には催眠術師や吸血鬼のような魔性がある。劉向（B.C.七九四〜七二四）の『烈女伝』に出てくる末喜や妲己を初めとして呂后や西施、トロイのヘレン、クレオパトラ、デリラなどが実在した代表的な妖婦だ。

韓国の民譚に出てくる妖婦は変身譚の関連で登場することが多い。「変身の論理」の章で述べたように韓国には狐や蛇が人間に姿を変える話が多いのだが、その場合、大抵は美しい女性になる。美女に変身した狐や蛇はエリザベート・フレンツェルによれば「デーモン的妖婦」のモチーフに分類される（『世界文学のモチーフ』）。

ではなぜ狐や蛇が女に化けると考えられてきたのだろうか。おそらく蛇は脱皮するからであり、狐は墓地によく現れるので死者の霊が姿を変えたものと考えられたためだろう。だから天上で罪を犯して、罰としてしばらくの間地上に送られてきた動物とは異なり、蛇や狐は完全に人間になることは不可能な地上の動物と考えられている。一時的には美女になれても結局は正体がばれてしまう。とりわけ狐は五十年経つと女性に姿を変え、百年経つと若く美しい少女になり、千年経つと九本の尻尾を持つ黄金の狐（九尾狐）になると考えられている。女性に蛇や狐のイメージを重ね合わせるのは、女性には本質的に化けたり、男を誘惑する属性があると信じられているからである。女性が宗教的儀式などから排除されるのはそのためだけではないだろうが、女性にあると信じられている魔性への怖れが一因ではあるだろう。

朝鮮時代の文学、とりわけ小説に出てくる妖婦たちは、多くの場合芸妓《キーセン》・妾・継母といった結婚制度の枠からはみ出した存在である。

2．男性を去勢する愛娘と秋月

韓国文学の中で妖婦がもっともはっきりと造型されているのは『裵裨将伝』『李春風伝』だ。もちろん男性を「去勢された雄鶏（妻を寝とられた男）」あるいは宦官にしてしまう妖婦の物語は、それ以前の文学作品にも少なからずある。例えば「処容歌」は韓国最初の姦通文学だ。

ソウル月明けき夜、夜もすがら遊び暮らし
寝所に入れば、脚は四つなり。
二つは我のなれど　二つは誰がものぞ。
もと我れのなれど、今奪いたるを如何にすべき。

「処容歌」（金思燁訳）

「処容歌」の背景にはセグレが「デカメロンのH（夫）－W（妻）－L（妻の愛人）」と呼んだ三角関係がある。夜遊びをしていた処容が遅くなって家に帰ると、部屋の中で（疫神が変身した）男と妻が寝ていた。「寝所に入れば、脚は四つなり」とは、明らかに姦通現場の描写だ。ならば処容の妻は妖婦だったのか。それを裏付ける根拠はないが、否定する根拠もない。分かっていることは処容の妻が疫神と関係を結び、処容を「去勢された雄鶏」にしたことだ（もちろん処容は踊りを踊って疫神を撃退したが）。
金萬重《キムマンジュン》（一六三七～九二）の『謝氏南征記』の喬彩蘭も男を破滅させる妖婦だが、『裵裨将伝』の愛娘や

『李春風伝』の秋月ほど典型的な妖婦もいないだろう。彼女たちは説話の世界における蛇や狐の化身だ。『裵裨将伝』は愛娘という芸妓に誘惑され、転落してゆく男性を描いたコミカルなパンソリ系小説だ。この作品は男女それぞれの優劣論で始まる。

　天地に人の数は浜の真砂ほどにもあるが、その中にも優劣がある。賢人君子がいるかと思えば、愚夫賤民がおり、貞婦烈節がいるかと思えば、淫女奸姫が存在する。種々様々の人間が入り混じり、摩擦や葛藤を繰りひろげるのが人の世である。

……（中略）……

　彼女は卑しい身分の生まれだったが、その美しさは西施や楊貴妃にひけをとらず、頭の良さは陳平、張良に抜きん出ていた。悪賢さにかけては九尾狐の生まれ変わりか、助平男は尻の毛まで抜かれ、泡を吹くのが常だった。

『裵裨将伝』（鴻農映二訳）

　愛娘は官能的な肉体、知恵と才知、狐のような狡猾さを兼ね備えた、まさに完璧な妖婦だ。彼女は鄭裨将と裵裨将という二人の両班《ヤンバン》〔裨将は武官の役職名〕を虜《とりこ》にしてしまう。鄭裨将は愛娘の巧みな甘言にだまされて財産を根こそぎ奪われただけでなく、男性の象徴である髷と前歯まで抜かれてしまう。これは去勢を意味する。旧約聖書に出てくる英雄、サムソンが愛人デリラに裏切られて盲目にされ、神秘的な力を持った髪の毛を切られる話と同じだ。愛娘はついに鄭裨将の男根までも切り落とそうとする。

　愛娘は次に、謹厳実直な両班である裵裨将を済州島の漢拏山で肉体の魅力にものを言わせて誘惑する。

「御主人様、いったい、先ほどから何の話をなさっているのですか？」

「何の話って、あれだ、あれ。あそこで体を洗っているあれだ」

「わたしはまた何のことかと思いました。あの女のことですか……」

「そうだ。お前の眼にもちゃんと写るじゃないか」

「人により眼も異なると申しますからね。わたしは御主人様は高潔なお方だからあんなものには眼がいかず、てっきりほかのもののことを話されているのだと思っておりました。御主人様、あんな汚らわしいものをご覧になってはいけません。人妻かも知れないじゃないですか。もし亭主にでも見つかれば大変です」

こういわれると裵も恥ずかしさ半分、怖さ半分で、

「わかった。わしも見るつもりはなかった。ただ眼がたまたまそちらに向いただけだ」

と反省した。

『裵裨将伝』（鴻農映二訳）

山の中で沐浴する愛娘を裵裨将がこっそりのぞく場面だが、実はこれは愛娘の計略で、裵裨将はそれにまんまと引っかかったのだ。女性の裸体が持つ魅力の前には厳格な両班もひとたまりもなかった。裵裨将は愛娘の罠に落ち、最後には櫃に閉じ込められる羽目になる。櫃の中で裵裨将は裸になるのだが、ここでは服を脱ぐという行為が象徴的に使われている。つまり官僚が権威の象徴である官服を脱ぎ捨て、ただの一人の人間になるということを意味しているのである。このように『裵裨将伝』は妖婦にだまされ、身を亡ぼす男の物語に官僚批判を巧みに絡ませている。

『李春風伝』もやはり女性の魔力に惹かれる男を扱った物語という点では『裵裨将伝』に似ている。だが

『李春風伝』では李春風の妻が登場し、重要な役割を果たしている。つまり『李春風伝』では男を破滅させる女と男を救う女が登場し、女性の両面性が提示されているのである。

芸妓、秋月は、役所から二千両を借りて商売を始めた李春風を誘惑して金を奪っただけでなく、彼を下男の身分に転落させてしまう。だがそんな彼を救ったのは役人に変装した彼の妻、金氏だった。『李春風伝』ではマイナス・イメージの女性とプラス・イメージの女性を出すことによって女性の多面性を暗示している。

3．羅稲香《ナドヒャン》の妖婦と李箱の「去勢不安」

妖婦タイプの女性は現代小説にも繰り返し登場する。近代的短編小説の形式が定着した一九二〇年代には姦通を扱った小説が多い。正常な夫婦関係よりも女性の浮気や三角関係を扱った作品が増えたので、そこには当然妖婦が登場する。金東仁《キムトンイン》（一九〇〇～五一）の「甘藷」（一九二五）の主人公、福女と羅稲香（一九〇二～二七）の「水車小屋」（一九二五）の李芳源の妻がその代表的な例である。羅稲香の作品には「唖《おし》の三龍」（一九二五）の三龍のように純粋な心を持った人間も登場するが、「水車小屋」や「桑の葉」（一九二五）のように性的に奔放な女性も少なからず登場する。

その女の顔は青白く、どことなくつんと澄ましたような印象だった。長い眉に青みがかった目、可愛らしい口、高い鼻。背がすらっと高い割には尻がやけに大きく、理知的に見えると同時に娼婦のように官能的だった。女は黙って立っていたが、恥ずかしそうににこっと笑って見せると、背を向けた。

「水車小屋」に出てくる李芳源の妻を描写したくだりである。女性がこのように描写された場合、物語の結末はほぼ決まったようなものである。彼女は官能的な肉体を持つ娼婦型の女性である。彼女は最初の夫を裏切って李芳源と出奔するが、結局李芳源をも捨て、結婚の枠にとらわれない自由な性関係を求める。そんな彼女の前に、金持ちで精力絶倫の申治圭が現れる。表面的には申治圭が彼女を誘惑したように見えるが、実は彼女が申治圭の気を惹いたのである。だが妻を奪われたと思い込んだ李芳源は結局妻を殺し、自分も死を選ぶ。


「この女狐《めぎつね》め！」

と叫ぶと、刀の先を女の脇腹にぐいっと突き刺した。女は歯を食いしばり、

「人殺しいっ！」

と叫ぶとその場に崩折れた。……（中略）……李芳源は刀を引き抜くと女の上に倒れかかり、刀で自分の胸を刺して息絶えた。


この「水車小屋」の結末からいくつかのことが分かる。一つは奔放な李芳源の妻も結婚という枠の中では所詮男性に支配される存在だったこと、そして彼女の情欲が男を破滅させたこと、彼女のイメージが周期的に変身を繰り返すように見える狐と重なること、最後に彼女が殺される場面は妖怪退治のイメージで描かれていること、などである。ともかく一九二〇年代のリアリズム文学は、男女の性的欲望を描くことに積極的だったと言える。

一方、李箱の「翼」（一九三六）には「妻恐怖症」あるいは「去勢不安」の男が登場する。「翼」の「私」と「妻」の関係は正常な夫婦関係ではない。「私たち夫婦は宿命的に足のそろわないちんばなのだ」という文章が暗示しているように、「私」と「妻」は幼児と大人のように対等ではなく、恐怖が介在する関係である。

「翼」に限らず李箱の作品に登場する女性は奔放な、娼婦型が多い。「翼」でも「妻」は彼女の客にとっては「女王蜂」だが「私」にとっては「未亡人」だ。女王蜂のように次々と客を受け入れ、売春する妻に対して「私」は去勢された雄鶏のような、男とも女ともつかない存在に過ぎない。だから「私」は紛れもなく「蓮心」という女性の夫でありながら妻と肉体関係はまったくなく、妻が客を取っているのを知りながら子供のように黙って見ているのである。

だが妻が風邪薬の「アスピリン」だと偽って睡眠薬の「アダリン」を「私」に飲ませ、殺そうとしていたことを知り、ようやく「私」は「去勢不安」の状態から脱し、妻からの旅立ちを決意する。最後の場面の「飛ぼう。飛ぼう。もう一度だけ飛んでみよう」という文章は、去勢状態の清算と活力ある生への願望を意味している。このような「去勢不安」の問題は許允碩《ホユンソク》（一九一五〜九五）の『九官鳥』（一九七三）でいっそう鮮明に提示される。

四．隠者と帰路の文学

1．隠者の境地

趙芝薫《チョジフン》（一九二〇～六八）の詩「落花」（一九五六）には、俗世を離れた清浄な自然の中での暮らしを詠った次のようなくだりがある。

世捨て人の
清き心を
だれが知ろう
と思いつつも
花の散る朝は
ただただ　泣きたい。

姜晶中訳

「世捨て人」、つまり陰者の生を詠っているこの詩は、中国の詩や韓国の時調に普遍的に見られる陰者の美意識の伝統を引いている。例えば桃源郷への憧れや李退渓《イテゲ》（一五〇一～七〇）の、

佳《よ》きかな清涼十二峰　知るはわれと白鷗《かもめ》のみ
鷗は人に告ぐるまじ　頼みがたきは桃の花
散りて　川面《かわも》に浮かびなば　釣り人のそれと知るやも

とその美意識、自然を観照する姿勢などがあまりにも似ているのである。

隠者とは文字通り俗世に背を向け、自然の中で静かに暮らす人のことを言う。隠者は田園で暮らすことによって魂の平安を得、心が澄みきった境地に到達するのである。竹林の七賢の話が示しているように、東洋の伝統思想の基盤には隠者の生き方への共感がある。それが老荘の哲学や道教、仏教、そして儒教思想によって培われたものであることは言うまでもない。また中央政界での競争に敗れ、地方に流刑になった文人が多かったことの影響もあるだろう。

韓国の歌辞や時調には、隠者の境地を現実を超越した精神世界として受け入れ、共感を示す作品が多い。丁《チョン》克仁《クギン》（一四〇一～八一）の「賞春曲」を初めとして、朴仁老《パクインロ》（一五六一～一六四二）の「陋巷詞」、鄭澈《チョンチョル》（一五三六～九三）の「星山別曲」などはみな世俗の欲を捨て、自然の懐に抱かれて暮らす隠者を詠った歌辞である。

紅塵に埋もれし方よ、わが暮らし如何に。
昔の人の風流に、及ぶべきや否や。
天地の間に男と生まれ、われと同じきは多かれど、山林にかくれて至楽を止めなんか。
数間の茅屋を碧渓のほとりに建て、
松竹茂れる中に風月の主とはなりぬ。

「賞春曲」（金思燁訳）

暦なき山なれば
四季《とき》をなづくる術《すべ》なきも
我が前にひろごる眺め
四時にうつろう
目に耳にするものなべて
神仙の遊ぶ地のごと

「星山別曲」

歌辞だけではなく、時調もやはり自然の中での暮らしと反世俗的な隠者の生を詠っている。これらの詩に共通して見られる隠者の生とは、世間や世俗への欲望と名利を超越し、自ら立てた庵《いおり》に隠れ住むことである。つまり隠者の暮らしは現実からの脱出であり逃避だが、自然界を基準にすれば帰依であり、積極的な生き方とも言える。このような隠者礼賛の文学では「紅塵」と「山林」あるいは「茅屋」が対立する空間として登場する。「紅塵」とは政治的混乱、権力闘争、欲望が渦巻く俗世であり、「山林」は自然を、「茅屋」は俗世の煩わしさや欲望から解き放たれた自由な空間を意味する。

そのような隠者の生に関係の深いイメージ要素としては山・川・鳥・魚・草木・岩などがあり、精神的には孤独・孤高・閑寂・自足・無欲・無心・超越などがある。隠者が理想とするのは木こりや漁師の生き方だが、それは人間社会の身分制度から離れ、自然の中でのびのびと生きる無欲な人間像だからだ。

三間《みま》の草廬《ふせや》は　十年の　心づくしの甲斐にして
われ　月と　清らの風と　分け住まう
住み入る　すべなき江山《やまかわ》は　庵《いお》のほとりにめぐらさん
金長生

「草廬」は壁も窓もなく、自然と隔てられることのまったくない開放的な空間である。このように時調や歌辞は現実からの脱出願望を詠った文学であると同時に、隠者の文学という性格も持っている。

2. 自然回帰の現代的位相

自然に対する憧れは現代文学の世界にもある。社会状況に絶望したり現代文明や都市の生活に違和感を感じる時、詩人や作家はその対極にある自然に同化しようとする。自然は心身を癒し、活力を与えてくれるからだ。一九三〇年代に牧歌的な詩を書いた詩人たちや「青鹿派」のような自然抒情派詩人たちは自然を称賛し、自然を観照する作品を書いた。モダニズム文学が文明と都市を詠った時、彼らは自然と郷土を詠ったのである。金尚鎔《キムサンヨン》（一九〇二～五一）や辛夕汀《シンソクジョン》（一九〇七～七四）は文明や都市の対極にある自然への同化を詠ったが、そのような現象は伝統的な隠者像と無関係だとは決して言えないだろう。それを逃避と言うのは簡単だが、批判精神や抵抗の意識なくして現実を逸脱することが果たして可能だろうか。

都市化が著しい現代の多くの作品が都会からの脱出を志向しているように見える。現代の都市は人々が入りたがる城であると同時に、出たがる牢獄なのだ。李清俊《イチョンジュン》（一九三九〜）の「残忍な都市」（一九七八）の最後の、青々とした竹林のある南の地へ向けて都市を脱出する場面は、隠者精神の発展した形として理解することができる。つまり隠者礼賛や自然回帰の文学は、脱出のモチーフの韓国的な形なのである。

第二十一章　動物の文学的発想と象徴

——文学的動物観の点描

民画「鵲虎図」（作者未詳・朝鮮時代末期）

＊

韓国人の動物観の萌芽は、檀君神話や石器時代の壁画などに既に見られる。トーテミズムによれば、われわれは熊を先祖に持つ民族ということになる。われわれの文化はその出発点から既に熊や虎・亀・鯨のような動物を崇拝の対象としてきたということだ。そのような動物観を基に韓国の芸術や文学は、昔から動物を人間の心情の比喩や象徴として用いてきた。（421ページ）

一．象徴としての動物

1．象徴の空間としての文学

E．カシラーは「人間は象徴の動物だ」と言った。つまり人間は自分が経験した事柄の意味を連想と暗示によって凝縮し、象徴に転換する能力を持っているということだ。だから文学作品の発想や表現の源は象徴だと言える。文学は本質的に象徴の言語空間なのだ。

象徴とは抽象的な概念などを具体的な事物で代表させること、あるいはその事物を言う。つまり観念や情緒を事物化したもの、連想と発見の結合したものが象徴である。

狩人は鉛の塊で
その純粋さをねらったが
撃たれたのは
血に染まった一羽の鳥

朴南秀《パクナムス》（一九一八～）の「鳥」（一九五九）という詩の一節だ。対立する「狩人」と「鳥」の間に「鉛の塊（銃弾）」が入ることで緊迫感が醸しだされている。ここでは「狩人」は文明の暴力を意味し、「鳥」は文明によって無惨に破壊される純粋さや自然を意味している。「鉛」と「血」の対立関係が「狩人」や「鳥」の象徴性をより深めていることは言うまでもない。

このように文学の世界で尊重される象徴とは慣習的なものではなく、創造的で個性的なものだ。だがいくら個性的な想像力の所産とはいえ、象徴の暗示力はこれまでに蓄積された経験の彼岸にあるわけではない。そのような象徴の媒介になるものは植物・動物・鉱物・気象など、数え切れないほど多い。

この章では韓国の文学的発想が凝縮されている象徴について、またその持続と変容について動物という媒体を通して考えてみようと思う。

2. 韓国文学と動物

韓国人の動物観の萌芽は、檀君神話や石器時代の壁画などに既に見られる。トーテミズムによれば、われわれは熊を先祖に持つ民族ということになる。ここで注目すべきことは、われわれの文化はその出発点から既に熊や虎・亀・鯨のような動物を崇拝の対象としてきたということだ。

そのような原初的動物観の基盤の上にさらに中国の暦法である十二支（子―鼠、丑―牛、寅―虎、卯―兎、辰―竜、巳―蛇、午―馬、未―羊、申―猿、酉―鶏、戌―犬、亥―猪）や仏教の輪廻思想を取り入れることによって韓国人の動物に対する心性の基礎ができあがった。その土台の上に動物に関する経験や観察・認識・想像力などが積み重なって韓国人の動物観が形成されたのである。

そのような動物観を基に韓国の芸術や文学は、昔から動物を人間の心情の比喩や象徴として用いてきた。檀君神話と駕洛国の始祖、首露王の降臨を歓迎する「亀旨歌」は創生のトーテミズムを、高句麗第二代の瑠璃王が作った「黄鳥歌」は鳥を通じた愛の形を表わしている。また朝鮮時代のパンソリ系小説『鼈主簿伝』

と『雉伝』、林悌《イムジェ》（一五四九〜八七）の『鼠獄説』は動物を、新羅の学者、薛聰《ソルチョン》（?〜?）の書いた『花王戒』は植物を擬人化した寓話の原型と言える作品である。とりわけ中国や日本の民譚が猿の肝を扱っているのに対し、『鼈主簿伝』では兎の肝の生薬的な効果を扱っているのは非常に興味深い現象である。

また韓国の古典詩歌や時調《シジョ》は、多くの獣や虫を人間の情緒や心境を象徴的に表現する媒体としてきた。例えばホトトギス・蝶・コオロギ・雁・鷗などだ。そして朝鮮時代の民画は花鳥・魚・蟹・十長生（太陽・山・水・石・雲・松・不老草・亀・鶴・鹿）を描くことによって長寿や繁栄・栄華・幸福を表現しようとした。西欧では嫌悪されるコウモリですら中国や韓国の装飾芸術では福・長寿を象徴する動物とされている。とりわけ五匹のコウモリは五福（長寿・富・無病息災・徳・天命をまっとうすること）を表すとされる。また韓国の神話や民譚では水や、水の中を行き来する蛙は男性の性的欲望の、燕やカササギは恩返しの、狐や蛇は復讐・悪・誘惑の象徴である。だからコンラッド・ロレンツが指摘したように、それぞれの動物が何を象徴するかを知ることによってわれわれの文化や芸術、文学に出てくる動物の特質を明らかにし、現代作品と古典との接点を探ることもできるのである。

現代文学もやはり動物を象徴として使っている。李箱《イサン》（一九一〇〜三七）の作品はもちろんのこと、盧天《ノチョン》命《ミョン》（一九一二〜五七）は「鹿」（一九三八）という詩で一匹の鹿を通して現実に妥協せず、孤高を貫く自分自身の肖像を描いた。徐廷柱《ソジョンジュ》（一九一五〜二〇〇〇）の『花蛇集』（一九四一）にはありとあらゆる獣が生息し、獣性が彼の詩的空間を形作っているといっても過言ではない。なかでも李孝石《イヒョソク》（一九〇七〜四二）と李箱の文学は、動物学の性格を持っていると言えるほどである。

二・野性の精神と李孝石

現代文学作品の中で李孝石の小説ほど獣性が喚起されるものもない。同伴者作家〔プロレタリア文学運動に理解を示した作家〕から転向した後、彼の作品には獣や自然に対する意識が次第に色濃く現れるようになった。現代のトーテミズムといっても過言ではないほど、李孝石の作品では人間の世界と獣の世界の距離が近い。まず彼の「そばの花咲く頃」（一九三六）にはそばの花と驢馬が登場する。この驢馬は、単に主人公の許《ホ》生員が行商で売り歩く品物を運ぶ家畜というだけの存在ではなく、寂しく年齢を重ねた許生員の分身である。また驢馬が江陵屋の雌驢馬に仔を産ませたというエピソードは物語の伏線になっている。つまり許生員は息子の童伊《トンイ》と運命的な邂逅をすることになるのだが、その結末を驢馬の親子が暗示しているのである。

このような李孝石の発想は「豚」（一九三三）での豚や「野」（一九三六）の犬、「粉女」（一九三六）と「独白」（一九四一）の豚、「山峡」（一九四一）の牛、「雄鶏」（一九三三）の鶏などに生かされている。彼の作品にはほとんど例外なく動物が登場するが、それはこの作家が独特な「動物信仰《アニマル・フェイス》」を持っているからだろう。彼の同伴者文学からの転向は、すなわち人工的な都市の生活から野生への回帰を意味する。

野性的な種苗場の風景を描いた「豚」に出てくる豚は単なる家畜ではなく主人公、シギのブニに対する恋心を燃え上がらせる磁場でもあり、ブニそのものでもある。ある春の日、シギは飼っている雌豚に種付けをしようと種苗場へ引っ張ってゆく。だが欲情し、暴れる種豚を見て、シギは自分に一度も肌を許さず逃げてしまったブニを思い出す。種苗場からの帰り道、シギは踏み切りでその雌豚までも汽車にはねられてしまう。

恐怖と不安で震える雌豚を、今度はさっきよりもっと頑丈な杭の中に押しこめ、腹を横棒で支え、身動きできないように縛りつけた。毛むくじゃらの体をあちらこちらへぶつけながら雌豚の側をうろうろしていた種豚は、シギが手を離さないうちにもう機関車のような凄まじい勢いで杭の上にのしかかった。種豚は真っ赤な口を開け、ふいごのようなけたたましい声を上げた。種豚に組みしかれた雌豚は、喉も張り裂けんばかりに叫んだ。

それまで笑っていた観衆は息を呑み、しばらくは冗談を言うのも忘れているようだった。その時、不意にブニの姿が目に浮かんだ。シギは豚から目をそらした。

「ブニの奴、今頃どこにいるのか」

動物と人間の性的二重性を対比したくだりである。ここでは豚の種付けを見る作中人物たちの相反する意識と態度が描かれている。豚の交尾を至近距離から見ている観衆の視線と意識は内向的で揶揄的である。しかし主人公、シギの意識は外に向かっている。つまり、シギは「機関車」であり「ふいご」のような雄豚と、悲鳴を上げて逃げ回る雌豚の交尾を見ながら、ついに肉体関係がなかった自分とブニを思い出すのである。このように李孝石にとって獣は人間に近い、親しい存在だが「汽車」に象徴される文明は破壊的なものと認識されている。

反都市的かつ健康的な生への回帰を提示した「野」では雄犬と雌犬が交尾する様子が描写される。ここでの野は人為的なものから隔絶された自然そのものを意味している。

思いもかけないものが目に飛び込んできたからだ。笑い出したくなるのを我慢して草むらに坐った。

あの、歌でも歌い出したくなるような気持ちの延長かも知れなかった。つまりあの思いがけない光景は、決して私を不快にはさせず、むしろさっきと同じ悦びを感じさせてくれたのだ。いわゆる創造の悦びを見せてくれたのである。川辺の草むらで雄犬と雌犬がじゃれ合っていた。天を恐れず、野に恥じることなく、人目をはばからず、二匹の犬は思う存分、心の自由を表現していた。

獣の本能に基づいた行為は、人間の行為の前景の役割を果たしている。犬の交尾を目撃した「僕」とオクブニはそのままイチゴ畑に入り、あまりにも自然に交わる。つまり「僕」とオクブニは犬から性行為を学んだようなものである。

文明から隔絶された山奥の村を舞台にした「山峡」には牛が登場する。この作品は家族間の摩擦を描いたものだが、ここでは牛は象徴として二つの意味を持っている。一つは子供を産めない女性のイメージ作りに仔を産めない雌牛が使われていること。もう一つは子孫繁栄を祈って新婚初夜を家畜小屋で過ごすという風習が描かれていることである。ここには人間も獣も生殖という面では同じ存在だ、という考え方がある。牛は従順で勤勉な労働力の象徴だが、同時に繁殖力の象徴でもある。

一方「雄鶏」では、金裕貞《キムユジョン》（一九〇八～三七）の「椿の花」（一九三六）に出てくる闘鶏のように、隣の家の鶏と戦って負けた自分の鶏を、主人公が愛する福女を失った自分自身と重ね合わせる場面が出てくる。「独白」ではヒロイン、戌愛に対する熱い思いが豚の性衝動のエネルギーにたとえられ、「狩猟」（一九四一）では自己中心的な人間の犠牲になるノロに対する憐れみが作品全体に流れている。

ならば、なぜ李孝石は獣や自然にそれほどまでに愛情を感じるようになったのだろうか。それはおそらく反文明の意識によるものだろう。彼の一連の作品では、常に文明と野生が対立関係にある。だが主人公は最後には野生に、あるいは自然回帰の原始主義に惹かれ、そこに救いを求めようとする。

李孝石にとって文明は恐怖・不安・裏切り・不健康であり、野生は和合であり、愛であり、活力だった。あらゆる獣は彼にとって愛の対象だが、とりわけ彼は獣の持つ野性のエロスを称賛した。だから彼は犬や豚には激しい性のエネルギーを、牛には繁殖を象徴させ、その他の動物には人間を映す鏡の役割を与えた。李孝石のそのような獣志向は、彼の野生に対する渇望の一つの表れだろう。

三．鶏林と広野の鶏の鳴き声、そして闘鶏

鶏の鳴き声は悪霊と暗闇を追い払い、光を呼ぶ。『三国遺事』の「新羅の始祖　赫居世王」の項には赫居世が卵から生まれたという話と共に、鶏にまつわる次のような話が記録されている。

この日、紗《セ》梁《ト》里の閼《アル》英《オル》のそばに、鶏竜が現れて、左の脇より女の児を一人生んだ。容姿がことさら美しかったが、唇だけが鶏の口ばしのようであった。月城の北川につれていって沐浴させると、その口ばしが抜けてとれた。それでその川を撥《バル》（抜）川《ネ》といった。……一説には、脱解王のとき、金閼智を得たさい、鶏が林の中で鳴いたから、国号を鶏林に改めたともいう。

金思燁訳

ここで注目すべきことは、卵が割れて宇宙が現れたとするエリアーデの説の芽が既にここに見られること

と、金閼智の誕生の際に林の中で鶏が鳴いたという記述があることである。鶏は六畜（牛・馬・羊・豚・犬・鶏）の一つで、夜明けを知らせる動物であることから予知能力のある、闇や悪霊を退治する動物として何かを始める時間・復活の象徴とされてきた。また民俗学では死者の霊魂、あるいは夜の番人とされてもいる。だから死者の霊を慰める「厄祓《クツ》い」をする時には生きた鶏が捧げられるし、寝小便をする子供は鶏小屋の前に連れていかれ、寝小便が治るように祈らされるのである。

だから金閼智の誕生説話に出てくる鶏の鳴き声は、新しい歴史の幕開けを象徴している。つまり明け方の鶏の鳴き声は、一日の始まりを告げると同時に霊魂が支配する夜の終わりを告げるものなのだ。死者の霊は鶏が鳴くと消えるので、祭祀《チェサ》などの重要な行事は必ず真夜中に執り行われる。また「雌鶏が鳴くと家が滅びる」という諺もある。

李陸史《イユクサ》（一九〇四～四四）の詩「曠野」（一九四六）は、そのような鶏の鳴き声に詩想を得た作品である。この詩は次のように始まる。

遥かなる遠い日に
天《そら》が初めて開かれ
いずこよりか鶏の啼く声が聞こえただろう

安宇植訳

ここで「遥かなる遠い日」とはまだ暗黒と混沌が支配していた時代、つまり太初を指す。そして「天が初めて開かれ」、混沌とした状態から天と地が生じたが、まだ人間はいない。鶏が鳴いてようやく人間の夜明けが来るのだ。つまり鶏の鳴き声は聖なる時間が終わり、これから人間の歴史が始まることを告げている。だから聖域とは、常に鶏の鳴き声や犬の鳴き声の聞こえないところにある。

このように鶏ははるか昔から文学の中で時間を象徴する動物であり、これは韓国文学の普遍的な現象と言える。例えば『沈清伝』には次のようなくだりがある。

このように、万感一時に迫り来るうちに、いつのまにか宵もふけ、一番鶏《どり》の鳴き声は、古い帳《とばり》を破って新しい朝をはらみ、暁が山のはしからうっすらと紅を刷きはじめた。暁の色があざやかに染まる時、それだけ沈清の死の色は濃く迫ってくるのである。沈清はたまりかねて、こうつぶやいた。

『あの鶏の鳴き声ったら耳をふさぎたくなるわ。いまどき、函谷関《かんこくかん》の孟嘗君《もうしょうくん》みたいな、鶏鳴狗盗のもじりなど、絶対にできっこないじゃないの。おまえが鳴いてくれると、夜が白み、夜が開けると、わたしの寿命はそれまでなんですよ。わたしの命など二の次ですが、よる所のないお父様をどうしましょう。死んでも死に切れないこの気持ち、わかってもらえる?』

洪相圭訳

死に臨む日の朝、沈清が不安と悲しみに耐えかねてつぶやく場面である。このように鶏の鳴き声は闇と悪霊の世界から光の世界をもたらしもするが、別れや死・裏切りを呼ぶこともある。

ともかく鶏は太初においては時計のようなものだった。その発想は現代詩にも受け継がれている。

あかときの鶏が鳴くたび逢いたかった……

「復活」(金素雲訳)

徐廷柱の詩「復活」（一九三八）だ。「獣の中に」飛び込むことを渇望した彼は、獣の野性を旺盛に詩的イメージに取り込んだ詩人の一人だが、鶏の鳴き声の詩的イメージもやはり見逃してはいなかった。

だが時計ができた現代では鶏は時間の象徴としての力を持ち得ず、また鶏を飼う家もめっきり減ったので、鶏の鳴き声が文学作品に登場することは稀になった。今では鶏はひっそりとした農村の風景を彩る存在に過ぎない。

一方、鳴き声ではなく鶏そのものを扱った文学作品は多い。田榮澤《チョンヨンテク》（一八九四〜一九六八）の「白い鶏」（一九二四）を初めとして李光洙《イグァンス》（一八九二〜一九五〇）の「私（二十歳の峠）」（一九四八）、金裕貞の「椿の花」（一九三六）、李孝石の「雄鶏」（一九三三）、崔貞熙《チェジョンヒ》（一九一二〜九〇）の「雄鶏」（一九四八）「チョムネ」（一九四七）、黄順元《ファンスンウォン》（一九一五〜二〇〇〇）の「子供」（一九四二）「ソルメ村に起きたこと」（一九五一）などだ。その後に宋榮《ソンヨン》（一九四〇〜）の「闘鶏」（一九六七）が続く。これらの作品でとりわけ重要なのは闘鶏と鶏の近親相姦である。闘鶏自体は動物の生存競争の結果であろうが、李光洙の「私」のように、韓国文学はとりわけ闘鶏に関心を払ってきた。その典型的な例が金裕貞の「椿の花」だ。のどかな春の日の闘鶏は、まさに春の祭典だ。

> チョムスニのところのおんどり（は、頭がでかくてまるであなぐまみたいなやつ）が、なりの小さいおれんちのおんどりを痛めつけているんだ。そいつもただ痛めつけるんじゃなくて、バタバタッととさかをつっついてしりぞいたかと思うと、ちょっと間をおいてまたバタバタッと首ねっこをつっつく。こんなぐあいに余裕しゃくしゃくに攻めたてるんだ。すると、うちのできそこないめはつっつかれるたん

びにくちばしを地面につっこんで、ケッケッと悲鳴をあげるだけときている。

長璋吉訳

主人公であり、語り手でもある「おれ」は純朴過ぎるほどうぶな少年だ。それに対して「おれ」の父親が土地を借りている地主の娘、チョムスニはお転婆で、早熟な少女だ。活発なチョムスニはしきりと「おれ」に接近しようとするが「おれ」はチョムスニに対する遠慮もあって、彼女の微妙な感情に気づかない。業を煮やしたチョムスニは、自分の家の力の強い雄鶏をけしかけて「おれ」の弱い雄鶏に喧嘩をしかける。「おれ」の雄鶏は何度も惨敗し、ついに怒った「おれ」は鶏に唐辛子味噌を食べさせ、力をつけることを思いつく。だがその作戦はうまく行かず、焦った「おれ」はチョムスニの鶏を殴り殺してしまう。

この物語では何度も鶏が闘う場面が出てくるが、それは単なる闘鶏ではなく、チョムスニの「おれ」に対する意思表示の手段として援用されており、またそれがうまく行かなかった時の切り札としても使われている。鶏の死は結果的に二人の和解をもたらす。

「椿の花」は闘鶏と椿の美しい花を背景に、人生の春を迎えた少年と少女の衝動的な愛情の物語である。とりわけ少し間の抜けた少年、「おれ」が恋を知り、徐々に大人になってゆく過程を金裕貞ならではのユーモラスな語り口で描いている。

近所に鶏がいれば、必ず一度は春の闘鶏が行なわれる。去年やられっぱなしだった鶏ならなおさら、一度は戦いに挑む。冬の間凍ったように固くなっていたとさかが真っ赤になり、生気が全身にみなぎると、鶏は自分でも闘争本能が抑えられないようだった。

「ソルメ村に起きたこと」

闘鶏では勝者と敗者がはっきりしている。勝者は堂々としており、敗者は無惨で見るも哀れだ。鶏はその主人と強い連帯感で結ばれているので、人間は負けた鶏を見ることによって自分の惨めさを認識するのである。

鶏姦とは男色のことだが、これはおそらく鶏の生理から来た言葉だろう。雌鶏は母性愛の象徴でもあるが、実は鶏は一夫一妻ではない。特定の相手を定めない雑婚で、近親相姦もする。崔貞熙は「雄鶏」で、そのような鶏の生態を描いている。

イボンイのところの雄鶏が垣根の穴からぬっと出てきたのだ。尹ハンスンは自分の家の雌鶏を引っくり返して丁寧に調べると、便所に立てかけてあった長い棒を持ち、イボンイの雄鶏を追い出しにかかった。

「この野郎、年がら年中雌ばっかり追いかけ回しやがって。お前にはいないのかよっ、相手が?」

必死に棒を振り回すのだが、イボンイの雄鶏はするっとすり抜け、一気に雌鶏に襲いかかった。

ここには姦通を罪悪視する人間中心の動物観の断面がうかがえる。主人公の被害者意識や反発を客体化する小説的な手法でもある。

四．李箱・尹東柱・黄順元の「愛犬性《シノフィリア》」

犬は人間ともっとも古くから親しかった家畜だ。聖域とされていた寺とは異なり、人間が住む村にはいつも鶏の鳴き声や犬の吠える声が絶えなかった。だから韓国の説話には命を投げ出して主人の危機を救う忠犬の物語はもちろんのこと、犬や猫が主人のなくした宝を取り返す話もある。また韓国のおばあさんたちは可愛い子供のことを「ふくよかな仔犬」にたとえたりもする。

ドッグ・フードを食べて主人の部屋で一緒に眠り、美容院にも通う愛玩物となり果てた西欧の犬とは違い、韓国の犬は真夏の暑気払いに犬鍋にされて食べられることもある。だがそれでも韓国の犬は夜、主人と家を守る勇敢で忠実な番犬として愛されている。反面、犬は誰にでも尻尾を振って媚びを売るので堕落した走狗《そうく》のイメージがある。また糞を食べることから掃除夫、がつがつしていることから強欲な利己主義者、鼻がきくことからスパイ、狂犬のイメージから精神錯乱者など、否定的なイメージもある。

李箱と尹東柱《ユントンジュ》（一九一七〜四五）は「倦怠」（一九三七）と「もうひとつの故郷へ」（一九四一）でそれぞれ違う犬を表現している。この二つの作品には文学的な「愛犬性」が表れている。

この村の犬たちは吠えない。ならば、みな唖《おし》なのか。いや、違う。その証拠に、村人ではない私が石を投げると、彼らは一目散に逃げながら私のほうを振りかえって吠える。

だが彼らは私が危害を加えなければ、百里のかなたから来た外人―しかもぼさぼさ髪で青白い顔をした容貌魁偉な私を見つめながらも決して吠えない。……（中略）……彼らは吠えることがない。旅人はこの村に来ない。来ないどころか国道沿いにないこの村を、旅人は通りすぎることもない。たまに隣村の金さんが来る。だが彼はこの村の崔さんと服も肌の色も訛りも同じなので、犬たちは吠えない。情け深い盗賊ならこの村の、あまりにも貧しい女たちのために、盗んだ簪や指輪をそっと置いて行くはずだ。盗賊にとってこの村は、盗んでやろうという気持ちを盗まれやすい危険な地帯だ。

李箱「倦怠」

志操高い犬は
夜を徹して闇に吠えたてる。

闇に吠える犬は
おれを逐《お》っているのだろう。

尹東柱「もうひとつの故郷へ」（伊吹郷訳）

本能のままに動く大らかな李孝石の犬とは異なり、李箱の犬は吠えることすらできないし、尹東柱の犬は反対に一晩中吠えている。また李箱の犬が主に昼と関係があるのに対し、尹東柱の犬は夜や闇に関係がある。ならばなぜ「倦怠」の犬は吠えず、「もうひとつの故郷へ」の犬は吠え続けるのだろうか。

李箱の文学的発想は、その多くが動物に対する想像力に拠るものである。このことは小説「翼」（一九三六）や「蜘蛛會豕」（一九三六）、随筆「倦怠」で証明されている。この三つの作品には女王蜂・蜘蛛・豚・牛・犬・メダカといった鳥類・獣類・魚類がすべて登場する。李箱はそれらの動物の生態を人間の生態と同一視している。妻に従属した状態からの脱出を図る「翼」では売春をする妻は女王蜂のイメージで描かれ、

「私」の脱出は鳥の翼のイメージで描かれている。搾取する者とされる者との人間関係を描いた「蜘蛛會豕」では、雌が雄を取って食う蜘蛛と貪食する豚が登場する。また「倦怠」では吠えることすら忘れた犬、右往左往するメダカを通して退屈な生の実像を描いている。

李箱にとって倦怠とはすなわち意識の監獄であり、生の文法である。倦怠から逃れるために翼をつけようとしたり、あらゆる現象を倦怠という色で染めあげたりもする。だから「倦怠」の犬が吠えることを忘れたのは、吠えるという犬の本能と機能の喪失を表しているといえよう。よそ者の入ってこない、しかも泥棒ですら盗む気がなくなるような貧しい村で吠えるのは退屈であり、そのような必要性もない。「倦怠」はまさに倦怠の地図であり、吠えない犬は防衛本能すら忘れてしまった怠け者である。これは個人的な心象が捉えたものであるが、集団思考の名残りでもある。

一方、尹東柱の犬は一晩中闇に向かって吠え続ける「志操の高い」犬だ。尹東柱は日本の福岡刑務所で獄死した詩人だ。彼は「序詩」で宣言しているように、暗い時代にあっても「一点の羞《は》じらいなき」人生を歩むことを自分に課した峻厳な詩人だ。「もうひとつの故郷へ」は彼の帰郷を、それも魂の帰郷を詠っている。この詩では故郷に戻った三つの自我、つまり「おれ」と「白骨」と「美しい魂」が問題になる。「おれ」は実存する自分であり「白骨」は物質的には死んでいる、過去の自分だ。「美しい魂」は精神的で、現実と死に分離した自我だ。だからその自我は暗い故郷に安住せず「もうひとつの故郷へ」向かわなければならない。

東洋の死生観では死者の魂を魂魄《こんぱく》と言う。魄は死後も地上にとどまるが、魂は天に上ってゆく。だから夜、故郷に帰ってきて暗い部屋にいる現実的な自我は闇に同化するか、死に投降する道を選ぼうとする。だが、それは決して志操高い生ではない。その瞬間、「私」を戒めるように自分の領域をしっかりと守る志の高い犬が夜通し、闇に向かって吠える。その犬の声を聞いてはじめて「私」は現実に妥協した己を恥ずかしく感じ、激しく自分を責める。この場合の犬は泥棒や夜の侵入者、闇そのものを追い払う忠実な番人である。だから二つの自我の狭間にいる現実的な自我は結局、死も現実妥協をも忌避し、美しい魂とともにもう一つの故郷へ向うのである。

ゆこう　ゆこう
逐われる人のように　ゆこう
白骨にこっそり
美しいもうひとつのふるさとへゆこう。

尹東柱「もうひとつの故郷へ」（伊吹郷訳）

この詩では「夜」や「暗闇」は国を奪われた現状の象徴であり、その闇に向かって吠える「志操の高い犬」は主人を守る番犬であり、明るい未来を開く良心の象徴だ。その犬の吠える声が「おれ」を覚醒させる。

一方、黄順元の「モンノミ村の犬」（一九四八）は野犬となってさまよう哀れな雌犬を通して、国を失った民族の悲哀を表現している。雌犬は狩人の銃に撃たれて死ぬが、五匹の仔犬を残す。ここでは雌犬は母性愛・生命力・生殖力の象徴であり、五匹の仔犬は次の世代へ受け継がれる血の象徴である。

春のある日、満州への移民の通り道であるモンノミ村に飼い主とはぐれたシンドゥンイという雌犬が現われる。シンドゥンイは飢えに耐えかね、餌を求めて村中を歩き回る。町長や村人はシンドゥンイを狂犬だと思い、捕まえようとする。シンドゥンイは山に隠れ、夜になると餌を探しに山から下りてくるようになる。

その後、村の雄犬が数匹いなくなり、数日後に帰ってきた。村人は彼らが狂犬になったと思い、殺して食ってしまう。しかし、カンナニの爺だけはシンドゥンイが狂犬ではないことを知っていたので、自分の犬を殺さなかった。数日後、カンナニの爺は山へ薪を取りに行き、痩せこけたシンドゥンイと五匹の仔犬を発見する。彼は密かにこの仔犬達を家に運んできて村の犬の種を継がせるが、シンドゥンイは狩人の銃に撃たれて死んでしまう。

この物語は、犬ですら生き延びることが難しかった植民地下の厳しい現実を暗示している。それは安住の地や餌を得られず、野犬になって追われるシンドゥンイがまさに受難の民族を象徴しているからである。苦難に苛まれながらも仔犬を産み、守り通すシンドゥンイの生命力と母性愛は繁殖力と血の持続性に対する歴史的信念を暗示しているといえよう。

犬を媒介とした物語の系譜は千勝世《チョンスンセ》（一九三九〜）の「黄狗の悲鳴」（一九七四）、白雨岩《ペクウアム》（一九三八〜）の「野犬の叫び」（一九七九）、朝鮮戦争の悲劇を描いた李東河《イトンハ》（一九四二〜）の「野犬狩り」（一九八二）へと続いてゆく。

五．朝のカササギと夜のカササギ

李人稙《イインジク》（一八六二〜一九一六）の『鬼の声』（一九〇六）や『雉岳山』（一九〇八）には韓国人のカササギに対する通念が投影されている。

窓の外の桐の枝にカササギが二、三羽とまっていた。吉順の枕元にそのカササギの鳴き声が降ってくるようだった。寝つかれないままに目を閉じて横になっていた吉順は、カササギの声に思わず目を開けて窓の外を見ると、既に外は明るかった。

「まあカササギじゃないの、嬉しいわ。金スンチの家から私を迎えに籠が来るという知らせを伝えに来たのでしょう。あちらはどんなお家柄なのかしら、早く行ってみたいわ」

と言うと、吉順は寝返りをしながら足で布団をぽんと蹴った。　　　　　　　　　　　　『鬼の声』

カーカーという声とともに一羽のカササギが夕暮れの薄闇の中を飛んできたかと思うと桐の枝にとまり、松道宅〔松道から来た嫁、の意〕を見下ろしながら、

「カーカーカー」

と鳴いた。

松道宅はぼんやりと坐っていたが、その声を聞いて桐の木を見上げると、

「まったく、なんてカササギだろう、夜来て鳴くなんて。しいっ、あっちへ行けっ」

と言った。カササギはぱっと飛び上がったが、また戻ってきてしきりと鳴く。松道宅は裸足で庭に降りると砂を掴み、カササギめがけて投げつけながら、

「しいっ、あっちへ行けっ」

と叫んだ。カササギがようやく逃げて行くと松道宅は部屋に入り、

「本当に変だわ。なんでカササギが次々と来て鳴くのかしら。夜、カササギが鳴くと縁起が悪いって言うけど、何か悪いことでも起こるのかしら。ああ、まったく。ひとの妾になってあれこれ気を揉みながら生きるぐらいなら、いっそ死んだ方が良いのかも知れないわ」

と、一人つぶやいた。　　　　　　　　　　　　『雉岳山』

韓国人は朝、カササギが鳴くと何か吉報か、あるいは待ちかねた客が来るのではないかと喜ぶ。だが夜、カササギが鳴くと何か不吉なことが起きるか誰か死ぬのでは、と不安がる。これは俗信となってわれわれの意識の深層に刷り込まれている。だから意外にも外来の新思想に傾倒していたことで知られる李人稙の新小説にも、そのようなカササギに対する認識が影響を与えているのである。

西欧ではカササギは意地悪・泥棒・おしゃべり・偽善など、比較的悪いイメージでとらえられているが、東洋では反対である。家のすぐそばに巣を作るカササギの鳴き声は、韓国でも嬉しい使者として歓迎される。中国の『淮南子』という本には七夕の夜、カササギが牽牛と織女のために天の川に烏鵲橋をかけてやる話が載っている。私は幼い頃、祖母から「だから七夕の夜にはカササギはいないし、夏、カササギの頭の毛が抜けているのは橋を作るためにせっせと木を運んでいるからだよ」と聞かされたものである。

カササギが吉兆だという考え方は『三国遺事』の「脱解王」の項に既に見られる。

南解王のときに駕洛《カラ》国の海の中に、とある船がやって来て停泊した。駕洛国の王の首露王が、臣民たちといっしょに、鼓を打ちながら迎えて留めようとしたところ、船は急に逃げていって、鶏林の東、下西知村の阿珍浦についた。そのとき、浦辺に一人の老婆がいて、名前は阿珍義先というのであったが、彼女は赫居王の魚をとる婆さんであった。その船をみて、「この海の中にはもともと岩石などなかったのに、どうして（海中に）鵲《かささぎ》が集まって鳴くのだろう」といいながら、（海中に入ってみると）鵲が船のうえに集まっていた。（中を）さぐってみると、櫝が一つあって、長さが二十尺、幅が十三尺あった。その船を曳いてきて林の木の下に繋ぎ、（これがいったい）吉なものか、不吉なものか、わからないので、天に向って誓いの言葉を申しあげてから櫝を開けてみると、（中には）端正な男の子と、七宝や奴婢などがいっぱい入っていた。

金思燁訳

朝、鳴くカササギの声が吉兆だという考え方は、カササギが登場するすべての文学作品に共通しており、現代を生きるわれわれの意識の中にも潜在的にある。一方、夜鳴くカササギの声が不吉だという思考もまた現代文学に受け継がれている。李人植の作品もそうであり、金東里《キムトンリ》（一九一三〜九五）の「カササギの声」（一九六八）もそうだ。これらは、韓国人の原体験や俗信をその根拠としている。

「まったくあのカササギは、なんでよりによってひとの窓のところで鳴くのかしら。夜、カササギが鳴くと、その年に何か悪いことが起こるって言うけれど。そういえば夫が妾を囲ったっていう噂を私が初めて聞いた日も、ちょうど今頃、カササギがあそこにとまって鳴いていたっけ。春川宅とか何とかっていう女が夫にできた時だったわ。ちょっと、ちょっと、点順や、早く来てあのカササギを追い払っておくれよ……」

『鬼の声』

このような考えは単に登場人物が抱いているだけでなく、小説の中で事件の結末を予告する機能をも果たす。「カササギの声」もやはり夜のカササギの声が不吉だという考え方を蘇らせた小説である。枠小説の形態をとる「カササギの声」はそのタイトルはもちろんのこと、冒頭の背景設定からして既にカササギに対する伝統的な思考が用いられている。

前の木に二つ、後ろの木に一つ、カササギの巣は全部で三つあったが、カササギが全部で何羽いるかは誰も知らなかった。……（中略）……朝、カササギが鳴けば来客があり、夜、カササギが鳴けば葬式を出す……こんな言い伝えがいつからあるのか、誰一人知るはずもなかった。だが朝、カササギがしきりに鳴いた日は客が多く、夜、カササギが鳴くと葬式が多いようだと人々は何となく信じているようだった。

「カササギの声」

戦線で幾度も死線をさまよったボンスは故郷に戻ってきた。しかし結婚を約束していたジョンスンは、うまく兵役を逃れたサンホに騙されて彼と結婚してしまい、家では年老いた母が喘息にかかり、村の入口の紫吊花の木でカササギが鳴くたびに発作のように「殺してくれ」と叫ぶ。そのたびにボンスは殺意を覚えるのだった。ある日、ボンスはサンホに会い、ジョンスンに会わせてくれと頼む。ジョンスンに会ったボンスは自分と結婚してくれと懇願するが、断られる。自殺の衝動に駆られたボンスが外に飛び出すと、サンホの妹がいた。ボンスは発作的に彼女を陵辱してしまう。そして夕暮れ時のカササギの声を聞きながら、ボンスはゆっくりと彼女の首を絞めてゆく。

エロスと死が交差するこの小説におけるボンスの殺人は決して偶発的なものではない。戦争の残酷さに対する真摯な生の象徴であったジョンスンを失ったことによる彼自身の挫折、死と不吉の象徴であるカササギの鳴き声と老母の発作といったものがない交ぜになった条件反射的な脅迫観念によるものであろう。

このように金東里の文学世界では伝統的価値観や俗信・言い伝えなどが土台となって物語が構成されており、それは登場人物にとっては逃れられない運命の枠となっている。彼の『黄土記』（一九三九）や「駅馬」

（一九四八）の場合もそうである。

六．鶴―平和と運命の象徴

鶴は純白で、首をまっすぐに伸ばした姿が気高さを感じさせることから、東洋ではとりわけ愛されているめでたい動物だ。長寿の鳥であり、平和と調和の鳥でもある。だから長寿の象徴である十長生（太陽・山・水・石・雲・松・不老草・亀・鶴・鹿）の一つであり、高麗青磁や朝鮮刺繍の模様になったり、伝統的な絵画に描かれたりする。両班《ヤンバン》が着る官服には胸と背中に標章をつける習慣があるが、その標章にも鶴の刺繍が施されている。また朝鮮時代の学者《ソンビ》も鶴を愛し、詩に詠うことが多かった。

細き首　伸ばして鶴は　ひそやかに
松の梢の　月仰ぐ
雲はのどかに軽やかに　嶺吹く風に
乗りて行く

「補閑集」

金剛台の頂きに　仙鶴の子産《う》まれたり
春風に鳴り渡る玉笛《ふえ》の音《ね》に　目覚めたるかや
白き羽　黒き尾を　大空に高く浮かべて
古《いにしえ》の西湖の主人《あるじ》　楽しませ飛ぶがごと

「関東別曲」

雲と、そのさらに上を飛ぶ鶴の姿は高潔さと長生き・飛翔の象徴として現代詩にもしばしば援用されている。例えば徐廷柱の「鶴」や朴斗鎮《パクトゥジン》（一九一六～九八）の「碑」などの詩がそうだ。黄順元の「鶴」（一九五三）、李範宣《イボムソン》（一九二〇～八二）の「鶴の村の人々」（一九五七）などの現代小説では、鶴はめでたい鳥というイメージの上にさらに「鶴の村伝説」による、平和の使者というイメージが加わっている。

黄順元の「鶴」は朝鮮戦争という悲惨な状況の中での失われた人間性の回復をテーマにした作品である。イデオロギーを異にする二つの勢力が覇権を争うある地域を背景に、成三と徳在という二人の青年が登場する。二人は幼なじみだが、今は戦争のために敵同士だ。成三は、農民同盟の副委員長をやっていた徳在を護送しなければならない羽目になる。護送してゆく途中、二人の間には最初は緊張と気まずさがあった。だが徳在がイデオロギーに染まったわけではなく、今も変わらず純朴で正直な農民であることを成三が知った瞬間、彼は鶴の一群を見る。少年の頃、成三は徳在と一緒に丹頂鶴を捕ったことがあった。二人は鶴を可愛がっていたが、ある日ソウルから誰かが標本を作るために鶴を撃ちに来るという噂を聞いた。二人はあわてて野原に駆けつけ、鶴を放してやった。鶴の一群を見て少年時代を思い出した成三は、徳在の捕縛を解いてやるのである。

> 折りしも丹頂鶴が二、三羽、澄んだ秋の青空を、大きな羽を広げて悠々と飛んでいた。

このように鶴は平和と自由の象徴であり、その対極にあるのが「罠」や「銃声」に象徴される歴史の非人間性であることは言うまでもない。

李範宣の「鶴の村の人々」は、「鶴の村」の四十年にもわたる生活史と村人の生への執念を描いた作品だ。つまり日本の植民地時代から解放、独立、朝鮮戦争に至る韓国の現代史が鶴の村という一つの村に刻み込まれているのだ。そういう意味では鶴の村の歴史は韓国現代史の縮図でもある。

題名が暗示しているようにこの村の人々にとって鶴は吉事の象徴だ。村の鶴の木に毎年鶴が飛来するかどうか、また順調に繁殖するかどうか、は村人の運命を暗示している。つまり鶴が来てくれれば村人も豊かで幸せな生活が送れるが鶴が来なかったり、来ても不幸な目に遭ったりすれば村にも災いがあると信じられているのである。これは一種の信仰だ。鶴は鶴の村の人々の吉凶と運命の象徴と認識されているのである。

この作品は鶴の到来、あるいは鶴の幸・不幸と村の幸・不幸が因果論的に重なるという構成になっている。つまり、鶴が毎年飛んできた頃の村は平和だった。しかし鶴が来なくなった頃から植民地時代が始まり、村の青年、バウとトギは徴用されて村を去る。再び鶴が訪れるようになると植民地時代は終わり、バウとトギも村に帰り、トギは結婚する。だが鶴の受難とともに朝鮮戦争が始まり、再び村の受難が始まる。村を裏切ったトギは鶴の木を燃やし、村の長老二人が死ぬ。長老たちを埋葬した村人が鶴のために小さい松の木を用意するところでこの作品は終わる。これは決して諦めることのない、希望を意味する。

このように原始信仰から生まれた象徴の遺物は消滅することなくわれわれの集団的記憶に蓄積され、文学的発想の一つの根拠となっている。

七．象徴学への探索

われわれは今現在、残念ながら韓国文化や文学の研究に役立つ象徴事典を一つも持っていない。つまり現代文学と古典文学を一つの水脈として見るための水源を探し当てられずにいると言えるだろう。だから蓄積された経験に照らして現実を見ることもできず、現実から根源へと遡ることも容易ではない。

重要なことは古典や昔の文化に関する記憶をわれわれの意識の外に追い出すのではなく、それが現代文学に与えた影響の痕跡を探すことだ。過去に遡ることが現在と未来を開くことにつながるからだ。そのためには古典と現代文学を一つの鎖でつないでいる韓国の象徴とは何か、を探索することだ。それこそがわれわれの文化的かつ精神的自画像を発見する道だろう。象徴の探検地図を作ること、それはこの時代に韓国文学を学ぶ者に与えられた責務の一つだろう。

第二十二章　韓国文学の四季表象

絵文字「梅」

＊

韓国の抒情詩が四季の中で春にもっとも関心を示しているのは確かである。つつじの花を手折って水路夫人に捧げたという説話がある郷歌「献花歌」を初めとして「満殿春別詞」や丁克仁の歌辞「賞春曲」などはみな春を詠っている。「献花歌」は、その詩想において金素月の「つつじの花」に通じるものがある。（450ページ）

一．四季と時間の循環構造

われわれは春・夏・秋・冬という季節の変化が明確な東北アジア気候帯に住んでいる。時々刻々と姿を変える自然の微妙な色合いや暑さ・寒さなどからわれわれは四季を感じることができる。そのように変化し、また繰り返す自然の中で主に農業を営んできたわれわれにとって、季節は生活の基本単位であり、また人間の運命や文化をつかさどる秩序・法則でもある。

四季は昔からわれわれの生活に欠かせないカレンダーのようなものだった。われわれの衣食住や労働はすべて季節の変化と密接な関係があった。四季はわれわれの生活を支配する原理だった。季節はまたわれわれの情緒や感性を育み、われわれの死生観・人生観・歴史観・宇宙観などの基にもなっている。

五経の一つである『易経』の陰陽二元論によれば男女の別はもちろんのこと、宇宙のあらゆる現象・時間・場所・人間界の出来事はすべて陰と陽に分かれ、季節もまた例外ではない。『易経』の「繫辞伝」に書かれているように宇宙万物の根源である太極が陽と陰に分かれ、陽と陰は春・夏・秋・冬の「四象」になる。「四象」は乾・兌・離・震・巽・坎・艮・坤の八つの象徴、つまり「八卦」をなす。これを宇宙現象に配列すると乾は天を、兌は沢を、離は火を、震は雷を、巽は風を、坎は水を、艮は山を、坤は地を表す。「八卦」を組み合わせると春と夏は陽、秋と冬は陰になる。そして春は少陽で火と雷、夏は太陽で天と沢、秋は少陰で風と水、冬は太陰で山と地にそれぞれ分かれる。これは季節の自然現象の象徴というよりは変成の形式原理に関することである。これは、ノースロップ・フライが『批評の解剖』の中で、春は喜劇の様式で夏はロマンス、秋は悲劇、冬はアイロニーと風刺の様式、と季節を文学のジャンルに弁別した論に似ている。

この章ではそのような世界観の概念についてではなく、文学と季節の関連性を通して韓国文学の季節に対する想像力や文学的表象の、一つの型を探ってみようと思う。

韓国の詩の原型とされる新羅の郷歌《ヒャンガ》にも既に季節に対する情緒的反応の痕跡がうかがえる。例えば「願往生歌」「讃耆婆郎歌」「怨歌」「慕竹旨郎歌」などがそうである。

月よ今西方までゆき合うか。
無量寿仏前にお言葉を持ちかえりて伝えよ。
御契り深き御仏仰ぎ、両手を合せまつりて申さく、
願往生願往生と　念ずる人ありて申し給え。
ああ　この身を遺しおきて、四十八大願を成就し給えんや。

「願往生歌」（金思燁訳）

仰ぎ見れば、円《まど》やかなる彼の月、白雲追いて行くにはあらじ。

水青き川辺に、耆郎の面影宿せり。

イロ川のがけに、郎よ、御心の端を追わんとするなり。

ああ、栢の枝高く、霜を知らぬ花主よ。

「讃耆婆郎歌」（金思燁訳）

今をさかりに茂き柏の樹の、秋に至るも枯れ凋むことのなければ、

「汝いかでか忘れることのあるべきか」と、うけがいたる顔の改め給うとは。

月影の宿る古池の、流れの沙を揑ぬるが如く、君が姿を望み見れど、

世もかくのごときをいかにせむ。

「怨歌」（金思燁訳）

春は逝《ゆ》き　郎《きみ》いまさずて　涙ながれ　胸ふたぐ、
慈《いつく》しみ受けしこの身に　あやまちのなきを念《おも》う。
束の間に　郎にまみえんや。
郎を慕《おも》う　わがこころ　たどりゆくは　あわれ。
ああ、にが蓬《よもぎ》茂れる草小路　まどろむ夜のあるべきや。

「慕竹旨郎歌」（金思燁訳）

また「動動」を初めとする高麗歌謡や尹善道《ユンソンド》（一五八七〜一六七一）の「漁父四時詞」など、朝鮮時代の時調《シジョ》にも独特の季節感が表現されている。これらは、自然と人間の調和・秩序を描いた詩の基本形といえる作品である。

鄭澈《チョンチョル》（一五三六〜九三）の歌辞《カサ》〔定型のない長歌〕「思美人曲」では作者の恋しい人への思慕の情が季節の移ろいゆく様を通して描かれている。

我の生まれしは　君に嫁ぐがため
一生の縁なり　天は知らざらんや
我は若くして　君は我を寵愛され
この心　この愛は　類なかりけり
常に願えり　一つ処に葬られんと

老いて何故に　遠く離れて恋うらん
然る日　君に従い　広寒殿に昇りて
その折に何故や　下界に降ろされぬ
かの時　梳りし髪は　乱れて三年
燕脂粉はあれども　誰が為に装わん

瀬尾文子訳

人間の出会いと別れ、若さと老い、誕生と消滅といった生の循環が暗示的に表現されるこの詩では、季節は人間の心を映す鏡であるだけでなく、生そのものの比喩的な意味を持っている。

現代詩でも金素月《キムソウォル》（一九〇二～三四）の詩「山有花」（一九二四）や徐廷柱《ソジョンジュ》（一九一五～二〇〇一）の「菊の傍で」（一九四七）を読むと季節の変化や循環、その時空性が花・雷・雲・霜といった具体的な自然との関連によって表現されている。とりわけ『花蛇集』（一九三八）から『帰蜀途』（一九四六）『新羅抄』（一九六〇）『冬天』（一九六八）へ至る徐廷柱の詩的遍歴は、春から夏、秋から冬へと変わる季節そのものと言える。

朝鮮時代の小説『春香伝』の構成も季節の変動との一致を見せている。つまり春香と李夢龍が出会うのは春である。そして二人の恋が燃え上がり、情熱をぶつけ合うのが夏と考えれば二人の試練の時は秋・冬で、最後にまた春がめぐり来る、という具合に季節の循環と物語の構成が重なっているのである。

二、春の表象──再生・熱情・仕事・愛

1．春の詩学

春は誕生・再生・青春・歓喜・愛・穏やか・柔らか・暖か・成長・希望、そして発情の季節だ。冬の間凍りついていた大地が溶け、縮こまっていた生物が一斉に新たな生命のうごめきを始める。雪と氷に閉ざされていた大地に陽炎《かげろう》が立ち、川はせせらぎを取り戻す。柔らかい風に誘われて草花が先を争って咲き、蜂や蝶、鳥たちが愛の歌を交わし合う。風・花・雨・鳥・水の季節であり、中国の『淮南子』に書かれているように、女性を浮き浮きさせる季節である。

韓国の抒情詩が四季の中で春にもっとも関心を示しているのは確かである。つつじの花を手折って水路夫人に捧げたという説話がある郷歌「献花歌」を初めとして「満殿春別詞」や丁克仁《チョンクギン》（一四〇一～八一）の歌辞「賞春曲」などはみな春を詠っている。「献花歌」は、その詩想において金素月の「つつじの花」（一九二二）に通じるものがある。

紫の岩辺に、牝牛の手綱放ち、
障《さわ》りを厭《いと》い給わずば、花を手折りて献げまつらむ。

「献花歌」（金思燁訳）

南山をしとねに、玉山を枕に、

錦繍山の布団のなか、麝香の如きおなごを抱き、
香ばしき胸を合さむ　「満殿春別詞」（金思燁訳）

きのうおととい冬去り、春めぐり来れり。
杏花は夕陽に咲き、
緑の楊芳ばしき草、細雨の中に青し　「賞春曲」（金思燁訳）

春を代表する花は桃で、鳥の声・風・草などとの関連で春が表現される。春は性・欲情・喜びのイメージを持つ反面、落花のイメージもあり、永遠に循環する自然の中で人間の生の無常を感じるやるせない季節でもある。

現代詩でも春を詠った作品は多い。朱耀翰《チュヨハン》（一九〇〇～七九）の「火遊び」（一九一九）、洪思容《ホンサヨン》（一九〇〇～四七）の「春は去っていきました」（一九二二）、金素月の「つつじの花」、李相和《イサンファ》（一九〇一～四三）の「奪われた野にも春は来るのか」（一九二六）、李章熙《イジャンヒ》（一九〇〇～二九）の「春は猫ならし」（一九二四）、金永郎《キムヨンナン》（一九〇三～五〇）の「春の道で」（一九三〇）、朴木月《パクモクウォル》（一九一六～七八）の「ノロジカ」（一九四六）、申東曄《シントンヨプ》（一九三〇～六九）の「春は」（一九六八）など、みな春に関係のある詩だ。中でも「春は猫ならし」や「奪われた野にも春は来るのか」は、その独特の感性で現代詩史においてとりわけ注目された作品である。

花粉のやうな柔かい猫の毛並に

仄かな春の香気はこもり、
鈴のやうに見開いた猫の瞳に
狂ほしい春の光は閃《きらめ》く。

しづかに結ばれた猫の口辺に
のどかな春の睡《まど》みは宿り、

突き延びた猫の鋭い髯に
あたらしい春の生気は動く。

「春は猫ならし」（金素雲訳）

簡潔で整然とした形態の中で春と猫という二つの客体が一つになることによって、両者が互いを映す鏡のような関係になっている。詩人の呉相淳《オサンスン》（一八九四〜一九六三）は李章熙の追悼文に「彼は一匹の猫を完全に生かすためにこの世に生まれた詩人だ」と書いているが、確かに李章熙は春の感覚を詩的にとらえるために生まれた詩人だった。

「春は猫ならし」はまず春と猫とを融合させる過程で非常に単純な形を取っている。猫の描写と春の描写が対をなし、詩句も簡潔すぎるほど厳格さと規則性を見せている。また猫の身体を通じて春の感覚や状態が捉えられている。つまり、猫の毛の触感に春の香りを感じ、瞳に魔力的な春の情念を、唇と髭には春ののどかさと生気を感じている。だからこの詩に描かれている猫の肉体は、春の意味をすべて体現しているのである。

李章熙がこの詩で捉えた春は、単色でもなければ慣習的でもない。「仄かな」「狂ほしい」「のどかな」「あたらしい」といった形容詞が示しているように多彩な春だ。第一連では、愛撫の対象としての猫のやわらかい毛が放つ香りを春の香りと結びつけることによって官能的な感覚を呼び起こしている。第二連では官能性がさらに強まる。鈴のように見開いた猫の瞳に閃光のように燃える春の炎を見るのだ。それは単なる炎ではない。「狂ほしい」狂乱の炎だ。闇を照らす狂乱と神秘の炎とは言うまでもなく欲望と情念の炎であり、官能の世界へいざなう炎なのである。

これに対して第三連ではこれまでの官能やエネルギーが影を潜め、緊張のほぐれた世界が繰り広げられる。炎のような激しさは静まり、のどかさが訪れる。また「こもり」「きらめく」「宿り」「動く」といった動詞から春の持つ凝結・遊動・放出・激動のイメージが暗示される。ともかくこの詩は、猫のさまざまな生態を春の感覚に多角的に結合させることによって感覚表現を深化させている。このような情念と官能の春は朱耀翰の「火遊び」と一脈通じている。

李相和の「奪われた野にも春は来るのか」は歴史と自然を対立させながら、両者にそれぞれ反応する詩的自我を描いた作品である。つまり、土地を奪われるという現実に対して詩的自我は剥奪意識を持つが、自然に対しては自然の秩序に同化する爽快感や感動、意欲を覚える。理念詩の面も持つこの作品では循環する自然、つまり春の訪れに対する喜びと暗澹たる現実とが交差している。しかし結局は後者が前者を圧倒する。土地を奪われれば春までも奪われてしまうだろうという強い懸念が表されているからである。

だからこの作品には春を迎える歓喜よりも生存基盤を奪われた現実への絶望がより強く表われている。循環と剥奪、春と冬との対照が作者の意識を表わしている。しかし、春を探し求めるイメージの中に復活と再生への希望が潜んでいることも事実だ。それは寂しさや哀しみで春を受け入れようとするのではなく、再起不能の春でもなければ、発情の春でもない。農夫たちが持つ仕事への誠実さ、そして自由の象徴としての春なのである。

2．小説と春の出会い

韓国の物語文学における春は、主に出会いの表象だ。長い冬の間、人間はじっと身をすくめてひたすら春を待つ。春は人間が大地に生命の種を蒔く労働の季節であると同時に、男と女が出会う季節だ。金時習《キムシスプ》（一四三五～九三）の短編「李生窺牆伝」でも主人公の李生と崔娘が初めて会うのは春だ。二人はあるのどかな春の夜、塀を乗り越えることによって男女が顔を合わせることすらタブー視した朝鮮社会の厳格な規範の壁を軽々と越えて出会うことになる。『春香伝』でも主人公の二人は春、出会うし、金萬重《キムマンジュン》（一六三七～九二）の『九雲夢』で主人公、性眞が八人の仙女と出会うのもやはり春だ。

鳥のさえずりはあたりの景色を情けあるものにしあげて、人の足も思わず立ち止まりそうなものだった。

こうした中にあっては、いかな仙女とはいえ、やはり心が浮わつかざるをえなかった。橋のもたれに腰かけて流れを見おろせば、まるで新しい鏡にでも見入っているような鮮やかさで、自分たちの青い眉と、きれいに装ったあでやかな姿が水の面《も》に浮いていた。

しばらくの間は、水の上にえがかれた自分たちの姿に見とれて現《うつつ》を抜かしていた仙女たちは、誰が音頭を取るともなく調子を合わせて春の唄を口ずさんでいた。小さい声であったが、よく透き通る澄んだ声色であった。こうして、小さな胸の中に閉ざされていた春の憂いを解きあいながら、一刻一刻を楽しんでいた八仙女たちは、だれひとりとして、はや、山の端に沈みかけていた夕陽の足取りを気にかけている者はいなかった。

師僧は、それ以上追及はしなかった。『さがって、休むがよい』と言われて、大師の前を退いた性真が、ようやく生きたここちになって大きく息をつぐことができた。しかし、あてがわれた自分の部屋にもどって、ひとりになった時、かれの念頭には仏、法、僧も師もなかった。大らかに裾をひく入相《いりあい》の梵鐘の音も、彼の耳にはとどかなかった。冴えざえと耳たぶを打ってくるのは、かのよく透き通った、張りのある八仙女のきれいな声であり、脳裏に浮かんでくるのは、あでやかな彼女たちの面影だけであった。

洪相圭訳

このように小説の中で男女の出会いが春に設定されているのは春が四季の始まりであり、また生成と発情の季節だからである。

韓国の抒情世界や叙事世界に描かれる愛は、季節の節目や進行と関連が深い。つまり、男女の出会いや愛は春に始まる。そして緑の生い茂る夏に愛はさらに発展し、成熟する。だが、秋は愛が実る季節でもあるが試練と衰弱、断絶、離別の季節ともされている。そして冬は愛の死と試練、破滅の季節であり、追憶の季節である反面、再生を予感する苦難の季節でもある。このように韓国文学もやはり愛を循環する季節と結びつけるという特性を持っている。

3．金裕貞《キムユジョン》と春の時空

現代小説における男女の出会いや愛の様相も春を背景にした作品が目立つ。金東仁《キムトンイン》（一九〇〇～五一）の「船歌《ペタラギ》」（一九二一）を初めとして、崔仁旭《チェインウク》（一九二〇～七二）の「レンギョウ」（一九四八）、桂鎔默《ケヨンムク》（一九〇四～六一）の「白痴アダダ」（一九三五）、呉永壽《オヨンス》（一九一四～八〇）の「華山宅」（一九五二）、李孝石《イヒョソク》（一九〇七～四二）の「豚」（一九三三）、朴榮濬《パクヨンノ》（一九一一～七六）の「一年」（一九三四）などはみな春や春の原理が生み出した作品だ。小説の時空としてとりわけ春に関心を示した作家の一人が金裕貞（一九〇八～三七）だ。「椿の花」（一九三六）「春・春」（一九三五）「春とろくでなし」（一九三六）「にわか雨」（一九三五）「春の夜」（一九三六）「陽射し」（一九三七）「秋」（一九三六）など、彼の作品はそのタイトルが示すように背景となる季節がはっきりしている。彼は本質的に農民のような心性を持った作家だった。

「椿の花」は郷土の椿の花を背景に、人生の春を迎えたばかりの若者の幼い愛を描いた作品である。純真無垢な少年が父母の懐を離れ、異性への関心に目覚めてゆく過程を金裕貞特有のユーモラスな手法で描いている。主人公であり語り手でもある「おれ」は、馬鹿ではないかと思うほど純真な小作人の息子である。それに対して地主の娘であるチョンスニは賢く、早熟なおてんば娘だ。前章「動物の文学的発想と象徴」で述べたように、これは闘鶏を通じて二人の愛の進行過程を扱った作品である。愚者、温達に対する平康公主の教師ぶりさえ彷彿《ほうふつ》とさせるこの物語では、二人の意地の張り合いがついに本物の愛へと発展する。ところで問題は、このような恋愛や異性への目覚めがまさに春を背景にしていることだ。これは春が性の季節であり、生殖と発情の季節だという季節観の文学化であることはいうまでもない。

「春・春」は結婚をめぐる騒動を喜劇的に描いた作品だ。主人公の「おれ」は、チョムスニの背が伸びたら結婚させてやるというチョムスニの父親の言葉を信じ、チョムスニの家でただ働きをさせられている。「おれ」はチョムスニの背が伸びることだけを願っているが、父親は「あの娘が大きくならないから」と言うばかりで一向に式を挙げてくれそうもない。ここではチョムスニの背丈をめぐる「おれ」と父親の意見の違いが重要な緊張感を生み出している。「ひげをつかんでひっぱってやればいいじゃないの、ばかね」というチョムスニの言葉を真に受けた「おれ」はついにチョムスニの父親に実力行使に出る。しかし「おとっつぁんの口からごかんべんなんていわせるまでやるなんて」という思いがけないチョムスニの抗議に「おれ」はうろたえるばかりだ。人間のずるさや純朴さ、愚かさを描いたこの作品には伝統的な馬鹿婿の世界を見ることができる。また「春・春」の春は単に季節を表すだけでなく、配偶者を得ようとする性の原理を表している。

春になれば草も木もみんな青々となり、芽がふき出す。人間もおなじらしい。と思って、この何日かのうちにぐっと（おれの気もちでは）大きくなったように見えるチョムスニがなんともいえないくらいうれしい。

長璋吉訳

「おれ」はこのようにチョムスニと結ばれる日を首を長くして待っているが、なかなかうまく行かない。ここでは父親は婿に難題を課す役割を果たしており、季節としては春を妬む冬の原理を体現している。このように春は待望・期待の季節でもある。

三．夏の表象──自然・野性・試練の時間

1．自然回帰と牧歌詩

灼熱の太陽が照りつける夏は発展・成熟・繁茂・熱気の季節であり、人間が文明や人為的に作り上げられた状態から脱し、健康で原始的な野性の状態に憧れる季節だ。だから夏を背景にした文学作品はみな夏の自然、つまり緑の山・青い海・川・青々とした草木・白い雲・鳥・田園・雷・稲妻・にわか雨・洪水・長雨・旱魃・虹などと関係が深い。夏の文学は、本質的に自然や野性と近しい文学だ。

ノスロープ・フライは「夏の文学はジャンルとしてはロマンスだ」と指摘したが、韓国文学の場合は反都市的・反社会的な自然詩あるいは牧歌詩というジャンルを生み出した。高麗歌謡「青山別曲」や朝鮮時代の時調の背景となったのは山や川であり、季節は夏だった。自然がその本来の姿を取り戻すのは夏だからだ。

現代の郷土色豊かな抒情詩もまた夏を背景にしたものが多い。金尚鎔《キムサンヨン》（一九〇二〜五一）の「南に窓を」（一九三四）は「雲」「鳥」「唐もろこし」などの言葉から分かるように春・夏の詩であり、自然の中での単純・素朴な暮らしを詠っている。また辛夕汀《シンソクジョン》（一九〇七〜七四）の牧歌的な詩も夏の文学と言える。

丘の上では幼い羊たちが　緑の寝台に寝ころび
残照を浴びて　戻ろうともしない

静かな湖面に　立ちこめる夕霧　　辛夕汀「まだろうそくの火をつける時ではございません」

自然は羊のような動物にとってだけでなく、人間にとっても「緑の寝台」だ。「寝台」とは即ち休息のための揺りかごだ。「緑」は草原の比喩である。つまり自然は揺りかごであり、自然が人間にとって揺りかごになる季節は夏なのだ。

そばの花茂る小道で
羊の群れが白い月を追う
牛飼いの童には草笛がなく
芝に寝ころび空を見る
山の向こうに白い雲
浮かんでは消えるのを
綿摘み娘は忘れていた。

趙芝薫「村」

夏の詩のもっとも代表的なイメージは「白い雲」だ。旅人や郷愁の象徴にもなる「白い雲」は、ここでは生と死・生成と消滅のイメージだ。

2．裸の愛欲と自然の試練

文学の中の季節も継続性を持ち、進化してゆくのが普通だ。例えば夏を背景にした作品における愛は、春を背景にした作品のそれよりもはるかに発展的で積極的である。夏は人間を自然の中に溶けこませる季節、つまり裸の季節と言えるだろう。厳格な儒教道徳に縛られていた朝鮮時代の風俗画ですら夏の裸の人物が描かれている。文学の中の春が出会いの季節なら、夏は人間の肉体やエロスへの想像力がもっとも露わになる季節だ。李孝石の「そばの花咲く頃」（一九三六）で主人公、許《ホ》生員の記憶に刻みこまれている場所も夏の水車小屋だった。

「ちょうどこんな夜だったが、宿屋の土間ってのは蒸し暑くて眠れたもんじゃねえ。真夜中頃になって一人で起きあがって川に水を浴びにいったんだ。蓬坪《ポンピョン》は今もその時分も変わりねえが、眼のとどく限りそば畑で、川べりはどこもかしこも白い花よ。川原で脱いでもかまわなかったが、月があんまり明るいもので、水車小屋に入ったと思いねえ。不思議なこともあったもんで、そこで思いもかけねえ成書房とこの娘に出くわしたのよ。蓬坪じゃ一番の別嬪《べっぴん》でな」

「縁てやつだな」

長璋吉訳

李孝石にとって夏は人為的に作り出された文化やタブーの衣を脱ぎ捨て、人間が自然原理を求める季節だった。だから彼の文学には少なからずエロチシズム志向がある。彼は小説「野」で野性的な性行為を描いている。彼は自然の中に人間の肉体や官能を果敢に取りこんだ作家だった。鄭飛石《チョンビソク》（一九一一～九一）の「城隍堂」（一九三七）も夏の文学といえる作品である。ともかく小説の中の夏は肉体と野性を開放する季節である。

一方、農民にとって夏は忙しく追われる農繁期であり、日照り・台風・長雨・雷・洪水などの災害に苦しめられる試練の時でもある。だから夏を背景にした韓国の小説には災害と関係のあるタイトルのものが少なくない。例えば黄順元《ファンスンウォン》（一九一五～二〇〇〇）の「にわか雨」（一九五三）、金裕貞の「にわか雨」、朴魯甲《パクノカプ》（一九〇七～五一）の「洪水」（一九三四）、崔曙海《チェソヘ》（一九〇一～三二）の「洪水のあと」（一九二五）、朴花城《パクファソン》（一九〇四～八〇）の「洪水前後」（一九三四）「旱鬼」（一九三五）、廉想渉《ヨムサンソプ》（一八九七～一九六三）の「驟雨」（一九五三）などである。

崔曙海の「洪水のあと」はタイトル通り、洪水をモチーフにした作品だ。洪水は世界秩序の再編とよく関連づけられるが、ここでは人間に衝撃と試練を与える自然災害の象徴だ。朴花城の「洪水前後」「旱鬼」や朴榮濬の「一年」といった一九三〇年代の農民文学には、天災や人災に直面せざるを得ない農民の生が描かれている。これらの作品に描かれている夏は帰依や同化の対象ではなく、かといって人間の愛欲を露わにする季節でもない。人間の生存そのものを脅かす破壊と試練の時間であり、農民が克服せねばならない通過儀礼的な季節だ。

四　秋の表象――完成・追憶・別れの詩学

一年の中でもっとも詩的な季節はやはり何といっても秋だ。秋を詠わない詩人はこの世に一人もいないといっても過言ではないだろう。シェリーもキーツもテニソンもリルケも、そして李白も杜甫もみな秋を詠った。秋は収穫・結実・豊穣・完成の季節だ。だから農家の月ごとの作業や行事を詠った歌辞「農家月令歌」や四季折々の風習を詠った詩に出てくる秋は、常に豊作の歓びに溢れている。春・夏の辛い労働に耐えた農民にとって秋は誇りと感動を覚える季節だろう。

だが皓皓と照る月や星、秋風の中で鳴くこおろぎや虫の音は、遠くにいる恋人や家族、故郷への想いをかきたてる。だから詩の世界における秋は別れ・哀しみ・追憶・郷愁・孤独・侘しさ・死の季節であり、風・月・夜・露・虫・紅葉・雁・菊・霜・落ち葉などと関係が深い。新羅の僧、月明大師が妹の死を悼んで詠んだ「祭亡妹歌」という郷歌があるが、そこでは秋風に吹かれて散り散りになる枯れ葉が愛する肉親との別れにたとえられている。

尹東柱《ユントンジュ》（一九一七〜四五）の「星をかぞえる夜」（一九四一）は、狂おしいばかりの望郷の想いを詠っている。まさに秋の抒情を代表する詩だ。

季節の移りゆく空は
いま　秋たけなわです。

わたしはなんの憂愁《うれい》もなく
秋の星々をひとつ残らずかぞえられそうです。
（中略）

星ひとつに　追憶と
星ひとつに　愛と
星ひとつに　寂しさと
星ひとつに　憧れと
星ひとつに　詩と
星ひとつに　母さん、母さん、
（中略）
これらの人たちはあまりにも遠くにいます。
星がはるか遠いように、

母さん、
そしてあなたは遠い北間島《プッカンド》におられます。……

伊吹郷訳

ここで秋の星が象徴しているのは時間的にも空間的にもあまりにも遠ざかってしまった幼い日の思い出や母への想いだ。秋はこのように、詩人に郷愁や追憶や孤独を抱かせる季節だ。
尹崑崗《ユンコンカン》（一九一一～五〇）の「蝶」（一九三九）や申瞳集《シントンジプ》（一九二四～）の「送信」（一九七三）の場合は別れや孤独・追憶といった情緒的段階を越え人生の秋・老境、そして死の悲壮感が漂っている。

風は　寒露の

音節を踏んで通り過ぎる。
こおろぎは私を見ても
もう怖がりはしない。
冷たい石にヒゲを擦りつけて
遠くへ何か信号でも送っているらしい。

どこかで受信する秋の人は
仕事の手を休めて
いっときボンヤリと想いに耽る。
こおろぎの送信がハタと止めば
天《そら》はぜひなく
青瓷の深淵だ。

金素雲訳

ここでの「送信者」とは秋の深まりを知らせるこおろぎだ。だがちょっとした人の気配にも怯えるはずのこおろぎがなぜか「私」を見ても怖がらない。なぜだろうか。その答の糸口は「寒露」にある。「寒露」とは晩秋のことだ。つまりこおろぎの命の灯はもう尽きかけているので、人間を怖がることもないのだ。だから「何か信号」とは終末、あるいは死の信号だと言えるだろう。そんなこおろぎの信号を受けるのもまた「秋の人」だ。「秋の人」とは人生の黄昏に至った老人のことだ。老人はこおろぎが死にゆく声を聞いて仕事の手を休める。そう遠くはない自分の生の終焉を予感したからだ。やがてこおろぎの送信も途絶える。こおろぎの命の灯が消えれば、後に残るのは寂寥感と死の不可思議さだけだ。「送信」は晩秋の物寂しさと死の陰影を浮き彫りにした作品である。

朝鮮時代の小説の構造は基本的に季節を追って進行する。そして登場人物の長所は最後に報われ、短所は罰せられるという勧善懲悪思想に基づいている。小説の結末は秋に似ている。つまり善人の運命は結果的に上昇するが、悪人の運命は下降する。これは儒教の影響もさることながら、農耕社会に生きてきた人々の心象によるものだ。そのもっとも具体的な例が「興夫伝」である。つまり福をもたらす瓢箪であれ、悪をもたらす瓢箪であれ、瓢箪を割るのは秋なのである。

一方、現代小説でも秋を舞台にするものは非常に多い。とりわけ農村や農民の生活を描く「農民小説」ではそうだ。秋は農民にとって、苦しい労働や試練を克服して得た収穫の悦びを感じる季節である。だが韓国の現代農民小説における秋は二つの意味を持っている。つまり収穫の喜びを味わえる反面、金裕貞の「マンムバン」(一九三五)に見られるように、小作制度によってせっかく収穫してもそれが自分のものにならないという虚しさもまた味わわねばならないのである。

五．冬の表象―心変わり・苦難・ぬくもり・雪・春を待つ

冬は大地が寒風や氷、雪に覆われるので一般的に非情・苦難・眠り・死・変節・絶望の季節と考えられている。だが再生の予感を秘めた季節でもある。

新羅の郷歌「讃耆婆郎歌」や「怨歌」は冬の属性を心変わり・変節ととらえ、それを「雪」や「霜」とい

う言葉で表現している。それに対して変わらぬ志操の象徴は、常に青々としている「松」「柏」「竹」だ。この発想は、朝鮮時代の時調の象徴詩学につながってゆく。

ああ、栢の枝高く、霜を知らぬ花主よ。

「讃耆婆郎歌」(金思燁訳)

今をさかりに茂き柏の樹の、秋に至るも枯れ凋むことのなければ、
「汝いかでか忘れることのあるべきか」と、うけがいたる顔の改め給うとは。

「怨歌」(金思燁訳)

常に青々としている松が不変を象徴しているのに対して、雪と冬は変化・心変わりの象徴だ。雪・霜・冬が豹変を、緑の松が不変を象徴するという認識は、やがて時調の象徴詩学へとつながってゆく。このように松と柏、竹の青さと雪・霜とを対比させる意識の底には時間と空間の超越という問題が潜んでいる。

また冬は人間を家にとどめる季節である。家は外の厳しい寒気から人間を守ってくれるだけではなく、親密な人間関係を作ってくれる。また冬の夜は長い。高麗歌謡「満殿春別詞」は「氷の上に竹葉のしとねを敷く」という状況でも恋人と一緒なら、そこは幸福な愛の空間だと歌っている。

氷の上に竹葉のしとねを敷き、主と私と凍え死のうとも、
氷の上に竹葉のしとねを敷き、主と私と凍え死のうとも、
情かよう今宵、遅くまで明けまほし、遅くまで明けまほし

金思燁訳

これは非常に逆説的な状況だ。氷は人間が休む場所としては最悪なのに、その上さらに竹の葉のしとねを敷くというのだから。だが恋しい人がいさえすれば最悪の空間もこの上なく幸福な場所になるというアイロニーがここでは提示されている。だから詩的表現における冬は逆説を可能にする季節なのである。

ふくろうが鳴くわびしい夜も　わたしは寂しくなどない
汽車が通り過ぎる山里
錫の鉢にきび飴を溶かして　なめながら
いとしい人と　夜が更けるまで
狐が出る　山里の話をする
むく毛の子犬が　月に向かって吠える
わたしは女王よりも幸せだ

盧天命《ノチョンミョン》（一九一二～五七）の「名もなき女人になって」（一九五三）という詩だ。凄まじいほどの孤独の中でも「いとしい人」さえいれば「女王よりも幸せ」だというのだ。このような仮定が可能なのも冬だからこそだ。

朴婉緒《パクワンソ》（一九三一～）の小説『あの年の冬は暖かかった』（一九八三）というタイトルも、アイロニーと逆説を含んでいる。冬は人間にぬくもりのある幸福を夢見させる季節なのだ。黄皙暎《ファンソクヨン》（一九四三～）の「森浦へゆく道」（一九七三）では雪に覆われた広野と、あてもなくさ迷う人々が分かち合う情の暖かさが対照的に描かれている。
冬は雪の季節だ。純白の雪は清潔・清廉・高潔さの象徴だ。雪は風景を白一色に変えてしまうために心変わり・変節の象徴とされることもあるが、基本的には平和・浄化・祝福の意味を持っている。雪は冬の川をガラスに、山を白銀の世界に変え、束の間だが別世界を作り出す力を持っている。だから雪は詩的想像力によって天上の世界と地上の世界が合一した状態、あるいはあらゆる汚れを覆い消す和平の状態にたとえられるのだ。

雪よ、早く降れ
あの荒野を白く染めてくれ……。
胸のなかの　辛い記憶を覆い消し
冷たい現実を忘れさせ
清らかな新世界で
わたしの魂を休ませてくれ。

どこか遠くからの嬉しい報《しら》せのように
夜更けに音もなく
哀しかった昔の名残のような雪が降る
白い息に胸がつまる
虚ろな心に灯をともし

呉一島「雪よ、早く降れ」

一人　庭に降りたてば
どこかで女の　衣を脱ぐ音。

金光均「雪夜」

雪は冬が人間にくれた最大の贈り物だ。ヘミングウェイの『キリマンジャロの雪』や川端康成の『雪国』のように、雪景色は小説の背景としてしばしば使われている。

また冬は、春を待つ季節だ。寒さの中で春を待つということは、試練と絶望の中で再生への希望を持つことを意味する。分厚い氷の下にも水は滔々と流れ、極寒の吹雪の中でも花は咲くのだ。不毛の地や荒野にも再生の芽は出る。冬は人間に絶望の意味を実感させると同時に希望をも抱かせてくれる。

李陸史《イユクサ》（一九〇四〜四四）は、冬と春に対する詩的想像力で作品を書いた代表的な詩人だ。そのことは彼の「曠野」（一九四六）「絶頂」（一九四〇）「花」（一九四五）に如実に表れている。

厳しい季節の鞭に追い立てられ
ついに北方の地に来てみれば

いまはただ空もくたびれ果て　倦める高原の
霜柱白く研ぎ澄まされたうえに立つ

いずこにひざまずくべきか
歩を進めて踏みしめるところとてなく

眼を閉じて思うよりほかになし
冬は鋼鉄の虹かと

「絶頂」（安宇植訳）

ここで「厳しい季節」「空もくたびれ果て」「倦める高原」「霜柱白く研ぎ澄まされた」「歩を進めて踏みしめるところとてなく」はみな極限状況を意味している。おそらく季節は冬であり、時代は日本の統治下だろう。もしそうでないとすれば自我の実現がまったく不可能な、断崖に立っているような状況にいるのだろう。それでも詩人が「ひざまずく」のは投降するためではなく、祈るためである。

そんな過酷な状況に打ち克つには「眼を閉じて思うより」他にないと詩人は考える。そして考えた結果、「冬は鋼鉄の虹かと」思うのである。「鋼鉄」と「虹」はまったく異質なものだ。だが詩人の意識は冬という悪条件を「鋼鉄でできた虹」にしたのだ。ここでの「虹」は七色の虹ではなく、半円形の橋だ。つまり「鋼鉄の虹」とは、現在の状況を克服するための頑丈な橋の隠喩である。冬は春につながる橋なのである。

東は空も尽き果て
一滴の雨も降らぬときでさえ
かえって花は真っ赤に咲くではないか
わが生命を育《はぐく》んで休みない日々よ
北方のツンドラにも冷たい夜明けは
雪中深くに花の種が芽を吹き

燕《つばくろ》の群れの黒々と飛来する日を待ち侘びるゆえ
何としても忘れ難い約束よ

「花」（安宇植訳）

不毛の地にも花の咲く春は必ず来るという確信、それは暗黒の歴史に立ち向かおうとした李陸史の詩人魂であり、自然の秩序に基づいた歴史への信頼だった。そのようにして、再び春はめぐり来るのだ。

訳者後書き

本書は李在銑著『韓国文学主題論』（西江大学校出版部、一九八九）の全訳である。ただタイトルは本書の性格から、著者と相談の上で『韓国文学はどこから来たのか』と変えさせていただいた。

著者、李在銑氏は一九三六年十二月、韓国の慶尚北道、義成に生まれている。ソウル大学校国語国文学科及び同大学院を卒業後、嶺南大学校教授、ハーバード大学客員教授を経て西江大学校教授となる。現在は西江大学校名誉教授である。代表的な著書に『韓国開化期小説研究』（一九七二）、『韓国短篇小説研究』（一九七五）、『韓国現代小説史—一九〇〇から一九四五』（一九七八）、『現代韓国小説史—一九四五から一九九〇』（一九九一）、『韓国文学の遠近法』（一九九六）、『韓国小説史』（二〇〇〇）などがある。

著者の研究テーマは開化期小説の形成、短編小説の展開史、韓国近・現代小説の体系史などであり、韓国近代文学の起源に歴史的（文学史的）・形式主義的・比較文学的手法でアプローチしており、その洞察力は極めて示唆に富んでいる。とりわけ本書では「奇形」「タブー」「変身」「悪」「鏡」「なぞなぞ」「夢」「身体」「色彩」「権力」「道」「酒」「死生観」「時間観」「山岳観」「恨」「金銭観」「空間」「愚者」「子供・妖婦・隠者」「動物」「四季」といったテーマを通して韓国文学のルーツをたどろうとしているところが実に斬新である。このようなテーマ批評は、韓国文学がある特殊な歴史的・社会的状況の中で描かれたものではなく、普遍性を追求してきた文学であるという事実を浮き彫りにし、従来の文学研究に新風を吹き込んだ。

著者がこのような研究手法を思いついたのが韓国で歴史批評やイデオロギー批評が幅を利かせていた一九八〇年代初頭であったということをここで指摘しておきたい。当時韓国ではイデオロギーに作品を無理矢理当てはめて解釈するという風潮があり、韓国の社会的・歴史的特殊性ばかりがクローズアップされ、その起源や普遍性はあまり語られなくなっていた。そうした現状に違和感を抱いていた著者はそれまで韓国では試みられることのなかったテーマ批評を用い、韓国文学の起源や普遍性への関心を促す文学論を執筆したのである。

本書の特徴は韓国文学のルーツや普遍性をさまざまな角度から論じるために韓国のみならず、膨大な量の外国の文学作品や文学理論を縦横無尽に駆使・引用していることである。そのことによって本書は外国にも通用する視座を獲得しており、その先駆性はいくら強調してもし過ぎることはないと思われる。

私が本書の翻訳を思い立ったのは日本における韓国文学の翻訳・紹介の状況にある種の違和感を感じ、そこに一石を投じたいという気持ちによるものだった。私は一九八〇年代後半から九〇年代半ばにかけて日本の大学院に留学していた。当時の日本はポストモダン時代を迎えており、国家や民族、家といった共同体の枠を超えて個を中心とする新しい社会システムが動き出していた。文学研究もそうした社会の変化を受けてカルチュラル・スタディーズなど、いわゆる文学に表われたさまざまな文化現象に目を向けはじめ、イギリスやアメリカなどの新しい文化研究の成果が次々と翻訳・紹介されていた。

だが、当時日本に翻訳・紹介されていた韓国文学といえば相も変わらず単なるイデオロギーの反映であったり、イデオロギーに作品を当てはめて解釈したようなものばかりだった。つまり当時の日本における韓国文学の翻訳・紹介は翻訳者側、あるいは紹介者側の意図によって時代の流れに考慮することなく行われており、それが日本における韓国文学の位相を実に貧しいものにしていたのである。

三十六年に渡る植民地支配、つかの間の解放と南北分断、そして同じ民族同士の戦争、四・一九革命と軍事政権の誕生、軍事独裁政権への抵抗と民主化闘争など、五年・十年単位で次々とすさまじい事件が起きた韓国の歴史が韓国人をイデオロギーに駆りたてたことは否めない。

しかし、果たして文学を受容する側にとってもそれらは重要なものなのだろうか。いくら戦争に踏みにじられ、独裁政権に抑えられていたとしても、人々が夢を失ったり日々の生活の楽しみを忘れることはないはずだ。そして日本の読者が知りたいと思っているのは民族や国家、植民地主義などといったテーマよりも、むしろ韓国人が長い間連綿と育んできた生き方や美意識、自然観などではないのだろうか。

ちょうどその頃、私は大学院の先生から日本文学の「変身」や「死」「四季」「子供」「愚者」といったテーマが韓国ではどのように描かれているのか、とよく質問されたが、残念ながら何一つ満足に答えられなかった。それでもゼミのたびに先生が質問なさるので、私はとりあえず日本語に訳された韓国関連の文学書を調べてみた。だが、このことから私は皮肉にも、日本における韓国文学の翻訳・紹介の現状が諸外国に比べて極めて貧しいということを認識させられることになった。韓国文学を知る上でなくてはならない文学史と文学論の本がわずかに数十冊あるだけだったのだ。とりわけ文学論は一九七〇年代から二〇〇〇年代にかけて数冊しか翻訳されておらず、その内容も民族や民衆ばかりを強調するイデオロギー的なものだったのである。もちろんそれらの書物が韓国の近・現代文学を取り巻く状況を理解する上で非常に重要なものであることは確かだが、日本人の韓国や韓国文学に対する関心を考えると、非常に一方的で偏っていると言わざるを得ない。
そのようなことに思いを馳せていた一九九〇年、本書に巡り合ったのである。私は本書こそ日本に翻訳・紹介されるべき書物だと信じて疑わなかった。なぜなら本書の中には韓国文学の起源はもちろんのこと、韓国文学の普遍性と特殊性についての答えがぎっしりと詰まっているからである。著者は「本書によって韓国人の文化的自我、ないしは自画像を浮き彫りにしようとした」と述べているが、私自身も本書を通じて韓国文学のルーツをたどることができたばかりでなく、韓国人としてのアイデンティティーや想像力、価値観を改めて確認することができた。このような良書を是非とも日本の読者に紹介したく、翻訳を思い立ったのである。

翻訳するに当たってはなるべく原文に忠実に、なおかつ平易な日本語になるように心がけた。ただ著者の文章は決して難解なものではないとはいえこの種の論考に付き物の理屈っぽさがあり、時には慎重すぎると思えるほど時間をかけて文章を作っている。そのために韓国語としては自然であっても、日本語に訳すると非常に分かりづらい文章になってしまう。そこで著者の了解を得た上でわかりやすく変更したり、自然な日本語にするために意訳した部分があることをお断りしておきたい。

本書は『三国遺事』『三国史記』『高麗史』などの歴史書から郷歌、高麗歌謡、時調、歌辞、漢文小説、民譚、伝説、パンソリ、仮面劇などの伝統文学、そして近・現代の小説、詩などに至る膨大な作品を引用している。それらの引用文が本書を他の類書と一線を画するものにしていることは言うまでもない。ただ近・現代文学を専門とする私どもにとって郷歌を初めとする高麗歌謡、時調、漢詩などの古典詩歌やパンソリなどは当然のことながらまったく手に負えず、結局金思燁、金東旭など諸先生方の訳を使わせていただくことになった。近・現代文学作品も既訳のあるものはすべて使わせていただき、引用文の末尾に訳者のお名前を明記しておいた。時調に関しては『時調―朝鮮の詩心』(尹学準著・創樹社)所載の田中明先生の訳を使わせていただいた。時調の訳で田中先生の右に出る方はいない。田中先生の訳を使わせていただけたことは望外の喜びである。本書が読者の眼に適うものとなるならば、それはひとえに先輩方の訳の見事さによるものであろう。もう故人になられた方が多いが、謹んでお礼の言葉を申し上げたい。

本書の翻訳を思い立ってから十五年、作業に取り掛かって三年、ようやく出版することができた。しかも韓流と言われる空前の韓国ブームの中での出版である。韓流ブームのきっかけとなった「冬のソナタ」という韓国ドラマは、これまでの韓国や韓国人のイメージとは明らかに異なるイメージを日本人にアピールし、新たな日韓の歴史を築こうとしている。本書が目指しているのもこれまでの日本における韓国文学の位相を覆し、新たな韓国文学像を築くことであるのは言うまでもない。

最後に本書の刊行を引き受けてくださった白帝社の伊佐順子さんに感謝したい。伊佐さんは企画段階から本書を支持してくださり、時に煩雑を極めた編集作業をにこやかにこなし、きれいな本に仕上げてくださった。心からお礼を申し上げたい。

二〇〇五年一月　　丁貴連

ヒ

玄《ヒョン》 鎮健《ジンゴン》　17, 83, 205, 243, 277, 285, 352, 364, 390
「B 舎監とラブレター」『無影塔』「故郷」「酒を勧める社会」「堕落者」「運の良い日」「私立精神病院長」「貧妻」「火」

フ

黄《ファン》 眞伊《ジニ》　291
黄《ファン》 順元《スンウォン》　37, 58, 142, 268, 319, 405, 429, 461
「地鳴り」『日月』「カインの後裔」「星」「鶴」「にわか雨」「鶏の祭」「子供」「ソルメ村に起きたこと」「モンノミ村の犬」
黄《ファン》 晳暎《ソクヨン》　186, 207, 467
「森浦へゆく道」
黄《ファン》 玹《ヒョン》　266
「絶命詩」

ヘ

白雨岩《ペクウアム》　436
「野犬の叫び」

ホ

許《ホ》 筠《ギュン》　134, 307
『洪吉童伝』
許《ホ》 浚《ジュン》　125, 155
『東医宝鑑』
許蘭雪軒《ホナンソルホン》　374
「閨怨歌」「閨怨」
許允碩《ホユンソク》　244, 413
『酒幕』『九官鳥』
扈英頌《ホヨンソン》　379
『流れの中の家』
洪思容《ホンサヨン》　451
「春は去っていきました」

ム

文淳太《ムンスンテ》　324
「銅鑼の音」

モ

毛允淑《モユンスク》　292
「待つ」

ヤ

梁柱東《ヤンジュドン》　376
『炉端の郷思』

ユ

柳致環《ユチファン》　201, 276, 317
「生命の書」「岩」「石窟庵の大仏」「山」「石の歌」
尹崑崗《ユンコンカン》　463
「蝶」
尹善道《ユンソンド》　110, 177, 448
「五友歌」「漁父四時詞」
尹東柱《ユントンジュ》　77, 93, 268, 432, 462
「懺悔録」「自画像」「もうひとつの故郷へ」「星をかぞえる夜」
尹興吉《ユンフンキル》　223, 308
「とてもいい形の傘一本」「九足の靴になった男」

ヨ

廉想渉《ヨムサンソプ》　36, 141, 206, 222, 278, 354, 362, 461
『二つの破産』「標本室の青蛙」『萬歳前』『三代』『一代の遺業』「驟雨」

朱耀翰《チュヨハン》　272, 451
「火遊び」「逝った姉」
趙芝薫《チョジフン》　183, 202, 300, 313, 414
「古寺」「芭蕉雨」「落花」
趙重桓《チョジュンファン》　350
『長恨夢』
趙廷來《チョジョンレ》　77, 307
『流刑の地』『太白山脈』
趙世熙《チョセヒ》　19, 142
『こびとが打ち上げた小さなボール』
全 光鏞《チョンクァンヨン》　57
「カピタン李」
丁 克仁《チョンクギン》　415, 450
「賞春曲」
全 商國《チョンサンクク》　207, 379
『道』『高麗葬』
鄭 芝溶《チョンジヨン》　376
「郷愁」
千 勝世《チョンスンセ》　436
「黄狗の悲鳴」
鄭 澈《チョンチョル》　226, 266, 415, 448
「将進酒辞」「思美人曲」「星山別曲」
鄭 飛石《チョンビソク》　206, 460
『帰郷』「城隍堂」
鄭 夢周《チョンモンジュ》　178, 250
「丹心歌」
田 榮澤《チョンヨンテク》　389, 429
「白痴か天才か」「白い鶏」

ナ

羅稲香《ナドヒャン》　18, 140, 271, 352, 390, 411
「唖の三龍」「桑の葉」「水車小屋」「十七円五十銭」「銀貨白銅貨」「池亭根」

ノ

盧天命《ノチョンミョン》　422, 467
「鹿」「名もなき女人になって」

ハ

河瑾燦《ハクンチャン》　77
『受難二代』
韓水山《ハンスサン》　207
『浮草』
韓何雲《ハンハウン》　274
「青い鳥」
韓龍雲《ハンヨンウン》　111, 194, 295, 295, 315
「分かりませぬ」『ニムの沈黙』「わが道」
「眠りなき夢」
朴寅煥《パクインファン》　243
「木馬と淑女」
朴仁老《パクインロ》　415
「陋巷詞」
朴起東《パクキドン》　405
「父の海に銀色の魚の群れ」
朴趾源《パクジウォン》　16, 56, 222, 345
『虎叱』『穢徳先生伝』『両班伝』『許生伝』
朴在森《パクジェサム》　210
朴鐘和《パクジョンファ》　270
「密室に帰る」「死の讃美」「死より辛い」
朴斗鎭《パクトゥジン》　183, 277, 289, 313, 442
「日」「香峴」
朴南秀《パクナムス》　420
「鳥」
朴魯甲《パクノカプ》　206, 461
『四十年』「洪水」
朴花城《パクファソン》　461
「洪水前後」「旱鬼」
朴木月《パクモクウォル》　183, 202, 241, 313, 451
「傾斜」「旅人」「山に囲まれて」「ノロジカ」
朴榮濬《パクヨンノ》　456
「一年」
朴婉緒《パクワンソ》　244, 379, 467
『遺失』『似ている部屋』『あの年の冬は暖かかった』

シ

辛夕汀《シンソクジョン》　417, 458
「まだろうそくの火をつける時ではございません」
申瞳集《シントンジプ》　289, 463
「送信」
申東曄《シントンヨプ》　451
「春は」

ソ

徐敬徳《ソキョントク》　67, 87
「持敬観理」
徐居正《ソコジョン》　386
『滑稽伝』
徐廷柱《ソジョンジュ》　80, 157, 200, 210, 274, 323, 376, 422, 449
「菊の傍で」「帰蜀途」「海」「自画像」「花蛇」「新婦」『花蛇集』「復活」「雄鶏」「鶴」『新羅抄』『冬天』『帰蜀途』
徐永恩《ソヨンウン》　368
『ガラスの部屋』
宋穢《ソンウク》　18
「何如之郷」
成三問《ソンサムムン》　177, 266
宋世琳《ソンセリム》　386
『禦眠楯』
成賛慶《ソンチャンキョン》　280
「時間吟」
薛聰《ソンチョン》　422
『花王戒』
成俔《ソンヒョン》　25, 385
『慵齋叢話』
成汝學《ソンヨファク》　386
『続禦眠楯』
宋榮《ソンヨン》　429
「鬪鶏」
鮮于煇《ソンウヒ》　77, 307
『火花』

チ

崔仁浩《チェイノ》　403
「偉大なる遺産」「予行練習」「処世術概論」「模範童話」
崔一男《チェイルナム》　207
崔仁旭《チェインウク》　456
「レンギョウ」
崔仁勳《チェインフン》　56, 77, 186, 207
「仮面考」『広場』『灰色人』
崔仁浩《チェインホ》　379
『他人の部屋』
崔貞熙《チェジョンヒ》　378, 429
「凶家」「雄鶏」「チョムネ」
崔曙海《チェソヘ》　36, 142, 205, 278, 333, 352, 461
「故国」「脱出記」「朴乭の死」「飢餓と殺戮」「紅焔」「洪水のあと」
崔致遠《チェチウォン》　48
『古意』
崔瓚植《チェチャンシク》　205
『秋月色』『春夢』
崔泰應《チェテウン》　390
「馬鹿のヨンチリ」
崔南善《チェナムソン》　401
『少年』「海から少年へ」
崔華星《チェファソン》　358
『朝鮮女性読本』
蔡萬植《チェマンシク》　222, 354, 362, 403
『太平天下』『濁流』「痴叔」「少年は育つ」
崔明翊《チェミョンイク》　206, 278
「春と新作路」
朱耀燮《チュヨソプ》　17, 118, 244, 360, 403
「醜物」「アネモネのマダム」「寒い夜」「離れの客とお母さん」

林哲佑《イムチョルウ》　77
『父の地』

オ

呉相淳《オサンスン》　240, 289, 373, 452
「一杯の洒」「アジア最終夜の風景」「初夜」
呉貞姫《オジョンヒ》　98
『銅鏡』
呉永壽《オヨンス》　315, 456
「やまびこ」「華山宅」

カ

姜石景《カンソクキョン》　186, 379
『森の中の部屋』『林の中の部屋』
姜希孟《カンヒメン》　386
『村談解頤』

キ

金源一《キムウォンイル》　77, 307
『暗闇の魂』『月見草』『敵』
金源祐《キムウォンウ》　162
『小人国』
金起林《キムキリム》　289
「太陽の風俗」
金光洲《キムグァンジュ》　244
『悪夜』
金光均《キムグァンギュン》　181
「外人村」『瓦斯燈』『寄港地』
金尚鎔《キムサンヨン》　377, 417, 458
「南に窓を」
金時習《キムシスプ》　132, 223, 240, 267, 454
「南閻浮洲記」「龍宮赴宴録」『金鰲新話』『酔遊浮碧亭記』「李生窺牆伝」
金芝河《キムジハ》　19
「五賊」「蜚語」「糞の海」
金周榮《キムジュヨン》　77, 207, 390
『雷鳴』『客主』『馬鹿の研究』『馬鹿に祝盃を』
金晋燮《キムジンソプ》　368
「窓」
金素月《キムソウォル》　122, 198, 251, 295, 315, 449
「あなたに」「眠り」「道」「行く道」「つつじの花」「招魂」「芝」「コノハズク」「山有花」
金東仁《キムトンイン》　34, 75, 118, 159, 185, 277, 352, 411, 456
「甘藷」「韓国近代小説考」「狂画師」「狂炎ソナタ」「船歌」
金東鳴《キムトンミョン》　240
「酒の歌」
金東里《キムトンリ》　43, 89, 142, 185, 206, 244, 278, 439
『黄土記』『乙火』『曼字銅鏡』『巫女図』「穴居部族」「駅馬」「カササギの声」
金萬重《キムマンジュン》　46, 73, 84, 283, 304, 362, 408, 454
『九雲夢』『謝氏南征記』
金裕貞《キムユジョン》　18, 244, 319, 390, 425, 456
「山里」「椿の花」「春・春」「チョンガーと阿呆」「金の出る豆畑」「春とろくでなし」「にわか雨」「春の夜」「秋」「陽射し」「マンムバン」
金永郎《キムヨンナン》　210, 274, 289, 451
「不如帰」「春の道で」
金容浩《キムヨンホ》　267
吉再《キルチェ》　295

ク

郭夏信《クァクハシン》　206
「新作路」

ケ

桂鎔默《ケヨンムク》　206, 352, 390, 456
「星を数える」「白痴アダダ」

作家索引

＊数字はページ数を、『　』「　」内は代表作品を表す。

ア

安鼎福《アンジョンボク》　339

　『東史綱目』

イ

李益相《イイクサン》　205

　「移郷」

李人稙《イインジク》　58, 205, 219, 307, 331, 349, 362, 436

　『鬼の声』『雉岳山』『血の涙』『銀世界』

李殷相《イウンサン》　90, 283

　「金剛に生きる」『無常』

李彦迪《イオンジョク》　67

李均永《イキュンヨン》　245

　『暗い記憶の向こう』

李奎報《イギュボ》　86, 238

　「鏡設」『麹先生伝』

李光洙《イグァンス》　34, 76, 131, 349, 401, 429

　『夢』「幼き友へ」「私（二十歳の峠）」

李箱《イサン》　18, 52, 93, 165, 278, 297, 364, 406, 422

　「翼」「鏡」「明鏡」「詩 第十五号」「一九三一年（作品第一番）」「鳥瞰図」「倦怠」「蜘蛛會豕」

李相和《イサンファ》　139, 205, 270, 287, 374, 451

　「わが寝室」「奪われた野にも春は来るのか」

李章熙《イジャンヒ》　451

　「春は猫ならし」

李済馬《イゼマ》　155

　『東医寿世保元』

李清俊《イチョンジュン》　40, 207, 324, 390, 414, 418

　「仮面の夢」『雪道』『石化村』『馬鹿と阿呆』「残忍な都市」

李退渓《イテゲ》　67, 193

　「陶山十二曲」

李東河《イトンハ》　379, 436

　『哄笑』「野犬狩り」

李熙昇《イヒスン》　110, 173

　「夕顔の花」『国語辞典』

李孝石《イヒョソク》　192, 314, 367, 422, 456

　「そばの花咲く頃」「山」「秋と山羊」「豚」「野」「狩猟」「雄鶏」「粉女」「独白」「山峡」

李賢輔《イヒョンボ》　176

　「漁父詞」

李炳注《イビョンジュ》　307

　『智異山』

李海朝《イヘジョ》　88, 116, 205

　『九疑山』『鴛鴦図』

李浩哲《イホチョル》　307

　「大きな山」

李範宣《イボムソン》　162, 319, 442

　『誤発弾』「鶴の村の人々」

李文求《イムング》　351

　『長恨夢』

李文烈《イムンヨル》　36, 54, 77, 207, 223, 379

　『ひとの子』「金翅鳥」『英雄時代』『若き日の肖像』『われらの歪んだ英雄』『蝸牛の外出』

李陸史《イユクサ》　77, 166, 427, 469

　「絶頂」「曠野」「花」

林悌《イムジェ》　422

　『鼠獄説』

林椿《イムチュン》　237, 343

　『麹醇伝』『孔方伝』

著者略歴
李 在銑（イ　ゼソン）国文学者・評論家。1936年、韓国慶尚北道、義成に生まれる。ソウル大学校文理科大学国語国文学科及び同大学院を修了（文学博士）。嶺南大学校教授、ハーバード大学客員教授、西江大学校教授を経て現在西江大学校名誉教授。
代表的な著書に『韓国開化期小説研究』（1972）、『韓国短編小説研究』（1975）、『現代韓国小説史：1945〜1990』（1991）、『韓国文学の遠近法』（1996）、『韓国小説史』（2000）などがあり、『韓国現代小説史：1900〜1945』（1978）で韓国出版文化賞著作賞を、本書『韓国文学主題論』（1989）で大韓民国文学賞を受賞している。

訳者略歴
丁 貴連（チョン　キリョン）1960年、ソウル生まれ。
筑波大学大学院文芸言語研究科博士課程修了、博士（文学）取得
専　攻　比較文学・日本文学・韓国文学
現　在　宇都宮大学国際学部助教授
論　文　「媒介者としての日本文学―国木田独歩「運命論者」を手がかりとして」（『第27回国際日本文学研究集会会議録』2004）、「愚者文学としての「春の鳥」―田榮澤「白痴か天才か」と独歩「春の鳥」」（『比較文学』45巻、2003）、「啓蒙と無垢の間―韓国近代文学における子供」（『朝鮮文学論叢』白帝社、2002）

筒井真樹子（つつい　まきこ）1957年、東京生まれ。
早稲田大学教育学部卒業。韓国、延世大学校韓国語学堂卒業。東京外国語大学大学院朝鮮語科修士課程修了。
現　在　宇都宮大学、神奈川大学非常勤講師
著　書　『ソウルのチョッパリ』（亜紀書房）
訳　書　『韓国の教科書の中の日本と日本人』（一光社）、『太白山脈』（共著・全10巻・集英社）、『現代韓国短篇選』（共著・上下2巻・岩波書店）

韓国文学はどこから来たのか　2005年3月25日　初版発行

著　者　李 在銑
訳　者　丁 貴連・筒井真樹子
発行者　佐藤 康夫

発行所　白 帝 社
〒171-0014　東京都豊島区池袋2-65-1
http://hakuteisha.co.jp
TEL：03-3986-3271
FAX：03-3986-3272

印刷・倉敷印刷　製本・カナメブックス
ISBN4-89174-673-4
＊定価はカバーに表示されています。